KNAUR

Über die Autorin:
Gabriella Engelmann, gebürtige Münchnerin, entdeckte in Hamburg
ihre Freude am Schreiben und fühlt sich im Norden pudelwohl. Nach
Tätigkeiten als Buchhändlerin und Verlagsleiterin genießt sie die Freiheit des Daseins als Autorin von Romanen, Kinder- und Jugendbü-
chern. Seit sie zum ersten Mal an der Nordsee war, träumt sie von einem
eigenen Häuschen am Deich, mit einem Garten voller Wildrosen und
knorrigen Apfelbäumen.

Mehr zur Autorin:
Website: www.gabriella-engelmann.de
Instagram: gabriellaengelmann
Facebook: www.facebook.com/AutorinGabriellaEngelmann

Gabriella Engelmann

Eine Villa zum Verlieben

Roman

Besuchen Sie uns im Internet:
www.knaur.de

Wenn Ihnen dieser Roman gefallen hat und Sie auf der Suche
sind nach ähnlichen Büchern, schreiben Sie uns unter Angabe des Titels »Eine
Villa zum Verlieben« an: frauen@droemer-knaur.de

Aus Verantwortung für die Umwelt hat sich die Verlagsgruppe
Droemer Knaur zu einer nachhaltigen Buchproduktion verpflichtet.
Der bewusste Umgang mit unseren Ressourcen, der Schutz unseres Klimas
und der Natur gehören zu unseren obersten Unternehmenszielen.
Gemeinsam mit unseren Partnern und Lieferanten setzen wir uns
für eine klimaneutrale Buchproduktion ein, die den Erwerb von
Klimazertifikaten zur Kompensation des CO_2-Ausstoßes einschließt.
Weitere Informationen finden Sie unter: www.klimaneutralerverlag.de

Vollständige Taschenbuch-Neuausgabe April 2015
Knaur Taschenbuch
© 2008 für die Originalausgabe bei Knaur Taschenbuch.
Ein Imprint der Verlagsgruppe
Droemer Knaur GmbH & Co. KG, München.
Alle Rechte vorbehalten. Das Werk darf – auch teilweise –
nur mit Genehmigung des Verlags wiedergegeben werden.
Redaktion: Friederike Arnold
Umschlaggestaltung: ZERO Werbeagentur, München
Umschlagabbildung: PicturePress/Stefan Thurmann
Satz: Wilhelm Vornehm, München
Druck und Bindung: CPI books GmbH, Leck
ISBN 978-3-426-51710-9

Für meine Freundinnen.
Schön, dass es euch gibt!

*Dieses Buch ist eine Liebeserklärung an den
Hamburger Stadtteil Eimsbüttel. Einige der
genannten Lokalitäten existieren wirklich, wenngleich
ich ihre Namen verfremdet habe.
Andere wiederum entspringen meiner Phantasie und
sind Traumorte, genau wie die Villa am Pappelstieg.
Ich wünsche viel Spaß beim Spaziergang
durch »mein« Viertel.*

Gabriella Engelmann

Kapitel 1

Eine Rose für meine Liebeszone, bitte«, forderte die Dame im Nerzmantel und sah Nina Korte abwartend an.

»Für Ihre Liebeszone?«, wiederholte die Floristin fragend. Um acht Uhr morgens fühlte sie sich geistig definitiv noch nicht in der Lage, für einen derart merkwürdigen Wunsch Verständnis aufzubringen. Außerdem war sie alles andere als eine Expertin in Sachen Liebe.

»Ah, Sie sind wohl ein Feng-Shui-Fan«, mischte sich Annette ein, um ihrer ratlos dreinblickenden Kollegin aus der Patsche zu helfen. Während sich die beiden wenige Minuten später angeregt darüber unterhielten, welche Rosenart das beste Beziehungskarma und den intensivsten Duft verströmte, zog sich Nina in den kleinen Aufenthaltsraum vom Blumenmeer zurück, um dort einen Espresso zu trinken. Wie so oft, wenn es um die Liebe ging, durchfuhr sie ein schmerzhafter Stich. Traurig wanderten ihre Gedanken zu Gerald. Warum musste es immer noch so weh tun? Würde sie dieses Gefühl jemals wieder loswerden?

Als die Kundin gegangen war, kehrte Nina in den Verkaufsraum zurück, wo Annette sogleich zu einem begeisterten Vortrag über Feng-Shui ansetzte. Offensichtlich hatte sie Gefallen an dem Thema gefunden.

»Ahaaa«, war alles, was Nina dazu einfiel, und sie überlegte, wann ihre Kollegin zur Esoterik konvertiert war. »Seit wann glaubst du denn an so einen Unsinn?«, fragte sie spitz und kontrollierte die Liste der bestellten Sträuße, die in einer halben Stunde abgeholt werden sollten.

»Man muss schon was dafür tun, wenn es mit der Liebe klappen soll. Vielleicht solltest du das auch mal ausprobieren, damit du endlich über Gerald hinwegkommst«, sagte Annette und musterte Nina besorgt. »Die Feng-Shui-Regeln besagen zum Beispiel, dass man niemals in der Mitte des Bettes schlafen sollte, wenn man sich eine Beziehung wünscht. Nur so ist gewährleistet, dass man genug Raum und Platz für eine neue Liebe schafft. Aber wie ich dich kenne ...« Annette verstummte, als sie Ninas grimmigen Gesichtsausdruck sah.

»Wie du weißt, habe ich nicht das geringste Interesse an einer neuen Beziehung und werde dementsprechend weiter in der Mitte meines Doppelbettes schlafen«, entgegnete Nina knapp und wandte sich einer älteren Dame zu, die, in Begleitung eines übergewichtigen Mopses, den Laden betrat. »Einmal Spätsommer zum Mitnehmen?«, sagte Nina, die den Geschmack ihrer langjährigen Stammkundin bestens kannte und sich sogleich daranmachte, dunkelrote Dahlien mit leuchtenden Astern und Chrysanthemen zu kombinieren. Zum Schluss wickelte sie farbigen Bast um die Stiele und verpackte den Strauß in knisterndes Seidenpapier. Die Arbeit als Floristin machte ihr Spaß. Trotz langjähriger Berufspraxis war sie nach wie vor mit Feuereifer dabei und liebte es, die hauseigene Homepage zu betreuen und den Kunden unter www.gruenzeug.net Tipps rund ums Thema Pflanzen zu geben. Wenn es nach ihr ginge, bliebe sie den Rest ihres Lebens im Blumenmeer.

Ich hasse dieses Haus!, dachte Leonie Rohlfs, als sie um acht Uhr dreißig in den wackeligen alten Fahrstuhl stieg, von dem sie befürchtete, dass er ihr eines Tages noch den Tod bringen würde. Leonie verfügte über eine recht lebhafte Phantasie.

Ich werde so bald wie möglich hier ausziehen, hatte sie sich seit dem Tag ihres Einzugs immer wieder gesagt – doch das war inzwischen fünf Jahre her! Damals hatte sie sich schweren Herzens von ihrer Heimat, dem Alten Land vor den Toren Hamburgs, getrennt, um stattdessen in die trubelige Großstadt Hamburg zu ziehen, und damit in die Nähe ihres Arbeitsplatzes, des Reisebüros Traumreisen. Leonie mochte den studentischen Stadtteil in Uni-Nähe, aber bisweilen wurden ihr der Lärm, die Autos und die Menschenmassen zu viel. Dann sehnte sie sich nach frischer Landluft und dem Garten ihrer Eltern, mit den knorrigen Bäumen und dem kleinen Ententeich. Nach Eiern von glücklich umherpickenden Hühnern, warmer Kuhmilch und dem Duft von Apfelkuchen, wie nur ihre Mutter ihn backen konnte. Außerdem vermisste sie ihre Katze, die sie schweren Herzens zurücklassen musste, weil es in dem trostlosen Hamburger Mietklotz verboten war, Tiere zu halten. Im Grunde ihres Herzens war sie mit ihren sechsunddreißig Jahren immer noch eine hoffnungslose Romantikerin, die sich nach einer perfekten Welt und ihrem ländlichen Kindheitsidyll sehnte.

Während sich die Fahrstuhltür knarrend schloss, sah sich Leonie in der Kabine um und betrachtete angewidert die Schmierereien, die Generationen von frustrierten Bewohnern auf den hässlichen Wänden aus undefinierbarem Grau hinterlassen hatten. Mit einem Mal konnte sie sich keinen einsameren Ort auf der Welt vorstellen als dieses Haus.

Dem Fahrstuhl glücklich entronnen, blinzelte Leonie in die Sonne. Es war Anfang September, Spätsommer, und eigentlich keine Zeit, um Trübsal zu blasen. Doch um glücklich zu sein, fehlte Leonie noch so einiges …

Als sie zehn Minuten später mit dem Fahrrad im noblen Stadtteil Eppendorf ankam und die Tür zu Traumreisen aufschloss, hatte sich ihre Laune kaum gebessert. Daran konnte auch das farbenfrohe Schaufenster mit den vielen Reiseprospekten nichts ändern. Dieser Anblick war für Leonie völlig normal, genauso wie ihre Angewohnheit, von diesen Urlauben nur zu träumen, da sie selbst nicht gerne in einen Flieger stieg. Ihre Phantasie kannte keine Grenzen, wenn es darum ging, sich mögliche Gefahren in allen erdenklichen Varianten auszumalen. Kein Terroranschlag und keine Naturkatastrophe, die Leonie im Geist nicht schon selbst durchlebt und durchlitten hätte. Das war nicht immer so gewesen, sonst hätte sie niemals diesen Beruf ergriffen. Irgendwie wurde sie mit fortschreitendem Alter zunehmend ängstlicher. In den letzten Jahren beschlich sie häufiger das Gefühl, nicht nur in der falschen Wohnung zu leben, sondern auch den verkehrten Job zu haben.

»Na, hast du schon einen Termin für dein Flugangstseminar?«, erkundigte sich Olli, der Azubi, und grinste frech. Olli war knapp zwanzig, schwul bis unter die Haarspitzen und der einzige Lichtblick in Leonies grauem Berufsalltag.

»Nein, hatte noch keine Zeit, mich darum zu kümmern«, entgegnete sie kurz angebunden und warf die große Lederhandtasche auf ihren Schreibtisch. Acht Uhr vierzig. Um neun Uhr öffnete Traumreisen seine Pforten. Blieben also noch zwanzig Minuten, um die Kaffeemaschine anzustellen, einen flüchtigen Blick auf ihre E-Mails zu werfen und den Anrufbeantworter abzuhören. Und nur zwanzig Minuten, bis Doris Möller, ihre Vorgesetzte, den Raum betrat und ihr die Luft zum Atmen nahm.

»Was hattest du denn so Dringendes zu tun, dass du nicht mal Zeit hattest, dich für ein Seminar anzumelden? Gib zu, du konntest dich wieder nicht von deinen Herzschmerz-Schmökern losreißen«, frotzelte Olli und wusste genau, dass er Leonie damit auf die Palme bringen konnte. »Wie heißt das Buch diesmal? ›Herz in Flammen‹, ›Und immer wieder nur die Liebe‹ oder ...«

»Halt deine freche Klappe«, funkelte Leonie ihn an, »oder du kannst die nächsten zwei Wochen selbst Kaffee kochen. Und wenn ich richtig fies bin, übernimmst du auch noch den Brötchenholdienst.«

»Okay, okay, ich sag ja gar nix«, erwiderte Olli und machte sich voller Eifer daran, die gerade gelieferten Prospekte auf die Fächer der einzelnen Mitarbeiterinnen zu verteilen. »Fernreisen« kamen zu Doris Möller, »Europa« zu Sandra Koch und »Städtereisen« zu Leonie.

Kurz darauf betrachtete sich Leonie im Spiegel des kleinen Badezimmers, das zum Aufenthaltsraum gehörte. Ihre langen, kupferfarbenen Haare hatte sie zu einem dicken Zopf geflochten. Die rundlichen Wangen waren vom Fahrradfahren leicht gerötet und verliehen ihrem sonst eher blassen Teint einen rosigen Schimmer. Ihre babyblauen Augen strahlten ihr aus dem Spiegel entgegen. Alles in allem war Leonie mit ihrem Aussehen zufrieden, auch wenn sie nicht unbedingt zu einem In-Viertel wie Eppendorf passte, in dem ein gewisser Einheitschic vorherrschte. Dafür war sie ein wenig zu rundlich, zu gesund und nicht modisch genug. Ihr Ex-Freund Henning hatte immer behauptet, Leonie sehe aus wie ein appetitlicher Hefezopf, mit kleinen Streuseln obendrauf. Beim Gedanken an Henning und ihren Heimatort seufzte Leonie. Vielleicht sollte sie doch wieder aufs Land ziehen …

Die Chancen, in einer anonymen Großstadt wie Hamburg den Mann fürs Leben zu finden, tendierten gegen null. Sie wünschte sich nichts sehnlicher als ein Kind oder gleich mehrere. Am besten die viel zitierte Fußballmannschaft. Aber selbst wenn sie morgen auf ihren Traummann treffen und sofort schwanger werden würde, so würde aus der Fußballmannschaft wohl nichts mehr werden, dazu war sie einfach schon zu alt.

»Die müssen doch irgendwo sein«, schimpfte Stella Alberti leise vor sich hin, während sie den Inhalt ihrer Handtasche auf dem Toilettendeckel auskippte. In ihrem Kopf pochte es, als hätte sich dort ein Presslufthammer eingenistet, entschlossen, ihr das Leben zur Hölle zu machen. »Ah, endlich!«, seufzte sie schließlich erleichtert und nahm gleich zwei Paracetamol auf einmal, wie so häufig in den vergangenen Wochen.

»Wo bleiben Sie denn?«, zerriss die schrille Stimme ihrer Auftraggeberin die Stille des Badezimmers. Stella warf einen letzten prüfenden Blick in den Spiegel, steckte eine widerspenstige blonde Haarsträhne fest und setzte ein professionelles Lächeln auf.

»Komme schon«, rief sie und betrat das Wohnzimmer ihrer Kundin. Ophelia Winter, eine schwerreiche Mittsechzigerin, war gerade dabei, die verschiedenfarbigen Stoffbahnen auf ihrem Sofa kritisch zu beäugen. Auf dem Sekretär lagen

Tapetenmuster, auf dem Couchtisch ein Pantone-Farbfächer. Frau Winter wollte ihr Haus von Grund auf renovieren, und dazu benötigte sie professionelle Hilfe, und zwar die von Stella Alberti, einer der angesehensten Innenarchitektinnen Hamburgs.

»Da sind Sie ja endlich, meine Liebe«, trompetete Ophelia Winter in voller Lautstärke durch den Raum, während Stella leichte Übelkeit in sich aufsteigen fühlte. Offensichtlich waren zwei Tabletten auf leeren Magen doch ein bisschen zu viel des Guten.

»Na, dann wollen wir mal«, sagte sie betont munter und fest entschlossen, die Signale ihres Körpers zu ignorieren. »Aber bevor wir uns die Stoffe ansehen, sollten Sie mir noch einmal ganz genau sagen, welchen Stil Sie sich wünschen. Wollen Sie lieber französisches Landhaus oder Friesenlook?«

Stellas Augen glitten über den geschmacklosen Stil-Wirrwarr, der in so vielen Häusern ihrer Kunden vorherrschte, ehe sie das Regiment übernahm und Struktur in die Dinge brachte.

Seit einiger Zeit empfand sie ihre Termine allerdings nicht mehr als Herausforderung. Sie hatte alle Sätze zum Thema Einrichtung schon Hunderte von Malen gehört – und, was noch schlimmer war, schon Hunderte von Malen selbst gesagt. Teilnahmslos ließ sie Ophelia Winters Redeschwall über sich ergehen. Vor ihren Augen verzerrte sich das fleischige Gesicht ihrer Auftraggeberin zu einer hässlichen Fratze. Irritiert ließ Stella ihre Hand über die Gobelinstoffe auf dem Sofa gleiten und versuchte sich zusammenzureißen.

»Also gut, ich fasse zusammen: Sie wünschen sich einen Mix aus strengem Design und verspielten Elementen. Die dominierende Farbe sollte Blau sein. Da das Blau der Provence sich hervorragend mit friesischem Flair kombinieren lässt, werden wir das sicherlich wunderschön gestalten können. Dazu einige antike Stücke und aus Ihrem Wohnzimmer wird im Handumdrehen ein eleganter Salon.« Zufrieden registrierte Stella den verzückten Gesichtsausdruck ihrer Kundin.

»Ich lege alles in Ihre erfahrenen Hände, meine Liebe«, sagte diese zum Abschied und brachte sie zur Tür.

Einige Minuten später lenkte Stella ihren Wagen von der Straße und parkte im Halteverbot. Ihr Herz raste, und ihr wurde schwarz vor Augen. Sie dachte an ihre Mutter, die sie seit Wochen ermahnte, endlich einmal zum Arzt zu gehen.

»Ruhig bleiben«, sagte sie sich und dachte an die Worte ihrer Yogalehrerin. »Bis fünf zählen, dabei tief einatmen und auf fünf durch den Mund wieder ausatmen.«

Beschämt erinnerte sich Stella an ihre erste (und letzte) Yogastunde. Der Homepage der Schule hatte sie entnommen, dass der Kurs fünfundvierzig Minuten dauern sollte. Mehr Zeit konnte und wollte sie keinesfalls investieren. Als sich im Verlauf der Stunde jedoch herausstellte, dass Stella sich geirrt und das Ganze auf neunzig Minuten angelegt war, hatte sie nach einer halben Stunde fluchtartig den Raum verlassen. Wer in Gottes Namen konnte so viel Zeit erübrigen, um sich zu entspannen? Prompt hatte die Yogatrainerin sie am folgenden Tag angerufen, um sich nach dem Grund für ihren verfrühten Aufbruch zu erkundigen.

»Sie müssen dringend etwas für sich tun«, hatte sie sie ermahnt, und Stella war kurz davor, ihr die Telefonnummer ihrer Mutter zu geben. Die beiden hätten sich bestimmt bestens verstanden.

Allmählich bekam sie ihren Herzschlag wieder in den

Griff. Wie gut, dass dieser kurze Exkurs in die Welt der fernöstlichen Entspannung ihr wenigstens eine wirkungsvolle Atemtechnik beschert hatte. Der Blick auf die Uhr sagte ihr, dass sie zu spät kommen würde, wenn sie sich nicht augenblicklich auf den Weg machte. Nach dem nächsten Kundentermin stand der monatliche Besuch bei der Kosmetikerin auf dem Plan und im Anschluss ein Abendessen mit Julian, ihrem derzeitigen Liebhaber.

Ihrem verheirateten Liebhaber, seufzte Stella. Seit einem Jahr traf sie sich nun schon mit Julian, und seit genau dieser Zeit wünschte sie sich nichts sehnlicher, als dass er sich endlich von seiner Frau trennen und sich offiziell zu ihr bekennen würde. Stella war es leid, immer die gutgelaunte und pflegeleichte Geliebte zu spielen. Sie hatte nicht mehr genug Energie für diese Rolle. Als erfolgreiche Karrierefrau investierte sie viel Zeit und Mühe in ihre Selbständigkeit. Alles, was sie momentan wollte, war eine Schulter zum Anlehnen und die Gewissheit, sich nicht immer und überall anstrengen und beweisen zu müssen. Ob sie sich von Julian trennen sollte? Diese Frage stellte sie sich in regelmäßigen Abständen, doch bei dem bloßen Gedanken daran, nicht mehr in seinen Armen liegen zu können, wurde Stella jedes Mal derart traurig, dass sie beschloss, durchzuhalten.

Irgendwann würde er schon erkennen, dass er sie, und nicht seine Frau, liebte. Und wenn er Laura erst verlassen hatte, würde sie selbst kürzertreten können. In jeder Hinsicht. Dann würde sie endlich mal wieder Urlaub machen, und zwar mit ihm zusammen! In Gedanken versunken, lenkte Stella den Wagen wieder auf die Straße. Sie hatte nicht bemerkt, dass die Ampel vor ihr bereits auf Rot umgesprungen war.

Kapitel 2

B in wieder da«, begrüßte Nina ihre leere Wohnung, als sie abends nach Hause kam und die Fenster öffnete, um die würzige Septemberluft hereinzulassen. Die Temperaturen waren angenehm mild, und sie entschied sich, noch joggen zu gehen. Ein wenig Bewegung würde ihr guttun, nach dem vielen Stehen im Laden. Sie stellte sich vor ihren Kleiderschrank und suchte nach etwas Brauchbarem, in dem sie am Kaiser-Friedrich-Ufer entlanglaufen konnte. Nina war eine äußerst attraktive Frau, aber gänzlich uneitel. Sie versteckte ihre Weiblichkeit gerne hinter schlabberiger Kleidung und trug meistens Schnürschuhe und Gummistiefel. High Heels und ähnliche Folterinstrumente waren ihr ein absoluter Greuel. Ihre glänzenden, dunklen Haare hatte sie die meiste Zeit zu einem Pferdeschwanz gebunden, und sie benutzte so gut wie nie Make-up. Annette beneidete sie um ihre schräg stehenden, grünen Augen und nannte sie gelegentlich »Catwoman«.

Nachdem Nina sich umgezogen hatte, trabte sie Richtung Isebekkanal. Viele Bewohner des idyllischen Viertels Eimsbüttel saßen auf ihren Balkonen, in kleinen Gärtchen oder auf Stühlen, die sie einfach auf die Straße gestellt hatten. Wie so oft spürte Nina bei diesem Anblick einen Anflug von Neid. Sie hätte alles darum gegeben, etwas Grün um sich herum zu haben, am liebsten einen Garten. Für ihren Geschmack wohnte sie schon viel zu lange in dem weitgehend charmefreien Rotklinkerbau, in den sie damals mit Gerald eingezogen war. Wie gern hätte sie diesen Ort der Enttäuschung endlich hinter sich gelassen. Aber bislang waren alle Versuche umzuziehen an den hohen Mietpreisen oder einem fehlenden Garten gescheitert. Und so war es seit neuestem ihre Lieblingsbeschäftigung, Woche für Woche die Immobilienangebote zu prüfen und allen möglichen Leuten von ihren Umzugsplänen zu erzählen. Darüber hinaus hing am Tresen des Blumenmeers ein Zettel, mit der Aussicht auf eine Belohnung im Falle einer erfolgreichen Vermittlung.

Während sie gemächlich vor sich hin trabte und Nordic Walkern und Hunden auswich, träumte Nina davon, in feuchter Erde herumzuwühlen, Beete anzulegen und Johannisbeeren zu ernten. Eines Tages, da war sie sich ganz sicher, würde ihr Traum in Erfüllung gehen. Sie musste nur fest genug daran glauben!

An der Hoheluftchaussee angekommen, passierte sie Bodo, den obdachlosen Dichter, der wie jeden Abend auf der Brücke stand, selbstverfasste Gedichte rezitierte und Abschriften verkaufte.

»Na, Bodo, laufen die Geschäfte gut?«, erkundigte sich Nina freundlich und verlangsamte ihren Schritt.

»Ja, meine Liebe«, lautete die fröhliche Antwort, begleitet von einem zufriedenen Lächeln. Nina bewunderte diesen alten, genügsamen Mann, dessen einzige Besitztümer ein Fahrrad, ein zerschlissenes Zelt und sein treuer alter Schäferhund Max waren.

»Das freut mich!«, sagte sie und setzte sich wieder in Bewegung, nachdem sie Max noch kurz gestreichelt hatte. Endlich konnte sie die befahrene Brücke hinter sich lassen und am anderen, weitaus ruhigeren Isebekufer zurücklaufen.

Zu Hause angekommen, stellte sie sich unter die Dusche und ließ heißes Wasser an sich herunterlaufen. In letzter Zeit betrachtete sie ihren Körper voller Argwohn. Mit ihren einundvierzig Jahren empfand sie sich zwar nicht als »alt«, aber es war ein seltsames Gefühl, zu wissen, dass man ab jetzt auf die fünfzig zuging. Auch ihrer Haut merkte man die Jahre allmählich an. Beinahe widerwillig griff Nina nach einer straffenden Körperlotion und verteilte die duftende Creme aus Ceramiden und Meeresalgen-Extrakten auf ihrem Körper. Laut Packungsbeilage hätte sie ihre Durchblutung vorher mit einer Bürstenmassage anregen müssen. Doch dazu hatte sie weder Lust noch Zeit. Das würde sie nur tun, wenn ihr danach zumute war, und nicht dann, wenn irgendein Kosmetikkonzern es ihr einreden wollte.

»Muss ich mich schämen, weil ich einundvierzig bin?«, fragte sie ihr Spiegelbild und wischte das Kondenswasser weg, um ihr Gesicht eingehend zu betrachten, auf dem sich ebenfalls bereits kleine »Verschleißerscheinungen« zeigten: zarte Fältchen um Augen und Oberlippe sowie erste Anzeichen eines erschlaffenden Kinns. Während Nina eine Augencreme auftrug, klingelte das Telefon. Eigentlich hatte sie keine Lust auf einen abendlichen Plausch. Widerstrebend ging sie an den Apparat. Vielleicht war es Annette, die einen Extrawunsch für den morgigen Einkauf auf dem Blumengroßmarkt hatte.

»Hallo?«, sagte sie mürrisch. Am anderen Ende der Leitung war es still. Das konnte auf keinen Fall Annette sein, die hätte sofort losgeredet.

»Nina?«, fragte eine männliche Stimme, und ihr Herz begann zu klopfen. Diese Stimme hatte sie seit einem Jahr nicht mehr gehört und eigentlich gehofft, den Rest ihres Lebens von ihr verschont zu bleiben.

»Hallo, Gerald«, antwortete sie barsch und zog den Bademantel enger um ihre schmale Taille. Ihr war schlagartig kalt geworden.

»Ich weiß, dass wir eigentlich Kontaktsperre vereinbart hatten«, sagte er zögernd, »aber jetzt, wo ich wieder in Hamburg bin, fand ich es einfach merkwürdig, mich nicht zu melden.«

Gerald war also wieder in Hamburg. Ninas Kehle schnürte sich zusammen. Das war der Mann, der ihr Herz in tausend Stücke zerrissen hatte! Selbst nach dieser langen Zeit löste seine Stimme schlagartig Beklemmungen in ihr aus.

»Nina? Nina, bist du noch da?«, fragte Gerald, und sie erwog kurz, einfach aufzulegen und so zu tun, als hätte sie seinen Anruf nie erhalten. Doch damit würde sie Gerald viel zu viel Macht zugestehen, und dazu war sie keinesfalls bereit. Damit war nun ein für alle Mal Schluss!

»Ich bin noch da«, erwiderte sie und ärgerte sich über das leichte Zittern in ihrer Stimme. Hoffentlich hatte Gerald nichts bemerkt, es würde ihn nur ermutigen. »Was gibt's? Weshalb rufst du an?«

»Ich möchte dich sehen«, sagte er, und Nina ließ den Hörer sinken.

Zitternd stieg Stella aus dem Wagen und eilte zu dem kleinen Mädchen, das vom Fahrrad gefallen war.

»Sind Sie wahnsinnig«, schrie die Mutter, und Stella dachte, vielleicht noch nicht im Moment, aber ich bin auf dem besten Weg dahin.

»Es tut mir so leid«, stammelte sie und merkte selbst, wie schwach ihre Worte klangen. Beinahe hätte sie ein kleines Kind überfahren! Und das alles nur, weil sie mit ihren Gedanken mal wieder woanders gewesen war.

»Anzeigen sollte man Sie«, kreischte die Frau und zerrte ihre Tochter samt Fahrrad auf den Bürgersteig.

»Sie haben recht«, entgegnete Stella. Was hätte sie auch sonst sagen sollen? Dann strömten ihr Tränen über die Wangen. Hinter ihr hupten ungeduldige Autofahrer, und Stella wäre am liebsten im Erdboden versunken. Schnell steckte sie der Mutter ihre Visitenkarte zu. »Melden Sie sich bitte bei mir«, rief sie und stieg in den Wagen. Im Rückspiegel sah Stella, wie die Frau den Kopf schüttelte, und um nicht vollends in Panik zu geraten, beschloss sie, den Unfall erst mal zu verdrängen. Sie musste zu ihrem Kundentermin, zur Kosmetik und danach kam Julian. Sie würden zusammen essen gehen, ein Glas Wein trinken, und anschließend konnte sie in Ruhe darüber nachdenken, was in ihrem Leben schieflief.

Pünktlich um neunzehn Uhr war sie geduscht, umgezogen und bereit für einen romantischen Abend mit Julian. Das glatte, halblange Haar hatte sie zu einem lässigen Knoten geschlungen, aus dem sich einige Strähnen lösten und ihre Ohren umspielten. Ihre langen Beine steckten in halterlosen Netzstrümpfen und sexy Schaftstiefeln; ein cremefarbenes Seidenkleid umspielte ihren zartgliedrigen Körper, und kleine Brillantohrringe schimmerten mit den Goldsprengseln ihrer Bodylotion um die Wette. Sie sah umwerfend aus und hoffte, dass ihr Anblick seine Wirkung auf Julian nicht verfehlen würde.

Der Champagner war im Kühlschrank, das Wohnzimmer von Kerzenschein erleuchtet, und Norah Jones' sonore Stimme füllte den Raum. Wenn Julian in weniger als zehn Minuten endlich vor ihrer Haustür stand, würde sie ihm als Erstes einen Aperitif anbieten. Für acht Uhr hatte sie einen Tisch im Manila reserviert, einem trendigen Restaurant am Neuen Pferdemarkt. Doch im Gegensatz zu sonst konnte sich Stella nicht allzu sehr auf den bevorstehenden Abend freuen, in Gedanken war sie immer noch bei ihrem Beinahe-Unfall von heute Morgen. Nicht auszudenken, was passiert wäre, wenn sie nur ein wenig schneller gefahren wäre …

Es läutete an der Tür, und Stella setzte ihr verführerischstes Lächeln auf. Schließlich kannte Julian sie als ausgeglichene, selbstbewusste Frau, und das sollte auch so bleiben.

»Hallo, meine Schöne«, sagte Julian und zog Stella in seine Arme. Wie gut er duftete, und wie attraktiv er war! Er war groß und gut gebaut, doch nicht zu stark trainiert, genau so, wie Stella es mochte. Seine silbergrauen Haare wellten sich leicht über den Ohren und verliehen seinem Gesicht etwas Künstlerisches. Auch heute konnte sie sich kaum an seinen blassgrünen Augen sattsehen, und Stella fragte sich zum wiederholten Male, weshalb ausgerechnet sie das Glück hatte, einem so wundervollen Mann begegnet zu sein.

»Hallo«, hauchte sie und strahlte. »Schön, dich zu sehen. Wie wär's, möchtest du ein Glas Champagner, bevor wir aufbrechen?« Mit geübtem Griff entkorkte sie die sündhaft teure Flasche und war wieder einmal stolz, sich einen so aufwendigen Lebensstil leisten zu können. Sie wohnte – mehr als komfortabel – in einem Patrizierhaus am Innocentiapark, fuhr ein BMW Z3-Cabriolet, erwarb ihre Kleidung in den edelsten Boutiquen der Stadt und ging beinahe jeden Abend essen, weil sie kaum kochen konnte. Ihre seltenen freien Tage verbrachte sie mit kostspieligen Wellness-Aufenthalten, auf Städtetrips oder in Feriendomizilen wohlhabender Bekannter und Kunden. Mit ihren neununddreißig Jahren hatte sie das geschafft, wovon viele Frauen nur träumten: Sie war schön, beruflich ausgesprochen erfolgreich und finanziell unabhängig. Allerdings machte ihr die Aussicht auf ihren vierzigsten Geburtstag ein wenig zu schaffen.

»Wie geht es dir, du siehst heute etwas blass aus«, sagte Julian und führte Stella behutsam zum Sofa. Sie unterdrückte den Impuls, ihm von ihrem alptraumhaften Nachmittag zu berichten, denn sie wusste, dass der Abend sonst gelaufen wäre. Als Anwalt würde Julian sofort einen Schlachtplan entwickeln, mit dem Stella auf eine eventuell drohende Anzeige reagieren konnte.

Sie hatte jedoch etwas ganz anderes im Sinn. Heute war der Abend, an dem sie Julian bitten wollte, ihren vierzigsten Geburtstag mit ihr zusammen zu verbringen.

»Mach dir keine Gedanken, es ist alles in bester Ordnung«, antwortete sie und setzte ihr gewinnendstes Lächeln auf. »Wahrscheinlich ist es nur dieses neue Make-up, ich sollte es umtauschen.«

Damit würde sich Julian zufriedengeben, er schätzte nämlich ihre unkomplizierte Art. Sie machte keine Szenen und war verfügbar, wenn er sie brauchte. Kurzum, sie war das totale Gegenteil von seiner Frau Laura, die von Ehrgeiz zerfressen rund um die Welt jettete, um kapriziöse Models ins rechte Licht zu setzen.

Stella wollte den Augenblick nicht länger aufschieben und

sofort aufs Ganze gehen. »Wie würdest du es finden, wenn wir meinen Geburtstag zusammen feiern und irgendwohin fahren?«, fragte sie und merkte, wie sich Julian augenblicklich versteifte.

»Woran hast du denn so gedacht?«, entgegnete er und fuhr sich nervös durch sein graumeliertes Haar. Mit einem Mal hatte Stella keine Lust mehr, das anschmiegsame Schmusekätzchen zu spielen, das keine Wünsche und Bedürfnisse hatte, und sie sprach mutig weiter.

»Ich dachte an ein verlängertes Wochenende in Paris. Wir könnten Freitagnachmittag fliegen und uns eine Suite im Plaza Athenée nehmen. Wir könnten bummeln, ins Museum gehen, an der Seine spazieren und im Café de Flore Kuchen essen. Wenn du Lust hast, besorge ich Karten für die Oper.«

Julian nestelte an seiner Krawatte.

»Ich werde darüber nachdenken«, versprach er und sah ostentativ auf die Uhr. »Wir sollten uns jetzt auf den Weg machen, wenn wir den Tisch im Manila behalten wollen.« Stella erhob sich und stellte den Champagner in den Kühlschrank. Als die beiden aus der Wohnungstür traten und zum Wagen gingen, wusste sie bereits, dass sie einen nicht wiedergutzumachenden Fehler begangen hatte.

Geschafft, dachte Leonie, als sie ihre Schuhe gegen ein Paar dicker Wollsocken eintauschte. Ein weiterer unerfreulicher Tag bei Traumreisen war zu Ende gegangen, und jetzt wollte sie nichts weiter, als es sich endlich gemütlich zu machen. Es war kurz nach sieben, ihr blieb noch genau eine Stunde Zeit, um sich etwas zu essen zu machen und danach den Spielfilm im Ersten anzusehen. Olli hatte ihr vorgeschlagen, mit ihm und seinen Freunden auszugehen, doch wie so häufig war Leonie nicht in der Stimmung, sich mit einem Haufen Zwanzigjähriger in der Bar Rosso herumzutreiben. Sie fand Ollis Wohngebiet, das Schanzenviertel, zwar ganz interessant, aber irgendwie fühlte sie sich unter den vielen hippen jungen Menschen noch mehr wie ein Landei. Wenn ein flachbrüstiges, magersüchtiges Etwas mit blassem Teint, Zungenpiercing und blutroten Schmolllippen ein Kopftuch trug, sah sie aus wie eine verwegene Piratenbraut. Wenn Leonie den Versuch unternahm, »trendig« auszusehen, glich sie eher einer verkleideten Landpomeranze.

Seufzend setzte sie Nudelwasser auf und starrte auf die tristen Küchenwände.

»Ich sollte wirklich umziehen«, murmelte sie und schälte eine Handvoll Tomaten für ihre Pastasauce. Bei dem Gedanken, eines Tages womöglich unbemerkt in dieser Wohnung sterben zu müssen, schossen ihr Tränen in die Augen. Wenn sie wenigstens eine Katze hätte, die ihr abends Gesellschaft leisten könnte, die schnurrend auf ihren Füßen lag, während sie sich einen Film ansah oder ein Buch las. So wie Minou, die Katze daheim bei ihren Eltern. Morgen kaufe ich das *Abendblatt* und sehe mich nach einer anderen Wohnung um, beschloss sie, während sie ein großes Bündel Basilikum wusch und zusammen mit Thymian, Oregano und Rosmarin klein hackte. Der Kräutergarten auf der Fensterbank war Leonies ganzer Stolz. Sie legte viel Wert auf gesundes Essen und kochte für ihr Leben gern, am liebsten für viele Gäste. Und noch lieber hätte sie für eine Familie gekocht, aber so wie es aussah, würde sich dieser Wunsch nie erfüllen. Leonie versuchte sich damit zu beruhigen, dass sie schließlich erst sechsunddreißig war und nicht sechsundvierzig. Dann hätte ihr Leben natürlich ganz anders ausgesehen, momentan jedoch hatte sie noch ziemlich viele Chancen. Sie versuchte den kleinen Teufel zu ignorieren, der auf ihrer Schulter saß und ihr hämische Fragen ins Ohr flüsterte. Zum Beispiel, wie sie gedachte, einen Mann kennenzulernen, wenn sie Abend für Abend zu Hause herumsaß. Oder an den Wochenenden zu ihren Eltern ins Alte Land fuhr.

»Selbst schuld!«, schalt sie sich und dachte an Henning, den Mann, mit dem sie seit Kindertagen liiert gewesen war. Immerhin hatte der ihr einen Heiratsantrag gemacht und genau wie sie von vielen Kindern geträumt. Irgendwann allerdings war Leonie die Routine in ihrer Beziehung auf die Nerven gegangen. Es war alles so vorhersehbar gewesen, so überschaubar und langweilig.

Leonie war keine große Abenteurerin, aber sie hatte es gerne romantisch. Sie liebte es, sich in kitschig-schöne Romanwelten zu versenken, deren Heldinnen sich dem Schicksal mutig entgegenstellten und bereit waren, für ihre Liebe zu kämpfen. Sie selbst war meilenweit davon entfernt, es ihnen gleichzutun, was sich auch in ihrem Job bemerkbar machte. Lieber ließ sie sich von den Urlaubserlebnissen ihrer Kunden berichten, als selbst einen Flieger zu besteigen. Doch ihre Vorgesetzte, Doris Möller, erwartete ein gewisses Maß an Reiseerfahrung, das Leonie einfach nicht vorzuweisen hatte. Die Nordfriesischen Inseln, ein Wochenende in Salzburg und gelegentliche Badeurlaube auf den Balearen waren alles, was sie bislang von der Welt gesehen hatte. Aus diesem Grunde hatte ihre Chefin den Bereich »Europa und Fernreisen« an Sandra Koch übergeben und Leonie zu den Städtereisen degradiert. Seit jenem Tag litt sie unter der Situation, denn nun blieben fast nur noch unangenehme Aufgaben an ihr hängen. Dazu gehörten der Telefondienst, der Bundesbahnservice und die Ausgabe von Prospekten. Mittlerweile fühlte sich Leonie restlos unterfordert. Gleichzeitig hatte sie eine beinahe panische Angst vor der launischen, unberechenbaren Doris Möller. Die Situation wurde immer angespannter.

Nachdem Leonie eines Tages, mehr aus Langeweile als aus echtem Interesse, den Eingangsbereich so umstrukturiert hatte, dass sich die Wartezeit der Kunden verringerte, stand sie bei ihrer Vorgesetzten erst recht auf der schwarzen Liste. Die konnte es nämlich nur schwer ertragen, wenn jemand etwas besser machte als sie selbst. Doris Möller grüßte Leonie seitdem nur noch, wenn es sich nicht vermeiden ließ, übergab ihr immer öfter geistlose Hilfsjobs und ließ sie ansonsten spüren, dass sie alles andere als begeistert von ihr war.

Leonie war ratlos. Sie hatte bislang noch nie mit jemandem ernsthafte Differenzen gehabt, dazu war sie viel zu gutmütig und konfliktscheu. Deshalb wagte sie es nicht, ihre Vorgesetzte um ein Gespräch zu bitten. Beinahe täglich dachte sie daran, zu kündigen, aber die Situation der Reisebüros war mit Zunahme der Buchungen über das Internet alles andere als rosig, und jeder, der eine feste Stelle hatte, war froh, sie zu behalten. Mit sechsunddreißig Jahren befand sich Leonie in einer Sackgasse, und zwar sowohl beruflich als auch privat, das wurde ihr mit jedem Tag klarer.

»Jetzt nur keine trüben Gedanken mehr zulassen«, sprach sie sich selbst Mut zu und entschied, entgegen ihrer sonstigen Gewohnheiten vor dem Fernseher zu essen. Nach einem Tag wie heute brauchte sie einfach ein bisschen Berieselung.

Wenig später war Leonie in einen romantischen Liebesfilm versunken, und ganze neunzig Minuten lang war ihre Welt in Ordnung. Warum konnte es im wahren Leben nicht auch ein bisschen so sein wie im Film? Mit garantiertem Happy End?

Nach einem kurzen Aufenthalt im Bad schlüpfte sie in ihren kuscheligen Flanellpyjama mit den roten Herzen, krabbelte unter die schwere Daunendecke und legte sich ihren Schlafbären unter den Kopf. Der Zahn der Zeit hatte bereits kräftig an dem Teddy genagt, und er war platt wie eine Flunder. Doch für Leonie gab es nichts Tröstlicheres, als sein kuscheliges Fell auf ihren Wangen zu fühlen.

Kapitel 3

Als Nina am Samstagnachmittag das Blumenmeer verließ, entschied sie sich, einen Abstecher zu ihrem portugiesischen Lieblingscafé zu unternehmen, um dort einen starken Galão zu trinken und einen Blick in das *Hamburger Abendblatt* zu werfen.

»Hallo, ihr beiden«, begrüßte sie die Besitzer des kleinen Cafés, in dem es neben einem hervorragenden Kaffee die besten Vanilletörtchen außerhalb Lissabons gab. Fernando saß wie immer mit dem Rücken zum Eingang und starrte auf den Fernseher, der auf dem Kühlschrank stand, aus dem man sich Softdrinks oder Bier nehmen konnte. Maria hantierte hinter dem Tresen und toastete ein Brötchen. Außer Nina und einem älteren Herrn war niemand im Café.

»Einen großen Galão, wie immer?«, fragte Maria und zwinkerte ihr zu. Sie wusste, dass Nina wegen der frühmorgendlichen Termine auf dem Blumenmarkt spätestens am Samstag fix und fertig war und eine kräftige Dosis Koffein vertragen konnte. Die vergangene Nacht hatte Nina kaum ein Auge zugetan. Geralds Anruf war ihr einfach nicht mehr aus dem Kopf gegangen.

Unkonzentriert blätterte sie im *Abendblatt* und überflog den Immobilienteil. Ihr Blick blieb an einer großen, liebevoll gestalteten Anzeige hängen.

Villa zum Verlieben

*Drei preisgünstige Zweizimmerwohnungen
in charmanter Stadtvilla von privat zu vermieten.
Wenn Sie einen grünen Daumen haben, Katzen
mögen und leichte Renovierungsarbeiten übernehmen
können, kommen Sie zur Besichtigung.
Samstag von 17 bis 20 Uhr
Pappelstieg 35, Hamburg-Eimsbüttel.*

Ninas Herz klopfte, als sie die Worte »grüner Daumen« las. Das konnte nur bedeuten, dass diese Villa einen Garten hatte! Gegen Katzen hatte sie prinzipiell auch nichts einzuwenden, nur die »leichten Renovierungsarbeiten« machten sie etwas misstrauisch.

Pappelstieg, dachte sie träumerisch und hatte sofort die Straße mit dem holprigen Kopfsteinpflaster, den hohen Bäumen und den charmanten kleinen Geschäften und Cafés vor Augen. Und sie konnte sogar in ihrem Lieblingsviertel bleiben! Dann blieb nur zu hoffen, dass sich die Villa nicht in einem allzu maroden Zustand befand. Vielleicht war das ihre lang ersehnte Chance, den Geistern der Vergangenheit zu entfliehen und endlich ein neues Leben zu beginnen!

Plötzlich hatte es Nina ziemlich eilig, ihren Galão auszutrinken, und sie verzichtete sogar auf das Vanilletörtchen, so sehr drängte es sie, das Haus in Augenschein zu nehmen. Es war fast siebzehn Uhr, in wenigen Minuten würde die Besichtigung beginnen.

Ein attraktiver Mann namens Robert Behrendsen und ein flachsblonder Junge nahmen Nina in der Auffahrt in Empfang und drückten ihr ein Exposé in die Hand.

»Schauen Sie sich in Ruhe um. Sollten Sie das Haus mögen, erkläre ich Ihnen nachher, wie ich mir das mit der Renovierung vorgestellt habe«, sagte Herr Behrendsen und wandte sich einem der anderen Interessenten zu. Wie Nina befürchtet hatte, waren eine Menge Leute zur Besichtigung erschienen, Eimsbüttel war eben ein beliebter Stadtteil und das Haus ein wahres Kleinod.

Das Anwesen war ziemlich groß, und mit seinen vielen Erkern, Türmchen und Giebelfenstern wirkte es ein bisschen wie Pippi Langstrumpfs Villa Kunterbunt. Die schwere Eingangstür war mit wunderschönen Jugendstilelementen versehen, und den Treppenaufgang säumte ein schnörkeliges, schmiedeeisernes Geländer. Die teils rissigen Stufen taten dem Ganzen keinen Abbruch, im Gegenteil. Schon von außen verbreitete die Villa einen ganz eigenen Zauber, man fühlte sich wie in einer anderen Welt. Und war doch mitten in Hamburg! Nina konnte es kaum fassen – sie liebte dieses Haus, das wusste sie schon jetzt!

Die Fassade war an einigen Stellen abgeblättert, dafür rankten sich Efeu, eine hellgrüne Kletterhortensie und Wilder Wein die Wände entlang. Zu ihrer großen Freude entdeckte Nina an der Seitenfassade intensiv leuchtenden Blauregen – eine ihrer absoluten Lieblingspflanzen.

Beglückt folgte sie einer großen, schlanken Blondine, die sich fortwährend Notizen in ein teuer aussehendes Filofax machte und ihr auf Anhieb unsympathisch war. Nina hatte eine ausgeprägte Abneigung gegenüber diesem Typ Frau, den sie insgeheim »Perlen-Paula« nannte. Perlen-Paulas waren Frauen, die alle in demselben leger-luxuriösen Einheitslook herumliefen (Gucci-Sonnenbrille, Pferdeschwanz, flache Tods und die obligatorische Perlenkette) und in den einschlägigen Hamburger Nobelvierteln wohnten, in denen man eben residierte, wenn man über das nötige Kleingeld verfügte.

»Na, wo sind wir denn her? Aus Eppendorf?«, frotzelte Nina vor sich hin und hoffte inständig, dass diese Frau kein Interesse daran haben würde, hier einzuziehen. Man konnte sich schließlich nicht ständig aus dem Weg gehen.

Doch bald schon hatte Nina die blonde Frau vergessen und ließ sich erneut vom Charme der Villa gefangen nehmen. Der Flur im Eingangsbereich war nicht besonders hell, aber dafür mit außergewöhnlich schönen Bodenfliesen belegt. Rechts befand sich eine alte, schwere Kommode aus Nussholz, auf der ein mehrarmiger, silberner Kerzenleuchter stand. Und daneben – Nina traute ihren Augen kaum – ein altes Telefon, wie sie es aus ihren Kindertagen kannte. Das ausladende Gehäuse war mit moosgrünem Samt bezogen, und im Geist konnte Nina bereits das schnarrende Geräusch der Wählscheibe hören.

An der Zimmerdecke entdeckte Nina ein paar feuchte Stellen, und der Raum roch etwas muffig. Das würde man wohl im Auge behalten müssen, denn jede Form von Schimmel oder Schwamm war natürlich vollkommen inakzeptabel. Versonnen blickte Nina sich um. Das Haus war wie ein altvertrauter Freund, dessen Schwächen man gut kannte und den man genau deshalb besonders ins Herz geschlossen hatte.

Vom Flur aus gingen links und rechts die beiden Erdgeschosswohnungen ab, und Nina konnte es kaum erwarten, einen Blick hineinzuwerfen. Die Wohnung im ersten Stock war über eine knarrende Wendeltreppe zu erreichen. Hier würde sie glücklich sein, das konnte Nina intuitiv spüren.

»Ist es nicht wunderschön hier?«, hörte sie die entrückte Stimme einer älteren Dame, und Nina konnte ihr nur zustimmen. Ihr persönlich gefiel natürlich die Wohnung mit dem Zugang zum Garten und dem wunderschönen alten Kachelofen am besten. Ob der funktionsfähig war, würde sich zwar erst noch herausstellen, aber selbst wenn nicht, war er immer noch ein echtes Schmuckstück. Während Nina zum zweiten Mal die Räume abschritt, knarrte es immer wieder verdächtig unter ihren Schuhen. Es schien, als wären die Bodendielen an einigen Stellen ein wenig lose. Ninas Phantasie schlug Purzelbäume: Vielleicht war da noch irgendwo ein Versteck aus alten Zeiten, und sie würde ein Bündel vergilbter Liebesbriefe unter den Dielen finden, oder alte Tagebücher.

Die Küchen der drei Wohnungen waren nach altem Standard ausgestattet, ebenso die Bäder. Charmante Details wie blau-weiße Delfter Kacheln, ein gusseiserner Herd und eine frei stehende Badewanne mit Dackelbeinen entschädigten schnell für das, was vielleicht sonst im Argen lag.

Nachdem Nina alles gründlich in Augenschein genommen hatte, war es endlich so weit: Jetzt würde sie sich den Garten ansehen!

»Oha!«, bemerkte ein junger Mann neben ihr, und Nina drehte sich zu ihm um. »Wo unter dem ganzen Gestrüpp ist denn der Garten?« Die Frage war durchaus berechtigt, momentan sah man nichts weiter als meterhohes, vergilbtes Gras und im Hintergrund ein paar vertrocknete Sträucher, Rhododendren und Hortensienbüsche, die mickerig vor sich hin wuchsen. Wenn es einen Zaun zum Nachbargrundstück gab, konnte man ihn jedenfalls nicht sehen, so verwildert war das Grundstück.

»Tja, hier müsste man eindeutig mit einer Sense ran«, antwortete Nina und lächelte. »Dann wird sich herausstellen, was sich unter dem ganzen Chaos verbirgt.«

»Vermutlich nicht besonders viel«, ertönte eine kühle weibliche Stimme, die zu der Notizen machenden Blondine gehörte, wie Nina irritiert feststellte. »Da kann man nur hoffen, dass sich unter den Mietanwärtern wirklich ein Gartenexperte befindet. Ich selbst hätte keine Lust, mich durch diese Wildnis zu schlagen.«

Klar, da würden dir ja auch deine langen Krallen abbrechen, hätte Nina am liebsten geantwortet, als ihr Blick auf die schmalen, beringten Finger der Blonden fielen, deren Nägel kunstvoll mit champagnerfarbenem Lack bemalt waren. Aber was kümmerte sie das schon? Sie war eine Gartenexpertin und genau die Richtige für die Erdgeschosswohnung! Entschlossen ging Nina zu Robert Behrendsen, um dort ihr Interesse anzumelden.

»Mich können Sie schon mal unter der Rubrik ›grüner Daumen‹ eintragen«, sagte sie selbstbewusst und überreichte ihm die Visitenkarte vom Blumenmeer. »Als Floristin und passionierte Gärtnerin kann ich aus dieser Strauchwüste im Handumdrehen etwas machen, das man im kommenden Frühjahr guten Gewissens einen Garten nennen kann.«

»Na, das klingt ja vielversprechend«, antwortete Robert Behrendsen und lächelte erfreut.

»Und ich kann mich als Innenarchitektin um die Sanierung und die Einrichtung des Hauses kümmern«, vernahm Nina zu ihrer Verärgerung die Stimme der aufgetakelten Blondine, die dem Vermieter ebenfalls eine Karte überreichte. »Stella Alberti«, konnte Nina entziffern. »Dann brauchen wir nur noch jemanden für Paul und Paula«, rief der etwa achtjährige Junge mit den strubbeligen, blonden Haaren und den frechen Sommersprossen. Er deutete auf zwei freundlich aussehende Katzen, die sich auf der Sitzbank im Flur aneinandergekuschelt hatten. »Die finden wir schon noch, Moritz«, entgegnete Robert Behrendsen und streichelte seinem Sohn über den Kopf. »Keine Sorge, den beiden wird es hier gutgehen, du wirst schon sehen.«

»Hoffentlich«, murrte Moritz, steckte seine Hände in die Hosentaschen und kickte einen Ball durch den Flur.

»Wer hat hier eigentlich vorher gewohnt, und weshalb stehen gleich alle drei Wohnungen leer?«, erkundigte sich Stella.

»Bis vor kurzem haben meine Mutter, ihre Schwester und deren Tochter hier gelebt. Die Villa ist seit Generationen in Familienbesitz. Amalie, die Schwester meiner Mutter, ist mittlerweile leider verstorben, und Greta, die sie gepflegt hat, ist nach Kiel zurückgegangen. Meine Mutter Rose wohnt nun im Wohnstift Augustinum. Und weil Paul und Paula zu betagt sind, um nach Husum umzuziehen, brauchen sie jemanden, der sich um sie kümmert.«

»Ich bin ein großer Katzenfan«, rief Leonie, die ihre Besichtigung gerade beendet hatte und von der zweiten Erdgeschosswohnung mit Wintergarten restlos begeistert war. Hier hätten ihre Kräuter ideale Wachstumsbedingungen, und das Katzenpaar hatte sie sowieso vom ersten Moment an ins Herz geschlossen. Die Stadtvilla war genau das idyllische Paradies, nach dem sie sich so sehr gesehnt hatte.

»Dann scheint es ja, als hätte ich mein Mieter-Kleeblatt zusammen«, schmunzelte Robert Behrendsen und steckte nun auch Leonies Visitenkarte zu seinen Unterlagen. »Dann werde ich Ihnen mal erzählen, wie ich mir das mit der Renovierung vorgestellt habe.« Nina, Leonie und Stella nickten gespannt. »Wie Sie sehen, sind die Wohnungen mit dreihundertfünfzig Euro pro Monat ausgesprochen günstig. Aber dafür ist hier ja auch noch einiges zu tun. Mit ein bisschen Tapezieren und Streichen ist es leider nicht getan. Der Flur ist wegen eines kleinen Wasserschadens etwas klamm, das lässt sich jedoch mit Hilfe eines Entfeuchters schnell in den Griff kriegen.«

»Und wie haben Sie sich das mit den Materialkosten vorgestellt?«, erkundigte sich Stella, die blitzschnell überschlagen hatte, was es sie kosten würde, Küche und Bad auf einen modernen Stand zu bringen.

»Die übernehme selbstverständlich ich«, entgegnete Robert Behrendsen, und die drei Frauen waren sichtlich erleichtert. »Bitte seien Sie allerdings so nett, mir einen Kostenvoranschlag zukommen zu lassen, damit wir uns abstimmen können. Ich fürchte nämlich, dass ich bei allzu exklusiven Einrichtungswünschen passen muss. Dasselbe gilt selbstverständlich auch für die Bepflanzung des Gartens.«

»Natürlich, das versteht sich von selbst«, versicherte Nina schnell. Das alles klang ausgesprochen fair und umsetzbar. Robert Behrendsen lächelte.

»Haben Sie bitte auch Verständnis dafür, dass ich erst die Unterlagen der anderen Interessenten prüfen muss, bevor ich eine endgültige Entscheidung treffe. Ach, und füllen Sie bitte die Formulare aus, die vorne auf der Kommode liegen. Gedulden Sie sich ein paar Tage. Ich melde mich dann bei Ihnen.«

»Und wie können wir Sie erreichen, falls wir noch Fragen haben?«, erkundigte sich Stella, die entschlossen war, die Wohnung im ersten Stock zu mieten. Diese Form von Tapetenwechsel war buchstäblich genau das, was sie jetzt brauchte. Hier würde sie zur Ruhe kommen und ihre Fähigkeiten zur Abwechslung mal für sich selbst nutzen können, anstatt es immer nur anderen Leuten schön zu machen. Außerdem hatte sie ihre durchgestylte Wohnung satt. Sie sehnte sich nach mehr Lebendigkeit.

»Sie wohnen in Husum?«, fragte sie überrascht, als Robert Behrendsen ihr seine Karte in die Hand drückte.

»Ja, genau. Haben Sie ein Problem damit?«, antwortete der Hausbesitzer und lächelte Stella herausfordernd an.

»Nein, nein, durchaus nicht. Ich hätte nur nicht vermutet, dass Sie in einem so entlegenen Winkel leben«, sagte Stella und bemerkte selbst, wie arrogant dieser Satz geklungen haben musste.

»Ich weiß ja nicht, ob Sie schon mal in Husum waren, Frau Alberti. Aber wir verfügen dort über nahezu dieselbe Infrastruktur wie Sie hier in Hamburg. Es gibt dort Häuser, Geschäfte, ein Rathaus und sogar Schulen, nicht wahr, Moritz?« Der kleine Junge rollte wortlos mit den Augen und wandte sich wieder den beiden Katzen zu, die immer noch gemütlich auf der Sitzbank lagen und wohlig schnurrten. Eins zu null für dich, Robert Behrendsen, dachte Nina und kicherte schadenfroh, als sie sah, wie Stella vor Verlegenheit rot wurde.

»Also, ich finde Husum wirklich schön«, sagte Leonie, die sehr daran interessiert war, einen positiven Eindruck zu hinterlassen. Und zwar nicht nur wegen der Wohnung, sondern auch, weil sie den Vermieter äußerst attraktiv fand. Ob er verheiratet war? Jedenfalls trug er keinen Ehering. »Als Kind war ich häufig im Poppenspäler-Museum und im Storm-Haus. Und seitdem freue ich mich immer wieder, wenn ich mal Gelegenheit habe, in Husum zu sein«, fuhr Leonie tapfer fort, obwohl sie am Gesichtsausdruck der blonden Frau erkennen konnte, dass es ihr gar nicht recht war, unterbrochen zu werden. Doch Herr Behrendsen hatte sich bereits den anderen Interessenten zugewandt, die ihm nach und nach ihre Visitenkarten oder die bereits ausgefüllten Fragebögen in die Hand drückten.

Leonie kniete sich neben die beiden Katzen, die sich schnurrend von ihr streicheln ließen.

»Du bist sicher Paul«, sagte sie zu dem größeren, pechschwarzen Tier, auf dessen Hals sie ein kleines weißes Dreieck entdeckte. »Und du Paula«, murmelte Leonie zärtlich und strich der Katzendame über das getigerte Fell. »Wie hübsch ihr beide seid! Ich hoffe, dass wir uns bald wiedersehen. Falls nicht, wünsche ich euch eine nette und liebevolle Katzenmutter und ein langes Leben in diesem zauberhaften Haus.«

Dann verabschiedete sie sich seufzend von der schönen Villa, lief über die breite Auffahrt und schwang sich auf ihr Fahrrad. Sie war verliebt: in das Haus, die Katzen und in den netten Mann mit dem kleinen Jungen. Wäre ihr Leben wie einer der Romane, die sie so gern las, wäre sie bald am Ziel ihrer Wünsche. Sie müsste nur noch die obligatorischen Verwicklungen und Missverständnisse überwinden, dann wäre ihr das Happy End sicher. Doch leider war Leonie keine Romanfigur, und somit stand durchaus zu befürchten, dass sie womöglich nicht einmal den Mietvertrag bekam.

Kapitel 4

Samstagabend und keine Verabredung! Seufzend ließ sich Stella auf ihr cremefarbenes Sofa fallen und starrte an die Zimmerdecke. Was sich alles aus dieser alten Villa machen ließe, dachte sie und riss im Geist schon die Tapeten von den Wänden, ließ Kacheln erneuern und eine große, kupferfarbene Dunstabzugshaube über dem Herd anbringen. Das Angebot des Vermieters hatte fair geklungen, und Stella war absolut bereit, einen Zuschlag zu zahlen, wenn es erforderlich war. Was für eine wunderbare Gelegenheit, alles komplett nach ihren Vorstellungen zu gestalten. Auch der verwilderte Garten würde sicher wunderschön werden, wenn sich jemand seiner annahm. Ob die zierliche Dunkelhaarige die Wohnung bekommen würde? Als Floristin und Gärtnerin hatte sie natürlich gute Chancen.

Eine Hausgemeinschaft mit netten, gleichaltrigen Frauen, das wäre schön, überlegte Stella, während sie nach ihrem Handy griff. Sie hatte es gar nicht eingeschaltet, seit sie zu Hause war. Beinahe ängstlich gab sie den PIN-Code ein und wartete auf das erlösende Geräusch, das den Eingang einer Kurzmitteilung anzeige. Doch Julian hatte sich nicht gemeldet. Nicht mal heute früh, um ihr einen Guten-Morgen-Gruß zu schicken, wie er es sonst immer tat. Stellas Paris-Pläne hatten ihn wohl ziemlich erschreckt.

Obwohl es noch früh am Abend war, schenkte sie sich zum Trost ein Glas Champagner ein und trat auf den Balkon.

Die Abendluft war angenehm mild, und Stella setzte sich auf einen ihrer teuren Teakstühle. Aber im Gegensatz zu sonst konnte sie sich heute nicht so recht an ihrem Luxus erfreuen. Sie fühlte sich einsam – das war auch der Grund, warum sie zu der Besichtigung gegangen war.

Am frühen Morgen war sie, wie jetzt häufiger in den letzten Wochen, mit Herzrasen erwacht. Um sich abzulenken, hatte sie im *Abendblatt* geblättert und war auf Robert Behrendsens Anzeige gestoßen.

Beim Anblick der schönen Villa hatte sie endgültig beschlossen, ein neues Leben zu beginnen, abseits ihrer luxuriösen und stressigen Existenz, zusammen mit anderen netten Menschen. Stella stellte es sich himmlisch vor, abends bei einem Glas Wein im Wintergarten zu sitzen. Das Gefühl zu haben, nicht allein zu sein und sich zurückziehen zu können, wenn man es wollte. Vielleicht könnten sie auch zusammen kochen? Dafür würde sie sogar den Besuch eines Kochkurses in Erwägung ziehen.

Leonie rief an diesem Abend sofort bei ihren Eltern an. Sie konnte es kaum erwarten, von der charmanten Stadtvilla und dem Katzenpaar zu berichten.

»Aber das klingt ja himmlisch, Liebes. Ich drücke dir die Daumen, dass es klappt!«

Nach dem Telefonat machte sich Leonie an die Zubereitung des Abendessens. Summend schnitt sie eine Zwiebel in kleine Würfel und malte sich aus, wie gut ihr Kräutergarten in die schnuckelige Wohnung der Villa passen würde. Diese Floristin hatte sehr sympathisch ausgesehen, die würde ihr bestimmt ein paar Tipps geben. Außerdem würde es sicher

Spaß machen, gemeinsam zu tapezieren, zu streichen, sich einen schönen Bodenbelag auszusuchen und sich alles in allem mal so richtig auszutoben. Leonie saß sowieso viel zu viel am Schreibtisch und konnte sich abends nicht mehr dazu aufraffen, Sport zu treiben.

Hoffentlich zieht diese arrogante Innenarchitektin nicht ein, dachte sie, während sie den Koriander für ihr indisches Putencurry klein hackte. Genau solche Frauen kamen tagtäglich in ihr Büro, um sich über teure Reisen zu informieren oder zu reklamieren, wenn nicht alles genau so gewesen war, wie sie es sich vorgestellt hatten.

Mit Schaudern dachte Leonie an den kommenden Dienstag. Zum Glück hatte sie Montag frei, doch der Beginn der neuen Arbeitswoche rückte bedrohlich näher. Doris Möller war Samstagvormittag zwar nur kurz im Reisebüro gewesen, aber selbst die eine Stunde hatte ausgereicht, um Leonie komplett die Laune zu verderben. Wenn schon ihr Berufs- und Liebesleben so eine Pleite waren, könnte das Schicksal wenigstens jetzt ein Einsehen mit ihr haben und ihr den Mietvertrag für die Villa in die Hände spielen.

Mit dem Gedanken an Paul, Paula und Robert Behrendsen schlief Leonie schließlich auf dem Sofa ein. Vor lauter Müdigkeit hatte sie es nicht einmal mehr ins Schlafzimmer geschafft. Sie träumte von einer Party im Wintergarten. Von lachenden Gesichtern und fröhlichen Menschen. Von Kindern und Katzen. Und sich selbst inmitten des lebendigen Trubels.

Ein paar Straßen vom Pappelstieg entfernt saß Nina an ihrem Küchentisch und kaute lustlos an einer Frühlingsrolle, die sie kurz zuvor in der Mikrowelle aufgetaut hatte. Sehnsüchtig starrte sie aus dem Fenster und träumte sich in die Wohnung der alten Villa. Wenn alles gutging, konnte sie schon bald dort einziehen. Und endlich ein neues Leben ohne belastende Erinnerungen beginnen. Zuvor musste sie noch einen endgültigen Schlussstrich unter die Geschichte mit Gerald ziehen, der es zu guter Letzt doch noch geschafft hatte, sie zu einem Treffen zu überreden.

»Telefon für dich. Ein Herr Benz oder so.«

Verwundert sah Leonie am Dienstagmorgen von ihrem Katalog auf. Der Name sagte ihr überhaupt nichts.

»Leonie Rohlfs, was kann ich für Sie tun?«

»Sie können Paula und Paul eine gute Katzenmutter sein«, antwortete die fröhliche Stimme von Robert Behrendsen, und Leonie konnte ihr Glück kaum fassen. Herr Behrendsen! Sie bekam die Wohnung! Olli sollte dringend mal zum Friseur. Seine langen Haare schienen ihm die Gehörgänge zu versperren. Von wegen Benz …

»Das ist aber eine nette Überraschung«, antwortete Leonie und bedeutete Olli mit einer Handbewegung, nicht schon wieder ihr Telefonat zu belauschen. Seit Wochen arbeitete er bereits daran, Leonie den Mann fürs Leben zu »organisieren«. Aber das würde sie schon selbst in die Hand nehmen. Robert Behrendsen hatte noch mehr gute Neuigkeiten: Leonie würde die Wohnung mit dem Wintergarten bekommen, in einer Woche war Schlüsselübergabe. Und schon in zwei Wochen, zum ersten Oktober, konnte sie einziehen, wenn sie wollte.

»Ich hab sie, ich hab sie«, jubelte sie vergnügt, als sie den Hörer aufgelegt hatte. »Darauf müssen wir unbedingt anstoßen. Heute Abend gehen wir aus, und du darfst dir aussuchen, wohin«, schlug sie Olli vor und tanzte ausgelassen mit ihm um den Schreibtisch herum.

»Du willst diesen Abend tatsächlich mal nicht zu Hause verbringen? Ich glaub's nicht, das muss ich mir im Kalender anstreichen!« Olli trollte sich vergnügt, während Leonie über das ganze Gesicht strahlte. Vielleicht würde sich das Blatt jetzt endlich wenden, und sie könnte nicht nur umziehen, sondern auch noch das Herz ihres Vermieters erobern. Weshalb sollte denn immer nur das Sprichwort »Ein Unglück kommt selten allein« gelten?

Das schrille Klingeln des Telefons zerriss die Stille, und Nina fuhr erschrocken hoch. Gerade eben noch hatte sie selig schlummernd in ihrem Bett gelegen.

»Welcher Idiot ist das denn? Heute ist mein freier Tag, ich will ausschlafen«, rief sie ärgerlich und warf einen Blick auf ihren Wecker. Elf Uhr. Noch ehe sie sich aus dem Bett hochrappeln konnte, hatte sich der Anrufbeantworter eingeschaltet. Es war Robert Behrendsen, der ihr mitteilte, dass sie die Erdgeschosswohnung mit dem Gartenzugang haben konnte, wenn sie noch interessiert war. Nina war schlagartig wach und jauchzte vor Freude. Sie hatte tatsächlich den Zuschlag bekommen! Ab dem ersten Oktober würde sie endlich einen Garten haben, in dem sie nach Herzenslust herumbuddeln konnte. Sie entschied, sich so bald wie möglich an ihren Computer zu setzen und einen Plan für die Bepflanzung zu erstellen. Doch zuvor musste sie noch einen unliebsamen Termin hinter sich bringen.

»Gut siehst du aus«, schmeichelte Gerald, als Nina eine halbe Stunde später das Sweet Alabama betrat, wo die beiden sich verabredet hatten.

»Findest du?«, antwortete sie schnippisch und blickte an sich herunter. Sie hatte sich für ihre Verabredung nicht die geringste Mühe gegeben und einfach nur ein paar alte Arbeitsklamotten angezogen. Einen Moment lang war sie versucht gewesen, sich in Schale zu werfen, um Gerald zu beweisen, dass es ihr ohne ihn besserging, dann hatte sie es sich jedoch anders überlegt. Sie musste ihm nicht mehr gefallen, er war Vergangenheit.

»Danke, dass du doch noch gekommen bist«, sagte Gerald und drückte ihre Hand. Vor zwei Tagen hatte er Nina erneut angerufen und so lange auf sie eingeredet, bis sie schließlich erschöpft nachgegeben hatte.

»War ja wohl nicht anders möglich. Aber was auch immer du mir zu sagen hast, fass dich kurz. Ich habe nicht ewig Zeit!«, knurrte sie und vertiefte sich in die Frühstückskarte. Gerald hatte sich kein bisschen verändert und war attraktiv wie eh und je, das musste sich Nina zu ihrem Leidwesen eingestehen. Sein rötlich blondes Haar trug er modisch lang, und der dunkle Bartflaum bewahrte ihn davor, allzu jungenhaft zu wirken. Seine bernsteinfarbenen Augen mit den goldenen Sprengseln faszinierten sie nach wie vor, ohne dass sie etwas dagegen tun konnte. »Der Mann mit den Zauberaugen«, hatte sie ihn immer genannt und gleichzeitig bei dem Gedanken gezittert, dass diese Augen einmal eine andere als sie selbst verzaubern könnten. Ihr Zittern war berechtigt gewesen, denn Gerald war keineswegs gewillt, seine tiefen Blicke nur auf Nina zu richten. Obwohl er mit ihr zusammengezogen war, fand er keinen Gefallen an einer monogamen Beziehung. Dazu hatte er viel zu viele attraktive Kolleginnen an der Schauspielschule. Oder in der Bar, in der er nebenbei jobbte. Und überhaupt an jedem beliebigen Ort, an dem er sich aufhielt. Doch wann immer Nina den verzweifelten Versuch unternahm, ihn aus der gemeinsamen Wohnung zu werfen, schaffte er es irgendwie, sie wieder um den Finger zu wickeln.

»Erzähl mal, wie es in New York war«, sagte sie betont aufgeräumt. Im vergangenen Jahr hatte Gerald dort professionellen Schauspielunterricht genommen. Eigentlich war es ihr völlig egal, was er erlebt hatte und vor allem mit wem, doch sie musste erst einmal in Ruhe wach werden und ihren Espresso trinken. Während sie sich hungrig über ihr Frühstück hermachte, erging sich Gerald in detailverliebten Schilderungen seiner Zeit in Amerika. Nina ärgerte sich im Stillen darüber, dass sie nicht hart geblieben war. Dann würde sie jetzt noch gemütlich im Bett liegen und später vielleicht laufen gehen. Danach hätte sie in aller Ruhe an dem Plan für ihren neuen Garten gearbeitet und dann …

»Hörst du mir überhaupt zu? Ich habe dich etwas gefragt.« Ups. Da war sie wohl einen Moment abgeschweift. Und Gerald hatte es tatsächlich bemerkt! Obwohl er mal wieder bei seinem Lieblingsthema war: sich selbst.

»Entschuldige bitte. Was wolltest du wissen?« Verlegen wischte sich Nina einen Krümel aus dem Mundwinkel und sah Gerald an.

»Ich habe dich gefragt, wie es dir geht und ob du wieder mit jemandem zusammen bist.« Typisch, dass er das wissen wollte. Nina war kurz versucht, einen Freund zu erfinden, verwarf den Gedanken aber sofort wieder. Das hatte sie nicht nötig. Natürlich hätte sie ihm gerne gesagt, dass sie glücklich war. Dass es auch ohne ihn ging. Doch Gerald hätte sie sofort durchschaut. Trotz seiner Oberflächlichkeit war er immer schon in der Lage gewesen, bis auf den Grund ihrer Seele zu sehen.

»Willst du nicht mal was anderes machen, als im Laden von Annette herumzustehen und Sträuße zu binden?«, fragte er, und Nina wurde zornig.

»Blumen sind nun mal mein Leben, wie du dich vielleicht erinnern kannst«, entgegnete sie giftig. »Für die einen gibt es nichts Schöneres, als sich auf der Bühne und im wahren Leben ständig selbst zu inszenieren, aber es soll auch Leute geben, die anderen Menschen eine Freude machen und Gefallen daran finden, deren Alltag farbig zu zaubern.«

»Das meine ich doch gar nicht. Ich wollte nur wissen, ob du nicht was Eigenes aufziehen möchtest, als immer nur die kleine Maus neben Annette zu sein. Du kannst doch viel mehr«, sagte er mit schmeichelnder Stimme und streichelte wie beiläufig ihre Hand. Ninas Herz begann wie wild zu pochen. Gerald hatte ihren wunden Punkt getroffen. Und schlimmer noch: Seine Berührung ging ihr tief unter die Haut. Er war der erste Mann in ihrem Leben gewesen, zu dem sie eine derart intensive körperliche Anziehung gespürt hatte. Immer wieder war sie auf seinen Charme und seine erotische Ausstrahlung hereingefallen, und sie war drauf und dran, erneut denselben Fehler zu begehen. Hastig zog sie ihre Hand zurück, was Gerald mit einem süffisanten Blick quittierte.

Zehn Minuten später standen sie vor Ninas Wohnung. Obwohl sie wusste, dass sie einen schweren Fehler begehen würde, öffnete sie die Tür.

»Sie haben versucht, mich zu erreichen?«, fragte Stella, die gerade von einem Kundenbesuch zurückkam und hektisch die Treppe nach oben zu ihrer Wohnung hinauflief. Drei Anrufe waren auf ihrem Display gewesen, seit sie das Handy nach ihrem letzten Termin wieder angeschaltet hatte, allerdings stammte keiner davon von Julian. Nun war es bereits der vierte Tag, an dem sie nichts von ihm gehört hatte.

»Ja, das habe ich. Ich wollte Ihnen sagen, dass Sie die Wohnung im ersten Stock haben können, wenn Sie sich noch dafür interessieren.«

Stella blieb einen Moment stehen und atmete tief durch. Sie bekam den Mietvertrag! Das war seit langem die erste wirklich gute Nachricht, die das Schicksal für sie bereithielt. Natürlich war sie noch interessiert!

In den vergangenen Tagen und Stunden hatte sie genug Zeit gehabt, sich gedanklich damit auseinanderzusetzen, ob ihre Beziehung zu Julian tatsächlich eine Zukunft hatte. Auch diesmal war sie zu demselben Ergebnis gekommen: dass sich etwas in ihrem Leben ändern musste. Da kam Stella der Umzug gerade recht.

»Wie schön«, antwortete sie erfreut und zückte ihren Terminkalender. »Dann sehen wir uns also kommenden Dienstag zur Schlüsselübergabe«, sagte sie zum Abschluss des Gesprächs und klappte ihr Handy zu. Der erste Oktober war schon in gut zwei Wochen. Bis dahin gab es noch einiges zu tun …

Kapitel 5

Oh, nein, nicht die, dachten Nina und Leonie gleichzeitig, als Stella eine Woche später zur Schlüsselübergabe am Pappelstieg aufkreuzte.

»Dass sie auf diesen hohen Schuhen überhaupt gehen kann«, wunderte sich Leonie mit einem Blick auf die karamellfarbenen Slingpumps, bei deren bloßem Anblick ihr bereits schwindelig wurde.

»Lieber Gott, mach, dass sie aus einem anderen Grund hier ist«, flehte Nina und beäugte misstrauisch, wie Stella in ihrem engen wollweißen Kostüm und ihrer eleganten Krokoledertasche auf sie zugestöckelt kam.

»Die Floristin und die Katzenmama«, flötete sie gutgelaunt und gab beiden strahlend die Hand.

»Dann sind Sie wohl unsere künftige Bauleiterin«, entgegnete Nina schnippisch und überlegte, ob sie zu diesem Zeitpunkt noch aus dem Mietvertrag aussteigen konnte.

»Ich habe die Wohnung im ersten Stock«, sagte Stella etwas unvermittelt. Ninas und Leonies kühle Reserviertheit war ihr nicht entgangen. Okay, dann wohnt sie zumindest über mir und nicht gegenüber, das ist doch schon mal was. Nina war erleichtert.

»Guten Tag, die Damen«, rief Robert Behrendsen, der in diesem Moment in die Auffahrt fuhr. »Ich hoffe, Sie warten noch nicht lange.«

Verzückt beobachtete Leonie, wie er aus seinem Volvo-

Kombi stieg und einen Sack Katzenstreu von der Rückbank nahm. Er war wirklich unverschämt gutaussehend! Und so ein netter Vater! Apropos, wo war eigentlich Moritz? Leonie blickte sich suchend um und stellte mit Bedauern fest, dass der kleine Junge mit den frechen Sommersprossen diesmal nicht mitgekommen war.

»Dann wollen wir mal. Hier sind Ihre Schlüssel. Der mit dem blauen Ring ist für die gemeinsame Eingangstür hier unten. Die sollten Sie immer abschließen, genauso wie das Sicherheitsschloss. Die drei sind jeweils für Ihre Wohnungen, und der hier«, mit diesen Worten wandte er sich an Leonie, der beim Anblick seiner tiefgründigen, dunkelbraunen Augen ganz schummrig wurde, »ist für den Wintergarten. Mit dem Schlüssel für die Eingangstür kommen Sie sowohl in den Keller als auch auf den Dachboden, wo jede von Ihnen einen separaten Raum hat. Die rechte Wohnung im ersten Stock gehört übrigens mir, falls ich das noch nicht erwähnt hatte. Ich nutze sie als Stadtwohnung, wenn ich etwas in Hamburg zu erledigen habe oder am Wochenende ins Theater oder in die Oper gehen möchte. Ich würde vorschlagen, dass wir jetzt einen Rundgang machen, falls Sie noch Fragen haben.«

»Ich habe eine«, rief Leonie eifrig dazwischen. »Wer kümmert sich bis zu unserem Umzug eigentlich um die Katzen? Sie können ja unmöglich einmal am Tag von Husum nach Hamburg und zurück fahren.«

»Das hat bislang Frau Petersen, die Bewohnerin des Nachbarhauses zu Ihrer Linken, erledigt und wird es auch noch bis zum ersten Oktober tun. Dann sollten Sie aber möglichst schnell das Regiment übernehmen, Frau Rohlfs, denn ich fürchte, dass Paul und Paula sonst vollkommen verwöhnt sind und nur noch Filet Mignon fressen. In diesem Punkt ist Frau Petersen wirklich unverbesserlich. Die Katzen bekommen immer das, was sie selbst isst. Ich bin nur froh, dass sie sich bislang wenigstens in Sachen Dessert zurückhält.«

»Ich sehe schon, ich werde die beiden als Erstes auf Diät setzen und zu Sport verdonnern«, lachte Leonie und sah sich nach dem Katzenpaar um. Aber von Paul und Paula war weit und breit nichts zu sehen. Vermutlich frönten sie in einer kuscheligen Ecke ihrem wohlverdienten Verdauungsschlaf.

Nach dem Rundgang und letzten Instruktionen bezüglich der Heizungsanlage verabschiedete sich Herr Behrendsen mit den Worten:

»Sie können mich jederzeit anrufen, wenn es ein Problem geben sollte. Ansonsten wünsche ich Ihnen viel Glück und Freude in Ihrem neuen Heim und hoffe, dass Sie sich hier wohl fühlen. Und halten Sie mich bitte auf dem Laufenden, was die Renovierung betrifft!«

Sehnsüchtig sah Leonie dem davonfahrenden Volvo hinterher. Husum war einfach zu weit weg. Und schüchtern, wie sie war, hatte sie bei ihrem Vermieter keinen nachhaltigen Eindruck hinterlassen. Er behandelte sie mit derselben höflichen Zurückhaltung wie die anderen beiden. Seufzend wandte sich Leonie ab.

Nina, die die Szene beobachtet hatte, lächelte still in sich hinein. Drei Frauen in einer Villa in Eimsbüttel. Das konnte ja spannend werden.

»Hat jemand Lust, noch ein Glas Wein zu trinken?«, erkundigte sie sich, neugierig zu erfahren, mit wem sie in Zukunft zusammenwohnen würde.

»Ich würde gern, aber ich habe noch einen Termin«, antwortete Stella und war bereits auf dem Weg zu ihrem BMW. »Wir sehen uns dann ja in ein paar Tagen, wenn wir mit der Renovierung beginnen. Bis dann!«

»Aber ich hätte Lust. Und ehrlich gesagt habe ich auch Hunger. Ich müsste allerdings mein Fahrrad mitnehmen«, sagte Leonie, und so gingen die beiden in gemächlichem Schritttempo zu dem gemütlichen Italiener um die Ecke, der die beste Pasta des Viertels zubereitete, wie Nina versicherte.

»Leider kenne ich mich hier noch nicht besonders gut aus«, sagte Leonie ein paar Minuten später, als beide auf die künftige Nachbarschaft anstießen. »Mein Terrain ist eher die Uni-Gegend und Eppendorf.« Dann erzählte sie von ihrer Wohnung im Grindelhochhaus und der Arbeit bei Traumreisen.

Das klang ein wenig einsam, fand Nina, während sie Leonie aufmerksam zuhörte. Die Rothaarige mit den lustigen Sommersprossen war ihr auf Anhieb sympathisch gewesen, schon bei der Wohnungsbesichtigung. Mit ihr würde sie sicher gut auskommen. Als Leonie ihr kurz darauf von ihrer Leidenschaft für frische Kräuter und das Kochen erzählte, waren die beiden bereits ein Herz und eine Seele.

»Auf unsere Villa!«, rief Nina bei ihrem zweiten halben Liter Wein. »Und darauf, dass diese Stella Alberti sich nicht als die verwöhnte Tussi erweist, für die ich sie momentan halte. Von der Sorte habe ich nämlich genug im Blumenladen. Das sind diese kapriziösen Frauen, denen man einfach nichts recht machen kann. Obwohl sie in Geld schwimmen, feilschen sie um jeden Cent, weil unsere Blumen angeblich so

›unverschämt teuer‹ sind. Dass ich nicht lache! Qualität hat nun mal ihren Preis.«

Leonie nickte zustimmend. Sie fand Nina nett, aber trotz ihrer zierlichen Gestalt hatte sie etwas Furchteinflößendes, besonders wenn sie ihre dunkle, wohlgeformte Augenbraue hochzog. Nina wusste offenbar ganz genau, was sie wollte, und war bestimmt nicht so konfliktscheu wie sie selbst.

Ich wünschte, ich hätte auch so ein ausgeprägtes Selbstbewusstsein, dachte Leonie seufzend, während sie fasziniert beobachtete, wie immer mehr Leben in Ninas Gesicht kam, je mehr sie sich in Rage redete.

»Diesen Typ Kundin kenne ich auch«, pflichtete sie ihr bei, »die benehmen sich im Reisebüro genauso. Am schlimmsten sind diejenigen, die denken, sie könnten dir erzählen, wie du deinen Job zu machen hast, aber dann behaupten, dass Bulgarien in der Karibik liegt!«

Es war schon beinahe Mitternacht, als die beiden beschlossen, nach Hause zu gehen.

»War nett mit dir«, rief Leonie in den frischen Nachtwind, als sie auf ihr Fahrrad stieg.

»Fand ich auch«, antwortete Nina und lächelte.

Als Nina nach Hause kam, blinkte der Anrufbeantworter. Fünf neue Nachrichten. Die ersten drei stammten von Gerald, der um Rückruf bat, die vierte von ihrer Schwester. Ungeduldig sprang Nina weiter zur letzten Nachricht.

»Hallo, Liebes«, hallte die Stimme von Rainer Korte blechern durch die Dunkelheit des Flurs. Nina zuckte zusammen. Was konnte ihr Vater von ihr wollen? »Ich würde dich gern zu Susannes und meiner Hochzeit im Mai nächsten Jahres einladen. Wir hoffen sehr, dass du kommst!«

Oh, nein, nicht auch das noch, dachte Nina, der jetzt klar war, weshalb ihre Schwester vorher angerufen hatte. Sicher hatte Clara mit ihr über die Tatsache sprechen wollen, dass ihr Vater nun bereits zum dritten Mal heiratete, während ihre Mutter immer noch ein einsames und vergrämtes Leben führte. Seitdem sich ihre Eltern getrennt hatten, hatte Nina den Kontakt zu ihrem Vater komplett abgebrochen. Sie hatte ihm nie verziehen, dass er, der renommierte Professor, so großen Gefallen an seinen Studentinnen gefunden hatte. Und vor allem hatte sie ihm die Lügen nicht verziehen, mit denen er seine Frau, seine Töchter und später auch noch seine zweite Ehefrau all die Jahre getäuscht hatte. Mit Rainer Kortes Auszug war der Grundstein für Ninas Misstrauen gegenüber Männern gelegt worden, ob sie wollte oder nicht.

Als sie im Bett lag und über ihre Vergangenheit nachdachte, überfiel sie mit einem Mal trotz des schönen Abends mit Leonie eine tiefe Traurigkeit darüber, dass ihre Familie nie so intakt gewesen war, wie sie es sich gewünscht hatte. Und sie war wütend, weil sie sich wieder auf Gerald eingelassen hatte. Gott sei Dank hatten sie nicht miteinander geschlafen. Nina war in letzter Sekunde zur Besinnung gekommen und hatte Gerald in hohem Bogen hinausgeworfen, und zwar mitsamt Hemd, Jeans und Slip, die quer über ihr Bett verstreut gelegen hatten. Sie würde nicht noch einmal den Fehler machen, sich auf eine so aussichtslose Geschichte einzulassen. Gerald liebte sie nicht, das wusste sie, und sie hatte keine Lust, Lückenbüßerin zu spielen, nur weil er mal wieder in Hamburg war und weder Freundin noch Wohnung hatte. Sollte er sich doch ein Hotel suchen und eine andere Frau, die dumm genug war, seine Spielchen mitzumachen. Nein, Nina würde in Zukunft vorsichtiger sein. Männer schienen ihr kein Glück zu bringen. Und eigentlich wollte sie nur eines: endlich wieder glücklich sein!

Entschlossen, die Tränen und alle Ängste zu verdrängen, stand Nina auf und verfasste eine Liste mit Materialien, die sie benötigte, um ihre Wohnung bis zum ersten Oktober bezugsfertig zu machen.

Eine Woche später war es schließlich so weit. Leonie, Nina und Stella waren mit Sack und Pack aus ihren alten Wohnungen ausgezogen, und dem Einzug in die Villa stand nichts mehr im Weg.

»Wo soll das hin?«, erkundigte sich einer der Möbelpacker und wartete auf Instruktionen von Stella, die soeben auf dem Parkplatz vorgefahren war.

»In die linke Wohnung im ersten Stock«, antwortete sie kurz angebunden, während sie am Display ihres Handys herumspielte. »Das kommt alles in die Küche. Und diese Kartons ins Bad. Ja, genau so, wie es da groß und breit draufsteht«, rief Stella ungeduldig.

Diese Umzugsleute sehen alle aus, als könnten sie nicht bis drei zählen, dachte sie genervt und massierte sich die pochenden Schläfen. Sie hatte kaum geschlafen, und obwohl sie sich so sehr auf diesen Tag gefreut hatte, wusste sie nicht, wie sie den Umzug überstehen sollte. Misstrauisch beobachtete sie, wie die stämmigen Männer ihre kostbaren Möbel nach oben trugen, und betete, dass nichts zu Bruch ging.

Verglichen mit ihrem riesigen Transporter wirkten die Autos der anderen beiden nahezu niedlich klein. Nina hatte sich den VW-Bully vom Blumenmeer ausgeliehen. Am Steuer saß Annette, die munter Kommandos in die Gegend rief, während ihr Mann Heiner und sein Freund Jörg bereits die ersten Kartons ausluden. Leonie kam mit einem alten Audi-Kombi, den Olli kurz vorher organisiert hatte. Zum Ab- und Aufbau ihrer IKEA-Möbel war Ollis Freund Chris mitgekommen, da Olli zwei linke Hände hatte und lieber dabei half, Leonies Küchenutensilien bruchsicher zu verpacken. Die Küchenkräuter hatte sie separat auf dem Beifahrersitz transportiert, ebenso wie eine alte Nachttischlampe von ihrer Urgroßmutter.

Warum hab ich mir das nur angetan? Stella war verzweifelt, als sie die gigantischen Kistenstapel erblickte, die sich um sie herum türmten. Wie gut, dass sie wenigstens die Zeit gehabt hatte, ein Team von Malern und Klempnern in die Wohnung zu schicken und das Gröbste vor dem Einzug erledigen zu lassen. In ihrem Kopf hämmerte es inzwischen so stark, dass sie glaubte, ohnmächtig zu werden. Instinktiv griff sie nach der halb leeren Paracetamol-Packung in ihrer Tasche.

In diesem Moment piepste das Handy. Eine SMS von Julian, der wissen wollte, wie es ihr ging und ob alles in Ordnung sei. Ach was, jetzt auf einmal meldet er sich, dachte Stella wütend und feuerte das Handy mit voller Wucht gegen die Wand. Scheppernd fiel es auf den harten Dielenboden und zersprang in tausend Teile. Na toll, auch das noch! Zitternd und mit angezogenen Beinen setzte sie sich auf den Boden und begann hemmungslos zu schluchzen. »Ich pfeife auf einen Mann, dessen Vorstellung von Liebe darin besteht, mir eine SMS zu schicken! Ich will einen Mann, der da ist, wenn ich ihn brauche!«, rief sie laut weinend, ohne Rücksicht auf die verlaufende Wimperntusche zu nehmen, die bereits auf ihren beigen Kaschmirpulli abfärbte. »Selbst schuld! Warum muss ich immer Miss Perfect mimen und mir teure Klamotten anschaffen, während sich Nina und Leonie in verschlissenen Jeans und dunklen Pullis ans Werk machen, so wie es jeder vernünftige Mensch tun würde. Und es ist meine eigene Schuld, wenn ich mich an den falschen Mann hänge!«

In diesem Moment klingelte es. Hastig wischte sich Stella die verschmierte Mascara aus dem Gesicht und öffnete die Tür. Draußen stand eine vergnügte, rotwangige Leonie, die fragte, ob Stella Lust auf eine kleine Pause habe.

»Wir können bei mir im Wintergarten essen, wenn Sie mögen. Wir dachten an Pizza. Sagen Sie, worauf Sie Appetit haben, und ich gebe Ihnen Bescheid, wenn der Bote da ist.«

»Danke, das ist sehr lieb von Ihnen«, antwortete Stella leise und hoffte, dass Leonie nichts von den Tränen bemerkt hatte. »Eine Pizza mit Tomate und Mozzarella wäre toll. Und vielleicht ein kleiner Salat mit Balsamico-Dressing.«

Sie hat geweint, stellte Leonie fest und fühlte Mitleid in sich aufsteigen.

»Wird gemacht. Wasser und Saft habe ich. Sie brauchen nur zu kommen, wenn ich klingle. Bis gleich also.«

»Bis gleich«, murmelte Stella und schloss die Tür.

Kurz darauf betrat sie Leonies Wohnung und war erstaunt, wie heimelig es hier schon aussah. Olli und Chris hatten alle Möbel zusammengebaut und die restlichen Kisten jeweils dort gestapelt, von wo aus Leonie sie bequem ausräumen konnte. Im Wintergarten standen zwei Kartons nebeneinander, auf denen eine rot-weiß karierte Papiertischdecke lag. Besteck und Gläser für fünf Personen standen bereit sowie eine Karaffe mit Apfelsaft und eine Flasche Mineralwasser. Leonie hatte bunte Windlichter mit orientalischen Fassungen aufgehängt, die den Raum in ein angenehm warmes Licht tauchten.

»Schön haben Sie's hier«, meinte Stella anerkennend und betrachtete die Einrichtung, die in warmen Erdtönen gehalten war. Schlicht und dennoch sehr atmosphärisch. Sie beschloss, in die Offensive zu gehen. »Wenn Sie beide nichts dagegen haben, würde ich vorschlagen, dass wir uns duzen. Ich bin Stella.«

Nina, die gerade dabei war, die dampfenden Pizzen aus ihren Kartons zu holen, nickte zustimmend.

»Ich bin Nina«, stellte sie sich vor und gab Stella die Hand.

»Und ich Leonie«, ergänzte die Gastgeberin und lächelte. »Das sind mein Kollege Oliver Bogner aus dem Reisebüro und sein Freund Chris Mommsen.«

»Wo ist denn dein Anhang?«, fragte Stella und wandte sich an Nina.

»Ah, du meinst Annette und ihre zwei Männer? Die mussten leider wieder arbeiten, aber sie haben vorhin richtig mit angepackt. Bei mir in der Wohnung sieht es auch schon ganz akzeptabel aus.«

Ihr Glücklichen, dachte Stella seufzend, und wieder kam ihr Julian in den Sinn. Der war kein Mann zum »Anpacken«, eher zum »Anschauen«, und abgesehen davon hätte er sich nie freinehmen können (oder wollen?), um ihr beim Einzug behilflich zu sein.

Ein paar Minuten später saßen sie gemütlich um die gedeckten Pappkartons herum, teilten ihre Pizzen und besprachen, was noch erledigt werden musste. Nina musterte Stella während des Essens derart auffällig, dass die sonst zurückhaltende Leonie sie kurz mit dem Fuß anstieß. Sie hoffte inständig, dass es zwischen den beiden nicht zu einem Zickenkrieg kommen würde.

Doch Stella schien Ninas seltsames Verhalten nicht zu bemerken. In Gedanken war sie immer noch bei Julian. So konnte es nicht weitergehen. Sie musste mit ihm sprechen, ihn fragen, wo ihre Beziehung hinführen sollte! Wer weiß, wenn sie ihm ihre Ängste anvertraute, vielleicht würde das etwas in ihm bewirken? Schließlich kannte er sie nur als toughe, selbstbewusste Karrierefrau. Er konnte ja gar nicht wissen, wie sehr sie litt! Stella fühlte neue Hoffnung in sich aufkeimen, und mit einem Mal wurde das Pochen in ihrem Kopf schwächer. Hastig wandte sie sich an Leonie.

»Tut mir leid, aber könntest du mir vielleicht dein Handy borgen? Meins ist kaputt, und ich müsste dringend mal telefonieren.«

»Ich würde dir gern helfen, aber ich habe gar kein Handy«, antwortete Leonie, und Stella starrte sie ungläubig an. Kein Handy. Sie war fassungslos. Wie um alles in der Welt konnte man ohne Mobiltelefon existieren?

»Und wie telefonierst du dann?«

»Von meinem Festnetz aus. Oder vom Büro, wenn ich tagsüber etwas Dringendes zu regeln habe.«

»Aber wie machst du das, wenn du unterwegs bist? Wenn du zum Beispiel eine Autopanne hast, dich verspätest oder den Weg nicht kennst?«

»Erstens habe ich gar kein Auto, sondern nur ein Fahrrad. Zweitens komme ich grundsätzlich nicht zu spät, weil ich immer rechtzeitig losfahre. Und sollte wider Erwarten doch mal etwas dazwischenkommen, springe ich in ein Taxi oder ich bin in Gottes Namen etwas später dran. Das müssen die Leute aushalten können. Früher ging es doch auch. Und wenn ich den Weg nicht weiß, nützt mir ein Handy herzlich wenig. Dann muss man halt nachfragen.«

»Aber verschickst du denn gar keine SMS? Lässt du dich nicht von deinem Handy wecken? Oder dich an Termine erinnern?« Stella war immer noch maßlos irritiert.

»Wecken lasse ich mich von meinem Wecker, das hat bislang bestens funktioniert. Meine Termine stehen im Kalender und sind außerdem in meinem Kopf gespeichert. Mit beidem hatte ich bislang noch keine Probleme. Und was diese Unsitte mit den SMS betrifft, so kann ich nur sagen, dass ich das alles ziemlich nervig finde. Dauernd piepst, klingelt oder vibriert es irgendwo, und du kannst mit niemandem mehr ein normales Gespräch führen. Ständig tippen die auf diesen Dingern herum. Und außerdem: Wann hat es das jemals gegeben, dass man mit Freunden, oder noch schlimmer, mit dem eigenen Mann nur noch per Kurzmitteilung kommuniziert? Mittlerweile werden ganze Beziehungen auf diese Art beendet! Man macht sich nicht mal mehr die Mühe, mit dem Partner persönlich zu sprechen.«

Stella wurde rot. Konnte Leonie Gedanken lesen? Wusste sie, wie sehr sie unter Julians Unerreichbarkeit litt?

»Ich habe übrigens auch kein Handy«, setzte Nina noch eins drauf und sah Stella triumphierend an. »Wenn du also telefonieren willst, musst du dir wohl oder übel eine Telefonzelle suchen.«

»Du kannst dir meins leihen«, kam Chris der Bedrängten zu Hilfe. Dankbar lächelte Stella den gutaussehenden Mittzwanziger an. Er war ihr auf Anhieb sympathisch gewesen, und für einen Moment bedauerte sie es, um so vieles älter zu sein als er. Es war ganz offensichtlich, dass er seinerseits ebenfalls Gefallen an Stella gefunden hatte. Eigentlich hatte sie angenommen, dass er, genau wie sein Freund Olli, homosexuell war. Mit welchem Mann ihrer Generation hätte sie sich über Stoffe und Tapetenmuster unterhalten können? Aber die Männer zwischen zwanzig und dreißig waren irgendwie anders als noch vor fünfzehn Jahren. Ob der metrosexuelle Mann als neues Leitsymbol dazu beigetragen hatte oder eine Generation von Müttern, die mühevoll versuchte, die sensiblen und emotionalen Seiten ihrer männlichen Sprösslinge zu fördern, sie wusste es nicht. Sie wusste nur, dass sich irgendwo zwischen Yin und Yang, zwischen »Biotherm Homme« und Brustrasur etwas ganz gewaltig geändert hatte. Seufzend dachte sie an Julians breite, behaarte Brust, sein markantes Kinn und die Knitterfältchen um seine Augen.

»Das ist lieb von dir, ich bezahl dir das Gespräch auch«, antwortete sie und kramte in ihrem Portemonnaie nach einem Zwanzigeuroschein. Sie wusste zwar nicht, ob sie Julian wirklich erreichen würde, doch falls es ihr gelang, wollte sie ungehindert mit ihm sprechen können, und zwar so lange, wie ihr danach war.

Nina sah Stella, die sich mit dem geliehenen Mobiltelefon eilig in ihre Wohnung zurückzog, spöttisch hinterher.

»Blöd, wenn man ohne das Ding nicht leben kann«, stichelte sie.

»Nun sei doch nicht so«, entgegnete Leonie. »Als ich vorhin bei ihr war, hatte sie geweint. Wer weiß, was da passiert ist. Also urteil nicht so hart!« Und vor allem nicht so vorschnell, fügte Leonie insgeheim hinzu. So nett sie Nina auch fand, so sehr störte sie deren Verhalten in Bezug auf Stella.

»Ich geh dann mal wieder, ich habe noch einiges zu erledigen«, sagte Nina. »Und danke für die nette Einladung, ich werde mich beizeiten revanchieren. Ich kann zwar nicht kochen, aber ich bin eine Weltmeisterin im Auftauen von Fertiggerichten. Oder ich hole uns was vom Asia-Mann um die Ecke.«

»Schon gut«, wiegelte Leonie ab. »Ich bin mir sicher, dass dir etwas Passendes einfällt!« Mit diesen Worten wandte sie sich Olli und Chris zu, die gerade dabei waren, das letzte Bücherregal zusammenzubauen. Bald hatte sie es geschafft und konnte sich ausruhen.

Kapitel 6

Dann soll sie doch gleich etwas aus Plastik kaufen, wenn sie sowieso davon ausgeht, dass unsere Blumen nicht lange halten«, giftete Nina, als sich die Tür hinter einer besonders stressigen Kundin schloss.

»Gut, dass sie das nicht mehr gehört hat«, entgegnete Annette und sah ihre Freundin besorgt an. Nina wirkte in den vergangenen Tagen ausgesprochen gereizt und unausgeglichen. Und es war nicht das erste Mal, dass sie so schnell die Geduld verlor.

»Hast du Lust, heute Abend was trinken zu gehen?«, fragte Annette, während Nina exotisches Blattwerk mit pinkfarbenen Orchideen kombinierte. »Ich dachte, wir könnten mal wieder ins Julius gehen, da waren wir schon lange nicht mehr.«

Nina überlegte einen Moment, weil sie eigentlich zu müde war, um auszugehen.

»Wenn du morgen an meiner Stelle auf den Großmarkt fährst, bin ich dabei«, schlug sie vor, obwohl sie genau wusste, dass ihre Kollegin sich niemals auf einen solchen Tausch einlassen würde. Aber zu ihrer großen Verwunderung willigte Annette ein.

Um zwanzig Uhr saßen sie an der Bar eines Szene-Restaurants im Schanzenviertel, etwa zehn Minuten Fußweg von Ninas neuer Wohnung entfernt. Das Interieur war ausgesprochen »retro«, wie Stella es in ihrem Fachjargon genannt hätte. Nina fühlte sich, als hätte sie eine psychedelische Reise in die Vergangenheit unternommen und wäre in der Siebziger-Jahre-Küche ihrer Mutter wieder aufgewacht. Die Tapete war ein einziger schauderhafter Alptraum aus grellbunten Pril-Blumen.

»Wie gut, dass du deine Seventies-Phase bei uns im Laden überwunden hast«, meinte Nina trocken.

»Nun mecker mal nicht rum! Die Kunden waren damals absolut begeistert«, erwiderte Annette und bestellte ihnen beiden einen trockenen Martini.

»Ich werde übrigens mit Heiner nach Frankfurt gehen«, sagte sie plötzlich und vermied es, Nina anzusehen. Verlegen spielte sie mit einem Aschenbecher und wartete auf eine Reaktion. Nina hörte das Blut in ihren Ohren rauschen.

»Bitte?«

»Wir ziehen Ende Dezember um. Silvester feiern wir schon in Frankfurt, und Heiner fängt am zweiten Januar bei der BestCredit-Bank an.«

»Und was wird mit dem Laden?«

»Ich habe bereits einen Nachmieter. Allerdings kommt kein Blumenladen rein, sondern eine Boutique.«

Ninas Herz rutschte eine Etage tiefer.

»Klamotten. Wie originell!«

»Ja, genau. Irgend so ein Label aus Dänemark. Eine junge Frau, die sich als Designerin selbständig gemacht hat.«

»Und seit wann weißt du das?«

»Seit Mitte August.«

»Und heute haben wir den zehnten Oktober.«

»Ich weiß.«

»Du weißt also seit fast zwei Monaten, dass ich Ende

Dezember arbeitslos sein werde, und hältst es nicht für nötig, mich darüber zu informieren?«

»Du findest sicher ganz schnell was anderes. Ich werde mich morgen auf dem Markt gleich mal umhören. Du wirst im Handumdrehen einen neuen Job haben, das ist so sicher wie das Amen in der Kirche.«

»Dein Wort in Gottes Ohr!«

»Noch zwei Martini bitte«, rief Annette der Bedienung zu und sah ihre Freundin prüfend an.

»Kannst du mir verzeihen?«

»Kannst du mir versprechen, dass ich ab Januar in der Lage sein werde, die Miete für meine neue Wohnung zu zahlen?«

»Es tut mir leid. Ich hätte dir früher Bescheid geben müssen. Aber ich hatte Angst davor, es dir zu sagen. Ich weiß doch, wie sehr du am Blumenmeer hängst. Eine ganze Weile dachte ich, dass ein anderer den Laden übernehmen würde. Dann hättest du deinen Job behalten, und wir wären alle glücklich gewesen. Aber demnächst macht hier um die Ecke eine Filiale von Blumen-Discount auf, und das hat die Interessenten abgeschreckt. Als ich schon dachte, dass ich den Laden nie loswerden würde, hat Kirsten Thomasson, diese Dänin, endlich zugesagt.«

In Ninas Kopf ratterte es. Sie war kaum fähig, einen klaren Gedanken zu fassen, so sehr hatte die Angst sie schlagartig im Griff. Derzeit war es beinahe unmöglich, eine Festanstellung zu bekommen. Jeder Blumenhändler, den sie kannte, versuchte sich mit Azubis und Jungfloristen über Wasser zu halten. Längst hatten Blumendiscounter und die Angebote in den Supermärkten den traditionellen Blumenhändlern das Wasser abgegraben. Das wusste Annette genauso gut wie sie.

Die Geschäfte waren im vergangenen Jahr nicht besonders rosig gewesen.

Rosig, wie passend, dachte sie bitter und wusste nicht, wie sie sich verhalten sollte. Konnte sie Annette überhaupt noch als Freundin bezeichnen? Hätte eine echte Freundin sie in eine solche Lage gebracht? Nina musste an Geralds verletzende Bemerkung in Bezug auf ihr Dasein als »kleine Maus« an Annettes Seite denken. Nun hatte sie in dieser Funktion ganz offensichtlich ausgedient.

Bei dem Gedanken an Gerald begann sich auf einmal alles um sie zu drehen. Sie musste dringend hier raus, wenn sie nicht vollkommen die Fassung verlieren wollte. Das Wiedersehen mit ihm, das erneut alte Wunden aufgerissen hatte, und nun diese Hiobsbotschaft, das war eindeutig zu viel!

»Es tut mir leid, du musst die Martinis alleine austrinken. Ich weiß momentan nicht, wie ich reagieren soll. Ich bin stinkwütend und würde dir am liebsten weiß Gott was an den Kopf werfen. Doch ich weiß, dass ich das morgen bereuen würde. Also gehe ich jetzt lieber nach Hause!« Mit diesen Worten stürmte Nina aus der Bar und ließ Annette mitsamt der Rechnung für die Drinks sitzen.

»Was ist los mit dir?«, fragte Julian, während er Stella besorgt musterte. In den letzten Wochen hatte sie stark abgenommen und wirkte beinahe hager. Ihr sonst so glänzendes Haar war stumpf, der Teint trotz des Make-ups fahl.

»Ich wollte dich noch einmal fragen, ob du meinen Geburtstag mit mir in Paris verbringen willst. Bis zum fünfzehnten Dezember ist es nicht mehr allzu lange hin, und es bleibt nicht mehr viel Zeit, etwas zu planen.« Verlegen nestelte Stella an ihrer Serviette und wagte es kaum, Julian direkt anzusehen. Der Versuch, ihm an Chris' Handy ihr Herz auszuschütten, war kläglich gescheitert. Julian hatte sofort abgewiegelt und sich wegen eines dringenden Termins entschuldigt. Und das, obwohl er gehört haben musste, dass Stella den Tränen nah gewesen war.

Aber diesmal würde er nicht so einfach davonkommen, wenigstens zu ihrem Geburtstag sollte er sich äußern!

»Aber ich habe dir doch schon gesagt, dass das nicht geht. Was soll ich denn Laura sagen? Dass ich geschäftlich übers Wochenende weg bin? Weshalb sollte ich als Anwalt plötzlich über drei Nächte wegbleiben? Das glaubt Laura mir nie und nimmer!«

Stella seufzte. Und was nun? Nun würde sie nichts mehr ausrichten können. Auf Biegen und Brechen ihren Kopf durchsetzen zu wollen bedeutete, zu riskieren, dass ihre Affäre aufflog, und zwar schneller, als ihr lieb war. Oder wollte sie am Ende gerade das? Sehnte sie sich insgeheim danach, Julian und Laura endlich dazu zu zwingen, einzusehen, dass ihre Ehe gescheitert war?

»Mach diesen traumhaften Abend nicht kaputt. Wir sitzen hier in einem der besten Restaurants Hamburgs, unter uns glitzert die Elbe, und wir genießen eine hervorragende Sterne-Küche. Danach werde ich mir deine neue Wohnung ansehen, und wir haben endlich mal wieder Zeit für uns. Es ist doch wunderschön so! Kannst du nicht einfach alles lassen, wie es ist?«

Mühsam kämpfte Stella gegen Tränen an und schluckte ihre Enttäuschung hinunter. Genau genommen gab es sicher viele Frauen, die sie um ihre Situation beneidet hätten. Schließlich konnte sie als Geliebte die angenehmen Seiten einer Beziehung genießen, ohne die mitunter weniger schönen in Kauf nehmen zu müssen. Aber wieso konnte sie sich nicht mehr so darüber freuen wie früher? Ihr Herz begann zu rasen, und von dem intensiven Trüffelduft ihrer Pasta wurde ihr übel. Sie schaffte es gerade noch, sich zu entschuldigen und zur Toilette zu rennen.

Als sie wiederkam, sah Julian sie misstrauisch an.

»Alles in Ordnung, Liebes? Ich wollte gerade nach dir schauen.«

»Es tut mir leid, aber ich kann jetzt nichts essen. Ich würde gern gehen, ich fühle mich nicht wohl«, war alles, was Stella noch sagen konnte, bevor es um sie herum dunkel wurde.

»Kreislaufschwäche«, attestierte der Notarzt und gab Stella eine stabilisierende Spritze. »Sie sollten Ihre Frau jetzt nach Hause bringen und dafür sorgen, dass sie sich ausruht und anständig isst. Sie ist viel zu dünn für ihre Größe. Und wenn es ihr bessergeht, sollte sie umgehend ihren Hausarzt konsultieren und einen Check-up machen lassen. So einen Ohnmachtsanfall darf man nicht auf die leichte Schulter nehmen!«

Julian nickte zerstreut, beglich die Rechnung und führte Stella zu seinem Wagen, nachdem sie auf Anraten des Arztes ein Glas Cola getrunken hatte. Allmählich kehrte ein wenig Farbe in ihr Gesicht zurück, sie schien jedoch immer noch sehr durcheinander zu sein. Wieder und wieder betonte sie, wie peinlich ihr das Ganze sei, und brach fortwährend in Tränen aus.

»Da sind wir. Hast du deinen Schlüssel?«

Während Stella in ihrer Fendi-Handtasche kramte, traf auch Nina ein, grüßte knapp und schloss eilig die Türe hinter sich. Die arrogante Stella, die ganz offensichtlich betrunken war, und ihr schmieriger, grau gelockter Lover sollten nicht sehen, dass sie geweint hatte. Als sie das Jaguar-Cabriolet gesehen hatte, das in der Einfahrt parkte, hätte sie am liebsten dagegengetreten. Typen wie dieser würden mit Sicherheit nie den Job verlieren. Und Frauen wie Stella auch nicht! Und selbst wenn, gab es sicher genug Männer, die nichts lieber taten, als dieses blonde Püppchen auszuhalten.

Die Welt erschien Nina durch und durch ungerecht. Froh, endlich daheim zu sein, warf sie sich auf ihr Bett und fing erneut an, bitterlich zu weinen. Sie wusste nicht, wo die vielen Tränen auf einmal herkamen. Nie hätte sie gedacht, dass man sich derart einsam und verlassen fühlen konnte. Und sie hatte keine Ahnung, wie sich das jemals wieder ändern sollte …

»Nina ist nach Hause gekommen«, sagte Leonie zu Paula, die ihren getigerten Kopf an Leonies Knöchel rieb und schnurrte. »Nein, Süße, jetzt gibt es nichts mehr. Für heute hattest du eindeutig genug. Bis du deine überflüssigen Pfunde runter hast, dauert es noch ein bisschen. Schließlich bist du eine betagte Katzendame und bewegst dich nicht mehr so viel.« Paula tat einen protestierenden Maunzer, wandte sich beleidigt ab und machte sich auf die Suche nach Paul. Aber der war offensichtlich auf einem Nachtspaziergang unterwegs, denn in der Wohnung war nichts von ihm zu sehen. Leonie war dankbar, dass der Wintergarten über eine Katzenklappe verfügte, so musste sie nicht jedes Mal aufspringen, wenn eines der Tiere rein oder raus wollte.

Leonie und die beiden Katzen waren seit ihrem Einzug ein Herz und eine Seele. Als spürten die beiden, dass es Leonies Aufgabe war, sich um ihr Wohl zu kümmern, waren sie ihr von der ersten Minute an nicht mehr von der Seite gewichen. Leonie genoss die Gesellschaft der beiden sehr. Am liebsten hätte sie die zwei auch noch in ihr Bett gelassen, aber das verbot sie sich dann doch. Wenn Paul und Paula ihr Schlafzimmer erst einmal erobert hätten, würde sie um jeden freien Zentimeter kämpfen müssen, und dazu hatte sie bei aller Katzenliebe keine Lust.

Während sie eine Tasse Kräutertee schlürfte, wanderten ihre Gedanken zu Robert Behrendsen und seinem Sohn Moritz. Mittlerweile war sie ziemlich sicher, dass es keine Frau Behrendsen gab, und sie fragte sich, weshalb. Waren die beiden geschieden? Und wenn ja, was war der Grund dafür gewesen? Wie lange es wohl dauerte, bis ihr Vermieter mal wieder nach Hamburg kommen würde? Er hatte angedeutet, ein begeisterter Theater- und Operngänger zu sein. Auch Leonie liebte die Oper. »La Traviata«, »Nabucco«, »Tannhäuser«, je dramatischer, desto besser. Leider hatte sie bislang kaum Gelegenheit gehabt, in die Oper zu gehen, sondern sich stattdessen Fernsehaufzeichnungen angesehen oder die Musik auf CDs gehört.

Mit Theater hingegen konnte Leonie kaum etwas anfangen. Da ging sie schon lieber in ein Musical oder hörte sich Operetten an wie in ihrer Kindheit. Bei dem Gedanken daran, wie sie damals begeistert den Klängen von »Land des Lächelns« und der »Csárdásfürstin« gelauscht hatte, musste Leonie schmunzeln. Ihre Großmutter hatte eine Vorliebe für leichte Singspiele gehabt und sich ihre Zeit damit vertrieben, wenn sie nicht gerade Kreuzworträtsel löste oder strickte.

»Ob ich auch mal so werde?«, fragte Leonie Paula, die sich gemütlich neben ihr zusammenrollte, nachdem sie Paul nicht gefunden hatte. »Eine zahnlose, alte Dame mit Nickelbrille, die träge in ihrem Schaukelstuhl vor sich hin dämmert und Musik hört? Vielleicht sollte ich lieber die Initiative ergreifen und Robert Behrendsen fragen, ob er Lust hat, mit mir in die Oper zu gehen.«

Kapitel 7

Wie geht's dir heute?«, erkundigte sich Annette am darauffolgenden Morgen, als sie vom Großmarkt zurückkam und die mitgebrachten Blumen in eine große Wanne stellte. Ninas Augen waren gerötet, und sie hatte nicht besonders viel geschlafen.

»Mhhm«, war alles, was Annette als Antwort erhielt.

»Heute gab es wunderschönen Zierkohl. Schau mal! Man weiß gar nicht, ob man ihn essen oder in eine Vase stellen soll.« Annette betrachtete die prachtvollen Blüten, die aussahen wie riesige weiße Rosenköpfe, und wagte einen neuen Anlauf:

»Hast du vielleicht eine Idee, wie wir das Fenster neu gestalten können?«

Nina stutzte einen Augenblick, denn das Letzte, was sie jetzt wollte, war, ein Fenster zu dekorieren, von dem sie wusste, dass es sowieso bald voller Kleider hängen würde. Wenn es nach ihr ginge, könnten die bunten Gießkannen noch bis Dezember von der Decke baumeln. Doch inzwischen war es unwiderruflich Herbst, und in den meisten Geschäften sah man saisongemäß Zierkürbisse und Kastanien in den Auslagen. Nur im Blumenmeer herrschte noch Sommer.

»Ich schau mal schnell auf unsere Homepage, wenn du noch einen Moment da bist«, sagte Nina, was im Klartext hieß, dass sie allein sein wollte und das Schaufenster warten musste.

Im Posteingang von www.gruenzeug.net waren zwanzig neue Anfragen. Was anfangs eher zaghaft begonnen hatte, war zu einem echten Zeiträuber geworden. Trotzdem freute sich Nina über die positive Resonanz und loggte sich hin und wieder auch von zu Hause aus in den Account des Blumenmeers ein. Es kam vor, dass sie ziemlich lange recherchieren musste, aber viele Antworten schüttelte sie dank ihrer Berufserfahrung locker aus dem Ärmel. Und die meisten Zuschriften waren sehr nett. Zu ihrer Freude fand sie auch eine E-Mail von einem ihrer Kunden, mit dem sie seit einiger Zeit zum Thema »Beete und Rabatten« korrespondierte.

Von: Asterdivaricatus@t-online.de
An: info@gruenzeug.net
Betreff: Kontraste

Liebe Nina Korte,
bitte entschuldigen Sie, dass ich Sie schon wieder mit einer Frage behellige, doch ich wollte noch einmal auf die von Ihnen erwähnten Kontraste zu sprechen kommen. Im Herbst wird es naturgemäß früher dunkel, und man ist buchstäblich nicht mehr ganz so strahlender Laune wie im Sommer. Obwohl ich persönlich es zu dieser Zeit lieber etwas heller in meinem Garten hätte, raten Sie mir in Ihrer letzten Mail zu Pflanzen in dunklen Farbtönen und zu Blumen mit so düsteren Namen wie Gewitter- und Donnerwolke. Natürlich vertraue ich Ihrer Fachkompetenz und Ihrem Geschmack, erlaube mir aber dennoch einen Hauch von Skepsis, bevor ich meine Bestellung tätige ☺
Mit herzlichen Grüßen,
Waldemar Achternbeck

PS: Die Frage mag Ihnen jetzt etwas seltsam vorkommen. Aber irgendwie wüsste ich gern, wie es um Ihre persönlichen Vor- lieben bestellt ist, wenn ich schon mein gärtnerisches Schicksal in Ihre Hände lege. Sind Sie eher ein Sommer- oder Wintertyp? Und welches sind Ihre Lieblingsblumen? Haben Sie als Kind auch gern Cowboy & Indianer gespielt? Wenn ja, mochten Sie Winnetou lieber oder Old Shatterhand?

PPS: Nun ist das »PS« beinahe länger geworden als die Mail selbst ...

Schmunzelnd saß Nina vor dem PC. Diese E-Mail war ein- deutig ein Lichtblick an diesem trüben Herbsttag, an dem es in Strömen regnete. Seit einigen Wochen schon korres- pondierte sie mit Waldemar Achternbeck, der sich den ori- ginellen Online-Namen »Asterdivaricatus« gegeben hatte. Es hatte eine Weile gedauert, bis Nina herausgefunden hatte, dass dies der lateinische Ausdruck für Schleieraster war. Bevor sie zurückschrieb, wollte sie erst die anderen Anfragen beant- worten. Für Herrn Achternbeck würde sie sich Zeit nehmen. Und dazu genüsslich eine Latte macchiato trinken.

Draußen goss es wie aus Kübeln, doch das war Nina egal. Sie spürte etwas von ihrem alten Tatendrang in sich aufstei- gen, und fast hatte sie den Grund für ihre Niedergeschlagen- heit vergessen.

»Ich gehe mal eben rüber zu Franco. Soll ich dir einen Kaf- fee mitbringen?«, fragte sie Annette aus alter Gewohnheit und registrierte, dass sich deren Gesichtszüge deutlich ent- spannten, als sie mit »Ja, gern« antwortete.

Nina schnappte sich einen Schirm, überquerte die Straße

und ging zu Da Franco, dem Stehitaliener, bei dem sie sich vormittags ihren Kaffee holte und manchmal auch zu Mittag aß. Welch eine Goldgrube, dachte sie wie jedes Mal, wenn sie das kleine Ladenlokal betrat, in dem die meiste Zeit Hochbetrieb herrschte.

»Buongiorno, cara Nina«, sagte Nino, Francos Mitarbeiter, der sich stets einen Spaß daraus machte, zu betonen, dass sie beide fast denselben Namen trugen.

»Buongiorno, Nino«, entgegnete Nina und deutete an, dass sie »das Übliche« haben wollte. Während Nino heiße Milch aufschäumte, ließ Nina ihren Blick über die Regale schweifen: Pasta, Saucen, Espresso, Kekssorten … Alles, was das Genießerherz begehrte.

»Heute nehme ich mal was anderes mit als nur Kaffee«, erklärte sie dem verdutzt dreinblickenden Italiener und legte zwei Gläser »Al Arrabiata«, eine Packung Tagliatelle und Cantuccini sowie abgepackten »Gran Padano« auf den Tresen.

»Du willste dog nikte wirklich kochen?«, erkundigte sich Nino und strahlte seine Kundin an. »Das wurde bedeute, dass wire könne endlig heirate, mia Cara!«

»Nein, Nino, ich fürchte, daraus wird nichts. Mein Herz gehört einem anderen«, antwortete Nina lächelnd. Das stimmte natürlich nicht, aber sie wollte den freundlichen Kellner nicht vor den Kopf stoßen.

Mit einem beschwingten »Ciao« verließ sie den Laden, beladen mit zwei dampfenden Latte-macchiato-Bechern und einer Tüte voller Lebensmittel. Sie hatte Mühe, den Schirm zu halten, und bemerkte den Mann nicht, der auf sie zukam und seinerseits mit einem Schirm kämpfte. Prompt prallte sie mit ihm zusammen.

»Tut mir leid«, entschuldigte sich Nina und wollte schon weiter in Richtung Bäckerei gehen, wo es die guten Schokoladencroissants gab, die sie so gerne aß.

»Nein, nein, ich muss mich entschuldigen, ich habe nicht aufgepasst«, entgegnete ihr Gegenüber und lächelte. Nina erkannte in ihm einen Stammkunden, der jeden Samstag einen Strauß in Auftrag gab. Für seine Frau oder Freundin, wie sie vermutete.

»Ach, Sie sind's«, grüßte Nina. »Ich muss leider gleich weiter. Wir sehen uns ja sicher am Samstag, einen schönen Tag noch!«

»Ihnen auch«, antwortete Alexander Wagenbach und ging hastig weiter, den Kragen seines Mantels hochgeklappt. Er lächelte, trotz des nasskalten Wetters.

»Das ist aber lieb von dir«, bedankte Annette sich und nahm freudig den Kaffee und das süße Gebäck entgegen. »Du willst wohl, dass ich dick und rund werde, bevor ich nach Frankfurt gehe, oder?«

»Klar, denn dann wollen sie dich dort nicht mehr haben, und du kommst wieder zurück«, antwortete Nina grinsend und verschwand wieder Richtung PC.

Von: info@gruenzeug.net
An: Asterdivaricatus@t-online.de
Betreff: Coffee to go

Lieber Asterdivaricatus,
das waren ja viele Fragen auf einmal! Dann will ich mal antworten: Ich mag eigentlich alle Jahreszeiten – jede von ihnen

hat ihren ganz eigenen Reiz für mich. Aus demselben Grund habe ich auch keine besondere Lieblingsblume.

Das Thema Cowboy & Indianer kommt etwas unvermittelt, und ich verstehe nicht recht, worauf Sie hinauswollen. Für heute werde ich Ihnen also erst mal eine Antwort schuldig bleiben.

Kommen wir zu der Frage nach den Blumen, die ich Ihnen empfohlen hatte, und den Kontrasten, also Gegensätzen. In Ihrem Falle wollte ich damit sagen, dass die gelben Blumen, die Sie diesen Sommer auf mein Anraten gepflanzt haben, durch den Kontrast zu den dunklen Tönen noch besser hervorstechen und damit eine stärkere Leuchtkraft entwickeln, als sie es tun, wenn sie ausschließlich von hellen Pflanzen umgeben sind. Vertrauen Sie mir – ich hatte wahrlich nicht vor, Sie in eine melancholische Herbststimmung zu versetzen.

Wenn Sie etwas über meine persönlichen Vorlieben wissen wollen, kann ich Ihnen auf alle Fälle eines verraten: Ich liebe es, Menschen und ihre bisweilen seltsamen Verhaltensweisen zu studieren. Da ich mir gerade einen Kaffee besorgt habe, möchte ich Ihnen nun wiederum meinerseits eine Frage stellen: Finden Sie nicht auch, dass es ein Ausdruck von Infantilität unserer Zeitgenossen ist, dass sie ständig Coffee-to-go-Becher mit sich herumschleppen wie einen Ersatz für Nuckelflaschen?

Mit herbstlichen Grüßen,

Nina Korte

Blumenmeer

Bevor sie es sich anders überlegen und die etwas alberne Frage nach dem Kaffee löschen konnte, hatte Nina bereits auf »Senden« gedrückt. Herr Achternbeck musste sie für ziemlich seltsam halten. Andererseits war die Frage nach Winnetou und Old Shatterhand auch nicht gerade das, worüber sie sich mit ihren Kunden sonst so austauschte. Aber wozu sich weiter den Kopf zerbrechen? Der elektronische Briefwechsel mit Asterdivaricatus bereitete ihr Freude und würde sowieso bald ein Ende nehmen, spätestens nach der Geschäftsaufgabe.

Bei dem Gedanken an die nahende Schließung entfuhr ihr ein tiefer Seufzer.

Wie ihr Briefpartner wohl aussah? Wie alt mochte er sein, und was für einen Beruf übte er aus? Alles, was sie bislang von ihm wusste, war, dass er einmal monatlich über die Homepage des Blumenmeers eine Bestellung in Auftrag gab und zu sich nach Hause liefern ließ. Weder Annette noch sie selbst hatten ihn je persönlich zu Gesicht bekommen oder mit ihm telefoniert. Wann er wohl antworten würde? Mal kamen die Antworten prompt, während sie nach wie vor dabei war, einem anderen Kunden zu schreiben, manchmal vergingen mehrere Tage. Wahrscheinlich war er viel unterwegs oder zumindest phasenweise sehr beschäftigt.

Wer kann das sein?, überlegte Leonie verwundert, als es an ihrer Tür klingelte. Vorsichtig blickte sie durch den Spion. »Al arrabiata« stand da, gleichzeitig vernahm sie Ninas Stimme. »Ich bin's! Lust auf Pasta?«

»Im Prinzip gern«, antwortete Leonie, die bereits eine Küchenschürze trug. »Ich wollte zwar gerade Risotto machen, aber die Lachssauce schmeckt bestimmt auch mit deinen Tagliatelle.«

»Oh«, antwortete Nina enttäuscht. »Ich wollte mich doch endlich für die Einweihungspizza revanchieren!«

»Das ist lieb, aber in diesem Fall wäre es schade um die

Sauce. Und Fisch aufzuwärmen ist nicht so ganz meine Vorstellung von gutem Essen. Komm, setz dich.« Mit diesen Worten scheuchte sie Paul vom Küchenstuhl.

»Das duftet wirklich köstlich. Ich wünschte, ich könnte auch kochen. Doch was das angeht, bin ich leider eine absolute Niete.«

»Hast du dir bei deiner Mutter nichts abgeschaut, oder bei deinem Vater?«, erkundigte sich Leonie verwundert, während sie die Sauce abschmeckte und frischen Dill hineinstreute.

»Tja, ich fürchte, da sind meine Eltern die falsche Adresse. Mein Vater ist Professor für Literaturwissenschaften und meine Mutter Cheflektorin in einem Fachbuchverlag für Psychologie-Bücher. Alles, was ich zu Hause bekommen habe, war geistige Nahrung. Außerdem hatten wir kein wirkliches Familienleben mit gemeinsamen Mahlzeiten, da mein Vater es vorgezogen hat, sich mit seinen Studentinnen zu amüsieren, anstatt sich um Frau und Töchter zu kümmern. Er heiratet übrigens bald zum dritten Mal ...«

»Oh«, antwortete Leonie und wusste nicht so recht, was sie dazu sagen sollte. Offenbar hatte sie, ohne es zu wollen, Ninas wunden Punkt getroffen. »Aber ihr müsst doch irgendetwas gegessen haben!«

»Klar, meine Schwester Clara und ich sind beileibe nicht verhungert. Entweder hat uns die Zugehfrau etwas gemacht, oder wir haben uns mit Fertiggerichten über Wasser gehalten. Am Wochenende waren wir mit meiner Mutter essen, ansonsten gab es kalte Küche.«

Leonie war entsetzt. Welch ein Gegensatz zu ihrer intakten Familie, in der sie so geborgen und wohlbehütet aufgewachsen war! Bei ihr zu Hause verging kaum eine Stunde, ohne dass in der gemütlichen Bauernküche gebrutzelt, gerührt, geknetet, abgeschmeckt oder eingekocht wurde. Sie war mit dem Duft von selbstgebackenem Brot aufgewachsen, mit Apfelmus aus eigener Ernte und deftigen Eintöpfen aus Gemüse, das im Nutzgarten angebaut wurde.

»Fehlt dir da nicht ein Stück Lebensqualität? Du als Floristin bist ja auch ein Naturkind und hast immer mit frischem Grün zu tun. Ich finde, dass Fertigsaucen und Pizza aus der Tiefkühltruhe gar nicht so richtig ins Bild passen.«

Nina überlegte einen Augenblick. Wenn sie sah, wie gelassen und souverän Leonie mit den Zutaten hantierte und wie viel Spaß sie dabei zu haben schien, kam sie schon ins Grübeln. Warum hatte sie sich nie fürs Kochen interessiert? Gedankenverloren blickte sie sich um. Leonie hatte ein Händchen dafür, es sich schön und gemütlich zu machen. Nina fühlte sich hier pudelwohl, alles war liebevoll gestaltet und eingerichtet.

Das untere Drittel der Zimmerwand war in einem dunklen Rot gestrichen, darüber leuchtete, getrennt durch eine karierte Schmuckbordüre, ein heller Streifen Sonnengelb. Den Fußboden hatte Leonie mit strapazierfähigem Sisal bedeckt, der den Raum noch anheimelnder machte. »Apropos Zukunftspläne«, sagte Nina. »Wir haben noch gar nichts weiter wegen der Renovierung des unteren Flurs und der oberen Diele besprochen. Außerdem müssen wir uns dringend mal diesen Entfeuchter besorgen, es mufft ja trotz des vielen Lüftens immer noch ein bisschen. Wird es dafür nicht bald mal Zeit?«

»Darüber wollte ich auch schon mit dir sprechen. Wollen wir uns am Wochenende nicht zu dritt zusammensetzen und bereden, wann und wie wir die letzten Renovierungen in

Angriff nehmen? Es wäre schön, wenn wir damit vor Weihnachten fertig wären. Mal sehen, was Stella dazu sagt.«

»Stimmt, das müssen wir mit ihr besprechen. Aber sie lässt sich ja nicht blicken. Wird wohl von ihrem grauhaarigen Jaguar-Typen zu sehr in Anspruch genommen. Wir können ihr einen Zettel in den Briefkasten werfen und um königliche Audienz bitten.«

Kapitel 8

So, Frau Alberti, dann wollen wir mal!«
Mit diesen Worten eröffnete Doktor Eisenmann das Gespräch und sah Stella über seine Lesebrille hinweg ernst an.

»Ich habe mir Ihre Testergebnisse genau angesehen. Nach Ihrer eigenen Aussage leiden Sie schon seit Monaten unter Schlafstörungen, Herzrasen, heftigen Kopfschmerzen und Schwindel. Das Ganze gipfelte vor einer Woche in einem Kreislaufkollaps, und nun sind Sie hier. Das 24-Stunden-EKG zeigt drastische Schwankungen bei Ihrem Blutdruck. Ihr Herz ist gesund, das kommt als Ursache also nicht in Frage. Leiden Sie eigentlich unter gelegentlichem Tinnitus? Unter Durchblutungsstörungen?«

Stella rutschte unruhig auf dem Patientensessel hin und her. Worauf wollte ihr Hausarzt hinaus? Steckte am Ende etwas Schlimmeres hinter ihrer Kreislaufschwäche? Womöglich sogar eine lebensbedrohliche Erkrankung?

»Ab und zu habe ich ein Summen im Ohr, das ungefähr zwanzig Minuten anhält. Und mein rechter Arm schläft öfter mal ein«, antwortete sie zögerlich und sah den Arzt fragend an. »Ist es etwas Ernstes? Sagen Sie es mir ehrlich. Ich bin schon groß, ich kann die Wahrheit vertragen!«

»Ich weiß, liebe Stella, dazu kenne ich Sie nun schon lange genug. Ich weiß, dass Sie sehr zäh sind, und genau da dürfte das Problem liegen. Wie viele Stunden arbeiten Sie eigentlich in der Woche? Wann haben Sie das letzte Mal Urlaub gemacht und wie lange? Treiben Sie Sport? Ernähren Sie sich gesund? Ihre Blutwerte sind zwar einigermaßen in Ordnung, verzeichnen aber einen hohen Wert an Cortisol, dem Stresshormon.«

Stella überlegte kurz.

»Ich schätze, ich komme auf ein Pensum von sechzig Stunden die Woche. Außerdem muss ich gelegentlich auf Abendveranstaltungen oder zu Wochenendterminen. Ich weiß, das ist ein bisschen viel, aber momentan läuft meine Firma hervorragend, und die Arbeit macht mir Spaß. Positiver Stress ist nicht schädlich, soviel ich weiß. Mein letzter Urlaub war im Mai, da war ich mit Freunden für fünf Tage an der Amalfi-Küste. Für Sport habe ich ehrlich gesagt kaum Zeit. Wenn ich mich erholen will, gehe ich in die Sauna oder lasse mich massieren.«

»Wie sieht es mit Alkohol aus? Tabletten?«

Stella war kurz versucht, ihm die vielen Kopfschmerztabletten zu verschweigen, die sie täglich schluckte.

»Ich nehme ein bisschen viel Paracetamol«, gab sie schließlich kleinlaut zu. »Aber Alkohol trinke ich nur in Maßen, weil ich sonst am nächsten Tag nicht fit bin.«

Herr Eisenmann verzog keine Miene.

»Wie steht es mit Ihrem Privatleben? Haben Sie überhaupt eins, bei dem hohen Arbeitspensum? Sind Sie glücklich?«

Mit dieser Frage hatte er sie dort getroffen, wo es am meisten weh tat. Stella hatte nichts dagegen, abgekanzelt zu werden, weil sie zu viel arbeitete, zu wenig Sport trieb oder zu selten Urlaub machte. Aber ob sie glücklich war oder nicht, ging Herrn Eisenmann nun wirklich nichts an. Sie schwieg beharrlich.

»Ich denke, ich habe mir ein ganz gutes Bild von Ihrem Zustand machen können«, sagte Doktor Eisenmann schließlich. »Meiner Meinung nach sind Sie auf dem besten Weg ins Burn-out. Wenn Sie so weitermachen, ist es nur noch eine Frage der Zeit, bis Sie ernsthaft krank werden. Momentan kann ich Ihnen nur dringend raten, ein wenig kürzerzutreten und ein bisschen besser auf sich aufzupassen. Sie sollten mehr und vor allem regelmäßiger essen, spazieren gehen und eine Entspannungstechnik wie Yoga oder Meditation erlernen. Dann werden auch die Kopfschmerzen schnell verschwinden.«

Beschämt dachte Stella an ihren unrühmlichen Yoga-Versuch.

»Ich verschreibe Ihnen ein leichtes pflanzliches Beruhigungsmittel, damit Sie besser schlafen können. Versuchen Sie meine Ratschläge die nächsten vierzehn Tage exakt zu befolgen, und dann sehen wir weiter. Frau Mertens wird Ihnen einen Termin geben. Und Stella, wenn ich das als väterlicher Freund, der Sie seit dreißig Jahren kennt, sagen darf: Wenden Sie sich an jemanden, dem Sie sich anvertrauen können. Ihre seelische Verfassung spielt eine nicht unerhebliche Rolle. Denken Sie darüber nach! Auf Wiedersehen, meine Liebe, und alles Gute!« Mit diesen Worten wandte der Arzt sich seinem PC zu.

Nachdenklich verließ Stella die Praxis. Sie wusste nicht, ob sie erleichtert oder enttäuscht sein sollte. Auf der einen Seite war sie froh, dass ihr nichts wirklich Ernstes fehlte, andererseits hatte sie sich eine klare Diagnose mit einer ebenso klaren Medikamentierung erhofft.

In diesem Moment klingelte ihr Handy. Es war Julian, der

sich pflichtschuldig nach dem Ergebnis ihres Arztbesuchs erkundigte.

»Doktor Eisenmann meint, dass ich kurz vor einem Burn-out-Syndrom stehe«, erklärte Stella und versuchte so gefasst wie möglich zu klingen. »Aber er ist optimistisch, dass ich es in den Griff bekomme, wenn ich ein wenig mehr auf mich achte. Anscheinend muss ich mich nun doch dazu aufraffen, zum Sport zu gehen. Und ich soll mehr Urlaub machen und wieder zunehmen.« Der Urlaub war natürlich eine kleine Spitze bezüglich ihres anstehenden Geburtstags. Gespannt wartete sie auf Julians Reaktion.

»Burn-out, das hört sich ja nicht gut an«, antwortete er beunruhigt. »Damit ist nicht zu spaßen. Ein Kanzleikollege wurde im Frühjahr mit einer ähnlichen Diagnose in eine psychosomatische Klinik eingeliefert und musste acht Wochen dort bleiben. Soviel ich weiß, war das alles andere als ein Spaziergang.«

»Aber bei mir kommt es gar nicht erst so weit«, versuchte sie Julian zu beschwichtigen und bemerkte im selben Moment, dass etwas an der Rollenverteilung nicht stimmte. Eigentlich müsste Julian derjenige sein, der ihr Mut zusprach. Unter dem Vorwand, zu einem Termin zu müssen, brach sie das Telefonat ab und stieg ins Auto. Plötzlich fiel ihr der Beinahe-Unfall mit dem kleinen Mädchen wieder ein. Gott sei Dank hatte sich die Mutter nicht mehr bei Stella gemeldet. Für den Augenblick hatte sie sowieso schon viel zu viele Sorgen.

Zu Hause angekommen, vernahm sie Gelächter aus Leonies Wohnung. Der Stimme nach zu urteilen, war Nina bei ihr. Stella verspürte einen eifersüchtigen Stich. Doktor Eisenmann hatte ihr geraten, ihre Sorgen einer Freundin anzuvertrauen. Doch Stella hatte niemanden, mit dem sie sich aussprechen konnte, weil sie sich jahrelang nur um ihren Beruf gekümmert und zuletzt alle Energie in ihre Beziehung mit Julian gesteckt hatte. Auch mit ihren beiden Nachbarinnen war sie noch nicht so richtig warm geworden. Was man von Nina und Leonie nicht gerade behaupten konnte. Sie schienen sich prächtig zu amüsieren.

Mit der Schallisolierung ist es in dem alten Kasten auch nicht weit her, dachte Stella, als sie nach oben ging und ihre Post durchsah. Neben den üblichen Rechnungen fand sie eine handschriftliche Notiz ihrer Mitmieterinnen. Sie baten um eine kleine Hausversammlung wegen der anstehenden Renovierungsarbeiten. Auch das noch! Wieder überkamen Stella Zweifel, ob sie sich nicht ein bisschen zu viel zugemutet hatte.

»Weißt du, wo Futureventura liegt?«, fragte Olli feixend, als Leonie am nächsten Morgen das Reisebüro betrat.

»So, wie du das aussprichst, klingt es irgendwie nach einer fremden Galaxie. Wie in dem Film ›Futureworld‹, falls du den kennst«, antwortete sie grummelnd. Ab heute war ihre Kollegin Sandra Koch im Urlaub, und somit blieb der Bereich »Fernreisen« an ihr hängen. Doris Möller würde sie mit Argusaugen beobachten und Leonie bei jeder sich bietenden Gelegenheit vor Kunden und Mitarbeitern runtermachen. Gestern Abend hatte sie sich das Szenario bereits in den leuchtendsten Farben ausgemalt, und heute Morgen war sie mit Bauchschmerzen aufgewacht.

»Die Antwort ist leider falsch, meine Liebe. Du solltest allmählich wissen, was unsere Kunden alles aus den Namen der

Reiseziele machen. Und in diesem Fall handelt es sich nicht um ein intergalaktisches Eiland, sondern um die Insel Fuerteventura. Comprende, muchacha?«

»Mhmm, ganz toll«, murmelte Leonie, während sie ihre Sachen in Sandras Schreibtisch einräumte. »Und du, mein Lieber, nimmst jetzt besser den Platz an der Front ein, anstatt herumzublödeln und mit deinen mageren Spanischkenntnissen zu prahlen!«, ermahnte sie Olli streng.

»Aber nur, wenn du mir verrätst, wie es mit dem schnuckeligen Vermieter läuft.«

»Welchem Vermieter?«

»Na, der smarte Typ aus Husum. Ich hab deinen schmachtenden Blick neulich am Telefon ganz genau gesehen!«

»Du spinnst!«

»Nein, tu ich nicht. Ich finde übrigens, dass das mit euch beiden ganz wunderbar passen würde, nach dem, was du mir erzählt hast. Ein Haus an der See, eins in der Stadt, ein kleiner Junge mit genauso vielen Sommersprossen wie du ... Das ist genau das, was du dir immer gewünscht hast, hab ich recht?«

»Halt die Klappe und schick mir lieber meine E-Mails rüber. Ich bin heute nicht in Stimmung für deine albernen Beziehungsphantasien!«

Mit diesen Worten verschanzte sie sich hinter ihrem PC und sah die Tagespost durch. Aber sie war nicht so recht bei der Sache. Olli hatte recht. Robert Behrendsen war genau das, was sie sich immer erträumt hatte. Seit der Gedanke in ihr aufgekeimt war, ihren Vermieter zu einem Opernbesuch zu überreden, konnte sie an nichts anderes mehr denken. Allerdings war sie bislang zu schüchtern gewesen, um ihn anzurufen.

In diesem Moment betrat eine blasse, schmale Frau das Reisebüro, sah sich unsicher um und steuerte dann direkt auf Leonie zu.

»Hallo. Ich hätte eine Frage. Ich bin auf der Suche nach einem Reiseziel über die Weihnachtsfeiertage. Meinen Sie, Sie könnten mir dabei helfen?«

»Dafür sind wir da«, entgegnete Leonie professionell, griff nach dem Katalog »Weihnachten & Silvester« und schob ihn über den Schreibtisch.

»Haben Sie an etwas Bestimmtes gedacht? Wollen Sie in die Wärme fliegen, oder soll es lieber in den Schnee gehen? Wollen Sie etwas besichtigen oder die Natur genießen?«

Eigentlich sollte man unentschlossenen Kunden nicht zu viele Fragen auf einmal stellen, das führte in den meisten Fällen nur zu restloser Verwirrung. Besonders schwierig wurde die Situation, wenn Paare zur Beratung kamen, die sich im Vorfeld überhaupt keine Gedanken über das gewünschte Reiseziel gemacht hatten und nur dorthin wollten, »wo es warm ist« – ein äußerst dehnbarer Begriff! Eine Antwort wie »Dann gehen Sie nach Hause und ziehen sich die Decke über den Kopf«, musste Leonie sich ebenso oft verkneifen wie den Tipp, sich in die heiße Badewanne zu legen. Und häufiger konnte dann schon die eine oder andere Stunde der Beratung ins Land gehen. Was als Sonnenziel begann, verwandelte sich manchmal im Verlauf des Gesprächs in einen Trip nach Grönland.

»Ich weiß nicht so recht, das ist ja gerade mein Problem. Mein Freund hat sich gerade von mir getrennt, wissen Sie. Und da ich die Feiertage nicht allein hier in Hamburg verbringen möchte, kam ich spontan auf die Idee, wegzufahren.«

Leonie bekam sofort Mitleid mit der jungen Frau, in deren Augen sie ein verdächtiges Glitzern bemerkte.

»Oh, das tut mir leid! Wie wär's mit einer Tasse Tee zur Entspannung?«, fragte sie und lächelte die Kundin aufmunternd an. »Wenn Sie mir sagen, was Sie gern trinken, gehe ich schnell nach hinten in die Küche. Währenddessen können Sie schon mal in unseren Katalogen blättern. Vielleicht finden Sie etwas, das Ihnen gefällt.«

»Haben Sie Roibuschtee? Das wäre toll«, antwortete die Kundin zaghaft.

»Bin gleich wieder da!«

Als Leonie zurückkam, wartete eine böse Überraschung auf sie. Innerhalb weniger Minuten war das totale Chaos ausgebrochen. Zwei Telefonapparate klingelten gleichzeitig, und mit einem Mal, als hätten sie sich verabredet, standen fünf Kunden herum und warteten. Ein ungeduldig aussehender Geschäftsmann mit Aktentasche unter dem Arm rief erbost:

»Ist denn außer Ihnen niemand im Laden?«

Genau in diesem Moment betrat eine sichtbar schlecht gelaunte Doris Möller das Reisebüro, und zwar mit niemand anderem als Thomas Regner, dem Besitzer der Reisebürokette Traumreisen.

Leonie war für einen Moment unfähig zu reagieren und stand – den dampfenden Becher Tee in der Hand – regungslos da.

»Nun schauen Sie nicht wie eine Kuh, wenn's donnert. Stellen Sie die Tasse ab und kümmern Sie sich um den Herrn dort!«, herrschte ihre Vorgesetzte sie an. Leonie riss sich zusammen und drückte ihrer Kundin mit zitternden Händen den Tee in die Hand. Dann wandte sie sich an den wichtig aussehenden Geschäftsmann, wobei sie hoffte, dass er kein schwieriger Kandidat sein würde. Olli versuchte unterdessen, so gut es ging, auf beiden Apparaten abwechselnd Auskunft zu erteilen.

Thomas Regner ging kopfschüttelnd auf und ab und sah alles andere als erfreut aus. Doris Möller bemühte sich, Haltung zu bewahren, und versorgte eine gestresste Mutter mit Skireise-Prospekten. Auch Leonie tat ihr Bestes und recherchierte für den Geschäftsmann nach Flügen in die USA.

Eine halbe Stunde später kehrte wieder Ruhe ein. Thomas Regner zitierte Doris Möller in ihr Büro und schloss die Tür hinter sich. Olli warf Leonie einen beunruhigten Blick zu, aber sie hatte jetzt keine Zeit, sich über den Vorfall Gedanken zu machen. Sie musste nun endlich ihrer Kundin weiterhelfen, die die ganze Zeit geduldig in den Prospekten geblättert hatte.

»Es tut mir sehr leid, dass Sie so lange warten mussten«, entschuldigte sie sich und registrierte erfreut, dass die junge Frau lächelte.

»Ich habe zwei Möglichkeiten in die engere Auswahl genommen. Vielleicht könnten Sie mir noch einmal behilflich sein.«

»Gern! Wo zieht es Sie denn hin?«

Die beiden beugten sich über die Kataloge und diskutierten angeregt über die Möglichkeit einer Reise nach Madrid oder Wien.

»Madrid ist beeindruckend. Vielleicht wissen Sie ja, dass man in Spanien um Mitternacht ganze Berge von Trauben verspeist, soll angeblich Glück bringen. Das hat sicherlich seinen Reiz. Aber ich persönlich finde, Silvester in Wien zu feiern, das ist etwas ganz Besonderes. Solch einen Zauber findet man in keiner anderen Stadt! Tanzen Sie gern?«

»Ja, sehr! Allerdings bin ich nicht mehr so richtig in Übung.«

»Na wunderbar! Dann melden Sie sich doch gleich zu einem Auffrischungskurs in der Tanzschule an. Vielleicht lernen Sie einen netten Herrn kennen, mit dem sie beim Kaiserball in der Hofburg glänzen können. Gönnen Sie sich ein hübsches Kleid und zelebrieren Sie Ihren Urlaub richtig. Einen Tag vor dem Silvesterball gibt es übrigens eine Tanzstunde in der weltberühmten Elmayer-Schule, mit Schwerpunkt Walzer.«

»Das klingt wundervoll«, antwortete die Kundin und sah Leonie träumerisch an. »Ich glaube, das mache ich! Vielen Dank, dass Sie sich so viel Zeit genommen haben. Und auch für den Tee. So nett bin ich noch in keinem Reisebüro beraten worden. Ich werde Sie sofort weiterempfehlen.«

Nach den Buchungsformalitäten verabschiedete Leonie die junge Frau mit den Worten:

»Viel Glück und eine schöne Zeit in Wien! Kommen Sie doch nach Ihrer Rückkehr einmal vorbei und erzählen mir, wie es war und ob Sie gut ins neue Jahr gestartet sind!«

»Das werde ich. Ihnen auch alles Gute und nochmals vielen Dank!«

Während Leonie die Visitenkarte der Kundin studierte und ihre Adresse in die Kundendatei eingab, bemerkte sie Thomas Regner hinter sich. Wie lange er dort wohl schon gestanden hatte?

»Kompliment, Frau Rohlfs. Ich bin beeindruckt! So ein Lob bekommen Expedienten nicht alle Tage zu hören. Wenn

Sie mit all Ihren Kunden so kompetent und einfühlsam umgehen, ist das genau der Stil, den ich mir für unser Unternehmen wünsche. Weiter so!«

Mit diesen Worten verließ er das Reisebüro, ohne sich von Olli oder Frau Möller zu verabschieden. Doris Möller wirkte angespannt. Ihr roter Lippenstift war abgekaut und das sonst so kunstvolle Make-up verschmiert.

»Bilden Sie sich jetzt bloß nichts darauf ein«, giftete sie und ging zurück in ihr Büro. Mit einem lauten Knall fiel die Tür hinter ihr ins Schloss.

»Oh, oh, jetzt wird sie dich noch mehr hassen«, sagte Olli, und Leonie befürchtete, dass er recht hatte. »Die hat bestimmt ordentlich eins auf den Deckel bekommen, weil hier so ein Chaos herrschte. Und nun kassierst ausgerechnet du ein Kompliment, obwohl sie doch gerade dich so auf dem Kieker hat!«

Das kann ja heiter werden, seufzte Leonie und versuchte den Gedanken an die bevorstehenden Wochen zu verdrängen. Irgendwann würde sie einen anderen Job finden. Schließlich hatte es auch mit der Villa geklappt. Weshalb sollte sie zur Abwechslung nicht im Beruf mal ein bisschen Glück haben? Oder in der Liebe? Kurz entschlossen wählte sie Robert Behrendsens Nummer …

Kapitel 9

Schön, dass du kommen konntest«, begrüßte Leonie Stella, die am Samstag pünktlich zur Hausversammlung an ihrer Tür klingelte. Nina war noch nicht da, vermutlich hatte man sie im Blumenmeer aufgehalten.

»Ich habe Apfelkuchen gebacken, ich hoffe, du magst so was. Die Äpfel sind aus dem Alten Land, vom Hof meiner Eltern.«

»Klar, sehr gern«, antwortete Stella höflich, obwohl sie eigentlich keine Freundin von Kuchen war. Sie lehnte im Türrahmen der Küche und blickte Leonie fragend an.

»Wann hast du denn dafür Zeit?«, erkundigte sie sich schließlich. »Du bist doch beruflich auch ziemlich eingespannt, oder?«

Leonie lächelte und stellte den Kuchen auf den Wohnzimmertisch, wo aromatisch duftender Tee auf einem Stövchen stand. Paul und Paula lagen auf einer kuscheligen Wolldecke einträchtig nebeneinander, und es lief klassische Musik.

Angesichts dieses friedlichen Idylls wurde Stella ganz warm ums Herz. Bestimmt hatte Leonie einen netten, unkomplizierten Freund, der genauso liebenswert war wie sie. Ganz anders als die kapriziöse und spröde Nina, die offensichtlich etwas gegen sie hatte. Vielleicht war es gar nicht so schlecht, dass sie noch nicht da war, dann konnte sie zumindest mit Leonie ein wenig warm werden.

»Ich backe und koche für mein Leben gern. Es entspannt mich und hat den Vorteil, dass alles genau so schmeckt, wie ich es am liebsten habe.«

Stella schüttelte erstaunt den Kopf. Bei Leonie sah tatsächlich immer alles vollkommen mühelos aus. Bedauerlicherweise war sie selbst meilenweit davon entfernt, entspannt zu sein, wenn sie in der Küche etwas anderes zubereitete als Tee oder Kaffee. Selbst ein einfaches Spiegelei oder das Zusammenrühren einer fertigen Miracoli-Sauce empfand sie als zeitraubend und damit höchst lästig.

»Und wie sieht es bei dir aus? Kochst du gerne?«

Bevor Stella antworten konnte, klingelte es an der Tür. Es war Nina.

»Hier, für dich!«, sagte sie und überreichte Leonie einen geschmackvoll zusammengestellten Herbststrauß. Mist, an ein Mitbringsel hatte Stella in ihrer Hektik überhaupt nicht gedacht. Zwischen ihrem Friseurbesuch, einem Abstecher in die Reinigung und dem Termin bei Ophelia Winter hatte sie einfach keine Zeit mehr gehabt.

»Tut mir leid, ich hätte dir auch etwas mitbringen sollen«, sagte Stella entschuldigend, während Leonie den üppigen Strauß in eine Vase stellte. »Zudem schulde ich dir noch eine Gegeneinladung für die Pizza. Vielleicht habt ihr zwei ja mal Lust, mit mir essen zu gehen.« Noch während sie sprach, wurde Stella mit einem Mal schwindlig. Ihr Ohr fühlte sich an, als wäre es mit Watte verstopft. Das Letzte, was sie hörte, waren Ninas Worte:

»Ich rufe einen Krankenwagen«, dann wurde es dunkel um sie.

»Was machst du nur für Sachen?«, fragte Leonie besorgt, als Stella in der Notaufnahme des Uniklinikums wieder zu sich kam. Sie hing an einem Monitor, und ihr linker Arm steckte in einer Manschette aus Plastik. Sie hatte schrecklichen Durst. Dankbar nahm sie das Glas Wasser, das Nina ihr reichte, und trank es auf einen Zug aus.

»Du hast uns vielleicht einen Schrecken eingejagt«, meinte Nina und lächelte Stella zu. Zum ersten Mal, seit die beiden sich kannten.

»Du hattest einen Hörsturz«, erklärte Leonie. »Die diensthabende Ärztin kommt gleich vorbei und macht einen Hörtest mit dir, sobald die Infusion durchgelaufen ist.«

Nachdem die ersten Routineuntersuchungen abgeschlossen waren und feststand, dass kein ernsthafter Schaden am Ohr entstanden war, erfuhr Stella, dass sie dennoch einige Tage in der Klinik bleiben musste. Ihr Zustand war instabil, sie brauchte dringend Ruhe und Schlaf. Leonie hatte ihr ein paar Sachen aus ihrer Wohnung gebracht und angeboten, am darauffolgenden Tag wieder vorbeizuschauen. Stella konnte gerade noch nicken, dann fielen ihr schon die Augen zu.

»Das hat man nun davon, wenn man sich zu Tode arbeitet«, schimpfte Nina, als sie wieder bei Leonie in der Wohnung saß. »Ich weiß schon, weshalb ich nie Karriere machen wollte. Man schuftet und schuftet, bekommt den Hals nicht voll, weil man immer das neueste Prada-Täschchen haben muss, und was hat man dann davon? Man fällt um wie ein Sack Reis, und ein paar Minuten später hängt man im Krankenhaus an irgendwelchen Schläuchen.«

»Ja, das ist ziemlich traurig«, stimmte Leonie seufzend zu, während sie Paula streichelte. »Ich hoffe nur, dass es ihr bald wieder bessergeht und sie ein wenig kürzertritt. Meinetwegen können wir die Renovierung des Flurs gern auf das Frühjahr verschieben!«

»Von mir aus können wir das auch vorerst ganz lassen, vorausgesetzt, Robert Behrendsen ist einverstanden«, antwortete Nina, die mit Unbehagen daran dachte, dass sie sich endlich um einen neuen Job kümmern musste.

»Ich kann ihn gern fragen, er hat sicher nichts dagegen«, entgegnete Leonie, die sich schon sehr auf ihren Opernbesuch mit Herrn Behrendsen freute.

»Ja, ja, ich kann mir schon denken, dass du nur allzu gern bereit bist, ihn anzurufen«, neckte Nina sie, die längst bemerkt hatte, welche Wirkung der smarte Vermieter auf Leonie ausübte. Allerdings war ihr ebenfalls aufgefallen, dass Robert Behrendsen nicht ganz unempfänglich für die blonde Stella war. Doch die war ja, wie es schien, in festen Händen.

»Schön, dich zu sehen, Kind«, begrüßte Katharina Alberti ihre Tochter und musterte Stella, die blass und schmächtig in ihrem Krankenhausbett lag. »Ich habe mit Doktor Eisenmann gesprochen. Seiner Meinung nach gehörst du so schnell wie möglich in eine psychosomatische Klinik, um dich wieder aufpäppeln zu lassen. Ich habe mich schon umgehört und …«

»Stopp, Mama, halt«, erwiderte Stella, die es überhaupt nicht mochte, wenn ihre Mutter das Zepter an sich riss und alles über ihren Kopf hinweg entschied. Immerhin war sie kein kleines, unmündiges Kind, sondern eine erwachsene Frau von bald vierzig Jahren.

»Lieb von dir, dass du dich so um mich kümmerst. Aber momentan weiß ich gar nicht, wo mir der Kopf steht. Gib mir ein paar Tage Zeit, über euren Vorschlag nachzudenken, okay?«

Ich werde die Ärzte hier in der Klinik konsultieren, überlegte sie und registrierte erschöpft den beleidigten Gesichtsausdruck ihrer Mutter. Sie wollte gerade zu einer Entschuldigung ansetzen, überlegte es sich dann aber anders. Es war ihr Leben! Und sie allein würde von nun an die Regeln aufstellen. Damit musste ihre Mutter leben lernen. Und ich auch, dachte Stella nachdenklich.

Als sich Katharina Alberti schließlich verabschiedet hatte, konnte Stella endlich die Augen schließen und in sich gehen. Es gab einiges zu entscheiden und zu bedenken. Weshalb hatte sie das nicht schon viel früher getan?

»Mist«, schimpfte Nina und starrte ratlos aus dem Fenster. Eigentlich hätte sie guter Laune sein müssen, denn das Wohnzimmer, in dem sie so fleißig an ihrem Computer arbeitete, war mittlerweile wunderschön. Es hatte sie einige Mühe gekostet, die alten Tapeten von der Wand zu reißen und die Wände grob zu verputzen und zu streichen. Jetzt erstrahlte der Raum in einem hellen Weiß und wirkte weitläufig und freundlich. An den Fenstern hingen leichte, beinahe durchsichtige Vorhänge aus feinem Baumwollstoff, der mit kleinen, hellbeigen Sternchen übersät war.

Eigentlich war Nina eher ein herber Typ, aber die Zeichen standen auf Veränderung. Und an diesem Traumstoff hatte sie einfach nicht vorbeigehen können. Sie freute sich schon jetzt auf die ersten lauen Sommerabende, wenn der Wind den Stoff aufbauschen und sie von ihrem Korbstuhl aus in den Garten blicken würde. Bis es so weit war, musste sie allerdings erst einmal einen neuen Job finden, der es ihr ermöglichte, weiter hier zu wohnen.

Dabei ging es nicht nur um die Miete, sondern auch um ihre Wohnung. Sie hatte nämlich noch so viele Ideen. Sie träumte von hölzernen Fensterläden, wie man sie in der Provence oft sah, und von dem großen Wandbehang, den sie neulich bei einem Antiquitätenhändler entdeckt hatte. Auf dem zwei Meter langen Stoff war eine südfranzösische Landschaft abgedruckt, die viel Farbe und Atmosphäre in ihr Wohnzimmer bringen würde.

Aber egal, wie sorgfältig Nina auch recherchierte, es schien weit und breit keine geeignete Stelle für sie zu geben, außer im Hamburger Umland und zu Konditionen, die knapp über dem Sozialhilfeniveau lagen. Und so verzweifelt war sie nun auch wieder nicht.

Sie beschloss, sich ein wenig abzulenken und einen Blick in den Account vom Blumenmeer zu werfen. Vielleicht hatte Herr Achternbeck ja geschrieben.

Von: Asterdivaricatus@t-online.de
An: info@gruenzeug.net
Betreff: Kalter Kaffee

Liebe Nina Korte,
vielen Dank, dass Sie mir die Kontraste so anschaulich vermittelt haben. Selbstverständlich werde ich Ihre Frage mit der gleichen Sorgfalt beantworten. Ich persönlich glaube, dass Menschen

immer etwas brauchen, woran sie sich festhalten können. Und weil wir dies von Kindesbeinen an gewohnt sind, mögen Sie durchaus recht mit Ihrer Vermutung haben: Der Coffee-to-go-Becher, das Symbol einer trendigen und ewig jungen Coffee-Community, hat tatsächlich Ähnlichkeit mit einer Nuckelflasche. Wie gern würde ich nun erfahren, woran Sie sich festhalten. Oder woran Sie festhalten. Doch wer schon harmlose Fragen nach Cowboys und Indianern nicht beantwortet, der reagiert sicher auch hierauf nicht.

Daher noch eine Fachfrage: Wozu raten Sie mir, wenn die Herbstblumen in meinen Beeten irgendwann verblüht sind? Muss ich mich mit der Kargheit abfinden, oder haben Sie eine andere Idee für mich?

Mit ebenfalls herbstlichen Grüßen,

Ihr Waldemar Achternbeck

Die E-Mail war Freitagnacht um Viertel vor zwölf abgeschickt worden. Anscheinend war Herr Achternbeck ein Nachtarbeiter. Gab es keine Frau, die auf ihn wartete? Oder vielleicht wartete jemand, traurig und verzweifelt, Stunde um Stunde in einer leeren Wohnung? Gehörte Waldemar Achternbeck eher zu den Männern, die wie ihr Vater oder Gerald ständig Affären hatten, um ihr männliches Ego zu bestätigen? Nein, halt, sie war ja schon vollkommen paranoid. Wahrscheinlich war die Schleieraster einfach nur ein einsamer Single, der sich die Zeit mit einem harmlosen Chat vertrieb.

Von: info@gruenzeug.net
An: Asterdivaricatus@t-online.de
Betreff: Winterpause

Lieber Asterdivaricatus,

es dauert ein Weilchen, bis die Herbstblumen endgültig verblüht sind, da kann ich Sie beruhigen. Solange ihnen der erste Frost oder gar Schnee nicht frühzeitig den Garaus macht, werden Sie sich bestimmt noch eine Zeitlang an den Kontrasten der Blüten erfreuen können. Mit etwas Glück sogar bis Anfang Dezember. Im Winter sollten Sie Ihrem Garten seine wohlverdiente Pause gönnen und sich auf die ersten Krokusse und Schneeglöckchen im Januar freuen. Bis es so weit ist, kann ich Ihnen nur raten, es sich zu Hause gemütlich zu machen! Vielen Dank übrigens, dass Sie meine Theorie bestätigen, dass die Coffee-to-go-Becher ein Ersatz für frühkindliche Nuckelflaschen sind.

Im Übrigen mag ich gar keinen Kaffee und kann Latte macchiato nur deshalb ertragen, weil er nach allem anderen schmeckt, nur nicht nach Kaffee. Vermutlich würde es heiße Milch mit Honig auch tun, aber wer bestellt sich schon gerne ein so un-trendiges Getränk? Franco, der Italiener meines Vertrauens, würde vor Entsetzen in Ohnmacht fallen, wenn ich seinen heiß geliebten Espresso verschmähen würde. Aber es käme auf einen Versuch an. Wenn ich herausfinde, was »Honig« auf Italienisch heißt, kreiere ich vielleicht sogar eine neue Mode!

Ach ja: Ich halte mich gern an dem Gedanken fest, dass ich einen relativ gut funktionierenden Kopf habe, der mich hoffentlich nie im Stich lässt. Das beruhigt bisweilen ungemein. Und ich halte an der Vorstellung fest, dass es den Weihnachtsmann gibt.

Mit vielen Grüßen,
Nina Korte
Blumenmeer

Schmunzelnd drückte Nina auf »Senden« und blickte abermals aus dem Fenster. Das Laub der Bäume hatte sich gelbgold verfärbt und war von rötlichen Sprengseln durchsetzt. Nina dachte an die Bilder des wunderschönen Indian Summer in Vermont, einem ihrer Traumreiseziele. Wie gern würde sie jetzt einfach wegfliegen, anstatt in Hamburg zu bleiben, wo nur die üblichen Probleme auf sie warteten. Ein leises »Pling« kündigte den Eingang einer neuen E-Mail an.

Von: Asterdivaricatus@t-online.de
An: info@gruenzeug.net

Es muss ›Latte mielato‹ heißen. Milch, mit Honig gesüßt.

Für einen Moment starrte Nina verwirrt auf Ihren PC. Asterdivaricatus war also online …

»Schön, dass es dir wieder bessergeht.«

Stella richtete sich in ihrem Krankenbett auf und stopfte sich ein zweites Kissen in den Rücken, während sie mit der anderen Hand den Telefonhörer hielt. Julian hatte sich endlich gemeldet, nachdem Stella ihm geschrieben hatte, dass sie im Krankenhaus lag und ihre Verabredung mit ihm nicht einhalten konnte.

»Besser ist wohl ein bisschen zu viel gesagt«, entgegnete sie ungehalten, wobei sie die Telefonschnur um ihren Finger zwirbelte. »Ich denke, dass es mir erst wieder richtig gut gehen wird, wenn ich in dieser psychosomatischen Klinik in Bad Bramstedt war.«

»Psychosomatische Klinik?«, fragte Julian mit unverhohlenem Entsetzen in der Stimme.

»Ja, du hast richtig verstanden. Ich werde Anfang Dezember dort aufgenommen und aller Voraussicht nach sechs Wochen bleiben. Bis dahin habe ich noch genug Zeit, meine Angelegenheiten zu regeln und mich um eine Vertretung bei meinen Kunden zu kümmern.«

»Das bedeutet ja, dass du deinen Geburtstag und die Feiertage in Bad Bramstedt verbringen wirst«, konstatierte Julian, und Stella hatte den Verdacht, dass ihm die Situation nicht ganz ungelegen kam.

»Tja, da hast du wohl Glück gehabt. Dann feiere ich meinen vierzigsten Geburtstag eben nicht in Paris, sondern mutterseelenallein in einer Kleinstadt in Schleswig-Holstein. Kann ja auch ganz nett werden«, antwortete sie bitter. Sie durfte gar nicht darüber nachdenken, wie sie die Zeit überstehen sollte.

»Ich werde mein Möglichstes tun, um dich dort zu besuchen«, versprach Julian, obwohl beide wussten, dass das niemals geschehen würde. Ihre Affäre neigte sich unaufhaltsam dem Ende zu. In ihrer letzten durchwachten Nacht hatte es Stella endlich eingesehen: Dieser Mann würde seine Frau nie verlassen, und sie hatte keine Lust mehr, ständig über ihn und ihre verkorkste Beziehung nachzudenken. Wenn sie wirklich wieder auf die Beine kommen wollte, musste sie konsequent sein. Aber momentan fehlte ihr die Kraft, endgültig Schluss zu machen.

»Bis bald also«, verabschiedete sie sich und hoffte insgeheim immer noch, dass Julian wenigstens der Form halber den Weg zu ihr ins Uniklinikum finden würde.

Kapitel 10

Mit klopfendem Herzen verfolgte Leonie das Geschehen auf der Bühne der Hamburger Staatsoper. Der nüchterne Theatersaal war nicht annähernd so romantisch, wie sie es sich für diesen besonderen Anlass gewünscht hätte. Doch dafür hatte sie den attraktiven Robert Behrendsen an ihrer Seite und schwebte auf einer Wolke des Glücks. Sie war so aufgeregt, dass sie sich kaum auf die Handlung konzentrieren konnte. Dabei hatte Verdis »La Traviata« alles, um Leonies gefühlsbetontes Gemüt zum Schwelgen zu bringen. Als sich die sterbende Violetta mit den Worten »Lebt wohl jetzt« von ihrer großen Liebe verabschiedete, schossen ihr Tränen der Rührung in die Augen.

»War das nicht eine traumhafte Inszenierung?«, erkundigte sich Robert Behrendsen, als er ihr wenige Minuten später galant in den Mantel half. Leonie nickte stumm. Die Geschichte hatte sie tief bewegt, aber zu der Inszenierung selbst konnte sie nicht wirklich viel sagen. Sie erfasste diese Dinge eben mehr mit dem Herzen als mit dem Kopf. Ob Herr Behrendsen das verstehen würde?

Während sie krampfhaft nach einer intelligenten Antwort suchte, sagte er:

»Wollen wir noch etwas trinken gehen? Vielleicht am Kamin des Hotels Vier Jahreszeiten?« Wieder konnte Leonie nur sprachlos nicken. Mit einem Mal war sie schrecklich nervös, und ihre Hände begannen zu zittern. Sanft schob

Robert Behrendsen sie durch die Menschenmenge nach draußen.

Nach ihrem ersten Glas Sherry gelang es Leonie, sich einigermaßen zu entspannen. Während ihr Begleiter ihr begeistert von einer »Tannhäuser«-Inszenierung in Bayreuth vorschwärmte, fasste sie sich ein Herz und gab unumwunden zu:

»Ich verstehe leider nicht besonders viel von der Oper oder vom Theater.« Sie stockte und blickte ihren Vermieter verlegen an. »Aber ich würde gerne ein wenig mehr über Sie erfahren. Momentan weiß ich nur, dass Sie einen Sohn haben, öfter mal zwischen Husum und Hamburg hin und her pendeln und gerne in die Oper gehen. Darf ich fragen, womit Sie das Geld für Ihren bewegten Alltag verdienen? Die Mieteinnahmen allein können es ja wohl nicht sein?«

»Sie dürfen«, antwortete Robert Behrendsen mit einem Lächeln. »Doch nur unter der Bedingung, dass Sie mir dann auch etwas über sich verraten. Mein Leben ist schnell erzählt. Und ich warne Sie, die Geschichte wird ziemlich deprimierend!«

»Ich kann mit traurigen Geschichten umgehen«, sagte Leonie und fragte sich, was jetzt wohl kommen würde.

»Ich bin in der Villa, in der Sie jetzt wohnen, aufgewachsen und habe dort gelebt, bis ich meine Frau Daniela kennengelernt habe. Ich bin Kinderarzt, und wir sind uns hier in Hamburg auf einem Kongress zum Thema ganzheitliche Medizin begegnet. Daniela hatte gerade die gynäkologische Praxis ihres Vaters übernommen und wollte sich über Alternativen zur Schulmedizin informieren. Wir haben uns Hals über Kopf ineinander verliebt, und Daniela war wenige Monate danach schwanger. Ich habe keine Sekunde gezögert und bin ihr nach Husum gefolgt.«

Leonie sah Herrn Behrendsen aufmerksam an. Bislang klang das alles wunderschön. Was war wohl passiert?

»Ich war noch nie in meinem Leben so glücklich wie in diesen sechs Jahren. Daniela und ich haben die Praxis zusammen geführt, sie als Frauenärztin und ich als Kinderarzt, ein unschlagbares Team. Als Moritz auf die Welt kam, hat Daniela nur noch halbtags gearbeitet und Moritz frühmorgens zu seiner Oma gebracht. Es war das perfekte Familienglück. Doch dann zeigte ein Routinecheck veränderte Zellstrukturen in Danielas Gebärmutter. Kurz darauf die schreckliche Diagnose, die unser Leben auf einen Schlag zerstört hat: Krebs im Endstadium. Drei Monate später war meine Frau tot.«

Leonie schluckte schwer und hielt mit Mühe die Tränen zurück. Wieso musste das Leben so ungerecht sein? Eine junge, vermutlich schöne Frau, intelligent und begabt. Ein attraktiver Mann, ein entzückendes Kind. Weshalb musste dieses Glück ein so brutales Ende finden?

»Ich habe lange gebraucht, um wieder auf die Beine zu kommen, und auch jetzt ist es noch verdammt schwer. Aber schon wegen Moritz muss ich mich zusammenreißen. Außerdem hatte ich Daniela versprochen, die Praxis weiterzuführen. Das war das Gute an diesen drei Monaten, wir hatten Zeit, uns voneinander zu verabschieden. Die Dinge in Ruhe zu besprechen. Wir waren sogar noch einmal zusammen im Urlaub. In der Toscana, da hat es ihr immer am besten gefallen.«

Bei der Vorstellung, wie tapfer diese Familie mit Danielas herannahendem Tod umgegangen war, verlor Leonie endgültig die Fassung. Verstohlen wischte sie sich die Tränen aus den Augenwinkeln.

»Sehen Sie, nun habe ich Sie verstört«, sagte Robert Behrendsen entschuldigend. »Dabei sollte es ein schöner Abend werden. Vielleicht gehen wir das nächste Mal lieber in eine komische Oper, ›Figaros Hochzeit‹ zum Beispiel. Was halten Sie davon?«

»Das wäre schön«, murmelte Leonie in ihr Taschentuch und unterdrückte das Bedürfnis, ihren Vermieter sanft zu berühren. Schließlich konnte er wieder neu liiert sein. Mit Sicherheit gab es viele Frauen, die ihn nur allzu gerne getröstet hätten. Wie jedoch sollte sie das herausfinden?

»Nun sind Sie dran«, meinte Herr Behrendsen und sah sie auffordernd an.

Ein wenig verlegen schilderte Leonie ihre idyllische Kindheit im Alten Land, ihre Beziehung mit Henning und schließlich den Umzug nach Hamburg. Wie unglücklich sie mit ihrem Job bei Traumreisen war, wollte sie vorerst lieber nicht erwähnen. Schließlich sollte Herr Behrendsen nicht um seine Miete bangen müssen.

»Ich finde, Ihre Kindheit klingt sehr schön«, sagte er nach einer Weile. »Es scheint, als hätten Sie ein sehr gutes Verhältnis zu Ihren Eltern. Mein Vater lebt leider nicht mehr, und meine Mutter ist im Augustinum. Seien Sie froh, dass Ihre Liebsten noch so gut auf den Beinen sind. Das ist sehr, sehr viel wert!«

Im Laufe des Abends blieb es natürlich nicht aus, dass Leonie von Stellas Zusammenbruch und ihrem Aufenthalt in der Uniklinik erzählte. Von Bad Bramstedt sagte sie nichts, das wäre zu indiskret gewesen.

Als sich Robert Behrendsen von Leonie verabschiedete, sagte er:

»Grüßen Sie Frau Alberti bitte von mir, und richten Sie ihr meine herzlichsten Genesungswünsche aus.« Dann ging er die Treppe hinauf zu seiner Wohnung im ersten Stock.

»Das mache ich gern«, rief ihm Leonie hinterher und schloss sanft die Tür. Unruhig ging sie in ihrer Wohnung auf und ab und warf sich schließlich aufs Bett. War der Abend so verlaufen, wie sie es sich erhofft hatte? Nicht ganz, wenn sie ehrlich war. Aber Leonie rief sich sogleich zur Ordnung. Was hatte sie erwartet? Dass Robert Behrendsen ihr am Kamin des Vier Jahreszeiten einen Heiratsantrag machen würde?

»Du liest eindeutig zu viele Kitschromane, Leonie Rohlfs«, ermahnte sie sich streng und stand auf, um nach Paul und Paula zu sehen. Doch von beiden fehlte jede Spur.

Immerhin hatte Robert Behrendsen vorgeschlagen, ein weiteres Mal mit ihr in die Oper zu gehen, dachte Leonie, während sie sich die Zähne putzte. Das war auf jeden Fall ein Anfang!

»Herr Behrendsen, was machen Sie denn hier?«, rief Stella verwundert, als hinter einem riesigen Blumenstrauß das Gesicht ihres Vermieters auftauchte. Eigentlich hatte sie gehofft, dass Julian wenigstens für einen kurzen Moment bei ihr vorbeischauen würde. Allerdings wunderte es sie auch nicht, dass ihre Erwartungen nicht erfüllt wurden.

»Frau Rohlfs hat mir erzählt, dass Sie hier sind. Und da ich erst heute Nachmittag nach Husum zurückmuss, dachte ich, ich schaue mal bei Ihnen vorbei. Wie fühlen Sie sich?«

»Wie nett von Ihnen«, entgegnete Stella gerührt. »Es geht mir schon ein wenig besser. Aber was machen Sie eigentlich in Hamburg? Sind Sie nicht froh, dass Sie dem ganzen Wohnungstamtam endlich entkommen sind und wieder die ländliche Ruhe genießen können?«

»Höre ich da wieder eine kleine Spitze heraus, liebe Frau Alberti? Haben Sie eigentlich etwas gegen Husum speziell oder gegen Kleinstädte im Allgemeinen? Vielleicht sollten Sie Ihr hektisches Großstadtleben einmal überdenken. Ich kenne nicht viele Landbewohner, die mit Burn-out und Hörsturz ins Krankenhaus müssen.«

»Natürlich, bei Ihnen gibt es nur Unfälle mit dem Traktor, oder jemand rutscht aus Versehen vom Deich. Woher wollen Sie wissen, wie es in Wirklichkeit zugeht? Führen Sie eine Krankenstatistik für Husum?«

»Nein, aber zumindest bei den Kleinen kenne ich mich aus. Und bei den Eltern, die ihre Kinder zu mir bringen, wenn es irgendwo zwackt oder etwas gebrochen ist.«

»Sie sind Kinderarzt?«

»Scharf kombiniert, Frau Innenarchitektin!«

»Okay, dann gestehe ich Ihnen zu, dass Sie zumindest einen kleinen Ausschnitt der Husumer Landbevölkerung kennen. Aber ich muss Sie korrigieren. Ich habe nichts gegen Kleinstädte und schon gar nichts gegen Husum. Sie wollen mir das nur permanent unterstellen, warum auch immer.«

»Waren Sie überhaupt schon mal in Husum?«

»Wenn ich ehrlich sein soll, nein.«

»Dann können Sie ja gar nicht wissen, ob es Ihnen dort nicht gefallen würde.«

»Ach Gott, das wird wirklich langsam lächerlich«, erwiderte Stella gereizter, als sie beabsichtigt hatte. »Bislang hatte ich keinen Grund, mir überhaupt über Husum Gedanken zu machen, geschweige denn, dorthin zu fahren. Und ich glaube nicht, dass ich etwas Wesentliches verpasst habe.«

»Na ja. Wir haben durchaus die eine oder andere Sehenswürdigkeit, für die sich ein Abstecher lohnt. Allein die Millionen Krokusse, die im März Tausende von Besuchern anlocken. Und das Poppenspäler-Museum. Das begeistert vor allem die Kinder immer wieder, glauben Sie mir!«

»Ich habe keine Kinder.«

»Schade, vielleicht ginge es Ihnen dann besser und Sie lägen nicht hier! Macht Sie das Alleinsein nicht traurig?«

»Nein, wie bereits gesagt, ich mag keine Kinder. Und sie mich ebenfalls nicht.«

»Sagt wer?«

»Sage ich! Das Elternsein wird in unserer Gesellschaft sowieso maßlos überschätzt. Und was soll das heißen, dass ich vielleicht gar nicht hier wäre, wenn ich Kinder hätte?«

»Damit wollte ich nur sagen, als Eltern muss man zurückstecken, weil man Verantwortung trägt, was im Allgemeinen dazu führt, dass man weniger um das eigene Wohl besorgt ist als um das seines Kindes. In der Regel wird man seltener krank, schon gar nicht psychosomatisch.«

»Aha. Und wie erklären Sie sich die vielen Mütter, die jährlich in Mutter-Kind-Kliniken einchecken, weil sie kurz vor einem Nervenzusammenbruch stehen?«

»Okay, das gibt es natürlich auch. Aber meistens bei alleinerziehenden Müttern, die durch ihren Beruf einer permanenten Doppelbelastung ausgesetzt sind.«

»Sehen Sie, da haben wir's doch. Ich bin gerne berufstätig, und das verträgt sich nun mal schlecht mit der hochgelobten Mutterschaft!«

Stella war froh, als in diesem Moment die diensthabende Ärztin hereinkam und der Diskussion ein Ende bereitete. Wie gut, dass sie bisher nie mit einem Mann zu tun gehabt hatte, der ein Kind von ihr wollte. Das hätte ihr gerade noch gefehlt.

Als Robert Behrendsen einige Minuten darauf wieder in Stellas Krankenzimmer kam, wirkte er reserviert.

»Sie sollten sich jetzt lieber etwas ausruhen, anstatt sich weiter mit mir zu streiten. Ich muss sowieso gehen, ich will zu meiner Mutter ins Augustinum. Sie bekommen ja sicher noch Besuch.«

»Nein, ich werde den Rest des Tages allein verbringen. Daran werde ich mich wohl gewöhnen müssen, wenn ich bald für sechs Wochen in Bad Bramstedt einsitze.«

»Sie müssen ins Gefängnis?«, erkundigte sich Robert Behrendsen grinsend. »Was haben Sie denn Schlimmes angestellt?«

»Ich habe gearbeitet, statt viele kleine Kinder in die Welt zu setzen. Auf diese Untat steht ein Strafmaß von eineinhalb Monaten ohne Bewährung und mit Option auf Verlängerung bei schlechter Führung.«

»Das tut mir leid«, entgegnete Robert Behrendsen und legte seine Stirn in Falten. »Dürfen Sie denn dort Besuch empfangen, oder haben Sie mal Ausgang?«

»Nur wenn meine Wärter es erlauben.«

»Darf ich dann bei Ihnen vorbeischauen? Bad Bramstedt liegt auf dem Weg von Husum nach Hamburg. Und ich besuche meine Mutter ungefähr alle zwei Wochen in ihrem Seniorenheim.«

»Wenn Sie nichts Besseres zu tun haben, als alte Damen

und Stressgeplagte zu betreuen, kann ich Sie wohl nicht davon abhalten.«

»Bei so viel Enthusiasmus fällt es mir allerdings wirklich schwer, mich animiert zu fühlen. Dann eben nicht. Sollten Sie Ihre Meinung ändern, wissen Sie ja, wo Sie mich erreichen können!«

Mit diesen Worten verließ Robert Behrendsen endgültig das Krankenzimmer und ließ eine verwirrte Stella zurück.

Kapitel 11

Wie läuft die Jobsuche?«, erkundigte sich Annette, als Nina am Montagmorgen das Blumenmeer betrat.

»Schlecht«, entgegnete sie und schenkte sich einen Becher Tee ein. »Ich habe nichts gefunden, was auch nur annähernd in Frage kommen könnte. Hast du auf dem Großmarkt irgendwas gehört?«

Annette schüttelte bedauernd den Kopf.

»Denk dran, dass du zwölf Monate Anspruch auf Arbeitslosengeld hast. Das gibt dir viel Zeit, dich in aller Ruhe nach einer Stelle umzusehen. Damit solltest du eigentlich ganz gut über die Runden kommen, oder nicht?«

Beim Stichwort »Arbeitslosengeld« zuckte Nina zusammen. Welch eine demütigende Vorstellung, Dutzende von Formularen ausfüllen zu müssen und darauf angewiesen zu sein, dass eine Sachbearbeiterin sie ungerührt als weitere Nummer einer Millionenstatistik hinzufügte, sie darüber hinaus kontrollierte und zu sinnlosen Vorstellungsgesprächen schickte. Ihr Leben erschien ihr grau und trostlos. Sie hatte sich so über die Wohnung in der Villa gefreut, und nun würde sie in Kürze kein Geld haben, um die Miete zu bezahlen.

Ihr einziger Lichtblick war die neue Freundschaft mit Leonie. Und, wenn sie ganz ehrlich war, der rege E-Mail-Austausch mit Asterdivaricatus. Trotz aller Begeisterung hatte Nina ein wenig Angst davor, wie sich ihre Korrespondenz mit Waldemar Achternbeck entwickeln würde. Der Unbekannte nahm bereits viel zu viel Platz in ihrem Kopf ein. Würde sie sich nicht dauernd so alleine fühlen, hätte sie sich gar nicht erst auf eine Internetbekanntschaft eingelassen, das wusste sie. Die »Latte mielato«-Mail lag unbeantwortet in ihrem Posteingang. Sie würde der Schleieraster erst wieder schreiben, wenn es um eine Fachfrage ging. Und Ende Dezember würde das Blumenmeer sowieso seine Pforten schließen und die Korrespondenz ein Ende finden.

Seufzend begann Nina mit der letzten Schaufensterdekoration des Blumenmeers. In einer alten Dekokiste hatte sie einen langen weißen Wattestrang gefunden, den sie auf den Tresen legte und in mehrere gleich lange Stücke zerteilte. Anschließend knüllte Nina die Wattefetzen zu faustgroßen Schneebällen zusammen und befestigte sie geschickt an goldglänzenden Bändern. Zufrieden betrachtete sie ihr Werk. Von der Schaufensterdecke des Blumenmeers schien es riesige, plüschige Schneeflocken zu regnen, und endlich kam ein wenig Weihnachtsstimmung auf. Wurde langsam auch mal Zeit, schließlich hatten sie schon Ende November.

»Schön machst du das«, ertönte eine männliche Stimme hinter ihr, und kalte Lippen pressten sich auf ihren Nacken. Nina zuckte zusammen. Für einen kurzen Moment hatte sie befürchtet, dass Gerald noch immer keine Ruhe gab und sie an ihrem Arbeitsplatz zur Rede stellen wollte.

Zu ihrer großen Erleichterung war es jedoch Willem, der Geschenkartikellieferant des Blumenmeers. Willem und Nina kannten sich seit vielen Jahren und trafen sich zirka viermal im Jahr: zu Weihnachten, Ostern, am Valentins- und am Muttertag, eben immer dann, wenn es galt, das Blumenmeer mit

Extradeko und Geschenkmaterial auszustatten. In seinem riesigen Lkw hatte Willem alles, was das Dekorateursherz begehrte: wunderschöne Skulpturen, zierliche Vasen, Schalen, Töpfe und Kerzen.

»Hallo, meine Schöne«, begrüßte er Nina und zupfte ihr ein Stück Watte aus den Haaren.

»Hallo, Willem, wie geht's dir?«

»Gut, wenn ich dich sehe«, antwortete er charmant. Gleich würde er Nina zum Essen einladen, wie immer, nachdem sie ihre Bestellung aufgegeben hatte. Doch diesmal gab es ja gar nichts mehr zu ordern …

»Ich weiß, dass ihr zumacht, du brauchst mir also nichts zu sagen. Trotzdem würde ich dich gerne zum Mittagessen ausführen. Wollen wir zu Franco?«

Minuten später saßen sie bei Ninas Lieblingsitaliener und warteten auf ihr Essen. Zur Feier des Tages hatte Willem gegrillte Scampis und ein Glas Prosecco bestellt. Als Vorspeise gab es mit Risotto gefüllte Baby-Calamares.

Gedankenverloren starrte Nina aus dem Fenster zum Blumenmeer hinüber, wo sie nur noch einen Monat arbeiten würde. Auf der Straße herrschte Trubel, so typisch für Eimsbüttel. Nina fragte sich nicht zum ersten Mal, woher die vielen Leute die Zeit nahmen, mitten unter der Woche stundenlang in Cafés zu sitzen, Zeitung zu lesen, in kleinen Lädchen herumzustöbern oder in aller Seelenruhe die Straßen entlangzuschlendern. Natürlich wohnten hier besonders viele Mütter und Freiberufler, aber das allein erklärte die emsige Geschäftigkeit nicht. Wie hoch wohl der Anteil an Arbeitslosen war, die sich hier den Tag vertrieben, weil ihnen zu Hause die Decke auf den Kopf fiel?

Der alte Mann mit dem dunkelblauen Overall zum Beispiel, der jeden Morgen pünktlich um zehn Uhr bei Fernando und Maria saß und seinen Galão trank. Am späten Nachmittag kam er noch einmal vorbei, um sich ein kühles Sagres und einen portugiesischen Schnaps zu bestellen. Ganz offensichtlich war er schon in Rente. Warum trug er also weiterhin seine Arbeitskluft, so als könnte er jeden Moment zu einem »Einsatz« gerufen werden? Würde sich Nina auch irgendwann in den Reigen einsamer Seelen einreihen, die verwirrt und verloren durchs Viertel geisterten? Und würde sie dann ihre Gummistiefel tragen, für den Fall, dass sie plötzlich gebraucht wurde?

»Was ist denn los, du hörst mir ja gar nicht zu?«, unterbrach Willem ihre Gedanken und prostete ihr zu. »Auf dein neues Leben, wie immer es auch aussehen mag. Hast du schon Pläne?«

»Schön wär's«, knurrte Nina und nippte etwas widerwillig an ihrem Prosecco. Eigentlich hasste sie es, mittags schon Alkohol zu trinken. Aber sie wollte Willem, der es ja nur gut meinte, nicht brüskieren.

»Willst du nicht bei mir anfangen?«, schlug er vor und zündete sich einen Zigarillo an. »Komm zu mir nach Holland. Du wirst sehen, es wird dir dort gefallen. Du liebst doch Blumen, und ich könnte jemanden mit deiner Erfahrung für unsere Zentrale in Amsterdam gut gebrauchen, Nintje.«

Nintje – diesen Spitznamen hatte Nina schon lange nicht mehr gehört.

»Das ist lieb von dir, Willem, ich bin gerührt. Aber wie du weißt, hänge ich sehr an Hamburg und kann mir gerade nicht vorstellen, woanders zu leben. Auch wenn es nicht so besonders toll läuft. Erzähl mir lieber von dir. Wie geht es dir? Wie laufen deine Geschäfte? Was macht die Liebe?«

Auf einmal begann Willems Gesicht zu leuchten. Seit Nina ihn kannte, hatte er immer chaotische Frauengeschichten gehabt, auch mit einigen seiner Kundinnen.

»Diesmal hat es mich wirklich richtig erwischt. Allerdings habe ich sie bisher nicht persönlich kennengelernt. Doch ich hoffe, dass sich das bald ändert.«

Nina war verwirrt.

»Du bist verliebt in eine Frau, die du nicht kennst? Was ist denn das schon wieder? Hast du auf eine Kontaktanzeige geantwortet?«

»Wo lebst du eigentlich? Hinterm Mond?«, entgegnete Willem grinsend. »Heutzutage läuft alles übers Internet. Wer lernt sich überhaupt noch über klassische Kontaktanzeigen kennen?«

Nina musste unwillkürlich an Waldemar Achternbeck denken.

»Ja, dann schieß mal los und erzähl mir alle schmutzigen Details«, lachte sie und bemerkte im selben Moment, dass Alexander Wagenbach das Lokal betrat.

Müsste man ihm als Stammkunden nicht sagen, dass das Blumenmeer bald zumacht?, überlegte Nina und hörte nur mit halbem Ohr zu, wie Willem ihr von seinem Flirtforum berichtete und von »Schillerlocke«, seiner neuesten Flamme.

Im Spiegel der Fensterscheibe beobachtete sie, wie sich Herr Wagenbach an einen der Stehtische lehnte, vor sich eine Tasse mit schaumigem Cappuccino und eine aufgeschlagene Zeitung. Er hatte Nina nicht gesehen.

»Hast du gar keine Angst davor, enttäuscht zu sein, wenn du sie triffst? Oder umgekehrt, sie zu enttäuschen? Womöglich bist du gar nicht ihr Typ?«

»Nintje, im Netz gibt's immer eine komplette Vita mit Foto. Da weiß man schon ziemlich genau, mit wem man es zu tun hat. Und je länger man chattet, desto besser lernt man sich kennen. Das ist wie im richtigen Leben.«

»Aber das Ganze kann auch ein bodenloser Betrug sein«, widersprach Nina heftig. »Oder eine riesengroße Projektion, auf die man hereinfällt. Eine Vita kann man türken. Ein Foto kann man sich besorgen. Man könnte sich sogar die Texte von jemand anderem schreiben lassen. Die Welt bietet eine Vielzahl von Möglichkeiten, seine Mitmenschen zu täuschen.«

Je länger Nina darüber nachdachte, desto unglaubwürdiger erschien ihr die ganze Sache, und am liebsten hätte sie Willem gründlich zusammengestaucht. Ein netter Mann wie er hatte doch Chancen, auf andere Art und Weise eine Frau zu finden! Musste es unbedingt eine Schillerlocke sein, die am Ende wahrscheinlich gar keine so schillernde Persönlichkeit war und ihn nur enttäuschen würde? Seltsam, was dieses Internet für Blüten trieb …

Mit einem Mal kam Nina der Verdacht, dass es womöglich Willem war, der sich hinter dem geheimnisvollen Asterdivaricatus verbarg. Es war jedenfalls sehr auffällig, dass er ausgerechnet jetzt mit ihr über Internetflirts diskutierte. Dann fiel ihr allerdings ein, dass Waldemar Achternbeck ja regelmäßige Bestellungen tätigte, die ausgeliefert und bezahlt wurden. Gedankenversunken spießte sie das letzte Scampistück auf ihre Gabel. Das üppige Essen und der Prosecco taten allmählich ihre Wirkung, und Nina spürte, wie sie müde wurde.

»Entschuldige, Willem, ich wollte dir deine Romanze nicht vermiesen. Ich muss jetzt leider los. Danke für die nette Einladung.«

Als sie an der Kasse vorgingen, hob Alexander Wagenbach den Kopf und grüßte Nina mit einem kurzen Nicken. Sie grüßte zurück und verabschiedete sich von Willem.

»Mach's gut und hoffentlich bis bald, auch ohne Blumenmeer. Und halt mich in Sachen Schillerlocke auf dem Laufenden, ich wünsche dir ganz viel Glück!« Liebevoll strich sie über seine Jacke und drückte ihm einen Kuss auf die Wange.

»Vielen Dank, Nintje, ich lass bestimmt bald wieder von mir hören«, antwortete Willem mit feuchten Augen. Er drückte seine Begleiterin abermals fest an sich, stieg dann hastig in seinen Lkw und brauste davon. Nina winkte ihm hinterher. Auch sie konnte die Tränen nur mit Mühe zurückhalten. Es würde so schwer werden, sich vom Blumenmeer und all den lieben Menschen zu trennen.

Zerstreut stand sie wenige Minuten später im Schaufenster, zupfte ein paar Schneeflocken zurecht und dachte über Internetromanzen nach. Virtuelle Liebe war immerhin besser als gar keine, oder? Konnte man ohne Liebe überhaupt glücklich sein? Sie wusste es nicht.

Kapitel 12

Seit ihrem Opernbesuch waren erst zwei Tage vergangen, doch Leonie zuckte jedes Mal zusammen, wenn das Telefon klingelte. Nach der Arbeit hörte sie als Erstes den Anrufbeantworter ab und war enttäuscht, dass sich Herr Behrendsen wieder nicht gemeldet hatte.

»Ich fürchte, ich bin ganz schön verknallt«, flüsterte sie, während sie mit Paula schmuste. »Aber jetzt meldet er sich nicht bei mir. Hast du eine Ahnung, was das bedeuten soll?«

Paula maunzte und rollte sich auf ihrem Schoß zusammen.

»Du bist mir keine große Hilfe«, lachte Leonie. »Aber dafür verdammt schwer«, ächzte sie und setzte Paula behutsam auf ihre Katzendecke. Leonie wusste kaum wohin mit ihrer Unruhe. Am liebsten hätte sie eine Wahrsagerin kontaktiert, um herauszufinden, ob Robert Behrendsen ihre Gefühle irgendwann erwidern würde.

Ich besorge mir ein Jahreshoroskop, entschied sie schließlich und holte ihren Mantel aus dem Schrank. Im Flur begegnete sie Nina, die gerade nach Hause kam.

»Ich gehe zum Kiosk, Zeitschriften mit Jahreshoroskopen kaufen. Soll ich dir was mitbringen?«

»Horoskope?«, entgegnete Nina verdutzt und sah Leonie fragend an. »Willst du wissen, was dich im kommenden Jahr erwartet, oder hast du eine bestimmte Frage an die Sterne?«

Leonie wurde rot. Sie wollte auf keinen Fall, dass ihre Nachbarin etwas von ihren Gefühlen für Robert Behrendsen erfuhr. Den Opernbesuch hatte sie mühevoll vor Nina geheim gehalten. Ja, sie hatte Stella nicht einmal seine Genesungswünsche ausgerichtet, um nicht in Erklärungsnot zu kommen. Leonie hatte schon ein ganz schlechtes Gewissen deswegen.

»Also, wenn du eine spezielle Frage hast, würde ich es lieber mit Tarotkarten probieren. Diese Horoskope sind so allgemein gehalten, dass du danach genauso schlau bist wie vorher. Nur mit dem Unterschied, dass du einen Haufen Geld für diese Magazine ausgegeben hast.«

»Ich habe leider keine Tarotkarten«, entgegnete Leonie bedauernd.

»Ich müsste irgendwo noch welche haben«, entgegnete Nina. »Ich hab's eigentlich nicht so mit diesem ganzen Eso-Kram, doch meine Schwester kennt sich richtig gut aus und hat mir oft die Karten gelegt. Zu meinem letzten Geburtstag habe ich ein ganzes Set von ihr geschenkt bekommen. Wenn ich nur wüsste, wo ich es hingelegt habe …«

Sie verschwand in ihrer Wohnung und durchwühlte die Schubladen ihrer Kommode. Leonie hörte es poltern und rascheln und überlegte schon, ob sie Nina vielleicht helfen sollte. Aber da kam Nina bereits triumphierend in den Flur gerannt, in der Hand schwenkte sie ein kleines Köfferchen.

»Ich wusste, dass ich es hier irgendwo habe! Wenn du magst, können wir uns eine Pizza bestellen und dann für dich die Karten befragen. Und wenn wir schon dabei sind, ich hätte auch ein kleines Anliegen an die Sterne …«

In diesem Moment öffnete sich die schwere Eingangstür, und Stella betrat den Korridor. Zum ersten Mal seit Tagen war sie wieder daheim.

»Stella, schön, dass du da bist!«, riefen Nina und Leonie überschwänglich. Nach einer stürmischen Begrüßung und ein paar Minuten Smalltalk wollte Stella schon die Treppe hinaufgehen und in ihrer Wohnung verschwinden, doch Nina hielt sie zurück.

»Hast du Lust auf Tarotkarten, Pizza und ein Glas Wein? Du hast bestimmt nichts zu essen im Kühlschrank, und vielleicht können wir dir deinen ersten Abend zu Hause ein bisschen versüßen?«

Zuerst wollte Stella ablehnen. Sie wünschte sich nichts sehnlicher als eine heiße Dusche und ein bisschen Schlaf. Nach wie vor war sie sehr erschöpft. Aber als sie in die fröhlichen Gesichter ihrer beiden Mitbewohnerinnen sah, änderte sie ihre Meinung und willigte spontan in Ninas Vorschlag ein. Schließlich würde sie in Bad Bramstedt lange genug allein sein. Und wenn sie es recht bedachte, konnte das Universum auch ihr noch einige Fragen beantworten …

»Jetzt bin ich aber mal gespannt!«, sagte Leonie, als Nina wenig später ihre Karten auf dem Wohnzimmertisch ausbreitete. »Wie funktioniert das Ganze?«

»Du musst dir eine Frage überlegen, die man nicht mit einem simplen Ja oder Nein beantworten kann. Darauf werden die Karten eine Antwort suchen. Allerdings können sie dir immer nur Hilfestellungen geben, keine Zukunftsprophezeiungen. Wenn du ganz konkret wissen möchtest, ob du demnächst Karriere machst, gesund bleibst oder deinem Traummann begegnest, wirst du keine Antwort erhalten. Hier geht es darum, was du selbst für die Erfüllung deiner Wünsche tun kannst.«

Stella lauschte interessiert. Wenn sie also wissen wollte, ob ihre Beziehung mit Julian eine letzte Chance hatte, musste sie fragen, wie sie sich verhalten sollte, damit dieser Wunsch wahr werden würde.

»Überlege dir jetzt deine Frage und konzentriere dich nur darauf. Dann musst du die Karten mit der linken Hand mischen und in einem Halbkreis auffächern. Danach ziehst du – ebenfalls mit links – insgesamt sieben Karten, von denen die erste zuunterst liegen muss.«

Leonie starrte gebannt auf die Formation, die Nina aus den sieben Karten legte.

»Nun deckst du die erste auf.«

Mit klopfendem Herzen betrachtete Leonie das Bild, das Symbol für ihre Ausgangssituation, wie Nina erklärte.

»Das Rad des Schicksals, wow«, kommentierte Nina. »Bevor ich beginne, musst du mir sagen, ob sich deine Frage auf deinen Beruf, deine Bewusstseinsebene oder persönliche Beziehungen bezieht.«

Leonie zuckte verlegen die Schultern. Natürlich ging es um eine emotionale Frage.

Nina begann zu lesen: »Bei dieser Karte sehen wir uns häufig dem Status quo ausgeliefert. Sei es, dass wir keinen Partner haben oder in einer schwierigen, konfliktreichen Beziehung leben. Sie sollten erkennen, was Sie dabei zu lernen haben, bevor Sie mit einer erfreulichen Wende Ihrer Situation rechnen können!«

Das klingt schon mal gut, dachte Leonie, die sich noch nicht so recht an die blumigen Formulierungen gewöhnen konnte.

»Die kommenden drei Karten stehen für deine momentane Ist-Situation«, fuhr Nina fort. »Sie geben Aufschluss darüber, wie du dich innerlich fühlst und wie du nach außen wirkst. Die Karten fünf bis sieben zeigen, wie du dich verhalten sollst, um deinem Ziel näherzukommen. Manchmal warnen sie dich davor, den eingeschlagenen Weg weiterzugehen, weil er falsch ist.«

»Aha«, antwortete Leonie aufgeregt und trank ihr Glas Rotwein in einem Zug leer. Als ihr die entscheidende Karte auf Platz sieben den »Tod« bescherte, folgte ein hektisches zweites. Sie musste »Abschied nehmen und sich von ihren bisherigen Vorstellungen lösen«. Das klang ganz danach, als hätte ihre Schwärmerei für Robert Behrendsen keine Aussicht auf Erfolg, und lieferte eine Erklärung dafür, dass er sich bislang nicht gemeldet hatte.

Auch Stella brachten die Karten kein wirklich vielversprechendes Ergebnis. Das Symbol der »Zehn Schwerter« riet ihr dringend, »mit aller Macht einen Schlussstrich zu ziehen und sich mittels Ihres Verstandes aus einer unguten Situation zu befreien«.

Nina wollte als Einzige wissen, wie es beruflich für sie weiterging. Ihr stand gleichfalls ein schwerer Weg bevor, allerdings war in der Ferne ein kleiner Hoffnungsschimmer zu erkennen. Die »Königin der Münzen« riet zu Ruhe und Besonnenheit und stellte klar, dass noch Zeit und ein weiteres Zusammentragen von Fakten vonnöten war, bis sie zu einer klaren Haltung gelangte.

»Geduld gehört nicht gerade zu meinen Stärken«, seufzte Nina und leerte ebenfalls ihr Glas. »Tut mir leid, wenn euch die Karten deprimiert haben. Es scheint so, als hätten wir alle drei noch einen schwierigen Weg vor uns, bis wir endlich glücklich werden.«

Betretenes Schweigen war die Antwort, und alle drei hingen ihren Gedanken nach. Natürlich hätte gerne jede von der anderen gewusst, welche Frage sie gestellt hatte, um herauszufinden, was im Leben der anderen vor sich ging.

»Und nun?«, fragte Stella, die als Erstes ihre Sprache wiederfand. Im Grunde hatten ihr die Karten nur gesagt, was sie selbst schon wusste und wozu sie sich bisher nur nicht hatte durchringen können. Aber heute Abend würde sie sich endgültig von Julian trennen und den Kontakt abbrechen.

»Endlich, die Pizza ist da«, rief Leonie, als es an der Tür läutete.

»Noch Wein?«, fragte sie schließlich, während Nina und Stella wortkarg vor sich hin kauten, um die Atmosphäre ein wenig aufzulockern. Die beiden nickten zustimmend, und so tilgten sie im Laufe des Abends insgesamt vier Flaschen Rotwein. Das war eindeutig zu viel, wenn man am nächsten Tag arbeiten musste!

»Was hast du eigentlich für Probleme?«, fragte Nina unvermittelt, nachdem sie eine Weile geschwiegen hatten, und sah Stella dabei durchdringend an. So ganz hatte sich ihre Antipathie gegen die durchgestylte Blondine noch nicht gelegt.

»Du hast doch alles. Einen coolen Job, ein tolles Auto, eine schöne Wohnung und einen Lover, der offensichtlich ebenfalls nicht ganz arm ist. Du siehst super aus und alles, was ich sehe, ist, dass du dir vielleicht ein bisschen zu viel Stress machst. Aber ansonsten …«

Für einen Moment war Stella völlig perplex. So sah Nina sie also. Als reiche, verwöhnte Göre, die alles hatte, was das Herz begehrte.

»Das könnte ich von dir genauso sagen. Du bist Floristin mit Leib und Seele, scheinst dir aus Geld nicht viel zu machen und kannst dein Leben genießen. Wo also ist dein Problem?«

Mit einer derartigen Antwort hatte Nina nicht gerechnet. Und plötzlich – sie wusste selbst nicht so recht, wie ihr geschah – keimte in ihr das dringende Bedürfnis auf, die Wahrheit zu sagen.

»Was mein Problem ist? Dass ich in einem Monat arbeitslos bin und mir meine Wohnung nicht mehr leisten kann.«

»Oh«, antwortete Stella bestürzt, und schon tat es ihr leid, Nina provoziert zu haben. »Okay. Wenn du so ehrlich bist, bin ich es auch. Der Lover, wie du ihn nennst, ist die große Liebe meines Lebens, leider verheiratet und nicht bereit, sich von seiner Frau zu trennen. Wenn ich mit ihm zusammenbleiben will, darf ich keine Ansprüche stellen. Und ich muss mich damit abfinden, dass er nie da ist, wenn ich mal jemanden brauche, bei dem ich mich ausweinen kann. Er hat mir weder beim Umzug geholfen noch es für nötig gehalten, mich im Krankenhaus zu besuchen.«

Nun wollte auch Leonie nicht länger mit ihren Sorgen hinterm Berg halten.

»Mir geht es genauso wie euch, ich stecke momentan in einer total festgefahrenen Situation. Ich wurde beruflich degradiert, meine Vorgesetzte hasst mich, und ich habe Angst zu kündigen, weil es in meiner Branche kaum freie Stellen gibt. Ich wünsche mir nichts sehnlicher als eine große glückliche Familie und habe mit immerhin sechsunddreißig Jahren keine realistische Aussicht, mir diesen Wunsch erfüllen zu können. Zu allem Überfluss bin ich unglücklich verliebt, und zwar in Robert Behrendsen. So, jetzt könnt ihr lachen!«

Aber anstatt zu lachen, dachte Stella daran, wie ihr Vermieter im Krankenhaus aufgetaucht war. Das tat er sicher nicht bei jeder seiner Mieterinnen, das war klar. Nina sagte ebenfalls nichts. Sie hatte längst gemerkt, dass Leonie Gefallen an Robert Behrendsen gefunden hatte, nie im Leben hätte sie sich darüber lustig gemacht.

»Und nun?«, fragte Stella, und die drei sahen sich an.

»Na dann, auf uns«, sagte Nina und prostete den anderen zu. »Zur Hölle mit der miesepetrigen Stimmung! Wir sind doch alle in einer ähnlichen Situation. Warum tun wir uns nicht zusammen und unterstützen uns gegenseitig? Wir könnten versuchen, füreinander da zu sein.«

»Das wäre schön«, meinte Stella, die an die vor ihr liegende Zeit in Bad Bramstedt denken musste. »Vielleicht kommt ihr mich mal in der Klinik besuchen, dann bin ich nicht so einsam.«

»Klar kommen wir, auch an deinem Geburtstag! Du sollst einen so wichtigen Tag nicht alleine feiern müssen«, entgegnete Leonie.

»Oder noch schlimmer, mit meiner Mutter«, murmelte Stella und dachte beschämt, dass sie ihre sozialen Kontakte wirklich sträflich vernachlässigt hatte.

»Ich könnte mich übrigens bei meinen Kundinnen für dich umhören und fragen, ob jemand eine kompetente Gartenberaterin braucht«, schlug sie vor und zog Nina damit endgültig auf ihre Seite. »Und für dich lassen wir uns auch etwas einfallen«, versprach sie und lächelte Leonie aufmunternd zu. »Wir finden eine Lösung für das Problem mit deiner Chefin, du wirst sehen!«

Selig lächelnd kuschelte sich Leonie wenig später in ihren Herzchenpyjama und blickte an die Decke. Dass sich um sie herum alles drehte und das Katzenpaar entgegen aller Regeln bei ihr auf der Decke lag, störte sie nicht weiter.

Voll neuer Hoffnung auf den Traumjob ihres Lebens fiel auch Nina schwankend in ihr Bett und träumte von neuen Herausforderungen.

Und Stella dachte darüber nach, wie schön es sein würde, endlich Freundinnen zu haben …

Kapitel 13

Happy birthday, liebe Stella, happy birthday tooooo youuuuuuuuuu!«

Gerührt nahm Stella Leonies selbstgebackenen und liebevoll verzierten Kuchen entgegen, auf dem vier kleine Kerzen brannten.

»Dafür sollte deine Puste reichen«, sagte Nina spöttisch. Stella hatte angestrengt ihre Lippen zusammengepresst und tat, als wäre sie zu einem zehnminütigen Tauchgang ohne Sauerstoffgerät unterwegs.

»Vergiss nicht, dir etwas zu wünschen«, ermahnte Leonie das Geburtstagskind und stellte Blumen in eine Vase.

»Lieb, dass ihr gekommen seid«, bedankte sich Stella und umarmte die beiden. Seit dem ersten Dezember hatten die beiden sie regelmäßig in Bad Bramstedt besucht, und es schien sich wirklich so etwas wie eine Freundschaft zwischen den drei unterschiedlichen Frauen zu entwickeln – vor allem Nina gelang es inzwischen wesentlich besser, ihre Vorurteile gegenüber Stella im Zaum zu halten.

»Jetzt musst du dein Geschenk auspacken. Hoffentlich haben wir deinen Geschmack getroffen!« Gespannt verfolgten Nina und Leonie, wie Stella einen länglichen Umschlag aus einer liebevoll verpackten Schachtel herausholte und vorsichtig öffnete.

»Ihr seid total verrückt, das kann ich unmöglich annehmen«, protestierte Stella, als sie einen Gutschein für einen einwöchigen Wellness-Aufenthalt in der Alten Schule in Husum in der Hand hielt.

»Doch, das kannst du!«, entgegnete Nina. »An dem Gutschein hat sich deine Mutter beteiligt. Wir sind also weder finanziell ruiniert noch müssen wir in Zukunft Rotwein aus dem Tetrapack trinken.«

»Wenn du hier raus bist, sollst du nicht vergessen, dich zu entspannen und dir ab und zu ein paar Tage Wellness gönnen. Du kannst den Gutschein auch splitten, wenn du nicht eine Woche am Stück dort bleiben willst«, erklärte Leonie mit leuchtenden Wangen. Sie war sehr zufrieden mit dem Geschenk, über das sie und Nina so lange nachgedacht hatten.

»Aber wieso gerade Husum?«, fragte Stella verwirrt und dachte an Robert Behrendsen. »Wir hatten nach etwas gesucht, das nicht allzu weit weg ist und trotzdem allen Komfort bietet. Die Alte Schule soll eines der schönsten Wellness-Hotels im Norden sein. Im Übrigen hat uns Robert Behrendsen auf die Idee gebracht. Er war zwischendurch mal in Hamburg, und ich habe ihm erzählt, dass wir nach einem Geschenk für dich suchen«, erklärte Leonie und sah etwas verlegen aus. Sie war immer noch verliebt in den Vermieter, hatte aber inzwischen einsehen müssen, dass er ihre Gefühle leider nicht erwiderte. Die Tarotkarten hatten recht gehabt.

»Tausend Dank, ihr seid wirklich lieb! Ich weiß gar nicht, was ich sagen soll. Wie wär's, wenn ich euch als Dankeschön ganz pompös in die Cafeteria einlade«, schlug Stella vor und erhob sich eilig.

Das triste Klinikzimmer ging ihr mittlerweile ziemlich auf die Nerven, obwohl sie erst seit knapp zwei Wochen hier war. Zwei lange und harte Wochen, in denen zahllose Therapiestunden auf ihrem Tagesplan standen und sie sich mit ihrer gescheiterten Liebe zu Julian auseinandersetzen musste. Gleich nach dem Tarotspiel hatte Stella ihm einen langen und ausführlichen Abschiedsbrief geschrieben, mit der Bitte, sich nicht wieder bei ihr zu melden. Und tatsächlich hatte er seitdem nichts mehr von sich hören lassen. Kein Wort des Abschieds, kein Bedauern, er machte sich nicht einmal die Mühe, so zu tun, als würde er um sie kämpfen. Eine Tatsache, die Stella insgeheim sehr schmerzte. Sie fühlte sich einsam und blickte ängstlich in die Zukunft. Heute war sie vierzig geworden, zu alt, wie sie fand, um noch große Hoffnungen in die Liebe zu setzen.

Irgendwo allerdings, in den Tiefen ihrer verletzten Seele, glomm ein schwacher Funke Kampfgeist, der sie daran hinderte, sich wegen eines oberflächlichen Mannes wie Julian aufzugeben. Und oberflächlich war ihre Liebe wohl gewesen. Es hatte keinen Raum gegeben für Sorgen, für echte Gefühle und innige Zweisamkeit. Alles war nur Luxus, heile Welt und schöner Schein. Das wollte Stella nicht mehr. Sie sehnte sich nach etwas »Echtem« in ihrem Leben, nach mehr Unmittelbarkeit und Schlichtheit. Die Zeichen standen auf Veränderung. Das merkte man auch an ihrer Wohnung in der Villa. Teure Materialien und kostspielige Möbel suchte man hier vergebens. Stella hatte sich sogar weit mehr zurückgehalten, als sie ursprünglich geplant hatte, und stattdessen ein wenig bei Leonie und Nina abgekupfert. Einfache Holzregale, simple Rattanmöbel, bunte Flickenteppiche und fröhliche Stoffe dominierten ihre Wohnungen, die charmant improvisiert, sehr warm und heimelig wirkten. Ganz anders als früher. Wer hätte gedacht, dass sie einmal so leben würde? Sie, die erfolgreiche Innenarchitektin! Der einzige Luxus, den sie sich gegönnt hatte, war ihre cremefarbene Ledercouch, die sie aus der alten Wohnung mitgebracht hatte und die wunderbar zu den restlichen Möbeln passte.

Stella lächelte still in sich hinein. Sie war bereits ausgeglichener als noch vor zwei Monaten, und mit jedem Tag, den sie hier in Bad Bramstedt war, ließ sie ein Stück der alten, unglücklichen Stella hinter sich. Wie eine hässliche schwerfällige Raupe, die sich langsam aus der alten Hülle befreite und gerade dabei war, sich in einen wunderschönen Schmetterling zu verwandeln.

»Und wie ist es hier so?« Leonie ließ ihren Blick durch die Cafeteria schweifen und betrachtete die vielen Bilder, die offensichtlich in Therapiesitzungen entstanden waren.

»Na ja, etwas gewöhnungsbedürftig«, entgegnete Stella und trank ihren Tee. »Grundsätzlich fühle ich mich hier zwar ganz gut aufgehoben, aber es gibt durchaus Heilmethoden, die ich – gelinde gesagt – etwas skurril finde!«

»Was denn zum Beispiel?«, fragte Leonie, deren Phantasie mal wieder Purzelbäume schlug.

»Körpertherapie in der Gruppe zum Beispiel, auf die könnte ich persönlich gut verzichten. Wenn du zusammen mit zehn anderen Leuten auf dem Boden liegst, die Füße auf einem Medizinball ablegen sollst und dabei ständig auf die Snoopy-Socken deiner Nachbarin schaust, kommst du mit einem Mal ins Grübeln, was du eigentlich falsch gemacht hast«, sagte Stella lachend. Wenn sie solche Sitzungen schon über sich ergehen lassen musste, dann konnte sie es auch mit Humor nehmen.

»Snoopy-Socken?«, fragte Nina irritiert. »Gibt's hier auch Kinder?« Sie war etwas unkonzentriert, weil sie entgegen ihres Vorsatzes die E-Mail-Korrespondenz mit Asterdivaricatus weitergeführt hatte und in Gedanken noch bei ihrem letzten Schriftwechsel war.

Von: Asterdivaricatus@t-online.de
An: info@gruenzeug.net
Betreff: Weihnachtssterne & Weihnachtsmänner

Liebe Nina Korte,
die Adventszeit ist gekommen und mit ihr der Vorsatz,
meine Wohnung weihnachtlich zu dekorieren. Wie Sie glaube
nämlich auch ich an den Weihnachtsmann, denn ich finde,
dass man sich in dieser Welt etwas Kindliches bewahren muss,
wenn man nicht so abgestumpft durchs Leben gehen will wie
viele unserer Zeitgenossen. Daher also mein Anliegen: Leider
habe ich kein gutes Händchen im Umgang mit Weihnachtssternen. Blattverlust und Frustration sind das Ergebnis meiner
(erfolglosen) Bemühungen, die Pflanze am Leben zu halten.
Sollte ich mich Ihrer Meinung nach in Zukunft eher an Zimtsterne halten? Und was passiert, wenn ein Hund zufällig eine
der Blüten frisst?
Mit vielen Grüßen,
Ihr Waldemar Achternbeck

Von: info@gruenzeug.net
An: Asterdivaricatus@t-online.de
Betreff: Euphorbia pulcherrima – der Weihnachtsstern

Lieber Waldemar Achternbeck,
das sind ja wieder viele Fragen … Zunächst einmal freue ich
mich zu lesen, dass Sie sich nun auch für Zimmerpflanzen

interessieren. Was den Blütenverlust Ihres Weihnachtssterns betrifft, muss ich Sie korrigieren: Die Blüten sind in Wirklichkeit Blätter, und wenn sie abfallen, kann das meiner Ansicht nach nur daran liegen, dass Sie es mit dem Gießen ein wenig übertreiben. Der Weihnachtsstern benötigt ausgesprochen wenig Wasser und sollte idealerweise an einem sonnigen Plätzchen stehen, was in dieser trüben Jahreszeit zugegebenermaßen eine gewisse Herausforderung darstellt. Der Stern ist übrigens ein wenig giftig und kann Magenschmerzen verursachen. Vielleicht können Sie Ihren Hund ja tatsächlich dazu bewegen, auf Zimtsterne umzusteigen ...

Einen stimmungsvollen Advent wünscht
Nina Korte
Blumenmeer

Von: Asterdivaricatus@t-online.de
An: info@gruenzeug.net

... können Sie backen?

Von: info@gruenzeug.net
An: Asterdivaricatus@t-online.de

Nein. Ich kann weder kochen noch backen. Wie steht es mit Ihnen? Kaufen Sie Ihre Zimtsterne oder backen Sie selbst? Ich bin übrigens mehr der »Vanillekipferl-Typ«.

Von: Asterdivaricatus@t-online.de
An: info@gruenzeug.net

Ich mag Zimtsterne UND Vanillekipferl, kann aber (leider) auch nicht backen. Mit dem Kochen klappt es allerdings ganz gut, wenn ich mich selbst loben darf. Zumindest hat sich bislang noch niemand beschwert (auch nicht mein Hund).
Wie verbringen Sie »das Fest der Liebe«?

An dieser Stelle musste Nina ihren PC ausschalten, um mit Leonie nach Bad Bramstedt zu fahren. Sie war sowieso schon viel zu spät dran, so sehr hatte ihr Austausch mit Waldemar Achternbeck sie in Atem gehalten. Ein intelligenter, humorvoller Mann, der Pflanzen liebte, einen Hund hatte und gerne kochte ... mit jemandem wie ihm könnte sie vielleicht sogar ihre Beziehungsangst überwinden ... Doch diesen Gedanken schob Nina sofort weit von sich. Die Chance, wieder verletzt zu werden, war einfach zu groß. Was, wenn er »ein totaler Blender ist«, wie Leonie während ihrer gemeinsamen Zugfahrt skeptisch bemerkt hatte.

»Meinst du wirklich? Denkst du, dass er das alles nur erfindet, um mich zu beeindrucken?«, hatte Nina etwas beleidigt erwidert und sich zugleich darüber geärgert, dass sie auf dem besten Weg war, all ihre Wünsche auf einen Mann zu projizieren, von dem sie überhaupt nichts wusste. Und das nach dem Vortrag, den sie Willem über Internetbekanntschaften gehalten hatte!

»Vielleicht ist diese Schleieraster in Wirklichkeit ein zahnloser, alter Mann. Möglicherweise sogar eine Frau? Soweit ich weiß, gibt es jede Menge Freaks, die ihre Identitäten faken und falsche Fotos ins Netz stellen«, erklärte Leonie.

»Passiert so etwas nicht eher in diesen Flirt- und Chatforen? Immerhin ist Waldemar Achternbeck Kunde des Blumenmeers«, gab Nina zu bedenken.

»Aber ihr habt diesen Mann noch niemals zu Gesicht bekommen, oder? Vielleicht ist er ein Spinner, der sich einen Spaß daraus macht, alleinstehende Frauen in die Irre zu führen. Möglicherweise ist das einer, der sich im echten Leben nichts zutraut. Einer Kollegin aus dem Reisebüro ist das mal passiert. Das Ganze hat völlig harmlos begonnen und wurde irgendwann zu einem richtig heißen Flirt. Sie war dermaßen in ihn verknallt, dass sie ihn unbedingt kennenlernen wollte und ein Date vorgeschlagen hat. Danach hat sie nie wieder etwas von ihm gehört. Beinahe wäre ihre Ehe daran zerbrochen. Es klang einfach alles so wahnsinnig perfekt. Da konnte ihr Mann nach fünfundzwanzig Jahren und zwei gemeinsamen Kindern natürlich nicht mithalten.«

Nina schwieg nachdenklich. Wahrscheinlich sollte sie besser die Finger von dieser Geschichte lassen. Sie kannte sich. Von einer weiteren Enttäuschung würde sie sich nicht so leicht erholen …

»Wenn du nach Hause kommst, wird erst mal so richtig gefeiert«, schlug Leonie Stella vor, und Nina wurde aus ihren Gedanken gerissen.

»Gute Idee«, antwortete Stella erfreut und dachte an die Zeit nach ihrem Klinikaufenthalt. Wie schnell sie sich wohl wieder in ihr altes Leben einfinden würde?

Kapitel 14

Frau Rohlfs, kommen Sie mal«, rief Doris Möller aus ihrem Büro.

»Kann die vielleicht mal bitte sagen?«, sagte Olli genervt und sah seine Kollegin mitleidig an.

»Was gibt's?«, erkundigte sich Leonie und betete, dass es jetzt, ein paar Tage vor ihrem wohlverdienten Weihnachtsurlaub, keinen neuen Ärger mit ihrer Chefin geben würde. Doris Möller war eisiger denn je und schickte Leonie immer wieder zu Botendiensten und zuletzt sogar in die Reinigung. Angeblich hatte sie selbst zu viel zu tun und steckte bis zum Hals in Arbeit.

»Du weißt, dass das nicht zu deinen Aufgaben gehört«, hatte Nina erbost gesagt. Doch Leonie wollte keine Auseinandersetzungen mehr riskieren. Sie war froh, wenn sie so wenig wie möglich mit ihrer Chefin zu tun hatte.

»Frau Rohlfs, ich habe schlechte Nachrichten für Sie. Frau Koch hat gerade angerufen. Sie hat sich beim Schlittschuhlaufen das Bein gebrochen und muss jetzt zwei Wochen im Krankenhaus bleiben und anschließend in die Reha. Wir brauchen dringend eine Vertretung. Tut mir leid, aber aus Ihrem Urlaub wird nichts.«

Leonie wurde schwindlig vor Entsetzen. Sie hatte sich so darauf gefreut, endlich wieder ins Alte Land zu fahren und ihre Eltern zu besuchen. Seit einem dreiviertel Jahr hatte sie nicht mehr freigehabt. Noch nicht einmal die zwei Tage für den Umzug waren Leonie genehmigt worden, obwohl sie ihr gesetzlich zugestanden hätten.

»Können Sie nicht jemand aus der Zentrale anfordern?«, fragte sie, obgleich sie die Antwort bereits kannte. »Und wenn das nicht geht, könnten Sie nicht selbst die Vertretung übernehmen?«

Leonie bewegte sich auf dünnem Eis, und das wusste sie, aber inzwischen war ihr alles egal. Was für eine Unverschämtheit! Doris Möller war gerade erst auf den Kanaren gewesen, und jetzt nahm sie sich schon wieder Urlaub. Das durfte sie sich nicht bieten lassen! Leonie starrte ihre Vorgesetzte unverwandt an und bemerkte ein unsicheres Flackern in ihrem Blick.

Sie dachte an Ninas Worte: »Du hast doch mal erzählt, dass dieser Thomas Regner von deiner Arbeitsweise ganz angetan war. Traumreisen ist eine große Kette, da muss es weiß Gott noch andere Optionen geben, als in diesem Laden festzusitzen und dich von dieser frustrierten Kuh schikanieren zu lassen.«

»Nun werden Sie nicht unverschämt, oder wollen Sie eine Abmahnung riskieren? Wenn ich die Möglichkeit zu einer Stornierung gehabt hätte, hätte ich sie sehr wohl genutzt, das können Sie mir glauben. Bei dem Gedanken, dass Sie hier ohne Aufsicht das Regiment übernehmen, ist mir sowieso nicht wohl, aber was bleibt mir anderes übrig. Also stellen Sie sich nicht so an, Frau Rohlfs. Zwischen den Jahren ist erfahrungsgemäß sowieso nicht viel los, da können selbst Sie nicht in große Schwierigkeiten kommen! So, jetzt gehen Sie besser wieder nach vorne, da ist nämlich Kundschaft.«

Wütend dachte Leonie daran, wie sich Doris Möller in einem Luxusbungalow auf Mustique sonnte, wo sonst Promis wie Mick Jagger Ferien machten, während sie in diesem öden Hamburger Schmuddelwetter festsaß und nichts von dem tun konnte, auf das sie sich seit Wochen gefreut hatte. Sie hatte sogar eine Katzenbetreuung für Paul und Paula organisiert, alles war startklar für ihren mehr als wohlverdienten Winterurlaub. Und nun sollte er flachfallen.

»Ich finde wirklich, dass es an der Zeit ist, diesen Regner anzurufen«, meinte Nina, als sie von dem Vorfall erfuhr. »Eine Filialleiterin wird schließlich dafür bezahlt, dass sie den Laden am Laufen hält. Wenn sie keine Vertretung für dich organisieren kann, ist es ihr Pech. Dann muss sie eben mal was tun für ihr Geld und nicht den ganzen Tag shoppen gehen, Pralinen essen und Zeitschriften lesen, während ihr alle Stress habt.« Nina wusste mittlerweile recht gut über die Verhältnisse bei Traumreisen Bescheid, Leonie klagte ihr in regelmäßigen Abständen ihr Leid. »Außerdem stimmt es gar nicht, dass zwischen den Feiertagen nichts los ist. Da haben alle Urlaub und Zeit, sich zu überlegen, wo's im nächsten Jahr hingehen soll. Das schafft ihr allein doch gar nicht.«

Leonie nickte stumm und kämpfte mit den Tränen. Nina hatte mit ihrer Einschätzung absolut recht – und auch Doris Möller wusste das.

»Wovor hast du so viel Angst, meine Süße?«, fragte Nina mitleidig und nahm ihre Freundin in den Arm. »Du bist eine tolle Frau, die ihren Job gut macht. Nach so einer wie dir suchen die bestimmt überall. Du bist immer freundlich und serviceorientiert. Daran sollten sich so einige ein Beispiel nehmen. Mach dich nicht ständig so klein!«

»Aber du weißt doch selbst am besten, wie es ist, seinen Job zu verlieren und Angst vor der Zukunft zu haben«, schniefte Leonie und traf Nina damit an ihrem wunden Punkt.

Nur noch wenige Tage bis zur offiziellen Schließung des Blumenmeers, und sie hatte nach wie vor nicht die geringste Ahnung, wovon sie ab Januar leben sollte. Sie hatte noch nicht einmal ihre Eltern informiert.

»Aber wer sagt denn, dass du arbeitslos wirst? Momentan geht es nur darum, diesen Regner über eure Personalknappheit zu informieren, wie es jede verantwortungsvolle Mitarbeiterin tun würde.«

»Aber nicht um den Preis, die eigene Vorgesetzte anzuschwärzen. Was glaubst du, was dann los ist? Thomas Regner wird ausflippen, der Möller den Urlaub verbieten, und ich bekomme erst recht keinen Fuß mehr auf den Boden!«

»Jedenfalls kann es nicht schlimmer werden als jetzt, hab ich recht? Meiner Meinung nach hast du mehr zu gewinnen als zu verlieren. Und wenn du Angst hast, keinen anderen Job zu finden, weil du nicht qualifiziert genug bist, dann solltest du daran etwas ändern. Besuche Abendkurse, absolviere ein Fernstudium. Tu irgendwas, das dir Spaß macht und dir Sicherheit gibt, anstatt ständig wie das Kaninchen vor der Schlange zu sitzen.«

»Hallo, Frau Hansen, Leonie Rohlfs hier. Ich würde gerne Herrn Regner sprechen.« Mit klopfendem Herzen saß Leonie am darauffolgenden Morgen auf ihrer Bettkante und bekam einen Schweißausbruch nach dem anderen.

»Frau Rohlfs, was kann ich für Sie tun?«

Jetzt oder nie, dachte Leonie und erzählte ohne Umschweife von ihrem Zusammenstoß mit Doris Möller. Herr Regner sagte nichts, und Leonie hätte am liebsten wieder aufgelegt. Bestimmt hielt er sie für illoyal. Doch nun war es zu spät – sie musste das jetzt durchziehen.

»Ich danke Ihnen, dass Sie den Mut hatten, mich anzurufen. Ich kümmere mich darum. Sie hören spätestens morgen wieder von mir.« Es klickte in der Leitung, und schon war das Gespräch beendet. Verunsichert blickte Leonie auf den Telefonhörer. Hatte Herr Regner nun gut oder schlecht reagiert? Verunsichert rief sie Nina im Blumenmeer an.

»Ich finde, das klingt gut«, versuchte Nina sie zu beruhigen. »Wenn er von Mut spricht, kann er deine Situation genau nachvollziehen. Mach dir keine Sorgen, das wird alles!«

Einigermaßen beruhigt machte Leonie sich schließlich auf den Weg ins Reisebüro.

»Sollten wir unsere Kunden nicht langsam darüber informieren, dass wir den Laden in wenigen Tagen schließen?«, fragte Nina und sah Annette an. »Und eigentlich müssten wir die Info auch auf die Homepage stellen.«

Ein unbeteiligtes »Mach, was du für richtig hältst« war alles, was sie als Antwort erhielt. Annette war gerade dabei, altes Dekomaterial in riesigen Umzugskartons zu verstauen. Stück für Stück verschwand alles, was Nina in den vergangenen Jahren vertraut geworden war. Sie hätte nie gedacht, dass sie die albernen Hirschköpfe, Annettes Lieblingsdeko, einmal vermissen würde.

»Ihr werdet mir fehlen, Jungs«, sagte sie zu einem der Geweihträger und gab ihm einen zärtlichen Stups auf die Schnauze. »Trinkt nicht so viel Jägermeister, wenn ihr in Hessen seid, das ist nicht gut für den Teint!«

Sie verschloss den Karton und wandte sich an Annette.

»Kannst du einen Moment hier vorne bleiben? Ich schreib mal eben einen Text für unser Schaufenster. Und dann werde ich unsere Stammkunden per Mailing informieren.«

Annette nickte zustimmend, während sie sich nach weiteren Gegenständen umsah, die sie einpacken konnte, ohne dass es optisch zu sehr ins Gewicht fiel.

Von: info@gruenzeug.net
An: stammkunden@gruenzeug.net
Betreff: Wichtige Information

Liebe Kunden,
kurz vor Jahresende müssen wir Ihnen bedauerlicherweise mitteilen, dass das Blumenmeer zum 31. Dezember geschlossen wird. Annette Franzen zieht mit ihrer Familie nach Frankfurt, und das Ladenlokal wird ab dem 1. Januar die Boutique Dansk Dreams beherbergen.

Wir bedanken uns für das langjährige Vertrauen und wünschen Ihnen alles Gute.
Mit herzlichen Grüßen,
Annette Franzen & Nina Korte

Als Nina die Nachricht abgeschickt hatte, konnte sie die Tränen nicht länger zurückhalten. In den vergangenen Tagen hatte sie tapfer gegen ihre Traurigkeit gekämpft. Es war ganz offensichtlich, dass viele ihrer Kunden Nina auch in einem anderen Blumenladen die Treue gehalten hätten, was sie sehr rührte.

Alexander Wagenbach war ebenfalls bestürzt, dass er seinen Wochenendstrauß nur noch bis Jahresende vom Blumenmeer erhalten würde. Obwohl die beiden nie mehr als zwei, drei Worte miteinander gesprochen hatten, hatten sie sich aneinander gewöhnt und fanden sich inzwischen sogar ganz sympathisch. Beim Anblick seines enttäuschten Gesichtsausdrucks hatte Nina einen dicken Kloß im Hals verspürt.

»Dann wünsche ich Ihnen alles Gute, Frau Korte. Vielleicht laufen wir uns mal im Viertel über den Weg. Bis nächsten Samstag also!«

»Bis nächsten Samstag«, hatte Nina traurig erwidert.

Außerdem graute ihr davor, sich von all jenen verabschieden zu müssen, die jahrelang ihre Begleiter gewesen waren. Die Kurierfahrer, Tim von Euroflowers, die Weihnachtsaushilfen, der Fensterputzer, die Verkäufer auf dem Blumengroßmarkt. Das alles würde sie hinter sich lassen müssen.

Von: Asterdivaricatus@t-online.de
An: info@gruenzeug.net

Ich habe Ihre Nachricht bekommen. Wie geht es Ihnen?

Von: info@gruenzeug.net
An: Asterdivaricatus@t-online.de

… besch…en, wenn ich ehrlich sein soll …

Von: Asterdivaricatus@t-online.de
An: info@gruenzeug.net

... wollten Sie mir deshalb nicht schreiben, wie Sie Weihnachten verbringen werden?

Von: info@gruenzeug.net
An: Asterdivaricatus@t-online.de

Ja, unter anderem auch deshalb. Und Sie? Werden Sie verreisen? Wo werden Sie in Zukunft Ihre Blumen bestellen?

Von: Asterdivaricatus@t-online.de
An: info@gruenzeug.net

Ich bleibe hier in Hamburg. Meine Familie wohnt zu weit weg, und ich muss über die Feiertage arbeiten, weil ich selbständig bin. Aber Sie brauchen jetzt nicht vor Mitleid zu zerfließen ☺, denn ich bin froh, dass meine Auftragslage so gut ist, dass ich mir zumindest darüber nicht den Kopf zerbrechen muss. Apropos nachdenken: Lulu und ich müssen überlegen, wo ich künftig meine Pflanzen bestellen soll und wer mir meine Fragen zum Thema Garten beantwortet. Was haben Sie denn jetzt für Pläne? Werden Sie in einem anderen Blumengeschäft arbeiten?

Von: info@gruenzeug.net
An: Asterdivaricatus@t-online.de

Ich habe leider noch keine Alternative gefunden. Um die Floristenbranche ist es zurzeit nicht gerade gut bestellt. Momentan versuche ich den Gedanken an den 31. Dezember zu verdrängen. Für Ihre künftigen Bestellungen kann ich unsere Kollegen von Flora am Eppendorfer Weg empfehlen. Da sind Sie bestimmt gut aufgehoben. Ich weiß nur nicht, ob die auch Gartenpflanzen liefern. Und Ihre Fragen in Sachen Gartengestaltung und Blumenpflege kann ich Ihnen gerne auch weiterhin beantworten. Schließlich werde ich bald mehr freie Zeit haben, als mir lieb ist. Übrigens: Wer ist eigentlich Lulu?

Von: Asterdivaricatus@t-online.de
An: info@gruenzeug.net

Schön, dass ich mich auch in Zukunft an Sie wenden darf, denn ich habe das Gefühl, dass mir mein grüner Daumen ohne Ihre Hilfe bald abhandenkommt. Das ist wirklich sehr, sehr nett von Ihnen! Meinen Weihnachtssternen geht es ausgezeichnet, seit ich Ihren Rat befolgt habe. Ach ja, um Ihre Frage zu beantworten: Lulu ist eine Labradormischlingshündin, die es am liebsten vegetarisch mag, daher auch ihr Hang zu Blättern … Sie ist schon ganz enttäuscht, dass sie keine roten Blüten – pardon, Blätter – mehr zu fressen bekommt.
Übrigens bin ich kein Silvesterfan, da macht mir das Daheimbleiben nichts weiter aus. Und Sie? Wie werden Sie den Wechsel in das für Sie ungewisse neue Jahr begehen?

Von: info@gruenzeug.net
An: Asterdivaricatus@t-online.de

Ich mag Silvester ebenfalls nicht, ich finde die damit verbundene Erwartungshaltung ziemlich aufgesetzt und anstrengend. Außerdem werde ich immer wütend angesichts der Tatsache, wie viel Geld die Leute jedes Jahr für Böller ausgeben. Vermutlich verbringe ich Silvester dieses Mal im Kreis meiner Freundinnen und genehmige mir ein großes Glas Sekt. Oder vielmehr Prosecco, weil ich den lieber mag. Und Sie?

Von: Asterdivaricatus@t-online.de
An: info@gruenzeug.net

Ich mag Sekt genauso wenig, sondern bevorzuge Rotwein, wenn ich die Wahl habe. Lulu und ich werden uns zu einem Fondue zusammensetzen, für mich gibt's Fleisch und für Lulu Tofubällchen. Nein, im Ernst: Ich will Silvester ebenfalls mit Freunden verbringen und lasse den Abend einfach auf mich zukommen. Am nächsten Morgen werde ich wieder an meinem Schreibtisch sitzen und meinen kreativen Motor anwerfen. Das ist eine schöne Art, das neue Jahr zu begrüßen.
Nun muss ich leider aufhören. Ich wünsche Ihnen viel Kraft für die kommenden Tage und freue mich, wenn wir unsere Korrespondenz bald unter schöneren Voraussetzungen fortführen. Seien Sie nicht so traurig, ich bin optimistisch, dass sich alles zum Guten wenden wird!
Mit herzlichen Grüßen,
Ihr Waldemar Achternbeck

Enttäuscht blickte Nina vom PC auf. Das abrupte Ende von Waldemar Achternbecks Mail katapultierte sie unsanft in die Wirklichkeit zurück. Sie sah auf die Uhr. Eine Stunde hatte sie bereits hier gesessen. Ein Wunder, dass Annette sich noch nicht beschwert hatte. Doch die war vollauf damit beschäftigt, alles, was nicht niet- und nagelfest war, in ihre Kisten zu packen …

Kapitel 15

Hast du schon mal seinen Namen gegoogelt?«, fragte Leonie, als Nina an diesem Abend bei ihr in der Wohnung saß. Mittlerweile verbrachten die Freundinnen beinahe ihre gesamte Freizeit miteinander. Da sie sich austauschen konnten, schrumpfte jedes noch so große Problem auf ein erträgliches Maß.

Gegoogelt? Stimmt, darauf hätte sie auch selbst kommen können, dachte Nina. So machte man das heutzutage. Wenn man etwas über jemanden erfahren wollte, recherchierte man zuerst im Internet.

»Bin gleich wieder da«, rief sie entschuldigend und stürmte in die Nachbarwohnung, um ihren Laptop anzumachen. Leonie blickte ihr kopfschüttelnd hinterher.

Ungeduldig saß Nina vor ihrem PC und trommelte mit den Fingern auf der Schreibtischplatte herum. Sie konnte es kaum erwarten, bis sich das System hochgefahren hatte. Endlich würde sie erfahren, womit ihre Internetbekanntschaft ihr Geld verdiente. Und vielleicht sogar, wie er aussah. Doch Ninas Euphorie erhielt schnell einen Dämpfer, als sie die vielen Einträge auf ihrem Bildschirm sah. Sie hätte schwören können, dass es nicht allzu viele Menschen gab, die Waldemar Achternbeck hießen. Nun hatte sie die Wahl zwischen einem Geisteswissenschaftler, der Aufsätze zum Thema »Kulturpessimismus« ins Netz gestellt hatte (ohne Ortsangabe), einem Berliner Astrologen und einem Tierarzt in Bad Homburg. Da Asterdivaricatus definitiv in Hamburg wohnte – seine Adresse hatte Annette irgendwo in ihrer Kundendatei –, kam eigentlich nur noch der Kulturpessimist in Frage. Aber das passte so gar nicht zu dem, was und wie die Schleieraster schrieb.

Ratlos klickte sich Nina auf die Seite des »Hamburger Telefonbuchs«. Möglicherweise hatte sie da mehr Glück. Es gab tatsächlich einige Teilnehmer mit dem Nachnamen »Achternbeck«, aber keinen mit dem Vornamen »Waldemar« oder zumindest mit einem abgekürzten W. Registrierungen ohne Vornamen fand Nina auch nicht.

»Das kann bedeuten, dass er keinen Eintrag wollte oder eine Geheimnummer hat«, mutmaßte Leonie, als die beiden wenig später an ihrem Tisch saßen und ein herrlich duftendes Thaicurry verspeisten. »Unter Umständen ist Waldemar Achternbeck gar nicht sein richtiger Name, so wie ich es schon die ganze Zeit befürchtet habe. Allein die Bezeichnung Schleieraster spricht doch Bände, oder nicht? Er will seine wahre Identität verschleiern. Ich kann mir einfach nicht vorstellen, dass jemand, der angeblich selbständig ist, überhaupt nicht im Netz auftaucht. Heutzutage ist eine Homepage immer das Erste, was man sich nach einer Geschäftsgründung einrichtet. Wenn du mich fragst, solltest du die Finger davon lassen und den Kontakt abbrechen.«

»Und wenn es nun dieser Geisteswissenschaftler ist?«, fragte Nina, obwohl sie wusste, dass Leonie recht hatte.

»Frag ihn einfach, wenn es dir keine Ruhe lässt. Du kannst dich ja ganz unverbindlich nach seinem Film- und Literaturgeschmack erkundigen. Dann wirst du sehen, ob er als Kulturpessimist durchgeht.«

»Gute Idee!«, stimmte Nina zu und wechselte schnell das Thema. Sie wollte Leonie nicht auf die Nerven gehen. Schließlich hatte die im Moment ganz andere Sorgen.

»Hat Doris Möller eigentlich schon von deinem Anruf bei Thomas Regner erfahren?«

»Ich weiß es nicht, ich habe sie heute gar nicht gesehen«, antwortete Leonie. »Ich hatte Spätschicht, und als ich gekommen bin, war sie bereits nach Hause gegangen. Angeblich ging es ihr nicht gut.«

»Das bedeutet also, dass du nach wie vor nicht weißt, ob du deinen Urlaub bekommst oder nicht. Und ob Doris Möller dich demnächst zu Hackfleisch verarbeiten wird.«

»Sag so was nicht. Ich darf gar nicht daran denken, sonst wird mir schlecht«, jammerte Leonie und sah so verzweifelt aus, dass Nina unweigerlich lachen musste.

»Nun mach kein Gesicht wie drei Tage Regenwetter. Komm, heute Abend machen wir es uns schön, und morgen konfrontierst du dich mit ihr. Wenn alle Stricke reißen, rufst du mich an, und ich komme, um dich zu retten. Versprochen!«

Von: info@gruenzeug.net
An: Asterdivaricatus@t-online.de

Lieber Asterdivaricatus,
es ist schon spät, und ich habe beim Abendessen mit meiner Freundin einiges an Rotwein getrunken – das nur mal vorweggeschickt. Ich muss gestehen, dass Sie mich neugierig gemacht haben. Wenn ich Ihnen also verrate, ob ich als Kind Cowboy

und Indianer gespielt habe (weshalb auch immer Sie dieses Thema so brennend interessiert), schreiben Sie mir dann, ob Sie Bücher mögen? Und welche Filme Sie am liebsten sehen?
Ihre Nina Korte

Von: Asterdivaricatus@t-online.de
An: info@gruenzeug.net

… Sie können also offensichtlich auch nicht schlafen, wenn Sie zu dieser späten Stunde noch E-Mails schreiben! Sind Sie generell ein Nachtmensch? In jedem Fall freue ich mich sehr über Ihre Nachricht. Aber jetzt sind erst mal Sie dran. Also raus mit der Sprache: Waren Sie nun ein Anhänger von Winnetou oder von Old Shatterhand?

Von: info@gruenzeug.net
An: Asterdivaricatus@t-online.de

Ehrlich gesagt mochte ich Nscho-tschi, Winnetous Schwester, am liebsten, auch wenn es mit ihr bekanntermaßen ein übles Ende genommen hat. Wenn Sie mich also so fragen, stand ich wohl eher auf der Seite der armen, verfolgten Indianer.
Was meine Schlafgewohnheiten betrifft, bin ich eigentlich eine Nachteule. Aber ich muss wegen des Blumenmarktes immer furchtbar früh aufstehen und gehe deswegen zeitiger ins Bett, als mir lieb ist. Heute allerdings mache ich eine Ausnahme. Es sind ja nur noch zwei Tage bis Weihnachten, dann kann ich schlafen, so lange und viel ich will.

Von: Asterdivaricatus@t-online.de
An: info@gruenzeug.net

Aha, jetzt weiß ich, dass Sie gern lange schlafen. Geht mir genauso, obwohl Lulu mir diesbezüglich manchmal einen Strich durch die Rechnung macht. Was Ihre andere Vorliebe betrifft: Komisch, ich hätte schwören können, dass Sie eher auf Männerrollen abonniert sind. Nun, vielleicht kann ich Sie mit meinen literarisch-filmischen Vorlieben auch ein wenig überraschen: Ich habe zwar sehr wenig Zeit zu lesen, bevorzuge dann aber Krimis oder historische Romane. Als Kind hatte ich – wie Sie sich vielleicht denken können – eine ausgeprägte Karl-May-Phase.
Was Filme betrifft, gefällt mir eigentlich alles, was intelligent und liebevoll gemacht ist. Das reicht von harmlosen Komödien über Psychothriller bis hin zu Dokumentarfilmen. Nicht sehr aussagekräftig, was? Aber ich bin gar nicht so leidenschaftslos, wie es sich anhört. Ich LIEBE Filme und wäre gern Schauspieler oder Regisseur geworden. Klingt ein bisschen seltsam, nicht wahr? Und was lesen Sie gern? Stapeln sich Pflanzenbücher auf Ihrem Nachttisch? Bei mir gibt es übrigens gar keinen, denn ich lese äußerst ungern im Bett, und mein Wecker steht aus Sicherheitsgründen immer in der Küche. Andernfalls würde ich ihn gleich ausmachen und weiterschlafen.

Von: info@gruenzeug.net
An: Asterdivaricatus@t-online.de

Wieso Männerrollen? Sie kennen mich doch gar nicht! Wirkt meine Art zu schreiben etwa maskulin?

Von: Asterdivaricatus@t-online.de
An: info@gruenzeug.net

Nicht maskulin, aber recht streng und beherrscht. Nscho-tschi war, soweit ich mich erinnere, eher ein lieblicher, püppchenhafter Typ. Und obwohl ich Sie nicht kenne, kann ich mir nicht vorstellen, dass das Ihrem Wesen entspricht.
Außerdem weiß ich, wie Sie aussehen.

Ninas Herz setzte einen Schlag aus. Woher wusste dieser Mann, wie sie aussah? Sie starrte auf den Bildschirm. Schlagartig gewann ihr Misstrauen wieder die Oberhand, und ihre Heiterkeit war wie weggeblasen. Leonie hatte recht, hier war irgendetwas faul. Und nach einem Kulturpessimisten klang ihr E-Mail-Korrespondent auch nicht. Ganz offensichtlich war er keiner der Waldemar Achternbecks, die sie im Internet gefunden hatte. Aber wer verbarg sich dann hinter Asterdivaricatus? Sehr, sehr schleierhaft, dachte Nina und musste grinsen, so absurd war die ganze Situation. Da saß sie mitten in der Nacht in ihrem ausgeleierten Schlafanzug und ließ sich von einem Unbekannten derart in die Irre führen.

Von: info@gruenzeug.net
An: Asterdivaricatus@t-online.de

Woher wissen Sie, wie ich aussehe?

Von: Asterdivaricatus@t-online.de
An: info@gruenzeug.net

Ihr Foto ist auf der Homepage vom Blumenmeer, schon vergessen? Falls es Sie interessiert: Ich finde Sie sehr hübsch und gar
nicht maskulin. Oder trete ich Ihnen mit dieser Äußerung jetzt zu
nahe?

Natürlich! Annette und sie waren mit ihren Fotos auf der
Internetseite! Nina seufzte erleichtert auf. Wie sollte sie jetzt
reagieren? Waldemar Achternbeck, oder wer immer hinter
dem ominösen Schreiber steckte, amüsierte sich bestimmt
prächtig.

Sie war wirklich schon vollkommen paranoid!

Von: info@gruenzeug.net
An: Asterdivaricatus@t-online.de

Lieber Waldemar Achternbeck,
ich will es mit dem Spät-ins-Bett-Gehen nicht übertreiben und
denke, wir sollten es für heute gut sein lassen. Ich danke Ihnen
für das Kompliment und wünsche eine geruhsame Nacht.
Nina Korte

Zwei Stunden später wälzte sie sich noch immer schlaflos im
Bett. Die Schleieraster ging ihr nicht mehr aus dem Sinn, egal,
wie sehr sie sich dagegen wehrte. Und wenn sie ehrlich war,
hatte er ihr mit seinem Kompliment ziemlich geschmeichelt.
Es war eine ganze Weile her, dass sie so etwas von einem

Mann gehört hatte. Vielleicht sollte sie sich einfach entspannen und die Korrespondenz mit ihm genießen, solange es das Blumenmeer noch gab. Eigentlich klang Asterdivaricatus richtig nett, und er liebte Filme – genau wie Nina. Er hatte sogar Schauspieler werden wollen.

Mit einem Mal durchzuckte sie ein schrecklicher Gedanke. Die Schleieraster wusste, wie sie aussah. Und er hatte Schauspieler werden wollen. Konnte es sein, dass Gerald dahintersteckte? Dass er erneut Spielchen mit ihr spielte? Und diesmal womöglich ein viel grausameres als bisher …

Kapitel 16

Stella Alberti.«

»Robert Behrendsen hier. Ich wollte mich erkundigen, wie es Ihnen geht, und nachträglich zum Geburtstag gratulieren.«

»Das ist aber nett, vielen Dank«, antwortete Stella mit einem Blick auf die Uhr. In zehn Minuten begann ihre Körpertherapie, und sie wollte nicht zu spät kommen. »Und vielen Dank auch für den Tipp mit dem Husumer Wellness-Hotel, den Sie Frau Rohlfs und Frau Korte gegeben haben. Dann komme ich endlich mal wieder unter Leute. Und wie geht es Ihnen? Wie werden Sie die Feiertage verbringen?«

»Ich werde meine Mutter an Heiligabend im Augustinum abholen. Sie bleibt bis kurz nach Silvester bei uns. Moritz freut sich schon auf die Zeit mit seiner Oma. Und Sie? Müssen Sie in der Klinik bleiben, oder hat man Erbarmen mit Ihnen?«

»Ja, zum Glück. Heiligabend verbringe ich bei meiner Mutter, und an den beiden Weihnachtsfeiertagen werde ich es genießen, in meinen eigenen vier Wänden zu sein.«

»Wenn Ihnen in der Villa die Decke auf den Kopf fallen sollte, können Sie gerne bei uns vorbeikommen. Eine ältere Dame und ein kleiner Junge sind zwar keine besonders spannende Gesellschaft, aber soweit ich weiß, sind Ihre Mitbewohnerinnen verreist. Und da wird es vielleicht etwas einsam für Sie.«

»Danke für das Angebot. Vielleicht komme ich darauf zurück«, antwortete Stella und verabschiedete sich.

Wenige Minuten später traf sie pünktlich zu ihrem Termin mit der Körpertherapeutin ein und ließ sich im Schneidersitz auf einer Gummimatte nieder. Der schwere Duft von Aromaöl zog ihr in die Nase, und im Hintergrund erklang leise Meditationsmusik.

»Wie fühlen Sie sich diese Woche?«, erkundigte sich Franziska Strehlitz und sah Stella prüfend an.

»Ganz okay, denke ich«, erwiderte sie und war in Gedanken noch bei ihrem Telefonat mit Robert Behrendsen. Sollte sie sein Angebot annehmen und ihn in Husum besuchen?

»Haben Sie Ihre Hausaufgaben gemacht?«

»Ja, doch«, antwortete Stella ausweichend und wurde rot. In den vergangenen Tagen hatte sie die Trauer um ihre Beziehung mit Julian wieder mit voller Wucht überrollt, und sie hatte einfach keinen Nerv für Franziskas »Erdungsübungen« gehabt.

»Also nein«, entgegnete die Therapeutin und lächelte traurig. »Dachte ich's mir doch! Frau Alberti, was soll ich nur mit Ihnen anstellen? Wenn Sie nicht mitmachen, können wir auch keine Wunder bewirken. Sie wollen doch wieder gesund werden, oder etwa nicht?«

»Natürlich will ich das«, sagte Stella und sah beschämt zu Boden. Nun war sie bereits drei Wochen hier, und regelmäßig überkamen sie Zweifel, ob sie wirklich durchhalten würde. Sie fühlte sich so furchtbar einsam und vermisste die Gesellschaft von Leonie und Nina. Es war hart, tagtäglich mit den Problemen ihrer Vergangenheit konfrontiert zu werden. Und kaum ein Tag verging, an dem sie nicht überlegte, alles hinzuwerfen und die Klinik zu verlassen. Es war nur der Liebenswürdigkeit von Therapeutinnen wie Franziska zu verdanken, dass sie nicht längst ihre Koffer gepackt hatte und nach Hamburg zurückgefahren war.

»Frau Alberti, ich habe den Eindruck, dass Sie mir einen Gefallen tun wollen. Aber das ist leider der falsche Ansatz. Sie müssen sich in erster Linie um sich selbst kümmern! Ansonsten können Sie noch das ganze nächste Jahr hier verbringen, und es wird sich nichts ändern. Die Erdungsübungen sollen Sie stabilisieren und widerstandsfähig machen für den Stress, der unweigerlich wieder über Sie hereinbrechen wird. Ich bin keine Lehrerin, die schlechte Noten vergibt, wenn Sie nicht gelernt haben. Es wäre schön, wenn Sie das endlich begreifen würden!«

»Ich weiß«, antwortete Stella verlegen. »Aber seit ich denken kann, habe ich mit der Psychotherapie auf Kriegsfuß gestanden. Am besten geht es mir immer, wenn ich viel zu tun habe und mich in die Arbeit stürzen kann. Dieses viele Grübeln und Analysieren führt doch zu nichts.«

»Tja, bloß dass Ihre bisherige Lebensweise Ihnen ein Burn-out-Syndrom beschert hat«, entgegnete Franziska und seufzte erneut.

»Sie haben erreicht, was Sie wollten, und können Urlaub machen!«, zischte Doris Möller und funkelte Leonie wütend an. »Sobald Sie wieder da sind, müssen wir beide ein Wörtchen miteinander reden. Sie wissen, dass ich unzufrieden mit Ihrer Leistung bin. Nachdem Sie so erfolgreich gegen mich intrigiert haben, sollten Sie sich ernste Gedanken darüber machen, wie unsere Zusammenarbeit Ihrer Meinung nach aussehen soll. So, wie die Dinge momentan liegen, bin ich jedenfalls nicht bereit, mit Ihnen weiter zusammenzuarbeiten.«

Leonie zitterten die Knie, doch sie versuchte so souverän wie möglich auszusehen. Sie war im Recht und würde sich nicht einschüchtern lassen.

»Wer wird mich in dieser Zeit vertreten?«

»Ich selbst und Nora Singer aus der Filiale in Ottensen. Frau Singer kommt heute Nachmittag zur Übergabe. Also schreiben Sie ihr ein Memo, mit einer Kopie an mich, und arbeiten Sie sie in all Ihre laufenden Projekte ein.«

Mit klopfendem Herzen ging Leonie zurück an ihren Schreibtisch. Mit einem Mal konnte sie sich gar nicht mehr über ihren hart erkämpften Urlaub freuen. Doris Möller hatte sie als Intrigantin bezeichnet. Bestimmt hatte es sich längst herumgesprochen, dass sie bei Thomas Regner angerufen hatte, um sich über Frau Möller zu beschweren. Was ihre Kollegen jetzt wohl über sie dachten? Sich gegen eine ungerechte Chefin zur Wehr zu setzen war eine Sache, aber deswegen gleich beim Firmenboss zu petzen eine andere. Und Thomas Regner hatte sich nicht bei ihr gemeldet, obwohl er es versprochen hatte. Leonie hatte das Gefühl, alles falsch gemacht zu haben.

Während sie nachmittags ihre Vertretung einarbeitete, war sie nur halbherzig bei der Sache. Ihre Gedanken kreisten dauernd um das Gespräch mit Doris Möller. Konnte sie ihr wirklich einfach so kündigen? Was sie jetzt brauchte, war ein Anwalt für Arbeitsrecht. Leider hatte sie überhaupt keine Kontakte und war auch nicht rechtsschutzversichert. Leonie war so verzweifelt wie schon lange nicht mehr. Am Ende wäre es wirklich das Beste, Doris Möller würde ihr kündigen. Dann hätte dieser Alptraum wenigstens ein für alle Mal ein Ende!

Im Blumenmeer schenkten Annette und Nina Glühwein aus und reichten Teller mit Plätzchen herum. Es war Ninas Idee gewesen, ihre Stammkunden am letzten Tag vor Weihnachten zu einem kleinen Umtrunk einzuladen.

Auch die Nachbarn aus den umliegenden Geschäften, Fernando und Maria, Nino, Jörg von Alternative Tours sowie Solveig aus dem Antiquitätenladen vom Pappelstieg, waren gekommen, um den beiden Damen vom Blumenmeer einen glücklichen Neuanfang zu wünschen und sich von Annette zu verabschieden, die schon am zweiten Weihnachtsfeiertag ihre Zelte in Hamburg abbrechen würde. Die letzten drei Tage bis zum Jahreswechsel würde Nina alleine zurechtkommen müssen.

Auf die Frage nach ihren Zukunftsplänen hatte sich Nina eine Antwort zurechtgelegt, die sie im Laufe des Abends ungefähr ein Dutzend Mal herunterleierte: Jetzt sei die ideale Gelegenheit, ein kurzes Sabbatical einzulegen, so etwas habe sie schon so lange geplant, aber immer wieder aufgeschoben. Nach ihrer Auszeit würde sie sich ans Bewerbungsschreiben machen und sich in Vorstellungsgespräche stürzen – wenn sie bis dahin nicht längst etwas Neues hatte.

»Man kennt sich ja schließlich in der Branche«, erklärte Nina und versuchte, so zuversichtlich wie möglich zu klingen.

Je weiter der Abend voranschritt und je mehr sich die riesige Glühweinbowle leerte, desto ausgelassener wurde die Stimmung, von der sich zuletzt sogar Nina anstecken ließ. Vielleicht war ihre Zukunft gar nicht so grau, wie sie insgeheim befürchtete? Es würde eben einfach noch ein bisschen dauern, bis es wieder aufwärtsging – so hatten es ihr die Tarotkarten prophezeit.

Trotz ihres leisen Optimismus wurde Nina traurig, wenn sie daran dachte, dass sie mit vielen der Anwesenden künftig kaum mehr zu tun haben würde, von ein paar zufälligen Begegnungen im Viertel mal abgesehen.

In diesem Moment betrat Alexander Wagenbach den Laden, im Arm zwei üppige Sträuße, die er Annette und Nina feierlich überreichte.

»Ich weiß, dass es ein wenig seltsam ist, ausgerechnet Ihnen beiden Blumen zu schenken. Aber Sie haben mir drei Jahre lang jeden Samstag mit viel Liebe einen Strauß gebunden, und nun wollte ich mich einfach mal dafür revanchieren!«

Annette schmunzelte, und Nina war gerührt. Als sie an den Blumen schnupperte (weiße Amaryllis mit Freesien und Quittenzweigen), fiel ihr ein, dass ihr bislang noch nie jemand Blumen geschenkt hatte. So wie auch Buchhändlerinnen selten Bücher geschenkt bekamen, wie sie von einer Bekannten wusste. Dabei war das doch unlogisch. Man ergriff den Beruf schließlich, weil man die Materie liebte, weshalb also sollte man sich nicht darüber freuen? »Danke, das ist sehr aufmerksam von Ihnen«, sagte Nina und strahlte. »Liege ich richtig, wenn ich die Handschrift der Kollegen von Flora hinter diesen üppigen Sträußen vermute?«

»Stimmt genau«, erwiderte Alexander Wagenbach. Nina wurde schlagartig traurig, so schnell war das Blumenmeer also zu ersetzen ... doch ihr blieb keine Zeit zu antworten, denn sie entdeckte Leonie an der Eingangstür.

»Das ist ja eine Überraschung! Schön, dich zu sehen!«, rief Nina und umarmte ihre Freundin, die sich mit Mühe einen Weg durch die Menge gebahnt hatte.

»Ich wollte dich zum Abschluss noch mal besuchen«,

erwiderte Leonie. »Und ich hätte große Lust auf ein Glas Glühwein!«

»Den sollst du kriegen«, antwortete Nina und verschwand mit den beiden Sträußen im hinteren Teil des Ladens. Sie stellte die Blumen in eine Vase und bewunderte das prachtvolle Arrangement. Alexander Wagenbach hatte wirklich Geschmack!

Als sie mit zwei Gläsern Glühwein zurückkam, war Leonie bereits in ein angeregtes Gespräch mit Herrn Wagenbach vertieft. Wenn der nicht liiert wäre, würde ich sofort versuchen, ihn mit Leonie zu verkuppeln, dachte Nina, und ihre Gedanken wanderten zu Asterdivaricatus. Immer wieder hatte sie der Gedanke gequält, dass Gerald hinter der ganzen Sache stecken könnte. Irgendwann hatte sich ihre Panik aber etwas gelegt. Waldemar Achternbeck war schließlich ein zahlender Kunde des Blumenmeers und hatte seine Bestellungen schon aufgegeben, als sich Gerald noch in New York aufhielt. Und es war wirklich sehr unwahrscheinlich, dass ihr Ex-Freund all diese Mühen in Kauf genommen haben sollte, nur um mit ihr in Kontakt zu bleiben. Besonders nachdem sie ihn bei ihrem letzten Treffen so abserviert hatte.

Vor lauter Erleichterung hatte sie Herrn Achternbeck heute Morgen zu der Abschiedsfeier vom Blumenmeer eingeladen. Wenn sie nun endlich die Gelegenheit hätte, ihn persönlich kennenzulernen, hätte dieses ganze Rätselraten ein Ende. Doch Asterdivaricatus hatte sich nicht gemeldet. Vermutlich war er wieder unterwegs oder chattete mit einer anderen Frau …

Kapitel 17

Am ersten Weihnachtsfeiertag packte Stella vergnügt ihre Sachen. Sie hatte die Einladung ihres Vermieters angenommen und würde sich in Kürze auf den Weg nach Husum machen.

Ohne Leonie und Nina war es entsetzlich still in der Villa, und sie hatte keine Lust, auch noch die beiden Weihnachtsfeiertage mit ihrer Mutter zu verbringen, die sich ständig Sorgen um sie machte und Stella damit entsetzlich auf die Nerven ging.

Zwei Stunden später stand ihr BMW in der Auffahrt von Robert Behrendsens Haus, in dessen unteren Räumen eine Praxis untergebracht war. »Kinderärztliche und gynäkologische Praxis Behrendsen & Hagelstein« hieß es auf dem Klingelschild.

»Schön, Sie zu sehen«, sagte Robert Behrendsen, als er die Tür öffnete und Stella mit einem freundschaftlichen Kuss auf die Wange begrüßte. »Sie kommen genau im richtigen Moment. Wir wollten gerade Kaffee trinken. Oder mögen Sie lieber Tee?«, fragte er und nahm Stella den Mantel ab.

»Kaffee wäre toll, der in der Klinik ist kaum auszuhalten«, antwortete Stella, während sie sich neugierig umsah. Das Raumkonzept war offen, die Decken hoch, und die großzügig geschnittenen Fenster ließen viel Licht herein, auch wenn der erste Weihnachtsfeiertag nicht gerade mit strahlendem Wetter aufwartete. Nasskalter Schneeregen klatschte gegen die Scheiben, von weißer Weihnacht und Winterromantik keine Spur.

Wer auch immer für die Einrichtung des Hauses zuständig gewesen war, hatte ausgezeichneten Geschmack bewiesen. Moderne Elemente fügten sich harmonisch in das ansonsten eher schlicht gehaltene Ambiente, und Stella fühlte sich spontan an eines der schnuckeligen Schwedenhäuser erinnert, die sie von ihren Reisen durch Skandinavien kannte. Originelle Kunstdrucke und Skulpturen ließen auf ein ausgeprägtes Kunstverständnis schließen, und im hinteren Teil des Zimmers entdeckte Stella einen wunderschönen alten Flügel.

»Meine Frau hat bis zu ihrem Tod immer darauf gespielt«, erklärte Robert Behrendsen, der Stellas Blick gefolgt war. Stella nickte mitfühlend, sie hatte die traurige Geschichte schon von Leonie gehört.

»Darin habe ich mich auch mal versucht, aber das ist eine ganze Weile her«, entgegnete sie und dachte an die zahllosen Stunden, in denen sie sich mit dem monströsen Klavier ihrer Mutter abgequält hatte. Nachdem ihr damaliger Musiklehrer andauernd von Stellas ausgeprägter Musikalität geschwärmt hatte, wollte Katharina Alberti das Talent ihrer Tochter um keinen Preis verkümmern lassen. Doch je mehr man sie mit Privatstunden und endlosen Ermahnungen triezte, desto bockiger wurde Stella. Nach drei Jahren harter Kämpfe hatte ihre Mutter schließlich aufgegeben und sich damit abgefunden, dass aus ihrer Tochter keine berühmte Pianistin werden würde.

»Spielt Moritz auch?«, erkundigte sich Stella, als sie einen Notensatz für Kinder auf dem Klavier entdeckte.

»Na ja, wie man in dem Alter eben so spielt«, antwortete Robert Behrendsen. »Kann ich Sie einen Augenblick allein lassen? Ich muss nämlich noch die Milch für die Latte macchiato aufschäumen. Das, was Sie von dem Klinikkaffee erzählt haben, hat meine Gastgeberehre gekitzelt. Ich bin gleich wieder da!«

Stella blickte auf, als Moritz und seine Großmutter den Raum betraten. Rose Behrendsen war eine imposante Erscheinung: groß, hager, das silbergraue Haar kurz geschnitten. Die Lippen wirkten voll – ungewöhnlich für eine Frau ihres Alters. Kleine Grübchen ließen eine entfernte Ähnlichkeit mit Robert Behrendsen erkennen, ebenso wie ihre Augen, die sehr wach und neugierig wirkten. Viel zu jung für jemanden, der in einem Seniorenstift wohnen musste.

»Sie sind also eine unserer Mieterinnen«, sagte die alte Dame und musterte ihren Gast unverhohlen von oben bis unten. Moritz gab Stella artig die Hand, drehte sich auf dem Absatz um und stürmte zu seinem Vater in die Küche.

»Schön, Sie kennenzulernen! Wie geht es meinen Katzen?«

»Als ich sie das letzte Mal gesehen habe, ging es ihnen gut«, antwortete Stella. »Sie haben ein wenig abgenommen, was ihnen sicher gutgetan hat, und Frau Rohlfs ist eine hingebungsvolle Katzenmutter. Ich denke, die beiden sind bei ihr in den besten Händen.«

»Freut mich zu hören. Aber was ist mit Ihnen? Mein Sohn erzählte, dass Sie derzeit in einer Klinik sind? Eine junge Frau wie Sie und schon im Sanatorium. Eine Schande! Was ist das nur für eine merkwürdige Welt, in der wir leben?«

Stella stutzte. Mit so einer Frage hatte sie nicht gerechnet. Und schon gar nicht von jemandem, dem sie gerade zum ersten Mal begegnet war. Allmählich dämmerte ihr, wo Robert Behrendsen seine provokante Art herhatte. Soeben betrat dieser das Zimmer, gefolgt von seinem Sohn, der eine Torte balancierte.

»Sieht kalorienreicher aus, als es ist«, sagte er augenzwinkernd, als er merkte, wie Stella den Kuchen misstrauisch beäugte. »Das, was Sie für Sahne halten, ist eine leichte Quark-Joghurt-Creme. Also nur keine Scheu! Probieren Sie ein Stück.«

Seufzend ergab sich Stella in ihr Schicksal. Und ihr Gastgeber hatte nicht übertrieben. Die Torte war wirklich hervorragend und sehr bekömmlich. Dieser Mann schien sich in Haushaltsdingen bestens auszukennen, ganz im Gegensatz zu ihr.

»Können Sie backen?«, erkundigte sich Rose Behrendsen und sah Stella herausfordernd an.

»Nein. Ich kann weder backen noch kochen, und das finde ich auch überhaupt nicht schlimm«, erwiderte Stella und reckte ihr Kinn trotzig in die Luft. Frau Behrendsen stutzte einen Moment, und Stella befürchtete, nun endgültig durch das »Schwiegertochterraster« gefallen zu sein. Aber halt, sie war ja gar keine Anwärterin auf diesen Posten. Das hätte eher Leonies Part entsprochen.

»Warum nicht?«, fragte Rose Behrendsen.

»Weil ich anderen Dingen in meinem Leben Priorität einräume. Meiner Arbeit zum Beispiel. Oder meinen Hobbys, wie Lesen, Musikhören, Reisen.«

Alles Dinge, die in den vergangenen Jahren viel zu sehr ins Hintertreffen geraten sind, dachte Stella reumütig. Doch das musste die alte Dame ja nicht wissen. Robert Behrendsen sah sie grinsend an.

»Interessant, was Sie so alles machen. Wer hätte das gedacht?«

»Ich kann Sie gut verstehen, meine Liebe«, pflichtete Frau Behrendsen Stella bei. »Ich habe auch nichts davon gehalten, mich mit diesem Unsinn zu beschäftigen. Statt meinen Kopf mit Kochrezepten oder Haushaltstipps vollzustopfen, habe ich lieber Medizin studiert. Und diese Entscheidung nie bereut, auch wenn sich mein Mann manchmal eine fürsorglichere Ehefrau gewünscht hätte. Als Ärztin hatte ich nicht immer Zeit für ihn, aber unserer Ehe hat das ganz gutgetan.«

Stella lächelte überrascht. Diese resolute Frau war ganz nach ihrem Geschmack!

»Dann sind wir uns ja einig«, sagte sie und nahm entgegen ihrer sonstigen Gewohnheiten ein zweites Stück Kuchen.

Neugierig stand Nina vor dem Schaufenster von Koloniale Möbel & Co. Es war der Abend des zweiten Weihnachtsfeiertages, und sie war früh bei ihrer Mutter aufgebrochen, um rechtzeitig wieder in Hamburg zu sein. Morgen würde sie ein letztes Mal auf den Großmarkt fahren. Das zeitige Aufstehen werde ich nicht vermissen, dachte sie, während sie frierend von einem Fuß auf den anderen trat und die Auslage betrachtete. Sollte sie oder sollte sie nicht?

Ruth Gellersen war die Besitzerin der Möbelkette und eine langjährige Kundin von Stella. Ab Januar suchte sie hier in Hamburg eine Teilzeitkraft. Das Gehalt wäre höher als im Blumenmeer, Nina würde vier Tage die Woche arbeiten und am Filialumsatz beteiligt werden.

Das Geschäft gefiel ihr sehr gut, ebenso wie das Firmenkonzept, von dem Stella ihr ausführlich berichtet hatte. Koloniale Möbel verarbeiteten prinzipiell keine Tropenhölzer, für die gnadenlos Regenwälder gerodet wurden. Alle Materialien waren ökologischen Ursprungs, und man legte Wert darauf, dass die Mitarbeiter in den Produktionsstätten unter menschenwürdigen Bedingungen arbeiteten und keine Kinder beschäftigt wurden.

Die Möbel, das hatte Nina bereits im Internet gesehen, waren wunderschön und sahen ein bisschen aus wie aus dem Film »Jenseits von Afrika«. Die handgeflochtenen Korblampen, tönernen Schalen und detailgetreu bemalten Holzgiraffen hatten ihr auf Anhieb gefallen, und am liebsten wäre sie sofort in den Laden hineinmarschiert.

Doch damit musste Nina sich noch gedulden. Sie hatte erst in zwei Tagen einen Termin mit Ruth Gellersen, die über die Feiertage in Hamburg war und ansonsten in München lebte. Nina spürte eine seltsame Mischung aus Vorfreude und Nervosität in sich aufsteigen. Schließlich riss sie sich vom Anblick des Schaufensters los, zog ihren Trolley hinter sich her und ging nach Hause in den Pappelstieg. Sie war froh, wieder in Hamburg zu sein, denn der dreitägige Besuch bei ihrer Mutter war zwar schön, aber auch ausgesprochen anstrengend gewesen. Natürlich hatte es sich nicht vermeiden lassen, über die anstehende Hochzeit von Rainer Korte zu sprechen.

Wie es Leonie und Stella wohl geht?, überlegte Nina, während sie an den weihnachtlich erleuchteten Wohnungen vorbeiging. Kerzenpyramiden standen in den Fensterrahmen, helle Lichterketten schlängelten sich um Sträucher und Hecken, und ab und an erhaschte sie einen Blick auf festlich geschmückte Weihnachtsbäume. Vor lauter Verzückung wäre sie beinahe über eine ausrangierte Tanne gestolpert, die irgendjemand achtlos in den Rinnstein geworfen hatte. Nina schüttelte wütend den Kopf.

»Warum kaufen sich die Menschen überhaupt einen Weihnachtsbaum, wenn sie es so eilig haben, ihn wieder loszuwerden?«, knurrte sie ungehalten. »Wie viele Tannen werden jährlich zu Weihnachten gefällt, nur um nach ein paar Tagen von der Müllabfuhr entsorgt zu werden.«

In der Villa angekommen, freute sich Nina über die Zweige, mit denen Leonie die große Kommode im Flur geschmückt hatte. Dort standen immer ein frischer Strauß (vom Blumenmeer), eine Schale Obst (von Leonies Eltern) und eine Pinnwand, an der die drei sich kurze Nachrichten hinterließen. Heute hing dort eine Weihnachtskarte von Robert Behrendsen und ein großer Zettel von Leonie, auf dem sie ihren Mitbewohnerinnen frohe Weihnachten wünschte. An die Arme des silbernen Kerzenleuchters hatte sie Süßigkeiten gehängt, die mit einem farbigen Band umwickelt waren.

Wie nett, dachte Nina, schnappte sich im Vorbeigehen ein »Ferrero Rocher« und öffnete die Tür zu ihrer Wohnung. Eilig packte sie ihren Koffer aus und ging in Leonies Wohnung, um nach Paul und Paula zu sehen. Sicher vermissten die beiden ihre Streicheleinheiten.

»Hallo, ihr zwei«, rief sie, und Paul und Paula kamen sofort angeflitzt und freuten sich sichtlich über ihren Besuch. Nach einer Stunde Schmusen und Gummimäuse-Weitwurf (einem von Leonies Einfällen, um die Katzen bei Laune zu halten) ging sie zurück in ihre Wohnung und schlich um den PC herum. Seit dem Abschiedsabend im Blumenmeer hatte sie es sich strikt untersagt, ihre E-Mails zu checken. Aber heute Abend hatte sie keine Lust, mit sich und ihren Sorgen allein zu sein. Der Gedanke an ihre einsame, traurige Mutter lastete noch immer schwer auf ihr, und sie konnte ein wenig Ablenkung gebrauchen.

Von: Asterdivaricatus@t-online.de
An: info@gruenzeug.net
Betreff: Frohe Weihnachten!

Liebe Nina Korte,
ich hoffe, Sie hatten angenehme Feiertage und sind guter Dinge. Es tut mir leid, dass ich die Abschiedsparty vom Blumenmeer verpasst habe, aber ich hatte Ihre Einladung erst gelesen, als es schon zu spät war.
Lulu und ich haben schöne Weihnachten verbracht, wir waren bei Freunden, haben viel zu viel gegessen, und heute hat es mich einige Überwindung gekostet, wieder zu arbeiten. Aber wie angenehm ist es an Tagen wie diesen, wenn die Welt stillsteht! Zumindest hat man das Gefühl, dass sie es tut. Auf der Straße fahren kaum Autos, das Telefon bleibt stumm, und aus der Umgebung hört man keinen Laut. So ist es normalerweise nur, wenn der erste Schnee gefallen ist und alle Geräusche verschluckt. Bis bald,
Ihr Waldemar Achternbeck

Nina ging es schon ein kleines bisschen besser, und sie wusste selbst nicht, weshalb. Eigentlich war es nichts Besonderes, was Asterdivaricatus ihr schrieb, und doch lag etwas Tröstendes in seinen wenigen Zeilen und sie fühlte sich weniger allein. Die Korrespondenz mit ihm war zu einer Konstanten in ihrem Leben geworden – wenn auch nur zu einer virtuellen. Die Angst, einem Betrüger aufzusitzen, hatte sie nach wie vor nicht ablegen können, ihre Bedenken wurden allerdings immer leiser und würden eines Tages vielleicht sogar ganz verschwinden.

Erfreut sah Nina, dass sich auch eine E-Mail von Willem in ihrem Postfach befand: Er schrieb, dass er sich kurz vor Weihnachten mit Schillerlocke getroffen und es zwischen den beiden auch im realen Leben gefunkt hatte. Und zwar so sehr, dass sie zu einem Spontan-Urlaub auf die Kanaren aufgebrochen waren, um der heimischen Kälte zu entfliehen und sich besser kennenzulernen.

Unter Umständen war es doch nicht so verrückt, sich in eine Internetromanze zu stürzen, obgleich natürlich die Gefahr bestand, dass man dabei gewaltig auf die Nase fiel. Aber war das nicht immer so? Für welche Liebe gab es schon eine Garantie? Nina ging ins Badezimmer und betrachtete eingehend ihr Spiegelbild.

»Bin ich wirklich so engherzig?«, fragte sie sich nachdenklich. Allmählich zeigte sich ein strenger Zug um ihren Mund, der sich vermutlich tiefer eingraben würde, wenn sie nicht aufpasste. Nina schnitt eine Grimasse. Dann probierte sie ein paar Frisuren aus und überlegte, ob sie sich vielleicht die Haare schneiden lassen sollte. War sie überhaupt attraktiv? Was die Leute wohl dachten, wenn sie sie zum ersten Mal sahen? Asterdivaricatus hatte ihr Foto immerhin als hübsch bezeichnet.

In den vergangenen Jahren hatte sich Nina kaum Gedanken über ihr Erscheinungsbild gemacht. Schließlich gab es wichtigere Dinge im Leben. Ich glaube, es kann nicht schaden, wenn ich endlich mal wieder zum Friseur gehe, dachte sie, bevor sie das Licht im Badezimmer löschte. Bei ihrem Termin mit Ruth Gellersen wollte sie einen guten Eindruck machen! Gleich morgen früh würde sie bei Querschnitt anrufen.

»Das wird schon wieder, Kind«, sprach Jürgen Rohlfs seiner Tochter Mut zu und goss ihnen noch ein Gläschen selbstgebrannten Apfelschnaps ein. Leonies Mutter war bereits ins Bett gegangen. Weihnachten und die vielen Gäste hatten sie angestrengt.

»Aber was mache ich, wenn Doris Möller mir wirklich kündigt?«, schniefte Leonie.

»Dann findet sich eben etwas anderes!«, entgegnete ihr Vater pragmatisch und strich ihr über den Kopf. »Ein so kluges Mädchen wie du kriegt bestimmt mit links einen neuen Job. Und wenn alle Stricke reißen, kommst du halt wieder nach Hause. Du weißt, dass wir dich hier gut gebrauchen könnten. Deine Mutter und ich sind nicht mehr so fit wie früher, und der Hof und das Geschäft machen viel Arbeit. Und irgendwie haben wir immer Pech mit unseren Mitarbeitern. Keiner bleibt länger als ein paar Wochen!«

Weil das eben eine echt langweilige Angelegenheit ist. Leonie erinnerte sich, wie sie in ihren Schulferien in der kleinen Bretterbude, dem sogenannten »Hofladen«, Aushilfe gespielt hatte. Während der Saison kamen viele Touristen vorbei, um Obst, Gemüse, Schafskäse und Honig zu kaufen. Das waren jedoch nur wenige Monate im Jahr. Den Rest der Zeit stand man sich die Beine in den Bauch. Sie hatte jedenfalls nicht vor, ihr junges Leben mit einem faulen Kompromiss zu verplempern.

In den vergangenen Tagen waren ihr immer wieder Ninas Worte durch den Kopf gegangen. Vielleicht sollte sie wirklich mit Thomas Regner über andere Möglichkeiten innerhalb des Unternehmens sprechen? Wenn sie nur nicht immer so unsicher wäre! Manchmal wunderte sie sich, wie sie es überhaupt geschafft hatte, vom elterlichen Hof nach Hamburg zu ziehen. Vermutlich war es die drohende Ehe mit Henning gewesen, die ihr Beine gemacht hatte – anders konnte sie sich diesen mutigen Schritt nicht mehr erklären. Womöglich würde ihre Angst vor Kündigung auch diesmal wieder ungeahnte Energien mobilisieren? Genau wie damals? Schlimmer als jetzt konnte es eigentlich kaum werden!

Stella wälzte sich unruhig in dem fremden Bett hin und her und fragte sich zum hundertsten Mal, weshalb sie eigentlich hergekommen war. Aus einer harmlosen Einladung war eine recht verfängliche Angelegenheit geworden. Wieso hatte sie es so weit kommen lassen? Wie hatte es passieren können, dass sie mit ihrem Vermieter im Bett gelandet war?

Kapitel 18

Es war zum Aus-der-Haut-Fahren! Seit Stunden recherchierte Leonie nach Weiterbildungsmöglichkeiten im Bereich Reisen. Dass sie aber auch nie ihre Ruhe haben konnte! Die Suche war mehr als frustrierend. Für die meisten Lehrgänge benötigte man Abitur, und das konnte sie nicht vorweisen. Missmutig notierte sie sich die Adressen einiger Seiten, die eventuell in Frage kommen könnten, und legte erschöpft den Kopf auf die Tischplatte.

»Leonie, Besuch für dich«, ertönte die Stimme ihrer Mutter, und mit einem Mal stand Henning vor ihr – der Mann, den sie beinahe geheiratet hätte. Überrascht sprang sie auf.

»Hallo«, grüßte Henning zaghaft und sah sie schüchtern an. Leonie straffte die Schultern. Ihr Ex-Freund sollte auf keinen Fall sehen, dass es ihr nicht gutging. Schließlich hatte er ihr prophezeit, dass sie es bereuen würde, in die »Großstadt« zu gehen, wie er Hamburg stets argwöhnisch nannte.

»Hallo, Henning«, antwortete sie, reckte ihr Kinn und strich sich eine Haarsträhne aus dem Gesicht. Knapp zwei Jahre waren vergangen, seit sie sich das letzte Mal gesehen hatten, und die Zeit war mit Henning nicht gut umgegangen. Oder er nicht mit ihr. Er hat zugenommen, dachte Leonie bedauernd. Das einst so volle, dunkelblonde Haar war von silbrig grauen Fäden durchzogen und auffällig schütter. Dem Älterwerden konnte man eben nicht entgehen. Was sie jedoch wirklich traurig machte, war die vollkommene Leere in seinem Gesicht. Es schien, als wären die Jahre ereignislos an ihm vorübergezogen.

»Hast du Lust auf einen Spaziergang?«, fragte Henning und wirkte seltsam verlegen. Eigentlich hatte Leonie nicht das geringste Bedürfnis, auf den ausgetretenen Pfaden ihrer Vergangenheit zu wandeln, doch sie wollte nicht unhöflich sein. Schließlich war er extra hergekommen, um sie zu besuchen.

»Ich zieh mir nur rasch was an, wir treffen uns dann draußen«, entgegnete sie, während sie sich einen Mantel überwarf und in ihrem Schrank nach einem Schal kramte.

Eine halbe Stunde später standen sie auf dem Deich und trotzten dem eisigen Wind, der finstere Regenwolken über den Himmel peitschte. Seufzend betrachtete Leonie ein leeres Storchennest auf dem Dachfirst einer Kate, die sich im Schutz des Walls vor Sturm und Kälte duckte.

Auch sie sind von hier fortgezogen, dachte sie, als ihr Blick über die grauen Äcker und kahlen Bäume schweifte und schließlich auf Henning fiel, der mit hochgezogenen Schultern neben ihr stand und mit dem Reißverschluss seiner Daunenjacke spielte. Einen Moment lang hatte sie ein Déjà-vu und sah sich mit ihm Hand in Hand an derselben Stelle stehen, glücklich und voller Träume für die Zukunft. Was war nur aus diesen Träumen geworden?

»Nun sag schon, wie geht es dir?«, sagte sie, da es Henning offensichtlich die Sprache verschlagen hatte. »Mama hat erzählt, dass du Sabine geheiratet hast und jetzt stolzer Vater von Zwillingen bist?«

Sabine war eine ehemalige Klassenkameradin, die schon immer in Henning verliebt gewesen war und die Gunst der

Stunde genutzt hatte, als Leonie nach Hamburg gegangen war.

»Ja, ich bin jetzt verheiratet und Vater«, antwortete Henning tonlos und sah alles andere als glücklich aus.

»Aber das ist doch toll«, rief Leonie, »das ist genau das, was du dir immer gewünscht hast. Ich freue mich für dich!«

»Ich wollte das aber mit dir erleben und nicht mit Sabine«, erwiderte Henning mit rauher Stimme und sah Leonie traurig an.

»Ich hatte allerdings etwas andere Vorstellungen, so leid es mir tut«, antwortete sie.

»Und du? Hast du dein Glück in Hamburg gefunden?«

Leonie überlegte einen Augenblick, was sie antworten sollte.

»Ich habe mich ganz gut eingelebt, doch es ist noch längst nicht das, was ich mir so vorstelle.«

Dann erzählte sie ihm alles über ihre berufliche Krise, den Ärger mit Doris Möller und schließlich ihren Anruf bei Thomas Regner. Darüber hinaus schwärmte sie in den höchsten Tönen von der Villa und von den lieben Freundinnen, die sie im letzten Jahr gefunden hatte.

Da es offensichtlich keinen neuen Mann in ihrem Leben gab, entspannte sich Henning zusehends und wurde zu dem verständnisvollen Gesprächspartner, den Leonie immer so sehr geschätzt hatte. Er kannte sie so gut wie sonst kaum jemand, abgesehen vielleicht von ihren Eltern.

»Ich finde, du solltest ein bisschen mutiger werden«, redete er ihr gut zu. »Nutz den Rest deines Urlaubs, um dir zu überlegen, was du beruflich machen willst, und dann zeigst du denen in Hamburg, was 'ne Harke ist. Du wirst dich doch nicht von einem Neidhammel wie dieser Doris Möller klein-kriegen lassen, das hast du wirklich nicht nötig!«

Es war weit nach Mitternacht, als Leonie schließlich ins Bett kam. Hennings Worte klangen ihr noch in den Ohren, und sie beschloss, dass es nun endgültig an der Zeit war, etwas in ihrem Leben zu ändern. Er hatte recht, sie konnte wesentlich mehr, als Doris Möller ihr zutraute, und das musste sie sich immer vor Augen halten.

Mit einem leisen Anflug von Melancholie spürte sie dem Kuss nach, den Henning ihr zum Abschied auf die Wange gedrückt hatte. Nach und nach hatte sich zwischen ihnen wieder die vertraute Nähe eingestellt, die jahrelang ihr Begleiter gewesen war.

Nach einer kurzen Nacht wurde Stella von Moritz geweckt, der plötzlich neben ihrem Bett stand und sie anstrahlte.

»Papa hat gesagt, ich soll Sie wecken«, rief er laut, als wäre Stella schwerhörig. Verwirrt blickte Stella auf die Uhr. O Gott, schon so spät. Wenn sie es bis elf zur Gruppentherapie schaffen wollte, musste sie sich beeilen.

»Danke, ich komme gleich«, erwiderte sie und hoffte, dass Moritz sie in Ruhe lassen würde. Doch der hatte offensichtlich ganz andere Pläne und betrachtete Stella staunend wie eine Außerirdische.

»Gestern Abend sahen Sie aber schöner aus«, kommentierte er ihr blasses, ungeschminktes Gesicht und die strubbeligen Haare. Die Haare, mit denen ein paar Stunden zuvor sein Vater herumgespielt hatte.

»Ich wusste nie etwas mit der Bezeichnung honigblond

anzufangen, seitdem ich dich allerdings kenne, weiß ich, was damit gemeint ist«, hatte er gemurmelt und sich eine ihrer Strähnen um den Finger gewickelt.

Und dann hatten sie sich ein weiteres Mal geliebt.

»Danke für das Kompliment«, antwortete Stella und wünschte sich, der Junge hätte ein wenig mehr vom Charme seines Vaters – obwohl der zumeist auch kein Blatt vor den Mund nahm. »Sag mal, Moritz, willst du nicht vielleicht ein bisschen spielen gehen?«

»Was soll ich denn spielen?«, entgegnete er und schaute sie durchdringend an.

Wahrscheinlich wollte er ihr Gesicht auf Unreinheiten untersuchen oder gucken, ob ihre Augenbrauen gut gezupft waren.

»Was Kinder eben so spielen, oder musst du nicht zur Schule?«, fragte Stella, weil ihr nichts Besseres einfiel.

»Wir haben Ferien«, erwiderte Moritz triumphierend und verschränkte die Arme vor der Brust. Wieder folgte ein langer, intensiver Blick, unter dem Stella sich nackt und hilflos fühlte.

Ich werde mich doch nicht von einem Kind verunsichern lassen, dachte sie entschlossen und schlug die Decke zur Seite.

»Wieso haben Sie Papas T-Shirt an?«, folgte der nächste Teil der Inquisition, und Stella fragte sich, womit sie das verdient hatte. Sie antwortete einfach nicht. Kinder mussten schließlich nicht alles wissen!

»Ich gehe jetzt ins Bad!«, sagte sie stattdessen knapp, schnappte sich ihre Sachen, die überall auf dem Fußboden verstreut lagen, und war froh, dass Moritz ihr nicht auch noch eine Moralpredigt zum Thema Ordnung hielt.

Im Gästebad klatschte sie sich jede Menge eiskaltes Wasser ins Gesicht. Ihr dröhnte der Kopf, und sie erinnerte sich, dass sie gestern zwei Flaschen Wein mit Robert geleert hatte. Sie nahm zwei Paracetamol auf einmal, wie in alten Zeiten, und hoffte, dass die Wirkung bald einsetzte. Am liebsten hätte sie sich einfach so aus dem Haus geschlichen und wäre zur Klinik gefahren, ohne sich zu verabschieden. Aber das wäre unhöflich gewesen und Robert gegenüber nicht fair.

Es war mehr als offensichtlich, dass er sich rettungslos in Stella verliebt hatte. Nur beruhte das leider nicht auf Gegenseitigkeit. Dass sie mit ihm geschlafen hatte, war einer fatalen Mixtur aus Einsamkeit, Liebeskummer und Alkohol zu verdanken. So etwas hatte sie noch nie zuvor getan, und Stella war alles andere als stolz auf sich.

»Guten Morgen, Frau Alberti, haben Sie gut geschlafen?«, erkundigte sich Rose Behrendsen, als Stella die Küche betrat. Dort war schon alles für das Frühstück gedeckt – nur Robert fehlte noch.

»Mein Sohn ist unten in der Praxis. Ein Notfall. Er behandelt ein Kleinkind, das aus Versehen eine Münze verschluckt hat«, erklärte sie.

Eine Münze verschluckt?, dachte Stella irritiert und war wieder einmal froh, nicht selbst Mutter zu sein.

»Wollten Sie eigentlich keine Kinder?«, wollte Rose Behrendsen wissen, während sie Stella eine Tasse Tee einschenkte und Moritz liebevoll zulächelte. Stella räusperte sich unwirsch. Es war eine Sache, wegen ihrer hausfraulichen Qualitäten ins Kreuzverhör genommen zu werden, aber das hier ging nun wirklich zu weit! Sie starrte Rose Behrendsen unverwandt an, doch die verzog keine Miene. Irgendetwas im Blick der alten Dame ließ Stella schließlich antworten, sie konnte sich selbst nicht erklären, weshalb.

»Nein«, sagte sie und nippte an ihrem Tee. »Ich mag Kinder nicht besonders, entschuldige bitte, Moritz, du bist natürlich eine Ausnahme. Ich bin kein Typ, der in jeden Kinderwagen schaut. Der Anblick von Babys lässt mich relativ kalt.«

»Haben Sie keine Geschwister?«

»Nein.«

»Das könnte eine Erklärung sein. Ich kann Sie durchaus verstehen, meine Liebe. Kinder machen nicht immer Freude. Aber das Gefühl, nach der Geburt sein eigen Fleisch und Blut im Arm zu halten, ist schon etwas ganz Besonderes. Und ein Enkelkind, mit dem die Familie fortbesteht, ist wirklich das schönste Geschenk. Ich bin da allerdings nicht dogmatisch. Jeder sollte tun und lassen, was er möchte. Und wer weiß? Vielleicht ändern Sie Ihre Meinung ja eines Tages.«

»Das glaube ich nicht«, murmelte Stella und senkte den Kopf, als Robert Behrendsen die Küche betrat.

»Guten Morgen allerseits«, grüßte er strahlend in die Runde. Sein Blick blieb an Stella hängen. »Das Sparschwein ist geleert, und der Kleine konnte wieder nach Hause«, erklärte er und nahm sich ein Brötchen. »Jetzt kann ich wenigstens in Ruhe frühstücken!«

»Sparschwein?«, fragte Stella und wünschte sich weit, weit weg. Die Situation überforderte sie. Wie sollte sie Robert sagen, dass ihrem Intermezzo kein weiteres folgen würde? Nicht, dass es ihr nicht gefallen hätte! Er war sehr einfühlsam, und wenn sie ehrlich war, hatte sie sich bei ihm tausendmal wohler gefühlt, als es bei Julian je der Fall gewesen war.

Doch Stella war noch meilenweit davon entfernt, sich für eine neue Beziehung zu öffnen.

»Sie scheinen ja noch nicht richtig wach zu sein«, sagte Robert, und Stella bemerkte erleichtert, dass er beim diskreten Sie geblieben war.

»Nein, noch nicht so richtig«, bestätigte sie und schüttete hastig ihren Tee hinunter. Je eher dieses Frühstück beendet war, desto schneller konnte sie fahren.

Als Robert sie kurz darauf hinausbegleitete und zum Abschied küssen wollte, wandte sie sich ab und stieg wortlos in ihren BMW. Verwirrt blickte er ihr nach.

»Ich würde gerne meinen Typ verändern«, sagte Nina, als sie abends beim Friseur saß und mit Sebastian über einen neuen Haarschnitt diskutierte. Sie war froh, dass der Laden heute länger geöffnet hatte, so konnte sie sich in aller Ruhe verwöhnen und sich für ihren Termin mit Ruth Gellersen stylen lassen.

Gutgelaunt verließ sie nach knapp zwei Stunden den Salon. Um einundzwanzig Uhr waren die Straßen immer noch weihnachtlich erleuchtet und die Restaurants voll. Viele hatten sich zwischen den Feiertagen Urlaub genommen und nutzten die freie Zeit, um essen zu gehen und sich mit Freunden zu treffen.

Spontan entschloss sich Nina, ihren neuen Look auszuführen und den Abend in einer Bar ausklingen zu lassen. Zu Hause wäre sie sowieso allein gewesen. Leonie war nach wie vor bei ihren Eltern und Stella seit heute wieder in der Klinik.

Zehn Minuten später stand sie im Glanz & Gloria, das wie immer restlos überlaufen war, und suchte sich einen Platz, von dem aus sie das Treiben um sich herum beobachten konnte. Amüsiert betrachtete sie ein junges Mädchen, das wild gestikulierend auf einen breitschultrigen Mann einredete, der mit dem Rücken zu Nina stand. Das Mädchen hatte raspelkurze blonde Haare und ein Piercing im rechten Nasenflügel. Es war offensichtlich, dass sie ihr Gegenüber beeindrucken wollte. Wieder und wieder fuhr sie sich mit tiefschwarz lackierten Fingernägeln durch ihre bleichen Stoppeln, als könnte sie nicht glauben, dass dort nichts war, das man zur Seite streichen konnte. Vielleicht kommt sie auch gerade vom Friseur und hat sich noch nicht an ihren neuen Haarschnitt gewöhnt, dachte Nina und fuhr sich mit der Hand durch ihre glänzenden, frisch gestylten Haare. Sebastian hatte ihre dunkle Mähne großzügig durchgestuft und zarte goldglitzernde Farbhighlights gesetzt. Ungläubig hatte sich Nina anschließend im Spiegel betrachtet. Sie sah wirklich toll aus!

Die Blonde klimperte mit ihren falschen, pechschwarz getuschten Wimpern und saugte mit ihrem korallenroten Kussmund provokativ an einem Strohhalm. Ihre langen, schlanken Beine steckten in Bikerboots, die einen seltsamen Kontrast zu ihrem rot-schwarz karierten Schottenrock bildeten, der die Bezeichnung Rock kaum verdiente. Eigentlich ist das eher so was wie ein verlängerter Gürtel, überlegte Nina und blickte an sich herunter. Sie steckte in einer ihrer verwaschenen Jeans und einem weiten, dunkelbraunen Rollkragenpulli. Verglichen mit der blonden Zaubermaus da drüben sah sie richtig langweilig aus.

Doch weder deren jugendliche Frische, das trendige Outfit noch die zufälligen Berührungen hatten bei ihrem Gesprächspartner die gewünschte Wirkung, zumindest soweit Nina es erkennen konnte. Als sich der Mann umdrehte, um nach einem Aschenbecher für seine Begleiterin zu suchen, traute Nina ihren Augen nicht: Es war Alexander Wagenbach, ihr Kunde aus dem Blumenmeer!

»Na so was, Frau Korte!«, sagte er erfreut, und Nina erntete einen irritierten Blick aus den himmelblauen Augen der Blondine, die bei näherer Betrachtung aussah wie die junge Goldie Hawn im Film »Die Kaktusblüte«. Nina grüßte freundlich zurück und wunderte sich. Konnte dieses blutjunge Ding wirklich die Frau sein, der Alexander Wagenbach jeden Samstag einen Blumenstrauß kaufte? Wie alt sie wohl sein mochte? Achtzehn? Zwanzig? Maximal zweiundzwanzig, wenn überhaupt.

Daneben sehe ich aus wie die reife Ingrid Bergman, die Goldie Hawn im Kampf um Walter Matthau den Rang abläuft. Nina war schockiert. Wie alt mochte die Bergman damals wohl gewesen sein? Vierzig? Fünfzig? Sah man zwangsläufig älter aus, wenn man in der Nähe eines jungen, durchgestylten Mädchens stand?

»Kommen Sie öfter hierher?«, fragte Herr Wagenbach und machte keine Anstalten, sich wieder zu seiner Begleiterin umzudrehen, was diese mit einem irritierten Heben ihrer gezupften Augenbraue quittierte. Vermutlich überlegt sie gerade, was er mit einer Oma wie mir zu besprechen hat, dachte Nina belustigt und spielte kurz mit dem Gedanken, ihn zu fragen, ob er nicht ein wenig zu alt für die junge Blondine sei.

Stattdessen antwortete sie:

»Eher selten«, und wollte es dabei eigentlich bewenden lassen.

»Darf ich bekannt machen, meine Tochter Julika. Julika, das ist Nina Korte aus dem Blumenladen, von dem ich dir erzählt habe.«

Nina verschluckte sich am Wein und konnte nur mit Mühe einen Hustenanfall unterdrücken. Diese junge Frau war die Tochter von Alexander Wagenbach?

»Freut mich, Sie kennenzulernen«, stammelte sie unbeholfen.

»Julika ist gerade zu Besuch in Hamburg. Sie studiert Modedesign in München und nutzt die Semesterferien, um ihren alten Vater in Hamburg zu besuchen. Normalerweise gehört das Glanz & Gloria nicht gerade zu meinen Stammlokalen, aber ich wollte meiner Tochter nicht das Gefühl geben, dass mit mir gar nichts mehr los ist«, erklärte Alexander Wagenbach und lächelte verschmitzt.

»Wie alt sind Sie denn?«, fragte Nina und wurde rot. Wie peinlich, das ging sie doch überhaupt nichts an! Dass sie sich auch nie zurückhalten konnte.

»Fünfundvierzig«, lautete die überraschende Antwort, und Nina begann zu rechnen. Wenn Julika studierte, musste sie mindestens zwanzig sein, was bedeutete, dass er mit ungefähr fünfundzwanzig Vater geworden war. Ziemlich jung für eine so große Verantwortung …

»Wenn ich mir Julika so ansehe, könnte ich wohl bald Großvater werden«, fuhr er fort und zwinkerte seiner Tochter verschwörerisch zu. »Aber ich hoffe, dass du dir noch ein wenig Zeit lässt, nicht wahr, mein Schatz?«

Julika rollte mit den Augen und begann mit ihrem Strohhalm Blasen in ihrer Bionade zu machen. Vermutlich war ihr diese Begegnung furchtbar unangenehm, und in Gedanken bastelte sie bereits an einem Fluchtplan, der sie so schnell wie möglich auf die Reeperbahn oder in einen der angesagten Clubs führte.

Wie aufs Stichwort öffnete sich die Tür. Eine Horde Zwanzigjähriger polterte in das Lokal und stürmte auf Julika zu, die sich hastig von ihrem Vater verabschiedete und in Sekundenschnelle verschwunden war, Arm in Arm mit einem Mädchen, das aussah wie ihr schwarzhaariger Klon.

»Bleiben Sie noch einen Moment?«, fragte Alexander Wagenbach und lächelte Nina an.

»Ich denke schon«, entgegnete sie und freute sich über die unerwartete Entwicklung des Abends. Sie bestellte ein zweites Glas Rotwein, Herr Wagenbach ein Becks Gold.

»Ist zwar Mädchenbier, wie ich von Julika weiß, aber man hat am nächsten Tag wenigstens einen klaren Kopf!« Damit erhob er sein Glas und prostete ihr zu.

Kapitel 19

Wie schön, dass du wieder da bist!«, rief Leonie, als Stella am 31. Dezember zu einem kurzen Silvester-Zwischenstopp aus der Klinik in die Villa zurückkehrte. »Komm, ich trag deinen Koffer nach oben.«

»Ich habe zwar ein Burn-out-Syndrom, das heißt aber noch lange nicht, dass ich gebrechlich bin. Außerdem habe ich für die zwei Tage eh kaum etwas dabei«, protestierte Stella energisch.

»Okay, wie du meinst«, erwiderte Leonie. »Dann komm erst einmal in Ruhe an und melde dich, wenn dir nach Gesellschaft ist. Nina und ich haben schon einiges für heute Abend vorbereitet, könnten jedoch deine Hilfe beim Dekorieren durchaus gebrauchen!«

»No more champagne and the fireworks are through, here we are, me and you, feeling lost and feeling blue ...«, sang Stella in der Nacht aus vollem Hals und schwenkte ihr Sektglas.

Die drei hatten gerade fürstlich getafelt. Es hatte Fischfondue gegeben und ein unglaublich cremiges Tiramisu zum Nachtisch.

Leonie und Nina tauschten bedeutungsvolle Blicke und kicherten, weil Stellas Stimme ein wenig schräg und piepsig klang. Wer hätte gedacht, dass sie einen Songtext von Abba auswendig kannte?

Und wer hätte gedacht, dass sie tatsächlich mal zusammen tanzen würden? Nina rockte ekstatisch zu »I'm not dead« von Pink, und es war weit nach Mitternacht, als sie sich erschöpft auf Leonies Couch fallen ließ.

»Das sollten wir öfter machen«, rief sie japsend und griff nach ihrem Sektglas.

»Das finde ich auch«, entgegnete Stella, die sich nicht erinnern konnte, wann sie das letzte Mal so viel Spaß gehabt hatte. »Aber wo kann man das noch? Mal ehrlich: Wir sind eindeutig zu alt für die angesagten Clubs und Diskotheken. Da hat vielleicht jemand wie Leonie noch eine Chance, aber wir doch nicht.«

»Genau, die sagen uns höchstens: Jetzt kommen sie schon zum Sterben hierher«, kicherte Nina, obwohl sie diesen oft zitierten Witz in nüchternem Zustand überhaupt nicht lustig gefunden hätte. »Wie man es auch dreht und wendet: Um die vierzig ist man eben nicht mehr jung, aber auch noch nicht alt. Man ist sozusagen weder Fisch noch Fleisch. Wir gehören zu der Generation, die ›Father and Son‹ in der Version von Cat Stevens kennt, und nicht die von Ronan Keating.«

Leonie nickte und schenkte sich kräftig Sekt nach. Auch sie war ziemlich angeheitert und überglücklich, im Kreise ihrer liebsten Freundinnen Silvester feiern zu können.

»Wir lesen weiterhin die *Brigitte*, obwohl wir gemäß der Zielgruppenstatistik bereits in der Altersklasse von *Brigitte Woman* angekommen sind. Und ungeachtet der Tatsache, dass man sich jung fühlt und eigentlich die Figur dazu hätte, kann man keine Hüftjeans oder Miniröcke mehr tragen. Eigentlich hofft man insgeheim immer noch, dass einem alle Wege offen stehen, auch wenn man sich schon ein wenig fußlahm fühlt.« Mit einem lauten Hicksen beendete Leonie ihren Monolog.

»Kann es sein, dass unser Nesthäkchen einen kleinen Schwips hat?«, fragte Nina amüsiert und blinzelte Stella verschwörerisch zu. »Du solltest öfter mal ein bisschen tiefer ins Glas schauen, du hast das Zeug zu einer echten Philosophin!«

»Mädels, ich weiß nicht, wie es euch geht, aber ich habe schon wieder Appetit«, sagte Stella und beobachtete belustigt, wie Leonie und Nina bunte Luftschlangen um Paul und Paula drapierten. Die beiden Katzen fanden das allerdings weniger komisch und suchten unter protestierendem Maunzen das Weite.

»Ach du meine Güte, die Berliner! Die habe ich ja total vergessen«, rief Leonie und stürmte in die Küche, wo sie nur noch braune undefinierbare Klumpen in ihrem Ofen vorfand.

»Vielleicht hätten wir lieber fertige kaufen sollen, statt selbst zu backen«, meinte Nina und hielt sich die Nase zu. In der ganzen Küche roch es durchdringend nach Verbranntem.

»Immer locker bleiben«, sagte Stella und grinste. »Ich habe oben noch eine Schachtel Trüffel und – es ist mir ein wenig peinlich, das vor euch zuzugeben – Smarties.«

Nina zog ihre Augenbraue hoch und sah Stella an, als wäre sie geradewegs vom Himmel in Leonies Wohnung gefallen. »Locker bleiben und Smarties? Ich glaub, ich hör nicht recht! Was ist denn mit dir passiert? Ich muss schon sagen, die Klinik scheint dir wirklich gutgetan zu haben!«

Nachdem die drei alle Süßigkeiten verputzt hatten, gingen sie in den Garten. Mittlerweile sah man nur noch ein paar vereinzelte Raketen, die über die Dächer zischten. Und die Luft roch verbrannt.

»Wie sieht's aus, Mädels? Habt ihr noch Lust auf Bleigießen?«

»Klar«, rief Nina erfreut. »Mal schauen, was uns die Zukunft so bringt.«

Minuten später saßen die Freundinnen wieder am Esstisch und beobachteten gebannt, wie sich das erhitzte Blei zu Klumpen formte.

»Also, ich will ja nicht sagen, wie das aussieht«, kicherte Leonie, als sie die zwei Kreise betrachtete, die aus Stellas Mischung entstanden waren.

»Ein großer Kreis mit einem kleineren. Sieht aus wie ein Schneemann, oder wie ein Kind …«, bemerkte Nina und sah Stella grinsend an.

»Haha, sehr lustig«, erwiderte diese. »Sag mal lieber, was deins darstellen soll. Sieht aus wie eine Kiste mit Beinen.«

»Könnte auch ein Tisch sein. Ist das nicht passend?«, johlte Leonie. »Das passt super zu deinem neuen Job!«

»Stimmt«, antwortete Nina und dachte an ihr Vorstellungsgespräch mit Ruth Gellersen, zu der sie schnell einen guten Draht gefunden hatte, obgleich sie ein ganz anderer Typ als Annette war. Nina freute sich auf die neue Aufgabe und darüber, dass sie sich für den Moment keine Sorgen über ihre finanzielle Situation machen musste.

Um vier Uhr morgens beendeten sie ihre Feier und – schleppten sich todmüde ins Bett. Leonie blickte ein letztes Mal auf ihren Bleiklumpen. Das Ding sah aus wie ein Löffel. Was um alles in der Welt hatte das wohl zu bedeuten?

Von: Asterdivaricatus@t-online.de
An: info@gruenzeug.net
Betreff: Frohes neues Jahr!

Liebe Nina Korte,
wie waren Ihre ersten zwei Arbeitswochen bei Koloniale Möbel?
Haben Sie den Laden schon begrünt?

Nina hielt einen Moment inne, lehnte sich in ihrem Stuhl zurück und sinnierte über den Beginn des neuen Jahres. Es war bereits Mitte Januar, seit knapp zwei Wochen arbeitete sie in Ruth Gellersens Möbelladen, und vor ein paar Stunden war Stella aus der Klinik in Bad Bramstedt nach Hause gekommen. Wie schnell die Zeit doch vergangen war. Eben hatten die Freundinnen noch Silvester gefeiert, und nun war das neue Jahr schon wieder zwei Wochen alt.

Schön, dass sie endlich wieder zu dritt waren! Seit Tagen hatten sich Leonie und Nina auf Stellas Rückkehr gefreut und eine kleine Überraschung für die Freundin organisiert. »Willkommen daheim!« stand auf dem Transparent an der Eingangstür, und im Flur hatten sie hölzerne Glückskleeblätter verstreut, die nach oben in Stellas Wohnung führten. Um das Geländer rankte sich Efeu, und auf Stellas Fußmatte hatten sie einen riesigen Lebensmittelkorb abgestellt, daneben einen bunten Strauß Blumen.

Als Stella endlich nach Hause gekommen und über die Schwelle ihrer Wohnung getreten war, waren Nina und Leonie wie auf Kommando hinter ihrem Sofa hervorgesprungen und der Freundin um den Hals gefallen.

Stella sah erholt und rosig aus und hatte sogar ein paar Kilo zugenommen. Mit dem neuen Jahr begann für sie ein anderer Lebensabschnitt und für Nina ebenfalls – zumindest in beruflicher Hinsicht!

Von: Asterdivaricatus@t-online.de
An: info@gruenzeug.net

Ich habe in den vergangenen Tagen oft an Sie denken müssen, als ich am ehemaligen Blumenmeer vorbeigegangen bin. Es ist schon seltsam, dass dort jetzt Kleidung verkauft wird, wenngleich die Designerin ganz originell zu sein scheint (soweit ich das beurteilen kann). Doch ich vermisse Ihre phantasievoll dekorierten Schaufenster und die kleinen Blumensträuße, die immer auf den bunten Tischen vor dem Laden standen. Selbst bei schlechtem Wetter hatten wir immer einen Hauch Frühling im Viertel.
Schreiben Sie mir, wie es Ihnen geht, wenn Sie mögen. Außerdem wüsste ich gern, ob Sie mir Tipps zum Thema Gartensitzplätze geben können. Wenn der Sommer so schön wird wie der letzte, würde ich endlich die Fertigstellung meiner lang geplanten Terrasse in Angriff nehmen.
Mit herzlichen Grüßen,
Ihr Waldemar Achternbeck

Sprachlos blickte Nina auf ihren Computer. Es war das erste Mal, dass Waldemar Achternbeck erwähnte, dass er das Blumenmeer bereits kannte. Bislang war sie immer davon ausgegangen, dass er durch Zufall auf ihre Homepage gestoßen war und irgendwo weit außerhalb der Stadt wohnte. Bei dem Gedanken, dass sie vermutlich schon mit ihm gesprochen hatte, verspürte sie ein seltsames Kribbeln im Bauch.

Von: info@gruenzeug.net
An: Asterdivaricatus@t-online.de
Betreff: Die Traumterrasse

Lieber Asterdivaricatus,
nett, dass Sie sich nach meinem Wohlergehen erkundigen. Ich gewöhne mich langsam daran, nur noch über Möbel zu reden und nicht mehr über Pflanzen. Umso mehr freue ich mich, dass Sie auch jetzt wieder meinen Rat suchen. Dann wollen wir mal sehen, womit ich Sie glücklich machen kann. Möchten Sie lediglich eine Terrasse oder auch verschiedene Sitzplätze als Ergänzung (wie zum Beispiel eine Frühstücksecke oder einen kleinen Gartenpavillon)? Möglicherweise sogar einen Grillplatz?
Sobald wir das geklärt haben, kann ich Ihnen mitteilen, welche Materialien Sie für Boden, Abgrenzung und Möbel benötigen. Und natürlich berate ich Sie auch gerne bei der entsprechenden Bepflanzung.

Mit ebenfalls herzlichen Grüßen,
Nina Korte

Stella ging unruhig in ihrer Wohnung auf und ab. Vor einer halben Stunde war Nina mit wehenden Haaren aus der Villa gestürmt und hatte ihr irgendwas mit »Zu spät« und »Total die Zeit vergessen« zugerufen. Und Leonie war ins Reisebüro gefahren. Schade, sie hätte gerne noch ein wenig Zeit mit den Freundinnen verbracht!

Unschlüssig sah sie sich um und beschloss, ihre Koffer auszupacken und sich durch den riesigen Berg Post zu arbeiten, der sich in den vergangenen Wochen angesammelt hatte. Zwischen Rechnungen und Werbesendungen befand sich zu ihrem großen Erstaunen auch eine Postkarte aus Husum, datiert auf Anfang Januar. Beim Gedanken an Robert Behrendsen befiel Stella ein seltsames Gefühl. Ihr erotisches Intermezzo lag nun beinahe drei Wochen zurück, und seitdem hatten sie nicht mehr miteinander gesprochen. Sie hatte Robert nicht ermutigen wollen, und er hatte ihr Schweigen offensichtlich richtig gedeutet. Mit klopfendem Herzen las sie die Zeilen des Mannes, in dessen Armen sie zu Weihnachten gelegen hatte.

Liebe Stella,

nachdem du dich nicht gemeldet hast, wollte ich dir zumindest auf diesem Wege ein frohes und vor allem gesundes neues Jahr wünschen. Wenn ich mich nicht irre, müsste deine Klinikzeit in knapp zwei Wochen vorbei sein. Lass dann mal von dir hören, ich wüsste gern, wie es dir geht.

Alles Liebe,
Robert

Stella überlegte hin und her. Einerseits fand sie es schade, keinen Kontakt mehr zu Robert zu haben, andererseits wollte sie neue emotionale Verwicklungen vermeiden. Männer rangierten auf ihrer Interessen-Skala derzeit ganz unten, und das sollte erst mal so bleiben. Allerdings wäre es schon sehr unhöflich gewesen, nicht auf seinen netten Neujahrsgruß zu reagieren. Und sie wollte es sich mit ihrem Vermieter ja auch nicht verderben!

Kurz entschlossen ging sie zum Telefon und wählte seine Nummer. Bereits nach dem zweiten Läuten war er am Apparat.

»Ach, du bist's«, sagte er enttäuscht.

Stella stutzte. »Na, das ist wirklich eine nette Begrüßung«, sagte sie mit einem verärgerten Ton in der Stimme und überlegte, ob sie gleich wieder auflegen sollte. Doch dann erfuhr sie, dass Robert auf einen Anruf aus dem Seniorenstift wartete. Rose Behrendsen hatte sich eine Lungenentzündung zugezogen, eine Krankheit, die ihr in ihrem hohen Alter durchaus gefährlich werden konnte.

»Das tut mir leid«, sagte Stella und dachte an die vitale, kluge Dame, die sie so nachhaltig beeindruckt hatte. Sofort bot sie an, das Telefonat zu beenden, aber Robert lehnte ab. Er hatte zwei Leitungen und würde den Anruf sicher nicht verpassen. Nach einem etwas verkrampften Geplänkel über den Jahreswechsel gab sich Robert schließlich einen Ruck und fragte, weshalb Stella damals so hastig aufgebrochen war und nichts mehr von sich hatte hören lassen. Ihr Schweigen hatte ihn so manch schlaflose Nacht gekostet.

»Habe ich etwas falsch gemacht? Bereust du unsere gemeinsame Nacht?«, fragte er vorsichtig, und Stella fühlte sich schuldig, obwohl sie nicht genau wusste, weshalb. Hatten denn nur Männer das Recht, spontanen Empfindungen nachzugeben, ohne daraus gleich eine große Sache zu machen?

Geduldig erklärte sie, dass sie noch unter ihrer fehlgeschlagenen Beziehung mit Julian litt, und ehe sie es sich versah, war sie mitten in einer angeregten Diskussion über Liebe und Beziehungen. Robert war verständnisvoll und dachte nicht eine Sekunde daran, sie unter Druck zu setzen.

Als Stella an diesem Abend früh zu Bett ging, tat sie dies mit dem guten Gefühl, einen neuen Freund gewonnen zu haben. Denn das, was sie Robert bieten konnte, war Freundschaft, das hatte sie ihm deutlich gesagt, und er war auf ihr Angebot eingegangen. Eine Minute später sank sie in tiefen Schlaf und träumte von starken Männerarmen, die sie liebevoll umfingen.

Im Erdgeschoss hörte man eine Tür ins Schloss fallen, Leonie war nach Hause gekommen. Achtlos warf sie ihre Jacke in eine Ecke und streifte sich die schweren Winterstiefel von den Füßen. Wasser und Schlamm tropften auf den Boden, das war ihr allerdings gerade vollkommen egal. Sie rief nach Paul und Paula, knuddelte und herzte die beiden und versuchte vergeblich, ihr unangenehmes Gespräch mit Doris Möller zu vergessen. Doch hier, in der Stille der Dunkelheit, brach noch einmal alles mit voller Wucht über sie herein. Doris Möller hatte sie eines schweren Vergehens beschuldigt, und Leonie wusste nicht, wie sie die Nacht überstehen sollte …

Kapitel 20

Zwei Tage später stieg Stella in den Wagen, um ihren ersten Job-Termin nach dem Klinikaufenthalt wahrzunehmen. Da die meisten ihrer Kunden über Weihnachten und die Feiertage sowieso anderweitig beschäftigt waren, hatte sie es geschafft, ihre Projekte ohne allzu große Probleme umzukoordinieren. Mit der Hilfe einer befreundeten Dekorateurin war es ihr sogar gelungen, so anspruchsvolle Auftraggeber wie Ophelia Winter zufriedenzustellen. Nun konnte sie neu durchstarten, ohne das Gefühl zu haben, beruflich ins Hintertreffen geraten zu sein.

»Nicht mehr als drei Termine pro Tag«, darauf hatte sie sich mit Doktor Eisenmann geeinigt, nachdem sie ihm das Patientendossier der Klinik überreicht hatte.

»Geht es Ihnen jetzt besser?«, hatte ihr Hausarzt sich mitfühlend erkundigt und sie dabei aufmerksam betrachtet.

»Ich denke schon. Aber ich vermute, dass es sich erst in den kommenden Wochen zeigen wird, ob ich es schaffe, das, was ich in der Klinik gelernt habe, in meinen Alltag zu integrieren. Ich hoffe sehr, dass ich meinen Job auch in fernerer Zukunft etwas entspannter gestalten kann.«

Vor allem muss ich von meinem zweihundertprozentigen Anspruch an mich selbst herunterkommen, ergänzte Stella im Stillen. Wie häufig hatte man sie in Bad Bramstedt in den verschiedenen Einzel- und Gruppentherapiesitzungen darauf angesprochen! Es hatte sie nicht verwundert, zu hören, dass ihr beinahe krankhafter Ehrgeiz ein typisches Frauenphänomen und in nahezu jeder Altersklasse anzutreffen war. Dank ihrer Körpertherapeutin Franziska hatte Stella irgendwann erkannt, dass sich hinter ihrem Perfektionswahn negative frühkindliche Erfahrungen verbargen.

Ihr Vater war ein ehrgeiziger Mann gewesen, der Stella mit großer Strenge und hohem Leistungsanspruch erzogen hatte. Sie wurde stets ermahnt, Sport zu treiben, Klavier zu üben, und natürlich erwartete er auch, dass Stella in der Schule ausschließlich mit Bestnoten abschloss.

Als John Alberti völlig unerwartet an einem Herzinfarkt starb, ging die Verantwortung für die Reederei auf Katharina Alberti über, die von da an kaum Zeit hatte, sich um ihre achtjährige Tochter zu kümmern. Dies änderte sich erst, als Frau Alberti das Unternehmen in die Hände eines erfahrenen Geschäftsführerkonsortiums gelegt und sich aus dem Berufsleben zurückgezogen hatte. Doch da hatte sich in Stella längst das Gefühl verfestigt, nur dann etwas wert zu sein, wenn sie es ihrer tüchtigen Mutter gleichtat und etwas leistete. Mit dieser Bürde musste sie umzugehen lernen und ihre Psyche langsam umprogrammieren. Franziska hatte ihr eine befreundete Gesprächstherapeutin empfohlen, die Stella in den kommenden Tagen anrufen wollte, um einen Termin zu vereinbaren.

Als sie vor der Tür des prunkvollen Jugendstilhauses ihrer Kunden stand, holte sie einmal tief Luft, klingelte und kehrte wieder in ihren Berufsalltag zurück.

Leonie lag mit Grippe im Bett und starrte an die Zimmerdecke. In der Küche hörte sie Nina, die mit Geschirr klapperte und Paul und Paula mit Futter versorgte. Ihr Hals schmerzte, und sie fühlte sich schlapp und erschöpft. Jetzt war sie auch noch krank, als ob sie nicht schon genug Ärger hätte!

Heute Morgen hatte sie sich mit einem mulmigen Gefühl ins Reisebüro geschleppt, froh, ihrer Chefin nicht begegnen zu müssen, da diese ein zweitägiges Seminar besuchte. Den Kollegen war sie geflissentlich aus dem Weg gegangen, nicht einmal mit Olli hatte sie zu reden gewagt. Am späten Nachmittag hatte sie von einer Minute auf die andere plötzlich heftige Kopfschmerzen bekommen. Vor einer halben Stunde war sie mit erhöhter Temperatur und starken Gliederschmerzen nach Hause gekommen und hatte sich bereitwillig von Nina ins Bett schicken lassen.

Als Leonie an ihre gestrige Unterredung mit Doris Möller dachte, konnte sie die Tränen nicht länger zurückhalten und begann laut zu schluchzen. Erschrocken kam Nina aus der Küche und setzte sich zu ihr ans Bett.

»Kann ich dir irgendwie helfen? Was ist denn nur passiert?«, fragte sie und tätschelte ihr beruhigend die Hand. Stockend berichtete Leonie von ihrem Gespräch mit Doris Möller und verbrauchte dabei eine halbe Packung Kleenex.

»Ich kann mir überhaupt nicht vorstellen, dass das stimmt. Du bist doch kein vergesslicher Typ«, sagte Nina wenig später, als sie über die Geschichte nachdachte. Angeblich hatte Leonie die schriftliche Stornierung eines Kunden übersehen und nicht an den Veranstalter weitergeleitet, woraufhin dem Reisebüro ein Schaden von insgesamt fünfunddreißigtausend Euro entstanden war. Es ging um eine zehntägige Skireise nach St. Moritz für acht Personen in einem Luxusbungalow samt Verpflegung, Personal und Skipässen.

»Ich habe bestimmt nichts übersehen, da bin ich mir sicher«, schluchzte Leonie und sah so unglücklich aus, dass Nina sie in die Arme nahm und hin und her wiegte wie ein kleines Kind.

»Das muss passiert sein, während ich auf einer Fortbildung war, anders kann ich mir das nicht erklären. Ich habe in meinem Berufsleben noch nie einen Fehler gemacht, und schon gar nicht einen so gravierenden.«

Nina stimmte ihr schweigend zu. Leonie war wirklich der zuverlässigste Mensch, den sie je kennengelernt hatte.

»Weißt du noch, wer dich in dieser Zeit vertreten hat?«, fragte sie.

»Sandra Koch und Frau Möller. Olli hatte zu der Zeit Blockunterricht, und Frau Möller hat natürlich wie üblich niemanden aus der Zentrale geholt.«

»Traust du deiner Kollegin zu, dass ihr ein solcher Fauxpas unterläuft und sie ihn dann dir in die Schuhe schiebt?«

Leonie musste kräftig niesen und sagte schniefend:

»Eigentlich nicht. Sandra ist genauso akkurat und korrekt wie ich, wenn nicht sogar überkorrekt.«

»Mich würde es nicht wundern, wenn Doris Möller diesen Bock selbst geschossen hätte«, antwortete Nina, und ihr wurde ganz mulmig angesichts der Ungeheuerlichkeit dieser Behauptung. Sollte Doris Möllers Ärger wirklich so weit geführt haben, dass sie gegen Leonie intrigierte und sie aus dem Reisebüro hinausmobben wollte?

»Ja, daran hatte ich auch schon gedacht«, entgegnete Leonie mit leiser Stimme und sank tiefer in ihre Kissen.

Nina ballte zornig die Fäuste. Was für eine Ungeheuerlichkeit! Und was für eine Schnepfe, die ihrer armen Freundin das Leben so schwer machte, nur um von ihren eigenen Unzulänglichkeiten abzulenken! Weshalb hatte Thomas Regner das nicht längst bemerkt und seine Filialleiterin rausgeschmissen?

»Und wie soll es nun weitergehen?«, fragte Nina und starrte voller Mitleid auf Leonie, die sich die Bettdecke fast bis zur Nasenspitze hochgezogen hatte.

»Ich werde wohl eine Abmahnung bekommen, sobald ich wieder da bin«, antwortete Leonie und schluchzte erneut. Nina schüttelte den Kopf. Es war ganz klar, was Doris Möller mit ihrem Vorgehen bezweckte. Schließlich hatte sie Leonie schon einmal mit einer Entlassung gedroht! Nach der ersten Ermahnung bedurfte es noch zwei weiterer Gründe, und schon konnte sie sich ihrer ungeliebten Mitarbeiterin entledigen, ohne eine rechtliche Auseinandersetzung zu riskieren.

»Du brauchst einen Anwalt, und zwar schnell«, meinte Nina und ging aufgeregt in Leonies Zimmer auf und ab. Aber wer konnte Leonie in dieser Angelegenheit helfen, ohne dass es ein Vermögen kostete?

»Bin gleich wieder da«, rief sie und stürmte die Treppe nach oben, wobei sie hoffte, Stella zu Hause anzutreffen. Und sie hatte Glück. Stella war vor wenigen Minuten von ihrem Kundentermin zurückgekehrt.

Kurz darauf saßen sie zu dritt auf Leonies Bett und beratschlagten, was nun zu tun sei. Stella schlug vor, Herrn Hagedorn, ihren Familienanwalt, zu informieren, in der Hoffnung, dass dieser aus alter Verbundenheit unentgeltlich seine Hilfe anbot.

»Das ist der Vorteil, wenn man zur High Society gehört«, kommentierte Nina knurrend die Tatsache, dass es Stella nur einen kurzen Anruf gekostet hatte, um einen Beratungstermin für Leonie zu vereinbaren. Und natürlich kannte man in diesen Kreisen auch die privaten Handynummern und musste sich nicht an die üblichen Bürozeiten halten wie Normalsterbliche.

»Nun läster nicht rum, Nina«, entgegnete Leonie, die dank ihrer Freundinnen wieder etwas optimistischer gestimmt war. »Ist doch toll, wenn Stella solche Kontakte hat! Vielleicht kann mir dieser Anwalt wirklich weiterhelfen. Außerdem warst du diejenige, die sie um Rat gefragt hat.«

»Du hast ja recht!«, sagte Nina und schämte sich, dass ihre alten Vorurteile ab und an immer noch durchbrachen. Stella hatte schließlich die ganze Zeit über bewiesen, dass sie nicht die verwöhnte reiche Ziege war, für die Nina sie anfangs gehalten hatte.

»Herr Hagedorn hat übrigens gemeint, dass Leonie die Unterlagen zu besagter Stornierung einfordern soll. Anhand der Belege ist es ein Leichtes, festzustellen, ob sie etwas mit der Sache zu tun hat oder nicht«, fuhr Stella fort und tat, als hätte sie Ninas Stichelei nicht gehört.

»Wie soll ich das denn einfordern?«, fragte Leonie verzweifelt. »Außerdem, wenn Frau Möller derart gegen mich intrigiert, wird sie auch nicht davor zurückschrecken, die Unterlagen zu fälschen oder die Einträge in unserem System zu ändern.«

»Vielleicht sollten wir ihren Schreibtisch durchforsten«, schlug Nina vor und rieb sich die Hände. Das schien ja richtig spannend zu werden! Und diese blöde Doris Möller hatte wirklich einen Denkzettel verdient!

Leonie sah sie entsetzt an.

»Bist du komplett wahnsinnig? Wie sollen wir das deiner Meinung nach anstellen? Und wenn sie uns erwischen? Dann muss sich Doris Möller gar nichts mehr einfallen lassen, dann kann sie mich gleich in hohem Bogen rausschmeißen.«

»Na, das wird sie sowieso. Bevor du deine Zeit wie ein Opferlamm absitzt und wartest, bis sie dir noch mehr anhängt, kannst du genauso gut gleich zur Tat schreiten! Hier geht's doch auch um deinen Ruf!«, sagte Nina und redete sich richtig in Rage. Ihre Augen blitzten, und insgeheim freute sie sich fast, einmal Detektivin spielen zu können.

Leonie stutzte und überlegte kurz. Der Plan war vollkommen irrsinnig. Um an Doris Möllers Schreibtisch zu kommen, müsste sie sich nachts wie eine Diebin ins Reisebüro schleichen. Allein bei dem Gedanken bekam sie Gänsehaut. Andererseits stand für sie so viel auf dem Spiel. Und Nina hatte recht: Eine solche Anschuldigung durfte sie sich nicht gefallen lassen! Immerhin bestand die klitzekleine Möglichkeit, dass sie ihr Ansehen wiederherstellen und Doris Möller als Lügnerin entlarven konnte. Das war womöglich einen Versuch wert …

»Na ja, ich habe einen Schlüssel fürs Reisebüro«, ließ Leonie vorsichtig verlauten. »Ich schätze, irgendwann nach Dienstschluss …«

»Wunderbar, so machen wir's!«, erklärte Nina selbstbewusst und grinste bei dem Gedanken, wie sie – bewaffnet mit Taschenlampe und Handschuhen, um keine Fingerabdrücke zu hinterlassen – den »Tatort« inspizieren würde.

Nachdenklich beobachtete Stella die beiden. So ganz geheuer war ihr das alles nicht. Nicht auszudenken, wenn Leonie erwischt würde! Wie wollte sie hinterher erklären, woher sie das Schriftstück hatte? Die situationserprobte Stella hätte sich kopfschüttelnd abgewandt und versucht, die Angelegenheit rational zu regeln. Andererseits musste man sich im Leben auch mal über Konventionen hinwegsetzen – auch etwas, was Stella während ihres Klinikaufenthalts gelernt hatte.

»Ich bin dabei«, sagte sie lächelnd, entschlossen, ihrerseits auch endlich etwas für Leonie zu tun.

Nachdem sich die drei Frauen einen Schlachtplan zurechtgelegt hatten, ging Nina in ihre Wohnung zurück und setzte sich auf die gepolsterte Bank, die ihren antiken Kachelofen umrundete. Sie spürte eine wohlige Wärme in ihrem Rücken und blickte nachdenklich in die Dunkelheit.

Seltsame Zeiten waren das! Bisher konnte sie sich jedenfalls nicht beschweren, denn die Arbeit im Möbelladen machte ihr wirklich Spaß.

Ruth Gellersen ließ ihr freie Hand, und Nina mochte es, die Fenster und den Laden zu dekorieren und sich in ein neues Gebiet einzuarbeiten. Zweimal die Woche kam Dörthe, eine junge Tischlerin, die kleine Reparaturen an den Möbeln durchführte oder sie auf Wunsch maßgerecht umbaute. Von ihr lernte Nina viel über die unterschiedlichen Beizmethoden und darüber, wie die Maserung von Holz aussah, je nachdem, um welchen Baum, um welches Teilstück des Stammes es sich handelte. Dörthe zeigte ihr, wie Naturholz im Laufe der Zeit nachdunkelte, wie sich Schubladen verzogen und wie lebendig das Holz war, wie es knisterte und knackte.

Morgen würde sie zusammen mit Ruth Gellersen neue Terrassenmöbel bestellen, was ihr sicher dabei helfen würde,

Asterdivaricatus noch effizienter in seiner Gartenplanung zu beraten.

Ninas Gedanken schweiften zu Alexander Wagenbach und ihrer Begegnung im Glanz & Gloria. An diesem Abend hatte sie erfahren, dass er zusammen mit seiner Frau ein kleines Bistro mit dem klangvollen Namen La Lune betrieb und der samstägliche Blumenstrauß zur Dekoration des Eingangsbereichs gedacht war.

Als Nina hörte, dass Alexander Wagenbach sein Geld in der Gastronomie verdiente, dachte sie unwillkürlich an Leonie und daran, wie gut ein solcher Mann zu ihr passen würde. Immerhin hatten die beiden sich auf der Abschiedsparty im Blumenmeer blendend unterhalten. Zu schade, dass er schon vergeben war! Leonie würde sich den künftigen Vater ihrer Kinder wohl selbst suchen müssen. Doch zunächst einmal mussten sie verhindern, dass Leonie ihren Arbeitsplatz verlor.

Kapitel 21

In der folgenden Nacht schlichen zwei dunkel gekleidete Gestalten zur Hamburger Filiale von Traumreisen und blickten sich aufmerksam um. Nina und Stella versuchten einen geeigneten Moment abzupassen, um unbemerkt in das Innere des Reisebüros zu schlüpfen. Aber das erwies sich als ziemlich schwierig. Das Büro lag zentral, inmitten zahlreicher Cafés und Restaurants, und auch jetzt, um kurz vor Mitternacht, gab es noch einige Hundebesitzer, die ihre Lieblinge ein letztes Mal um den Block führten.

»Je selbstverständlicher wir hier reingehen, desto unauffälliger wirkt es«, flüsterte Nina Stella zu, die sich immer wieder hektisch umsah. »Wenn du so weitermachst, renkst du dir noch den Hals aus und wir erfrieren hier. Los, komm, ich schließ jetzt auf!«

Im dämmerigen Licht einer Straßenlampe, die das Schaufenster ein wenig erleuchtete, betraten die Freundinnen den Laden und blickten sich suchend um. Wo war gleich noch mal das Büro von Doris Möller? Im hinteren Drittel des Reisebüros war es stockfinster, und Stella knipste die Taschenlampe an, die Leonie ihnen für die »Operation Traumreisen« mitgegeben hatte.

Nina rieb sich voller Tatendrang die Hände. Sie genoss den Nervenkitzel und hatte sich dem Anlass entsprechend ausgestattet. Sie steckte in pechschwarzen Klamotten und hatte sich dunkle Lederhandschuhe übergestreift, um keine

Fingerabdrücke zu hinterlassen, wie sie Stella fachmännisch erklärte.

»Ich komme mir vor wie in einem Film«, bemerkte diese und kicherte nervös, während sich ihre Augen langsam an das Dunkel des Raumes gewöhnten. Endlich hatten sie Doris Möllers Schreibtisch gefunden, und die beiden machten sich sogleich daran, ihn systematisch zu durchsuchen. Leonie hatte ihnen das Ablagesystem ihrer Vorgesetzten erklärt, und Stella rümpfte verächtlich die Nase.

»Was ist denn das für ein Saustall? Wundert mich nicht, dass diese Frau ihre Aufträge falsch koordiniert, wie soll man sich hier überhaupt zurechtfinden?«

»Igitt!«, stieß Nina angewidert hervor und betrachtete den schmierigen Brei an ihrem Handschuh. Sie hatte mitten in eine alte matschige Banane gegriffen, die, ihrem strengen Duft nach zu urteilen, schon eine ganze Weile in Doris Möllers Schreibtischfach gelegen haben musste. Nina wickelte die Banane in ein Taschentuch und setzte ihre Suche fort. Mit jeder Minute schwand ihre Hoffnung, in diesem Chaos fündig zu werden. Süßigkeiten, Kosmetika, zerknüllte Taschentücher und leere Joghurtbecher türmten sich in den Ablagekörben, und nichts davon hatte auch nur im Entferntesten mit Arbeit zu tun. Als die beiden schon enttäuscht aufgeben wollten, entdeckte Nina eine Klarsichtfolie, die unter Doris Möllers Schreibunterlage hervorlugte.

»Bingo, ich hab's«, rief sie und hielt die Mappe triumphierend in die Höhe.

»Was haben Sie?«, ertönte auf einmal eine Stimme, die definitiv nicht Stella gehörte.

Leonie wälzte sich unruhig auf ihrem Sofa hin und her, und die sonst so duldsame Paula maunzte wütend und suchte sich schließlich einen anderen Schlafplatz. Nina und Stella waren nun schon über zwei Stunden weg und hatten sich noch nicht gemeldet. Hoffentlich ist nichts passiert, dachte Leonie bang und begann wieder zu husten. Ihre Temperatur war immer noch erhöht, und sie bekam kaum Luft. Ob sie die beiden suchen sollte? Oder im Reisebüro anrufen? Noch nie waren die Minuten so langsam verstrichen wie jetzt, und Leonies Phantasie schlug Purzelbäume. Was, wenn die beiden erwischt werden würden?

Stella und Nina hielten einander fest umklammert und starrten angstvoll in die Dunkelheit. Als das Licht anging, erkannten sie schemenhaft die Gestalt eines zierlich wirkenden Mannes. Neben der Schalteranlage für die Deckenbeleuchtung stand Olli, der die beiden ungläubig ansah.

»Ach, du bist's«, rief Nina, und Stella ließ sich erschöpft auf Doris Möllers Schreibtischstuhl sinken.

»Mensch, du hast uns einen Heidenschrecken eingejagt! Wir dachten, du bist ein Polizist oder so was.«

»Wie kommt ihr denn hier rein?«, fragte Olli entgeistert und blickte auf Ninas bananenbeschmierten Handschuh und die Taschenlampe. »Seid ihr neue Mitarbeiterinnen, oder weshalb treibt ihr euch zu nachtschlafender Zeit hier herum? Ich habe gedacht, ich krieg einen Herzinfarkt!«

»Wieso bist du überhaupt hier? Du hast uns wirklich zu Tode erschreckt«, sagte Stella und spürte, wie ihr Herz hart gegen die Rippen schlug. Das mit dem Stressabbau habe ich noch nicht so ganz im Griff, dachte sie trocken.

»Ich wohne direkt gegenüber und hab gerade zufällig aus dem Fenster geguckt, als plötzlich dieses seltsame Licht bei uns im Laden aufgeflackert ist. Da musste ich doch nach dem Rechten sehen.«

»Du bist ganz schön mutig!«, entgegnete Nina. »Wir hätten auch eine Bande von Einbrechern sein können, die gleich kurzen Prozess mit dir gemacht hätte.«

»Wir haben einen Alarmknopf, der mit der Polizeiwache verbunden ist. Den hätte ich gedrückt und wäre dann weggelaufen.«

»Na, das hätte ich ja gerne gesehen«, sagte Nina und suchte fieberhaft nach einer plausiblen Erklärung für das, was sie und Stella hier veranstaltet hatten. Schließlich musste Olli nicht auch noch mit hineingezogen werden.

»Wir waren gerade nebenan im Mayenbachs, als Leonie anrief, weil sie keine Luft mehr bekam und unbedingt ein Nasenspray brauchte. Erst haben wir nach einer Nachtapotheke gesucht, aber hier in der Umgebung keine gefunden. Dann ist Leonie eingefallen, dass eure Chefin ein Fläschchen Nasentropfen in ihrem Schreibtisch aufbewahrt, und nach denen haben wir gesucht.«

Nina merkte selbst, wie lahm ihre Erklärung klang, und betete inständig, dass Olli sich nicht fragte, wie die beiden so spontan an den Schlüssel des Reisebüros gekommen waren. Aber dieser machte keine Anstalten, weiter nachzubohren.

»Dann können wir ja jetzt gehen«, sagte er mit einem seltsamen Ton in der Stimme. Natürlich wusste er, dass Nina gelogen hatte.

»Bin ich froh, dass ihr wieder da seid, ich habe mir solche Sorgen gemacht!«, rief Leonie, als sich die Tür öffnete und ihre erschöpften Freundinnen hereinkamen.

»Nun rate mal, was wir gefunden haben«, sagte Nina triumphierend und überreichte Leonie eine durchsichtige Mappe mit einem wichtig aussehenden Brief. »Schau mal auf den Poststempel.«

Leonie sah mit einem Blick, dass sie recht gehabt hatte. Zu dem Zeitpunkt, als der Brief ans Reisebüro geschickt worden war, hatte sie ein Seminar besucht und war nicht bei der Arbeit gewesen. Das Schreiben war an Doris Möller persönlich adressiert und trug sogar ihren Eingangsstempel.

»Siehst du, jetzt kann sie sich noch nicht einmal darauf hinausreden, dass der Brief versehentlich woanders gelandet ist. Deutlicher geht's doch gar nicht«, stellte Stella fest und strahlte vor Freude.

»Ich weiß gar nicht, wie ich euch danken soll«, stammelte Leonie vollkommen überwältigt. Stella und Nina setzten noch eins drauf und berichteten von ihrer Begegnung mit Olli.

»Wie kann ich das bloß jemals wiedergutmachen? Nicht auszudenken, was hätte passieren können, wenn es die Möller gewesen wäre, die euch entdeckt hätte, und nicht Olli!«

»Schon okay«, antwortete Nina, und Stella nickte zustimmend.

»Du hättest jederzeit dasselbe für eine von uns beiden getan, da bin ich mir sicher!«

Keine Ahnung, ob ich dazu in der Lage gewesen wäre, überlegte Leonie, als ihre Retterinnen gegangen waren. Aber wahrscheinlich wächst man in so einer Situation über sich hinaus und besiegt seine Ängste, dachte sie und sank in tiefen, erholsamen Schlaf.

Von: Asterdivaricatus@t-online.de
An: info@gruenzeug.net
Betreff: Vielfältige Möglichkeiten

Liebe Nina Korte,
herzlichen Dank, dass Sie sich auch jetzt wieder so ernsthaft und engagiert mit meinen Problemen auseinandersetzen, Sie sind mir wirklich eine große Hilfe. So ein Garten ist schon eine echte Herausforderung!
Ich habe lange über Ihre Frage nachgedacht und bin zu dem Ergebnis gekommen, dass ich am liebsten von allem etwas hätte. Ihre Vorschläge klangen sehr reizvoll, und ich kann gar nicht oft genug wiederholen, wie froh ich bin, dass Sie mir weiterhin mit Rat und Fachkenntnis zur Seite stehen. Liebe Nina, gestatten Sie mir zwei ganz persönliche Fragen?

Nina stockte der Atem. War jetzt der Augenblick gekommen? Wollte sich Waldemar Achternbeck mit ihr treffen? Sie spürte Nervosität in sich aufsteigen und loggte sich schnell aus ihrem Account aus.

Rastlos lief sie in ihrer Wohnung auf und ab und wusste nichts mit sich anzufangen. Ich sollte mal wieder joggen gehen, dachte sie und sah nach draußen in den Garten. Der Tag war grau und ungemütlich, und Nina verwarf ihre Idee schnell wieder. Sie blickte auf den PC, der einladend auf dem Schreibtisch stand.

Nein, sie konnte das jetzt nicht. Stattdessen riss sie das Fenster auf. Eiskalter Wind fuhr durch die Wohnung, und Nina entdeckte zwei Staubnester, die über den Boden wirbelten.

Wann habe ich denn das letzte Mal geputzt?, überlegte sie stirnrunzelnd. Und ehe sie sich's versah, stand sie mit einem Eimer Wasser am Fenster und begann, wie eine Wilde über die trüben Scheiben zu wischen.

In der Verhaltensforschung nennt man so was, glaube ich, Übersprungshandlung, dachte Nina und wusste, dass sie sich albern verhielt. Mit jeder Bewegung versuchte sie ihre Gedanken an Waldemar Achternbeck zu verscheuchen, und die Furcht, dass er genauso schnell aus ihrem Leben verschwinden würde, wie er gekommen war.

»Nina Korte, du hast nicht mehr alle Tassen im Schrank!«, schimpfte sie, als sie mit dem Staubsauger über den alten, wurmstichigen Fußboden fuhr.

Drei Stunden später stand sie in ihrer blitzenden Wohnung.

»Du bist eine einsame, frustrierte, dumme Kuh, die Angst vor Männern hat«, schalt sie sich, »die sich hier in der Villa verkriecht und vor Misstrauen beinahe umkommt, wenn ein Fremder sie nach dem Weg fragt.« So konnte es definitiv nicht weitergehen!

Entschlossen setzte sie sich vor den Computer und loggte sich wieder in ihren E-Mail-Account ein.

Zum einen würde ich gern wissen, ob ich Sie in Zukunft beim Vornamen nennen dürfte (natürlich würden wir dennoch beim Sie bleiben!), und zum anderen, ob Sie gern grillen.

Nina stöhnte. Das war alles? Deswegen hatte sie sich die Seele aus dem Leib geputzt? Weil Waldemar Achternbeck sie beim Vornamen nennen wollte! Vielleicht sollte ich auch mal zur Therapie gehen, so wie Stella, überlegte sie und las weiter:

Ich frage nur, weil Sie mir unter anderem einen Grillplatz für meine Terrasse angeboten hatten. Wenn Sie gerne grillen, dann haben Sie etwas mit Lulu gemeinsam. Sie liebt es! Und ich muss immer aufpassen, dass sie mir nicht die Grillwürstchen vom Teller klaut. Im Geist sehe ich, wie Sie die Stirn runzeln, liebe Nina (Sie sehen, ich gehe davon aus, dass ich Sie beim Vornamen nennen darf), und sich fragen: Halt, wie kann das sein? Lulu ist doch Vegetarierin?

Nina schmunzelte, weil sie tatsächlich gerade an Waldemar Achternbecks abgefressenen Weihnachtsstern gedacht hatte.

Sie haben recht, Lulu mag eigentlich kein Fleisch, aber beim Grillen macht sie eine Ausnahme. Der Duft von Würstchen und Filet weckt ihre Jagdinstinkte, was es etwas schwer macht, das Essen zu genießen. Doch genug von mir und Lulu! Ich würde gerne wissen, wie es Ihnen geht, und freue mich, wenn Sie mir bald schreiben!
Herzlichst,
Ihr Waldemar

Nina lächelte versonnen. Was für eine nette Mail! Und natürlich konnte Waldemar sie beim Vornamen nennen! Aber das würde sie ihm ein anderes Mal schreiben, für heute hatte die rätselhafte Schleieraster sie schon genug aus der Fassung gebracht. Nach dem anstrengenden Wohnungsputz hatte sie sich ein bisschen Entspannung verdient. Beschwingt klappte Nina ihren Laptop zu und beschloss, einen kleinen Einkaufsbummel zu machen.

Inzwischen war es später Nachmittag geworden, und Nina genoss ihren Streifzug durch das Viertel in vollen Zügen. Neugierig spähte sie in die Auslagen der Schaufenster und betrat schließlich das gemütliche Antiquitätenlädchen Zinnober, wo sie sich sofort in einen antiken Glaskrug und zwei alte Weingläser verliebte. Sie hielt einen Plausch mit der Besitzerin und ließ sich die Verarbeitung eines alten Küchentisches erklären, der aus der ehemaligen DDR stammte und gerade restauriert wurde.

Bei Maria und Fernando genehmigte sie sich einen großen Galão, bevor sie in der Boutique gegenüber einfiel und die neuesten Trendlabels in Augenschein nahm. Eigentlich machte sich Nina nichts aus Markenkleidung, die ihr nur maßlos überteuert vorkam. Im Blumenmeer hatte sie in erster Linie funktionale und strapazierfähige Kleider gebraucht. Außerdem war sie sowieso die meiste Zeit in einer Plastikschürze herumgelaufen.

Allerdings legte Ruth Gellersen Wert auf gut angezogene Mitarbeiter, und deshalb wollte Nina es auf einen Versuch ankommen lassen. Unentschlossen schob sie die edlen Designerteile auf der Kleiderstange hin und her und fuhr mit der Hand über die teuren Stoffe.

»Das hier müsste Ihnen gut stehen«, meinte eine Verkäuferin und zeigte ihr ein dunkelgrünes Kleid. Nina zögerte einen Moment, da sie selten etwas anderes als Hosen getragen hatte. Doch wo sie schon einmal hier war ... Schließlich ist mein Look durchaus ausbaufähig, dachte Nina und sah an ihrem ausgeleierten Pullover herunter.

Zu ihrer großen Überraschung sah sie in dem Kleid wirklich gut aus. Um nicht zu sagen sensationell! Nina drehte und wendete sich vor dem großen Garderobenspiegel und konnte sich kaum von ihrem Anblick losreißen. Das Kleid unterstrich das Grün ihrer Augen und passte hervorragend zu ihrem dunklen Haar. Auf einmal kam ihre zierliche Figur voll zur Geltung. Sie wirkte reif und feminin zugleich. Wie eine Frau, die wusste, was sie wollte.

»Ich nehme es«, sagte Nina und probierte gleich noch ein ganzes Dutzend Röcke, Hosen, Pullover und Stiefel. Mit zwei riesigen Tüten bepackt, verließ sie die Boutique und hatte beinahe ein ganzes Monatsgehalt verpulvert.

Wahrscheinlich gibt Stella schon für einen einzigen Pulli so viel Geld aus, vermutete sie und versuchte das schlechte Gewissen abzuschütteln, das sich beim Anblick der riesigen Kleiderberge meldete.

»Ich verdiene schließlich genug und habe mir schon seit Ewigkeiten nichts mehr geleistet«, sprach sie sich selbst Mut zu. Außerdem hatte sie von Annette zum Abschied ein recht üppiges Weihnachtsgeld bekommen.

Gedankenverloren passierte Nina das Fenster von Dansk Dreams, und eine leise Wehmut überkam sie. Bislang hatte sie es bewusst vermieden, hier vorbeizugehen, aber es tat nicht so weh, wie sie befürchtet hatte. Wo im vergangenen Jahr Primeln und Krokusse den Frühling angekündigt hatten, standen jetzt Schaufensterpuppen, die mit toten Augen auf die Straße starrten. Auf dem Boden, der zuvor mit leuchtend grünem Kunstrasen ausgelegt gewesen war, hatte die Besitzerin Schmuckstücke, Taschen und Pulswärmer kunstvoll arrangiert.

Da werde ich ein anderes Mal reingehen, beschloss Nina und warf einen Blick auf ihre Armbanduhr. Fast sieben. Ihr Magen meldete sich mit einem ungehaltenen Knurren, der Einkaufsbummel hatte sie ganz schön angestrengt.

Zu Hause in der Villa herrschte gähnende Leere in ihrem Kühlschrank, und Leonie lag krank im Bett und brauchte Ruhe.

Warum nicht mal auf einen Sprung bei Alexander Wagenbach im La Lune vorbeischauen?, überlegte Nina. Dazu musste sie die Osterstraße hinauf, in den anderen Teil von Eimsbüttel, den sie nicht so gut kannte. Je näher sie ihrem Ziel kam, desto zögerlicher wurde sie. Doch was sollte schon groß passieren? Mit vierzig Jahren war sie durchaus in der Lage, auch mal alleine essen zu gehen.

Einige Minuten später stand sie vor dem Fenster des La Lune. Der Mond, dachte Nina träumerisch und spähte durch die Scheibe. Das Lokal machte seinem Namen wirklich alle Ehre. Alexander hatte eine Vorliebe für Kerzen, die er wie helle Lichttupfer im Restaurant verteilt hatte.

»Das schafft eine wunderschöne Atmosphäre, und meine Gäste haben tatsächlich ein bisschen den Eindruck, als würden sie bei Mondschein zusammensitzen«, hatte er ihr damals erklärt, und Nina konnte ihm nur zustimmen. Das La Lune wirkte verzaubert, wie aus einer anderen Welt.

»Ein riesiges, romantisches Lichtermeer«, seufzte Nina, und nun tat es ihr auf einmal ein wenig leid, dass sie ohne Begleitung gekommen war. An den Tischen saßen fast nur Paare, die sich verliebt in die Augen blickten und Händchen hielten.

Nina fasste sich ein Herz und trat ein. Eine junge Frau geleitete sie zu einem kleinen gemütlichen Ecktisch, was Nina sehr entgegenkam, weil sie dort nicht so auf dem Präsentierteller saß. Sie blickte sich anerkennend um. Die Wagenbachs hatten wirklich einen guten Geschmack. Als Ausgleich zu den vielen Kerzen hatten sie das Mobiliar eher einfach gehalten. Die Tische waren aus robustem, hellem Holz, darüber lagen nachlässig drapierte weiße Stoffläufer. Von Alexander Wagenbach fehlte jede Spur, was Nina jedoch nicht weiter störte. Im Grunde war es ihr sogar lieber, denn sie wollte auf keinen Fall den Eindruck erwecken, dass sie hier war, um ihn zu treffen.

Dominique, die freundliche Kellnerin, war rührend um ihr Wohlergehen bemüht und beriet sie kompetent. Die Karte versprach eine Mischung aus französischer Landküche und deutschen Spezialitäten zu moderaten Preisen. Nina bestellte sich das »Plat du jour« zusammen mit einem Viertel Bordeaux und beobachtete das bunte Treiben im Lokal.

Wäre sie auch nur ein paar Minuten später gekommen, hätte sie keine Chance mehr gehabt. Einige der Gäste mussten mittlerweile sogar an der Bar Platz nehmen, um dort auf einen freien Tisch zu warten. Chansons von Jacques Brel mischten sich in das stetig anschwellende Stimmengewirr, und die hölzerne Schwingtür zur Küche öffnete und schloss sich in einem fort. Nina bewunderte Dominiques professionellen Charme und die Effizienz, mit der sie ihre Arbeit verrichtete.

Nina war gerade bei der Vorspeise – einer exzellenten bretonischen Fischsuppe –, als eine distinguiert aussehende Dame mit einem großen Hund an der Leine das Lokal betrat. Alles an ihr strahlte Autorität und Entschlossenheit aus. Dominique eilte ihr beflissen entgegen und rief: »Frau Wagenbach, guten Abend!« Frau Wagenbach nickte ihrer Angestellten kurz zu, drückte ihr die Leine in die Hand und verschwand in der Küche. Neugierig sah Nina ihr hinterher und bedauerte, dass sie nur einen kurzen Blick auf die Frau von Alexander Wagenbach hatte erhaschen können.

Der Hund schien sich hier sehr wohl zu fühlen und lief schwanzwedelnd zwischen den Tischen hin und her. Ausgiebig beschnüffelte er Ninas Schuhe und legte seinen Kopf auf ihren Schoß. Irritiert blickte Nina in seine treuherzigen Augen. Mit Hunden konnte sie nicht besonders viel anfangen, sie war eher ein Katzenmensch. Zögernd streichelte sie ihm über den Rücken, und ehe sie sich's versah, streckte er sich wohlig auf dem Boden aus, legte seinen schweren Kopf auf Ninas rechten Fuß und war nicht mehr von seinem neuen Platz wegzubewegen.

»Sie müssen Bescheid sagen, wenn er sie stört«, sagte Dominique, als sie eine Viertelstunde darauf den Hauptgang servierte.

»Ist schon in Ordnung«, antwortete Nina, die sich mittlerweile an das Gewicht gewöhnt hatte und sich auf ihr Essen freute.

Hier muss ich unbedingt mal mit Stella und Leonie hin, dachte sie, während ihr der Duft des würzigen Cassoulets in die Nase stieg. Der Geschmack der frischen Kräuter erinnerte sie an ihren Provence-Urlaub mit Gerald. Danach hatte sie sich endgültig von ihm getrennt. Noch heute bedauerte sie, die Tage in Südfrankreich nicht mehr genossen zu haben. Gerald hatte sich lieber mit hübschen Kellnerinnen beschäftigt als mit Nina. Irgendwann hatte sie die Gegend auf eigene Faust erkundet und Gerald seinen Interessen überlassen. Teilnahmslos hatte sie die vielen Sehenswürdigkeiten an sich vorbeiziehen lassen, ohne wirklich etwas davon wahrzunehmen. Sie würde wohl noch einmal dorthin fahren müssen, um nachzuholen, was sie damals versäumt hatte.

Kapitel 22

Leonie lag in eine kuschelige Fleece-Decke gehüllt auf ihrer Couch und starrte mit leerem Blick auf den Fernseher. Der kitschige Liebesfilm, den sie unter normalen Umständen mit Freude bis zum Happy End verfolgt hätte, konnte sie heute nicht von ihren Sorgen ablenken. Was soll ich nur mit dem Brief von Doris Möller anfangen?, grübelte sie und runzelte verzweifelt die Stirn. Wie sie es auch drehte und wendete, sie würde gezwungen sein, zuzugeben, dass sie den Brief auf illegale Weise an sich gebracht hatte. Noch dazu hatte sie den Firmenschlüssel in fremde Hände gegeben. Allein das würde eine Abmahnung rechtfertigen. Wer sollte dafür Verständnis haben? Thomas Regner ganz sicher nicht.

Leonie sehnte sich nach dem Zuspruch ihrer Freundinnen. Aber Nina war unterwegs, und Stella hatte sich mit Ruth Gellersen zum Abendessen getroffen. Ihre Eltern wollte sie keinesfalls anrufen, die hätten sich viel zu sehr gesorgt, das wusste Leonie.

»Außerdem wird es Zeit, dass ich solche Dinge alleine regle«, sagte sie energisch zu Paula, die hingebungsvoll schnurrte.

Was würde Nina an meiner Stelle tun?, überlegte sie und dachte an ihre kluge, starke Freundin. Was das Schicksal auch an unerwarteten Wendungen bereithielt, Nina war niemals eingeschüchtert oder verunsichert. Der neue Job schien ihr zu gefallen, sie hatte sich bewundernswert schnell an ihre neuen Aufgaben gewöhnt, und Ruth Gellersen schien zufrieden mit ihr zu sein. Nina konnte gut mit sich allein sein und hatte keine unrealistischen und verkitschten Lebensträume wie Leonie. Sie suchte auch nicht krampfhaft nach dem Mann fürs Leben, wie so viele Single-Frauen in ihrem Alter. All das schien Nina nicht nötig zu haben. Nur der Kontakt zu diesem rätselhaften Asterdivaricatus hatte sie letztens ein wenig aus der Fassung gebracht, das war aber auch alles.

Nina würde sich knallhart mit Doris Möller anlegen und für ihr Recht kämpfen, Stella dagegen würde einen Anwalt einschalten, und beide hätten sicherlich Erfolg damit.

Leonie würde ihren eigenen Weg finden müssen und endlich Verantwortung für sich und ihr Leben übernehmen. Keine einfache Sache, wie sie immer wieder feststellte. Vielleicht war es ganz gut, dass sie noch kein Kind hatte, denn in Momenten wie diesen war sie meilenweit davon entfernt, sich als reife Frau zu fühlen.

»Haben Sie sich gut erholt?«, erkundigte sich Ruth Gellersen und gab Stella einen flüchtigen Kuss auf die Wange. Die beiden hatten sich im La Viola verabredet, einem schicken Italiener an der trendigen Restaurantmeile am Hafen.

Stella, die seit ihrer Entlassung nicht mehr besonders viel Zeit auf ihr Outfit verwendete, musterte ihre Kollegin aufmerksam. Ruth Gellersen machte dem »Münchner Schick« alle Ehre und steckte von Kopf bis Fuß in teuren Designerklamotten. Sie wirkte gutgelaunt und warmherzig wie immer, und bald schon unterhielten die beiden sich angeregt.

Stella berichtete in groben Zügen von ihrem Klinikaufenthalt, wobei sie das Thema Therapie bewusst außen vor ließ.

Es durfte sich keinesfalls herumsprechen, dass sie in eine seelische Schieflage geraten war – das hätte das Ende ihrer Karriere bedeutet.

Während des Hauptgangs plauderte Ruth Gellersen ohne Unterlass von ihrem Möbellieferanten, anstrengenden Kunden und den neuesten Trends. Als die Sprache auf Nina kam, wurde Stella hellhörig. Doch Ruth Gellersen hatte nur lobende Worte für Nina und war ausgesprochen zufrieden mit ihrer neuen Mitarbeiterin.

»Sie ist ja ein bisschen spröde«, sagte sie zum Schluss, »aber sie hat ein helles Köpfchen, ist kreativ und geht mit den Kunden sehr kompetent um. So fit wie sie ist sonst keine meiner Mitarbeiterinnen. Seit sie da ist, hat sich der Umsatz der Hamburger Filiale erheblich gesteigert. Mit ihren Fähigkeiten sollte sie sich eigentlich selbständig machen, finde ich. Aber sagen Sie ihr das bloß nicht, ich würde sie gern noch ein Weilchen behalten!«

Während Stella darüber nachdachte, ob sie sich Nina mit einem eigenen Geschäft vorstellen konnte, glitt ihr Blick über die Tische des Restaurants und blieb an einer jungen rotblonden Frau hängen. Sie turtelte und schmuste selbstvergessen mit ihrem Gegenüber, die Blicke der anderen Gäste schien das Paar gar nicht wahrzunehmen.

Vermutlich kennen sich die beiden noch nicht lange, dachte Stella und konnte ihren Blick kaum von dem Liebespaar lösen. Gott sei Dank hatte Ruth nichts bemerkt, sie war viel zu sehr in ihre eigenen Erzählungen vertieft. Was für ein Typ er wohl ist?, überlegte Stella, als der Mann plötzlich aufstand und direkt auf ihren Tisch zukam. Ihr Herz setzte für einen Moment aus. Der Mann, den die Fremde am Nachbartisch angehimmelt hatte, war kein anderer als Julian, ihr ehemaliger Geliebter! Und die Rotblonde war mit Sicherheit nicht Laura, seine Frau.

Mit zitternden Händen wählte Leonie am darauffolgenden Morgen die Nummer der Zentrale von Traumreisen und bat um einen Gesprächstermin mit Thomas Regner.

»Kann er Sie zurückrufen?«, wollte Frau Hansen wissen, und Leonie hinterließ ihre Privatnummer. Die Minuten krochen im Schneckentempo dahin, und Leonie wurde immer nervöser. Hatte sie wirklich die richtige Entscheidung getroffen?

Eine halbe Stunde später, als sie schon meinte, es nicht mehr aushalten zu können, klingelte das Telefon. Leonie stürzte an den Apparat, und ohne einmal Luft zu holen, beichtete sie Herrn Regner die ganze Geschichte. Allerdings erwähnte sie nicht den nächtlichen Einbruch, dann hätte sie sich wahrscheinlich gleich von ihrem Job verabschieden können. Außerdem wollte sie Nina und Stella nicht in die Angelegenheit mit hineinziehen.

Stattdessen behauptete Leonie, sie habe Frau Möllers Schreibtisch in einem unbeobachteten Moment durchsucht. Und das war schon schlimm genug. Leonie biss sich auf die Lippen und wartete beklommen, was jetzt wohl kommen würde. Thomas Regner räusperte sich.

»Das ist eine schwerwiegende Anschuldigung, Frau Rohlfs, ich hoffe, Ihnen ist klar, was Sie da sagen.«

Leonie sank das Herz in die Hose ihres Frottee-Pyjamas. Mist, hätte sie doch bloß den Mund gehalten!

»Außerdem können Sie nicht einfach im Schreibtisch Ihrer Vorgesetzten herumwühlen, was haben Sie sich dabei nur gedacht? Ich muss Ihnen wohl nicht sagen, dass Sie sich einen ausgesprochen ungünstigen Zeitpunkt für Ihre Detektiv-Spielchen ausgesucht haben. Seit gestern liegt eine Abmahnung für Sie vor. Eigentlich wollte ich noch einmal mit Ihnen sprechen, bevor ich unterschreibe, denn ich halte Sie für eine äußerst fähige und kompetente Mitarbeiterin. Aber was Sie sich jetzt geleistet haben, lässt Sie nicht gerade in einem positiven Licht erscheinen. Ich kann verstehen, dass Sie sich rehabilitieren wollten, und offensichtlich waren Sie an der versäumten Stornierung ja auch völlig unschuldig. Trotzdem weiß ich nicht, wie viel ich in dieser Sache für Sie tun kann, Frau Rohlfs.«

Leonies Herz schlug bis zum Hals, und am liebsten hätte sie aufgelegt. Was sollte sie darauf antworten?

»Wenigstens haben Sie mir die Angelegenheit von sich aus gebeichtet, das spricht für Sie. Doris Möller wird mit ernsthaften Konsequenzen zu rechnen haben, so viel ist klar. Ich würde vorschlagen, dass wir uns treffen, sobald Sie wieder gesund sind. Was die Abmahnung betrifft, werde ich den Ausgang unseres Gesprächs abwarten. Ist das in Ordnung für Sie?« Leonie kämpfte mit den Tränen. Dennoch schaffte sie es, ein kurzes Ja herauszupressen, dann legte sie auf. Immerhin hatte Thomas Regner ihr zum Abschluss noch gute Besserung gewünscht.

Von: info@gruenzeug.net
An: Asterdivaricatus@t-online.de

Lieber Waldemar,
natürlich können wir uns künftig beim Vornamen nennen! Das ist längst fällig, denn obwohl ich Sie noch nie leibhaftig gesehen

habe, waren Sie die ganze Zeit über mein treuester Kunde. Und ich verrate Ihnen auch gerne, dass ich kein allzu großer Grillfan bin, Lulu muss sich also leider eine neue Verbündete suchen! Leichte Sommersalate sind mir lieber als Würstchen. Außerdem finde ich es ungemütlich, dass einer stets die undankbare Aufgabe hat, den Grill zu bewachen, während alle anderen schon ihr Essen genießen.

Das waren sie also, Ihre beiden ganz persönlichen Fragen? Ich hatte schon Schlimmeres befürchtet ...

Im Hinblick auf Ihre Terrassenplanung bitte ich noch um etwas Geduld. Ich melde mich, sobald ich eine passende Lösung gefunden habe.

Darf ich heute ebenfalls mal neugierig sein? Allmählich wüsste ich nämlich gern, was Sie eigentlich beruflich machen!

Herzlichst,
Ihre Nina

Mit einem Hauch von schlechtem Gewissen hatte sich Nina am späten Vormittag in das Hinterzimmer von Koloniale Möbel zurückgezogen und den Firmen-PC hochgefahren. Draußen goss es in Strömen, und seit über zwei Stunden hatte den Möbelladen niemand mehr betreten. Die wenigen Passanten, die Nina auf der Straße vorbeieilen sah, hatten ihre Kragen hochgeklappt und kämpften sich mit riesigen Schirmen durch das windige Regenwetter. Nina hatte Staub gewischt, Rechnungen sortiert und schließlich beschlossen, Asterdivaricatus endlich auf seine nette Mail zu antworten. Wenige Minuten später lag eine Antwort in ihrem Posteingang.

Von: Asterdivaricatus@t-online.de
An: info@gruenzeug.net

Liebe Nina,
selbstverständlich gedulde ich mich und erwarte mit Spannung,
was Sie sich für meine Terrasse einfallen lassen. Schließlich
stehle ich Ihnen jedes Mal Ihre wertvolle freie Zeit! Doch heute
muss ich wohl kein schlechtes Gewissen haben, da Sie um halb
zwölf bestimmt noch bei Koloniale Möbel sind und ein bisschen
Arbeitszeit totschlagen ...? Falls es Sie tröstet: Auch bei mir geht
es heute extrem zäh voran. Apropos: Ich bin Diplom-Ernährungs-
wissenschaftler und Journalist. Ich schreibe Artikel über gesunde
Ernährung, die regelmäßig in den einschlägigen Magazinen und
Zeitschriften veröffentlicht werden. Hin und wieder bin ich auch
als Gastrokritiker unterwegs, was mir besonders viel Freude
bereitet. Sind Sie mit meiner Antwort zufrieden?
Einen schönen Tag wünscht Ihnen
Ihr Waldemar

Ernährungswissenschaftler und Gastrokritiker – das klang
interessant! Träumerisch starrte Nina durch die breiten
Fenster des Möbelladens. Dieser Mann hatte nicht nur eine
Vorliebe für Gärten, er konnte auch noch kochen und war
obendrein ein so angesehener Gourmet, dass er sogar Restau-
rantkritiken schrieb! Das klang beinahe schon zu perfekt, um
wahr zu sein. Aber weshalb hatte sie im Internet nichts über
ihn gefunden? Hätte dort nicht einer seiner Artikel erscheinen müssen?

Nina klickte sich auf die Google-Seite und versuchte es
mit verschiedenen Suchwort-Kombinationen. Doch sie hatte

kein Glück. Wie konnte das sein? Sie ging auf alle Seiten der ihr bekannten Gourmetmagazine, wieder ohne Erfolg. Nina fühlte etwas von ihrem alten Misstrauen in sich aufsteigen. Auch auf der Seite des deutschen Journalistenverbands fand sie keinen Eintrag.

Die Initialen »WA« brachten sie schließlich zu einer Todesanzeige aus dem vergangenen Jahr: Wilma Achternbeck war im Alter von zweiundsiebzig Jahren verstorben und hinterließ eine Familie, deren Mitglieder nicht einzeln aufgeführt waren.

»In ewiger Liebe, deine Achternbecks«, las Nina und fragte sich, ob »ihr« Waldemar wohl auch einer der Hinterbliebenen war. Wilma Achternbeck war Ende Oktober auf dem Friedhof von Blankenese beigesetzt worden. Sollte sie Waldemar fragen, ob seine Eltern noch lebten? Oder ihm direkt sagen, dass sie ihn für einen Schwindler hielt? Nein, lieber nicht. Wahrscheinlich schrieb er seine Texte einfach unter einem Pseudonym, Waldemar war nun wirklich etwas altmodisch.

In diesem Moment klingelte das Telefon. Es war Leonie, die das Gespräch mit Thomas Regner noch nicht verdaut hatte und dringend Rat brauchte.

»Aber das klingt doch gar nicht so schlecht«, versuchte Nina ihre aufgelöste Freundin zu beruhigen. »Er gibt dir immerhin die Möglichkeit zu einem persönlichen Gespräch, und er will Doris Möller zur Verantwortung ziehen. Mehr kannst du in deiner Situation eigentlich nicht verlangen. Er kann ja nicht einfach so tun, als ob nichts gewesen wäre. Außerdem mag er dich und wird sich bestimmt für dich einsetzen. Wirklich, Leonie, mach dir nicht so viele Sorgen und warte erst mal ab.«

Leonie konnte sich jedoch nicht beruhigen, und Nina hatte keine Ahnung, wie sie ihre Freundin trösten sollte. Mittlerweile war sie sich nicht mehr sicher, ob es eine gute Idee gewesen war, den Brief aus Doris Möllers Schreibtisch zu klauen. Streng genommen hatten Stella und sie sich strafbar gemacht. Darüber hatte sie in ihrer Euphorie gar nicht nachgedacht.

»Die Möller hat übrigens die Banane gefunden, die du auf ihrem Tisch hast liegen lassen«, sagte Leonie, und Nina wurde es mulmig. Ja richtig, die Banane! Wie dämlich von ihr! Aber Ollis plötzliches Auftauchen hatte sie derart erschreckt, dass sie einfach nicht mehr daran gedacht hatte, ihre Spuren zu verwischen. Eine schöne Detektivin bin ich, dachte Nina und fragte mit zittriger Stimme:

»Woher weißt du das? Du warst ja gar nicht mehr im Büro.«

»Olli hat mich angerufen und es mir erzählt. Er war so lieb, das auf seine Kappe zu nehmen, und sagte, die Banane hätte so stark gerochen, dass er sie aus der Schublade entfernen musste.«

»Und dann hat er sie trotzdem liegen lassen? Das glaubt die Möller nie im Leben, die ist doch nicht doof!«, entgegnete Nina skeptisch. Na toll, das konnte ja noch heiter werden!

Kapitel 23

Gute zwei Wochen später befand sich Stella auf der Autobahn Richtung Lübeck, wo ein Restaurant von ihr komplett umgestaltet werden sollte.

Schade, dass kein Frühling ist, dachte sie, als sie auf den Parkplatz am Holstentor einbog. Lübeck war eine schöne Stadt, und es wäre traumhaft gewesen, für einen kurzen Moment am Ufer der Trave zu sitzen und aufs Wasser zu schauen. Aber bis zum Frühlingsanfang dauerte es noch eine Weile – sie hatten gerade erst Anfang Februar.

Nachher würde sie sich einen Kaffee genehmigen und vielleicht das Buddenbrook-Haus besichtigen, wenn die Zeit reichte. Stella nahm ihre Unterlagen von der Rückbank. Seit einigen Wochen war sie konsequent darum bemüht, ein paar Pfunde zuzunehmen. Und was war da besser, als eine richtig kalorienreiche Marzipantorte?

Zwei Stunden danach saß sie vor einem riesigen Kuchenstück und einem Becher heißer Schokolade und machte sich Notizen zu ihrem Gespräch mit dem Restaurantbesitzer. Den Kontakt hatte ihr Robert vermittelt, der den Eigentümer der Kupferkanne noch aus Schulzeiten kannte. Jemand sollte den heruntergekommenen Gasthof in eine trendige Location für junges Publikum verwandeln. Im Gastronomiebereich hatte Stella noch keine Erfahrung, aber sie freute sich auf die neue Herausforderung und war Robert dankbar für den Auftrag.

Während Stella ihren Kakao austrank, fühlte sie Übelkeit in sich aufsteigen. Wahrscheinlich hatte sie ihrem entwöhnten Magen zu viel zugemutet. Als sie sich allerdings nach einer Stunde und einem bitteren Espresso nach wie vor nicht besser fühlte, war sie ein wenig beunruhigt. Hoffentlich ist das nicht wieder irgendein Stresssymptom, dachte sie und bestellte sich einen Magenbitter. Für die Heimfahrt wollte sie einigermaßen fit sein. Den Besuch des Thomas-Mann-Museums musste sie wohl ausfallen lassen. Schade, sie hatte sich so darauf gefreut!

Nun wartete sie darauf, dass der Fernet Branca seine Wirkung tat, dabei wanderten ihre Gedanken zu Julian. Drei Wochen war es jetzt her, dass sie sich durch Zufall im La Viola begegnet waren. Es tat immer noch weh, an ihn zu denken, erst recht, seit sie wusste, wie schnell er sie durch eine neue Liebe ersetzt hatte.

Die attraktive Rotblonde war eine Klientin seiner Kanzlei, das hatte Stella herausgefunden, als sie Julian am nächsten Tag angerufen hatte. Eigentlich hatte sie sich gar nicht bei ihm melden wollen, so unmöglich, wie er zu ihr gewesen war.

Als er sie nämlich mit Ruth Gellersen am Tisch gesehen hatte, hatte er für einen kurzen Augenblick ganz erschrocken ausgesehen. Er hatte den Blick gesenkt und war ohne ein Wort in Richtung Toilette verschwunden. Feigling!, hatte Stella wütend gedacht und Ruth zu einem schnellen Aufbruch gedrängt.

Stella spürte einen heftigen Würgereiz und schaffte es gerade noch in den Waschraum. Sie sprengte sich kaltes Wasser ins Gesicht. Ob sie tatsächlich wieder krank wurde?

Abends saß Leonie alleine in ihrer Wohnung und starrte missmutig auf den riesigen Papierberg, der sich vor ihr auftürmte. Vor zwei Wochen hatte sie sich für ein Fernstudium mit Schwerpunkt BWL und Marketing angemeldet, doch sie konnte sich bisher nicht so recht für den trockenen Unterrichtsstoff begeistern.

»Du hast es mit Thomas Regner so vereinbart, also streng dich an!«, sprach sie sich selbst Mut zu und starrte auf die Zeilen in ihrem Lehrbuch, die ihr immer wieder vor den Augen verschwammen. Leonie war müde und frustriert, der lange Winter, die Grippe und der Stress im Reisebüro hatten sie ausgelaugt.

Anstatt zu lernen, hätte sie viel lieber einen netten Abend mit ihren Freundinnen verbracht, mit ihnen zusammen gekocht und herumgealbert. Außerdem wollte sie allmählich die Renovierung des Wintergartens in Angriff nehmen und mit Nina über die Frühjahrsbepflanzung sprechen, damit die Villa und der Garten so hübsch werden würden, wie sie es sich in Gedanken ausgemalt hatten.

Doch Stella war in Lübeck, und Nina hatte sich schon seit Tagen nicht mehr blicken lassen. Der Jobwechsel schien ihr gutzutun, und zwar in jeder Beziehung. Seit sie bei Koloniale Möbel arbeitete, war sie viel offener und unternehmungslustiger geworden.

Von ihnen dreien hatte Nina eben die beste Tarot-Prognose gehabt, erinnerte sich Leonie mit einem leisen Anflug von Neid.

Sie rief sich jedoch gleich zur Ordnung, denn immerhin hatte sie gerade einen beachtenswerten Erfolg errungen. Nicht nur, dass die Sache mit dem Brief von Doris Möller kein Nachspiel für sie haben würde (offensichtlich hatte Thomas Regner seine schützende Hand über Leonie gehalten), man hatte ihr darüber hinaus eine Stelle als Marketingassistentin angeboten. In der Zentrale am Ballindamm!

Völlig überrumpelt hatte Leonie zuerst ablehnen wollen. Wie sollte sie einer solchen Anforderung gerecht werden? Sie hatte absolut keine Ahnung von Marketing. Aber Nina und Stella hatten ihr schnell den Kopf zurechtgerückt. Diese einmalige Chance würde sich ihr schließlich nie wieder bieten.

»Ihr habt ja recht!«, hatte Leonie geantwortet, als sie in die strengen Gesichter ihrer Mitbewohnerinnen geblickt hatte. Besonders Nina hatte nicht lockergelassen.

»Das ist das Beste, was dir überhaupt passieren kann«, hatte sie ausgerufen, nachdem Leonie den beiden von dem Angebot erzählt hatte.

Leonie war ein wenig irritiert, weil Nina und Stella offensichtlich dachten, ihre Probleme ließen sich in null Komma nichts aus der Welt schaffen. So einfach ist das nun auch wieder nicht, hatte sie gekränkt gedacht. Ich war vielleicht nicht im Krankenhaus, und meinen Job habe ich Gott sei Dank auch nicht verloren (obwohl nicht viel gefehlt hätte), aber trotzdem sind meine Sorgen nicht weniger ernst! Ich bin eben nicht so selbstbewusst wie Nina oder so erfahren wie Stella. Veränderungen machen mir zu schaffen.

»Möchtest du lieber weiter mit Doris Möller zusammenarbeiten?«, hatte Stella gefragt und Leonie damit den entscheidenden Anstoß gegeben. Die beiden hatten wirklich recht! Wenn sie jemals wieder beruflich ins Lot kommen wollte, musste sie das Angebot annehmen.

Eigentlich sollte ich dem Schicksal dankbar sein, dachte Leonie, während sie eine Seite weiterblätterte. Alles hat sich zum Guten gewendet. Besser hätte sie aus dieser ganzen unerfreulichen Angelegenheit nicht rauskommen können.

Thomas Regner hatte Doris Möller wegen der versäumten Stornierung verwarnt und eine lange Unterredung mit ihr geführt, für die er persönlich nach Eppendorf gekommen war. Nach über eineinhalb Stunden hatte Frau Möller bleich und erschöpft in ihrem Büro gesessen und sich mit zitternden Händen ein Glas Cognac eingeschenkt.

Seit diesem Tag war sie Leonie aus dem Weg gegangen und verbarrikadierte sich so oft wie möglich hinter ihrem Schreibtisch. Leonies Abschied aus der Eppendorfer Filiale war dementsprechend nüchtern ausgefallen. Nur Olli hatte ihr das Gefühl gegeben, dass sie eine Lücke bei Traumreisen hinterlassen würde.

»Du wirst mir schrecklich fehlen!«, hatte er traurig gemurmelt, während er sie fest umklammert hielt, als gäbe es kein Wiedersehen.

»Aber wir werden uns ja nicht aus den Augen verlieren«, hatte Leonie ihn getröstet, obwohl sie befürchtete, dass genau das passieren würde, wenn sie erst einmal in der Innenstadt arbeitete. Letztendlich waren sie beide sehr unterschiedlich – nicht nur, was das Alter betraf.

Seit Anfang Februar arbeitete sie nun in der Zentrale, die ganz anders war als ihre alte kuschelige Filiale. Insgesamt zehn Mitarbeiter gehörten zu Thomas Regners Team. Zusammen mit ihrem Vorgesetzten sollte Leonie Konzepte entwickeln, um die Angebotspalette von Traumreisen noch attraktiver zu machen. Ihre mangelnden Marketingkenntnisse musste sie durch ein Fernstudium ausgleichen, das ihr sehr viel Zeit und Energie abverlangte. Aber ohne Studium kein Job, das war Thomas Regners Bedingung gewesen, und Leonie biss die Zähne zusammen.

»Durchhalten«, sagte sie sich immer wieder und war dennoch nicht sicher, ob sie das alles auf Dauer bewältigen würde. Ab und an kam ihr Stellas Burn-out-Syndrom in den Sinn, und mit einem Mal konnte sie sich sehr gut vorstellen, wie so etwas zustande kam.

Am selben Abend schloss Nina summend den Möbelladen ab, ließ das Rollgitter herunter und freute sich darauf, mit Ruth Gellersen über den heutigen Tagesumsatz zu sprechen. An diesem Nachmittag hatte sie ein junges, betucht aussehendes Paar ausführlich beraten und lange im Laden herumgeführt. Sie waren von Ninas kreativen Ideen derart begeistert gewesen, dass sie sich kurzerhand entschlossen, ihre neue Wohnung komplett mit Ruth Gellersens Möbeln auszustatten.

Wenn ich so weitermache, kann ich bald mit Stella mithalten, dachte Nina stolz. Sie hätte sich nie vorstellen können, dass ihr die Arbeit bei Koloniale Möbel so gut gefallen würde, und sie war ihrer Freundin sehr dankbar dafür.

Umgehend hatte Nina die Wohnung der beiden besichtigt und einen ersten Entwurf mit Vorschlägen für die Inneneinrichtung angefertigt. Beim Anblick des weitläufigen Gartens war ihr ein bisschen wehmütig ums Herz geworden. Die Arbeit mit Pflanzen fehlte ihr zuweilen sehr. Zum Glück würde es nicht mehr lange dauern, bis sie sich der Bepflanzung der Villa widmen konnte, die seit Herbst komplett brachlag.

Nina beschloss, sich zur Feier des Tages ein Abendessen im La Lune zu gönnen, das mittlerweile fast zu ihrem Stammlokal geworden war. Neulich hatte sie sich mit Leonie und Stella dort verabredet und war prompt auf Alexander Wagenbach getroffen, der sich sehr gefreut hatte, Nina zu sehen. Er hatte sich kurz zu ihnen an den Tisch gesetzt und sie aufgefordert, ruhig öfter bei ihm im Lokal vorbeizukommen.

Auf dem Weg zur U-Bahn bedauerte es Nina zum ersten Mal, kein Handy zu haben. Wie praktisch wäre es jetzt gewesen, kurz bei Alexander Wagenbach anzurufen und zu fragen, ob er heute im Restaurant war und Zeit für einen kleinen Plausch hatte.

Wie aufs Stichwort entdeckte Nina an der nächsten Straßenecke einen Telefonladen. Zögernd blieb sie stehen und spähte in das hell erleuchtete Schaufenster.

Zwanzig Minuten später war sie stolze Besitzerin eines Mobiltelefons. Ihr Kopf schwirrte von den Erklärungen des Verkäufers. Entschlossen zückte sie ihr kleines Telefonbuch und wählte Alexander Wagenbachs Handynummer.

»Wagenbach«, meldete er sich in geschäftsmäßigem Tonfall und konnte seine Überraschung kaum verbergen. »Frau Korte, das ist aber nett, dass Sie sich melden! Ich würde mich gerne auf ein Gläschen mit Ihnen zusammensetzen, aber im Augenblick habe ich leider noch recht viel zu tun. Ich wollte allerdings gegen einundzwanzig Uhr ein neues Restaurant in der Weidenallee ausprobieren und mir ansehen, was die Konkurrenz so treibt. Wollen Sie mich nicht begleiten?«

Nina sagte zu und machte sich gleich auf den Weg in die Weidenallee. Während sie die Straßen entlanglief, tippte sie mit wachsendem Vergnügen auf dem Display ihres

Handys herum und war über sich selbst verwundert. Was war bloß in sie gefahren? Sie hatte Handys doch jahrelang strikt abgelehnt! Wenn sie daran dachte, wie hart sie damals am Tag des Einzugs über Stella geurteilt hatte, schämte sie sich fast ein wenig. Und nun war sie schon seit zehn Minuten damit beschäftigt, in diesem Ding Telefonnummern abzuspeichern.

Kurz darauf betrat sie das Lokal in der Weidenallee. Acht Uhr dreißig, Alexander Wagenbach würde erst in einer halben Stunde da sein. Nina ließ sich von der Kellnerin zu einem gemütlichen Nischenplatz führen, von dem aus sie das Restaurant gut überblicken konnte. Nachdenklich blickte sie in die Flamme einer Kerze, die die nette Bedienung eben auf ihren Tisch gestellt hatte, und begann, kleine Kügelchen aus dem heruntertropfenden Wachs zu formen.

Wie sehr sich ihr Leben in den vergangenen Monaten verändert hatte! Sie war viel lebendiger geworden und spürte, wie es ihr Tag für Tag mehr Freude bereitete, neue Dinge auszuprobieren. Was hatte sie all die Jahre für ein langweiliges und einsames Leben geführt. Es schien, als hätte mit dem Einzug in die Villa ein neuer, schöner und aufregender Abschnitt für sie begonnen.

Passend zu ihrem neuen Lebensgefühl wurde auch ihre Korrespondenz mit Asterdivaricatus immer unbeschwerter. Es schien, als hätte sie ihr ganzes Misstrauen wie einen alten Mantel abgelegt. Mittlerweile vertraute sie Waldemar Achternbeck sogar ihre kleinen Sorgen und Nöte an und schrieb von Träumen und Sehnsüchten. Was sollte auch groß passieren? Ein Axtmörder hätte ihr längst vor der Villa aufgelauert. Angst war immer ein schlechter Berater, und sie hatte sich vorgenommen, sich endlich davon frei zu machen und ihr Leben zu genießen!

»Schön, Sie zu sehen, Ihr Anruf hat mir den Tag gerettet«, sagte Alexander Wagenbach lächelnd, als er mit geröteten Wangen und etwas außer Atem zur Tür hereinkam und ihr gegenüber Platz nahm.

»Hatten Sie Ärger?«, erkundigte sich Nina mitfühlend.

»Ach, nicht der Rede wert«, winkte er mit einer abwehrenden Handbewegung ab und sah Nina dabei aufmerksam an. »Sie sehen gut aus. Der neue Job scheint Ihnen zu bekommen. Sie wirken viel entspannter als noch vor einigen Wochen.«

»Danke«, antwortete Nina verlegen und strich sich eine Haarsträhne aus dem Gesicht. Auf einmal kam es ihr seltsam vor, mit einem ehemaligen Stammkunden des Blumenmeers bei Kerzenschein zu Abend zu essen. Die ganze Situation hatte etwas so Intimes. Was seine Frau wohl dazu sagte?

Doch wenig später waren ihre Hemmungen wie weggeblasen. Der Aperitif hatte Alexander Wagenbach in Stimmung gebracht, und er unterhielt Nina mit köstlichen Anekdoten aus seinem Restaurantalltag, bis sie Tränen lachte.

»Erstaunlich, wie die Geschichten sich manchmal ähneln«, sagte sie und dachte an ihre bisweilen kapriziöse Kundschaft aus dem Blumenmeer.

Das Essen war ausgezeichnet, und Nina beobachtete, wie ihr Gegenüber sich Notizen machte.

Für einen Moment drifteten ihre Gedanken zu Asterdivaricatus ab, der ihr mittlerweile einige seiner Gastrokritiken zugemailt hatte. Sein Stil war amüsant und klug, genau so, wie sie es aufgrund ihrer Korrespondenz erwartet hatte. Signiert waren die Artikel mit dem Kürzel »WA«, er benutzte somit doch keinen Künstlernamen für seine Kolumnen. Nach wie vor konnte sie sich nicht erklären, warum sie im Internet nichts über ihn gefunden hatte.

»Was schreiben Sie sich denn da alles auf?«, fragte Nina verwundert, als sie sah, dass Alexander Wagenbachs Aufzeichnungen immer länger wurden. Seit beinahe fünf Minuten hatte er nicht mehr von seinem Notizblock aufgeblickt.

»Bitte entschuldigen Sie, das ist eine Berufskrankheit«, erwiderte er und legte den Stift beiseite. »Ich kommentiere die Auswahl auf der Speisekarte, die Preise und alles, was es für uns über die Konkurrenz zu wissen gibt.«

Beim Stichwort »uns« dachte Nina unwillkürlich an Alexander Wagenbachs Frau, die sie mittlerweile ebenfalls einige Male im La Lune gesehen hatte. Isabelle Wagenbach war eine aparte Erscheinung.

»Ihre Frau erinnert mich ein wenig an diese französische Schauspielerin. Wie heißt sie noch gleich? ... Audrey Tautou!«

»Ja, das stimmt. Sie hat sogar französische Wurzeln, ihr Vater kommt ursprünglich aus Paris«, sagte Alexander Wagenbach und wechselte dann schnell das Thema. »Wie geht es eigentlich Ihrer ehemaligen Kollegin? Haben Sie mal wieder etwas von ihr gehört?«

Nina nickte. Gerade vor kurzem hatte ihr Annette einen kleinen E-Mail-Gruß geschickt. Offensichtlich ging es ihr sehr gut in Frankfurt, und sie schien kaum mehr an ihre Hamburger Vergangenheit zurückzudenken.

»Ja, ja, diese E-Mails«, meinte Alexander mit nachdenklicher Miene. »Ein flüchtiges Medium, das einem fälschlicherweise echte Nähe vorgaukelt.«

Nina runzelte die Stirn. Machten Waldemar Achternbeck und sie sich etwas vor? Nein, entschied sie spontan. Zumindest sie selbst neigte nicht zur rosaroten Brille oder zu übersteigerten Erwartungen. Vor allem nicht, was Männer betraf.

»Schreiben Sie keine Mails?«, fragte Nina neugierig. Heutzutage gab es ja kaum jemanden, der nicht elektronisch kommunizierte.

»Wenn es sich vermeiden lässt, eigentlich nicht. Im Job geht es nicht anders, aber das sind geschäftliche Korrespondenzen. Privat telefoniere ich lieber oder treffe mich gleich direkt mit meinen Freunden. Simsen finde ich ähnlich schlimm«, erklärte er, und Nina wurde rot.

Sie beruhigte sich allerdings gleich wieder, da sie und Alexander Wagenbach im Prinzip absolut einer Meinung waren. Aus ihr würde sicherlich kein Handyjunkie werden.

Darüber hinaus hatte sich für ihre spontane Verabredung heute Abend der Kauf auf jeden Fall gelohnt. Nun hatte sie endlich Gelegenheit, Alexander Wagenbach besser kennenzulernen und leibhaftig mit ihm zu kommunizieren. So viel zu echter Nähe, dachte sie schmunzelnd.

Den Rest des Abends plauderten sie über Filme, Bücher und Musik.

Worüber man eben so spricht, wenn man sich gerade mit jemandem anfreundet, dachte Nina, als sie weit nach Mitternacht endlich in ihrem Bett lag. Wenn man verliebt ist und so viel wie möglich über den anderen wissen will, ist das etwas ganz anderes, als wenn man an einer Freundschaft bastelt, überlegte sie und wälzte sich unruhig von einer Seite auf die andere. Eigentlich war sie todmüde, doch ihre Gedanken wollten nicht zur Ruhe kommen.

Wenn Alexander nicht verheiratet wäre, würde ich ihn durchaus interessant finden, gestand sie sich verschämt ein, und ihre Gedanken wanderten zu Asterdivaricatus. Fast hatte sie ein schlechtes Gewissen und fasste den Entschluss, ihm nichts von ihrem Abendessen mit Alexander zu schreiben.

Das würde allerdings gar nicht so leicht werden, denn mittlerweile erzählte sie ihm fast alles von sich, wen sie traf, was sie unternahm und was sie dachte. Ihre E-Mails waren fast so etwas wie ein virtuelles Tagebuch, und Nina vergaß bisweilen, dass es ein realer Mensch war, dem sie ihre Gedanken anvertraute, und das, obwohl sie ihn noch nicht einmal persönlich kannte. Aber vielleicht war das genau der Grund, weshalb sie sich ihm so bedingungslos anvertrauen konnte. Asterdivaricatus war eine abstrakte Person am anderen Ende einer Leitung und schien irgendwie gar nicht zum richtigen Leben dazuzugehören. Er war Ninas Flucht aus dem Alltag, von ihm hatte sie keine Kritik und kein Urteil zu erwarten, er war wie ein Schwamm, der ihre Sorgen und Nöte einfach aufsog und geduldig auf Neuigkeiten wartete.

Ihm selbst schien es ähnlich zu gehen, da auch er viel über sein tägliches Leben schrieb. Er amüsierte sie mit Anekdoten über Lulu, schickte ihr Kolumnen oder schimpfte über seinen Chefredakteur, mit dem er in regelmäßigen Abständen aneinandergeriet.

Als er einmal für eine knappe Woche verreist war, fiel Nina auf, wie leer ihr die Tage plötzlich vorkamen. Mittlerweile hatten es sich die beiden angewöhnt, einander morgens einen Gruß und abends ein paar Gute-Nacht-Zeilen zu schicken.

Auch an diesem Abend hatte Nina ihm noch geschrieben, obwohl sie müde war und randvoll mit Eindrücken. Die

E-Mail war deshalb kurz ausgefallen, denn Nina wollte sich keine Lügen ausdenken. So dachte sie sich nichts dabei, als sie lediglich ein knappes »Gute Nacht, schlafen Sie gut« als Antwort erhielt. Waldemar Achternbeck war also um diese Zeit auch noch online gewesen …

Kapitel 24

Und was ist es diesmal?«, erkundigte sich Stella und sah Doktor Eisenmann fragend an. In den vergangenen Tagen war ihr öfter übel geworden, deshalb hatte sie vorsichtshalber beschlossen, ihren Hausarzt zu konsultieren. Doktor Eisenmann hatte sie rundum durchgecheckt, Blut abgenommen, Puls und Blutdruck gemessen und ein EKG erstellt. »Heute habe ich eine eindeutige Diagnose für Sie«, sagte er und lächelte. »Sie sind schwanger, herzlichen Glückwunsch, meine Liebe!«

Schwanger? Stella klammerte sich Halt suchend an ihre Stuhllehne. Ihr wurde schwindlig, und sie befürchtete, gleich in Ohnmacht zu fallen. Eine Schwangerschaft war so ziemlich das Schlimmste, was ihr augenblicklich passieren konnte. Sie war vierzig Jahre alt, Freiberuflerin und ohne Mann.

Zudem erholte sie sich gerade von einem Burn-out-Syndrom und sollte sich schonen. Na wunderbar, das konnte sie jetzt erst mal vergessen. Ein schreiendes Baby, das sie Nacht für Nacht um ihren Schlaf bringen würde. Und sie war ganz allein ... allein mit einem Kind, von dem sie keine Ahnung hatte, was es brauchte, wie sie es versorgen sollte ... Stella atmete tief ein und aus. Ihr Herz klopfte, und sie spürte etwas von der alten Panik in sich aufsteigen.

»Freuen Sie sich denn gar nicht?«, fragte der Arzt.

»Ich ... Nein, nicht wirklich ...«, antwortete Stella stockend.

»Machen Sie sich Sorgen wegen Ihres Alters? Sie wissen sicherlich, dass es heutzutage viele Frauen gibt, die auch bis Mitte vierzig noch problemlos Kinder bekommen. Wenn Sie eine Behinderung befürchten, so könnten wir das mit einer einfachen Untersuchung ohne Weiteres ausschließen«, sagte er und blickte Stella prüfend an.

»Ich will aber kein Kind«, presste sie heraus. »Ich wollte nie eins und will es jetzt erst recht nicht.«

Doktor Eisenmann schwieg einen Moment. Dann räusperte er sich und erwiderte:

»Wenn das so ist, sollten Sie schnellstmöglich einen Termin mit Ihrer Gynäkologin vereinbaren. Sie wird Sie darüber informieren, was als Nächstes zu tun ist. Ich unterstütze Sie in jedem Fall, das wissen Sie. Trotzdem möchte ich Sie bitten, Ihre Entscheidung in aller Ruhe zu treffen. Ihnen bleiben noch fünf Wochen. Wirklich, Stella, überstürzen Sie nichts, das ist ein sehr wichtiger Schritt.«

Fünf Minuten später saß Stella in ihrem BMW und machte sich heftige Vorwürfe. Im Überschwang der Gefühle (und des Rotweins) hatte sie sich wie eine dumme, naive Göre in ein Liebesabenteuer gestürzt, ohne an die Konsequenz zu denken. Sie legte ihren Kopf aufs Lenkrad und dachte an die Nacht mit Robert. Er hatte angeboten, Kondome zu besorgen, doch Stella hatte abgewinkt, weil sie nicht wollte, dass Robert auf der Suche nach Verhütungsmitteln nachts durch Husum geisterte.

»Wird schon nichts passieren«, hatte sie damals gedacht und Robert zurück in die Kissen gedrückt.

»Von Safer Sex fangen wir lieber gar nicht erst an«, murmelte Stella und sah vom Lenkrad hoch. Sie hatte in jeder

Hinsicht unverantwortlich gehandelt. Und das in ihrem Alter! Sie hätte es wirklich besser wissen müssen.

Eigentlich geschieht es mir ganz recht, schalt sie sich und drehte den Schlüssel im Zündschloss. Sie wollte so schnell wie möglich nach Hause, um dort in Ruhe über alles nachzudenken. Ob sie Robert wohl anrufen sollte? Und dann ihre Mutter, zumindest wäre dies das Naheliegendste gewesen. Aber egal, wem sie von ihrer Schwangerschaft erzählen würde, niemand wäre in der Lage, ihr einen wirklich objektiven Rat zu geben, das wusste Stella. Stattdessen würde jeder seine eigenen Interessen ins Spiel bringen und Stella die Entscheidung damit noch schwerer machen. Ihre Mutter wünschte sich seit Jahren sehnlichst ein Enkelkind, während Robert sowieso eine ganz eigene Einstellung zu diesen Dingen hatte, das wusste sie ja bereits. Irgendjemandem musste sie sich jedoch anvertrauen, sonst würde sie noch verrückt werden. Hoffentlich waren Nina oder Leonie zu Hause …

Stella hatte Glück und traf Leonie im Flur, die ebenfalls gerade heimgekommen war.

»Ist irgendetwas passiert?«, erkundigte sie sich besorgt, als sie in Stellas blasses Gesicht blickte und die Spuren von verwischter Wimperntusche auf ihren Wangen bemerkte. Stella nickte wortlos und ließ sich wie ein kleines Kind in Leonies Wohnzimmer führen.

Leonie wartete geduldig, bis sich Stella beruhigt hatte und schließlich von selbst zu erzählen begann. Sie war jedoch nicht auf das gefasst, was sie nun zu hören bekam. Stella schwanger? Leonie lehnte sich in ihrem Stuhl zurück und atmete tief durch. Das war ein bisschen viel auf einmal.

Stella würde Mutter werden und wollte es noch nicht einmal, während sie, Leonie, sich seit Ewigkeiten nichts sehnlicher wünschte. Und dann ausgerechnet von Robert Behrendsen, den Stella ebenfalls nicht wollte und um den Leonie sie in diesem Moment glühend beneidete. Warum ausgerechnet er?, fragte sie sich immer wieder. Warum der Mann, in den sie sich vom ersten Tag an Hals über Kopf verliebt hatte? Das Leben war wirklich ungerecht!

Leonie versuchte dem Sturm der Gefühle, der in ihrem Inneren tobte, Herr zu werden und wünschte, sie hätte Stella nicht zu sich in die Wohnung gebeten. Wann nur war das alles passiert? Stella hatte ihr Stelldichein mit Robert Behrendsen mit keinem Wort erwähnt. Geschweige denn, dass sie überhaupt privat mit ihm zu tun gehabt hatte. Leonie war verletzt und wütend und konnte sich nur mit Mühe beherrschen. Am liebsten hätte sie Stella ihre ganze Enttäuschung entgegengeschrien.

Stella stockte, als sie Leonies Blick sah. Mein Gott, wie dumm von ihr! Leonie wollte ja so gerne eine Familie und war obendrein unglücklich in Robert verliebt. Wie hatte sie das nur vergessen können! Und sie saß hier wie ein heulendes Häufchen Elend und klagte Leonie ihr Leid.

»Bitte entschuldige«, murmelte sie und schaffte es kaum, ihrer Freundin in die Augen zu sehen. »Ich hatte dir nichts davon erzählt, weil es mir nichts bedeutet hat und ich dich nicht verletzen wollte. Aber das ist mir wohl gründlich misslungen«, bemerkte sie und senkte beschämt den Blick, als sie den Gesichtsausdruck ihrer Freundin sah.

Stella war erleichtert, als es plötzlich klingelte. Kopfschüttelnd ging Leonie aus dem Zimmer. Sie hätte wer weiß was darum gegeben, in Stellas Situation zu sein, und alles, was diese dazu zu sagen hatte, war, dass es ihr nichts bedeutete.

Vor der Tür stand Nina, der bei dem Gesichtsausdruck von Leonie das Lächeln auf den Lippen erstarb. Und als ob das noch nicht genug wäre, ertönte darüber hinaus aus dem Wohnzimmer Stellas Schluchzen.

»Was ist denn hier los?«, fragte Nina entgeistert.

»Komm rein«, entgegnete ihre Freundin und schob Nina ins Wohnzimmer. »Hier ist gerade Weltuntergangsstimmung. Ich denke, ich koche uns erst einmal eine große Kanne Tee«, sagte sie und verschwand in die Küche, froh, einen Augenblick allein sein zu können. Sie war gespannt, wie Nina auf Stellas Neuigkeit reagieren würde. Zum ersten Mal waren sie in einer Situation, in der ihre Freundschaft auf eine harte Belastungsprobe gestellt werden könnte. »Wow, das sind ja Neuigkeiten!«, hörte sie Nina sagen, die sich schwer auf Leonies Sofa plumpsen ließ.

Ratlos sah Nina auf die weinende Stella. Sie hatte keine Ahnung, was sie jetzt tun sollte. Stella trösten, die am Boden zerstört zu sein schien, oder mit Leonie sprechen, die sicher auch ziemlich durcheinander war.

»Und was willst du jetzt tun?«, erkundigte sie sich vorsichtig, weil sie sich Stella eigentlich nicht als alleinerziehende Mutter vorstellen konnte. Ein Baby und so viel beruflicher Ehrgeiz waren unvereinbar, so viel stand fest.

»Doktor Eisenmann hat mich gebeten, mir alles in Ruhe zu überlegen, aber ich will die Schwangerschaft so schnell wie möglich abbrechen, und daran ist nichts zu rütteln«, meinte Stella beinahe trotzig.

Nina nickte bedächtig.

»Du wirst schon das Richtige tun«, sagte sie ruhig. Hier durfte man sich nicht einmischen, diese Entscheidung musste sie ganz allein Stella überlassen. Aber eine Sache ließ ihr keine Ruhe:

»Wirst du es Robert sagen?«, fragte sie und sah Stella durchdringend an. Immerhin gab es einen Vater für dieses Kind, und Nina fand, dass man ihn auf jeden Fall informieren musste. Stella räusperte sich unsicher. Für gewöhnlich ließ sie sich nicht so schnell ins Bockshorn jagen, doch sie wusste, dass sie sich, moralisch gesehen, auf dünnes Eis begeben hatte.

Leonie kam aus der Küche und sah Stella gespannt an. Noch hatte sie ihre Gefühle nicht so recht im Griff. Die Vorstellung, dass sich der charmante und warmherzige Robert Behrendsen ausgerechnet in die unterkühlte Stella verliebt hatte, wollte ihr nicht in den Kopf.

Ihrer Meinung nach hätte er nach dem Tod seiner Frau einen gefühlvollen, familienfreundlichen Menschen an seiner Seite gebraucht, der sich mit Liebe und Hingabe um ihn und seinen Sohn kümmerte. Und dieser Mensch wäre sie selbst gern gewesen.

»Du musst es ihm sagen, er hat ein Recht darauf, es zu erfahren!«, sagte sie lauter als beabsichtigt.

Stella wünschte sich weit, weit weg. Sie hatte das Gefühl, einem Inquisitionskommando gegenüberzusitzen, und bereute es, die beiden eingeweiht zu haben. Nina und Leonie waren also der Ansicht, dass Robert ein Mitspracherecht zustand. Und wenn sie nicht dieser Meinung war? Immerhin ging es hier um ihr Leben!

Sie musste unwillkürlich an den Slogan »Mein Bauch gehört mir!« denken, den Wahlspruch der Feministinnen, die für das Recht auf Abtreibung gekämpft hatten. Noch nie hatte Stella diesen Satz so gut verstanden wie jetzt.

»Ich möchte jetzt lieber nicht mehr darüber sprechen, sondern ein bisschen allein sein. Tut mir leid, wenn ich euch in Aufregung versetzt habe«, sagte sie leise und erhob sich. Ohne sich noch einmal umzudrehen, ging sie in den Flur und zog die Tür hinter sich zu. Leonie und Nina sahen einander an und tranken stumm ihren Tee.

»Ist dein Vater da?«, fragte Stella in den Telefonhörer. Seit einer halben Stunde ging sie unruhig in ihrer Wohnung auf und ab, und die Gedanken wirbelten nur so durch ihren Kopf. Sie ärgerte sich noch immer über Leonie und Nina, allmählich allerdings meldeten sich erste Zweifel.

Ob sie nicht doch auf die beiden hören sollte? Robert hatte zweifelsohne ein Recht darauf, zu erfahren, dass er bald Vater werden würde. Und da sie schon in ihrer Liebesnacht so erschreckend unvernünftig gewesen war, sollte sie wenigstens jetzt ein wenig Reife zeigen.

»Moment, ich hol ihn«, antwortete Moritz, und Stella wunderte sich, dass er noch auf war. Immerhin war es einundzwanzig Uhr, viel zu spät für einen Jungen in seinem Alter. Andererseits: Was wusste sie schon über Kinder?

»Das ist ja schön«, hörte sie Robert sagen. »Was verschafft mir die Ehre?«

Stella wollte zu einer Erklärung ansetzen, aber plötzlich hatte sie Hemmungen, die Angelegenheit am Telefon zu besprechen.

»Ich wollte fragen, ob wir uns treffen können«, antwortete sie stattdessen und konnte hören, wie Robert am anderen Ende der Leitung tief durchatmete.

»Gern, jederzeit. Was schlägst du vor?«

Sie verabredeten sich für das kommende Wochenende, an dem Moritz bei seinen Großeltern sein würde.

»Ich hole dich Samstag um fünfzehn Uhr ab, dann können wir ein bisschen spazieren gehen«, schlug Robert vor, und Stella willigte ein.

Noch drei Tage, dann hatte sie es hinter sich! Eine neue Welle der Übelkeit stieg in ihr auf. Das Kind in ihrem Bauch wollte wohl auf sich aufmerksam machen.

»Ich finde, wir sollten ein Programm für alleinreisende Single-Frauen entwickeln«, schlug Leonie während des allwöchentlichen Abteilungsmeetings mit Thomas Regner vor. Oft schon hatte sie festgestellt, dass Frauen nur sehr ungern alleine verreisten, und sie kannte das Problem von sich selbst.

Beate Kröger, die Leiterin der Abteilung »Finanzen«, konnte ihr nur zustimmen. Seit ihrer Scheidung hatte sie sich schon länger nicht mehr zu einer Urlaubsreise durchringen können, auch wenn sie durchaus über die finanziellen Mittel verfügt hätte. Und der gerade mal dreißigjährigen Pressechefin ging es nicht anders. Die meisten ihrer Freundinnen waren liiert, und sie blieb ebenfalls lieber zu Hause, als sich alleine zu einer Reise aufzuraffen.

»Gute Idee!«, pflichteten die beiden ihr bei, unterstützt vom zustimmenden Gemurmel weiterer Kolleginnen. Interessiert blickte Thomas Regner in die Runde.

»Na, da scheinen sich ja ausnahmsweise mal alle einig zu sein«, sagte er lächelnd und wandte sich an Leonie.

»Wie wäre es, wenn Sie bis zur kommenden Woche ein Konzept ausarbeiten, das Sie uns dann beim nächsten Meeting präsentieren?«

Leonie wurden die Knie weich. Ach, du Schreck, dachte sie. Schon in der Schule hatte sie es gehasst, Referate zu halten, und beim Gedanken an eine Präsentation vor versammelter Runde bekam sie schwitzige Hände. Doch was blieb ihr anderes übrig? Sie lächelte krampfhaft und sagte:

»Natürlich ... sehr gerne ...«

»Nächste Woche kommt übrigens Ingvar Svensson aus der Zentrale in Stockholm, um sich ein Bild vom deutschen Reisebüromarkt zu machen, und da würde dieses Thema hervorragend passen«, hörte sie Thomas Regner sagen, und ihr wurde augenblicklich übel. Nein, nicht auch das noch!

»Aber ich kann gar kein Schwedisch«, versuchte sie zu protestieren, was ihr einen belustigten Blick ihres Chefs einbrachte.

»Das müssen Sie auch gar nicht, meine Liebe. Herr Svensson spricht ausgezeichnet Deutsch!« Damit erklärte er die Sitzung für beendet, und Leonie ging zurück an ihren Schreibtisch. Es war nicht zu fassen! Das Schicksal schien es momentan beinahe täglich darauf anzulegen, sie mit all ihren Problemen und Ängsten zu konfrontieren. Erst die Nachricht von Stellas Schwangerschaft und nun diese Präsentation. Als ob sie nicht schon alle Hände voll damit zu tun gehabt hätte, für ihren Kursus zu lernen und ihren neuen Job halbwegs gut zu machen.

Nina starrte nachdenklich aus dem Schaufenster von Koloniale Möbel und betrachtete das Treiben auf der Straße. Es war ein klarer, klirrend kalter Februartag, und die Sonne strahlte vom Himmel. Endlich! Nina träumte von sattem Grün, blühenden Bäumen und zarten Frühlingsknospen, die mit ihren kleinen Köpfen vorsichtig in die Welt lugten. Sie sehnte sich danach, endlich wieder den modrigen Geruch feuchter Erde einzuatmen.

Wenn es nach ihr ginge, hätte sie längst mit der Gartenarbeit in der Villa begonnen, allerdings würde es noch einige Zeit dauern, bis die Sonne den Winter endgültig vertrieben hatte. Außerdem musste sie vorher mit Stella und Leonie – vor allem aber mit Robert Behrendsen – über die Bepflanzung des Gartens sprechen. Sie hatte mindestens drei Varianten im Kopf, die preislich ziemlich weit auseinanderlagen.

Jetzt gerade jedoch war wahrscheinlich nicht der Moment für derlei Diskussionen. Ob Stella wirklich bei ihrem Entschluss blieb? Und wie Leonie wohl zumute war? Nina nahm sich vor, heute Abend bei ihr vorbeizuschauen, was sich aber erübrigte, als im selben Augenblick ihr Handy klingelte und eine verzweifelte Leonie in den Hörer schluchzte. Deren größtes Problem schien momentan nicht Stellas Schwangerschaft zu sein, sondern irgendeine Präsentation für ihr Reisebüro.

Nina versuchte ihre aufgewühlte Freundin zu beruhigen und dachte zum wiederholten Male, dass es Leonie nicht schaden würde, endlich ein wenig erwachsener zu werden.

»Lass uns heute Abend drüber sprechen«, sagte sie zum Abschied, klappte ihr Handy zu und blickte auf. Vor ihr stand Alexander Wagenbach. Vor Schreck hätte sie beinahe das Telefon fallen lassen.

»Oh, hallo«, stotterte Nina und sah ihn fragend an. Galt der Besuch ihr, oder ging es um Möbel?

»Ich hatte in der Nähe zu tun und dachte, ich schaue mal bei Ihnen vorbei«, erklärte er und sah sich interessiert um.

»Schönes Design«, lobte er anerkennend. »Habt ihr eigentlich auch Sekretäre?«

»Klar!«, antwortete Nina und fühlte sich seltsam unwohl. Auch Alexander Wagenbach wirkte nicht so souverän wie sonst. Nina schlug vor, einen Kaffee zu kochen, und floh erleichtert in die Küche.

Als sie zurückkam, war Alexander Wagenbach wie vom Erdboden verschluckt.

»Habe ich jetzt schon Halluzinationen?«, fragte Nina verwirrt, bevor sie den kleinen Zettel entdeckte, den er ihr dagelassen hatte.

»Tut mir leid, musste dringend weg, Erklärung später«, stand da, und Nina schüttelte ungläubig den Kopf. Was war denn auf einmal los? Waren jetzt alle um sie herum verrückt geworden?

Kapitel 25

Robert sagte nichts und blickte stumm auf die graue winterliche Elbe. Schließlich hob er einen Stein vom Boden auf und warf ihn in den Fluss. Stella sah ihn fragend an. Endlich drehte sich Robert um und nahm ihre Hand. So fest und so entschlossen, dass Stella dachte, er würde sie nie wieder loslassen.

»Du willst das Kind nicht, oder irre ich mich?«, fragte er leise, und Stella spürte einen dicken Kloß im Hals. Der Anblick seiner traurigen Augen zerriss ihr beinahe das Herz.

»Nein, ich will das Kind nicht«, bestätigte sie mit rauher Stimme.

»Schade, es wäre bestimmt ein süßes Kind geworden. Und Moritz hätte sich über ein Geschwisterchen gefreut!«

»Nun mach es doch nicht noch schlimmer, als es sowieso schon ist«, sagte Stella verzweifelt und fühlte, wie ihr die Tränen in die Augen stiegen. »Ich war leichtsinnig und habe einen Fehler gemacht, das gebe ich zu. Aber es ist nun einmal passiert und ändert nichts an der Tatsache, dass ich keine Kinder mag und vermutlich die schlechteste Mutter auf Gottes Erdboden abgeben würde. Glaub mir, damit würde ich niemandem einen Gefallen tun. Weder dir noch dem Kind, noch mir selbst!«

»Ist ja gut, ist ja gut«, meinte Robert beschwichtigend und nahm Stella in seine Arme. »Du alleine entscheidest, das ist klar. Hätten wir eine längere Beziehung gehabt, würde ich das Ganze vielleicht ein wenig anders sehen. Aber unsere leichtsinnige Liebesnacht und deine Sache mit Julian sind ein denkbar schlechter Ausgangspunkt, um ein Kind in die Welt zu setzen. Wenn du willst, begleite ich dich zu dem Eingriff und bleibe, bis es dir wieder bessergeht.«

»Ich danke dir, das schaffe ich schon alleine«, entgegnete Stella ruppig und befreite sich aus seiner Umarmung. Sie durfte nicht schwach werden und Robert neue Hoffnungen machen. Dieser Mann hatte eine andere Frau verdient! Eine, die seine Warmherzigkeit zu schätzen wusste, und nicht jemanden wie sie, die ihr Leben nicht in den Griff bekam. Eine Frau wie Leonie … Ja, Leonie würde wunderbar zu ihm passen und wäre eine liebevolle und fürsorgliche Mutter. Aber zwischen ihnen beiden lagen Welten!

»Hast du Lust, essen zu gehen? Schließlich ist heute Samstag – Ausgehtag«, sagte Robert nach einer Weile. »Ich verspreche auch, das Thema Kind nicht weiter zu erwähnen.«

Das ist auch besser so, dachte Stella bitter. Nein, Männer hatten ihr bislang kein Glück gebracht und sie ihnen vermutlich ebenso wenig. Robert würde bald erkennen, dass er etwas in sie hineinprojiziert hatte, dem sie in Wahrheit gar nicht standhalten konnte. Was war sie denn schon? Eine verwirrte und verunsicherte Vierzigjährige, die gerade sechs Wochen in einer psychosomatischen Klinik verbracht hatte. Eine ehrgeizige Karrieristin, die außer ihrem Beruf kaum andere Interessen hatte.

»Okay, aber nur, wenn ich dich einladen darf«, entgegnete sie.

Wenig später saßen sie bei einem rustikal eingerichteten Portugiesen und studierten die Speisekarte.

»Magst du Fisch?«

Robert bejahte und bestellte sich Garnelen in Knoblauchöl, Calamares und gegrillte Sardinen. Den Wein lehnte Stella bedauernd ab. Aus Solidarität stornierte Robert sein Bier und entschied sich stattdessen für eine große Apfelsaftschorle.

»Ist sowieso viel gesünder«, meinte er lächelnd. Zum ersten Mal bemerkte Stella die charmanten Fältchen um seine Augen und die distinguiert wirkenden gräulichen Strähnen, die sein volles, dunkles Haar sanft durchzogen.

»Erzähl mal«, sagte sie, »wie geht es euch da oben in Husum? Wie geht es deiner Mutter, und was macht die Praxis?«

Robert tunkte eine dicke Scheibe Weißbrot in die köstlich duftende Aioli-Sauce.

»Meiner Mutter geht es Gott sei Dank wieder gut, sie hat sich nach der Lungenentzündung schnell erholt. Ich bin immer wieder erstaunt, wie gut ihre Konstitution ist. Husum, deine erklärte Lieblingsstadt, bereitet sich allmählich auf den ersten Besucheransturm vor. Wenn im Schlosspark die Krokusse blühen, gibt es kein Halten mehr, und die Touristen brechen in Scharen über unser kleines Örtchen herein. Ansonsten ist alles beim Alten. Nur …«

Robert zögerte und schluckte sein Brot hinunter.

»Nur mit der Praxis habe ich so meine Probleme.«

Stella sah ihn fragend an.

»Die Gesundheitsreform macht mir ziemlich zu schaffen. Momentan überlege ich, wieder nach Hamburg zurückzugehen und die Stelle in der Pädiatrie der Uniklinik anzunehmen, die mir angeboten wurde.«

»Und was würde dann aus deiner Praxis werden?«, erkundigte sich Stella, der einfiel, dass er sie von seiner Frau geerbt hatte.

»Mein Partner hat sich schon umgehört und könnte einen Arzt für Allgemeinmedizin aufnehmen, ein weitaus aussichtsreicheres Betätigungsfeld als meines.«

»Das klingt doch vielversprechend. Worauf wartest du noch?«

»Zum einen hänge ich an Husum, auch wenn du das nicht nachvollziehen kannst, und zum anderen würde das bedeuten, Moritz aus seinem gewohnten Umfeld zu reißen. Seine Großeltern wären nicht mehr in der Nähe, und sie sind ihm sehr wichtig. In Hamburg wäre ihm alles fremd.«

»Da hast du natürlich recht«, sagte Stella und überlegte, was sie an seiner Stelle tun würde. »Meinst du nicht, dass es für Moritz langfristig wichtiger ist, finanziell abgesichert zu sein?«, fragte sie und sah, wie sich Roberts Miene verfinsterte.

»Geld und Karriere sind nicht alles, wie du mittlerweile gelernt haben solltest. Glaubst du immer noch, dass materieller Reichtum wichtiger ist als emotionale Stabilität?«

Stella fühlte Wut in sich aufsteigen. Da waren sie wieder, ihre unterschiedlichen Auffassungen vom Leben!

»Ach, denkst du vielleicht, dass Moritz glücklicher wäre, wenn ihr kein Geld für neue, angesagte Turnschuhe hättet und er deswegen in der Schule gehänselt werden würde? Oder wenn er nicht mit auf Klassenfahrt darf, weil du dir das nicht leisten kannst?«, entgegnete sie und merkte sogleich, wie harsch sie geklungen haben musste. Eigentlich ging sie das Ganze überhaupt nichts an. Weshalb gelang es diesem Mann nur immer wieder, sie derart in Rage zu bringen?

Robert schien ebenfalls verärgert und verlangte die Rechnung.

»Noch kann ich sie ja bezahlen«, bemerkte er bissig, als Stella ihr Portemonnaie zückte.

Schweigend gingen die beiden zum Parkplatz, und Stella bereute es bereits, dass sie nicht getrennt zum Hafen gefahren waren. Fast war sie versucht, ein Taxi zu bestellen, aber das wäre dann doch zu albern gewesen, denn Robert fuhr ebenfalls zur Villa.

»Nun komm schon, ich beiße nicht«, brummte er und schob sie zu seinem Wagen.

Zu Hause angekommen, verabschiedeten sie sich kühl voneinander und wünschten sich eine gute Nacht. Als die Tür hinter ihr ins Schloss gefallen war, horchte Stella in die Stille. Nun war sie wieder allein.

Während sie sich abschminkte, kehrten ihre Gedanken zu Robert zurück. Er war wirklich mit Leib und Seele Vater. Eine solche Entscheidung musste schwer für ihn sein. Und zu allem Überfluss hatte sie ihn auch noch mit ihrer Schwangerschaft konfrontiert.

Angesichts der Umstände hatte er wirklich sehr einfühlsam reagiert, ganz im Gegensatz zu ihrem heftigen Gefühlsausbruch.

Sie konnte sich einfach nicht vorstellen, wie es war, wenn einem ein kleines Kind wichtiger war als das eigene Leben, wenn man jemanden mehr liebte als sich selbst. Während ihres Klinikaufenthalts war ihr schmerzhaft klar geworden, dass sie sich selbst nicht besonders mochte, und solange man sich nicht selbst liebte, konnte man wahrscheinlich auch niemanden anderen lieben, so hieß es ja immer.

Dass das Leben derart kompliziert sein musste! Seufzend schenkte sich Stella ein Glas Mineralwasser ein und dachte über Kinder, Verantwortung und Erwachsensein nach – all die Themen, die während ihrer Therapiestunden eine wichtige Rolle gespielt hatten.

Ein Kind zu haben würde sicher so manche Perspektive zurechtrücken, dachte sie, als plötzlich ein stechender Schmerz ihren Unterleib durchfuhr. Sie krümmte sich zusammen und sah entsetzt, dass ein hellroter Streifen an ihrem Oberschenkel hinunterlief. War das Blut? Panisch rannte sie zur Toilette und riss sich hektisch den Slip hinunter. Was um Himmels willen war geschehen? Wieder spürte sie einen ziehenden Schmerz, der sich bis in den Bauch hochzog, und ihr gesamter Unterleib krampfte sich ruckartig zusammen. Das Baby! Vor lauter Panik klingelte Stella bei Leonie Sturm.

»Hilfe, bitte schnell, ich brauche Hilfe«, rief sie, außer sich vor Angst. Leonie und Nina kamen gleichzeitig aus ihren Wohnungen gerannt und fackelten nicht lange, als sie den riesigen Blutfleck auf Stellas Nachthemd sahen.

»Ich rufe den Notarzt«, sagte Nina, und Leonie lief nach oben zu Robert Behrendsen, dessen Wagen sie in der Auffahrt entdeckt hatte. Bleich vor Schreck kam er wenige Sekunden später die Treppe heruntergestürzt, hinter ihm eine nicht weniger verstörte Leonie.

Stella folgte Roberts Anweisungen widerspruchslos und ließ sich auf das Sofa dirigieren, wo er ihr ein Handtuch unterlegte und die Beine hochlagerte. Liebevoll hielt er ihre Hand und sprach beruhigend auf sie ein. Stella weinte hemmungslos. Es passierte wirklich eine Katastrophe nach der anderen! Sie hatte es satt, dass ihr Körper ständig verrückt spielte.

»Mach dir keine Sorgen, es wird alles wieder gut«, sagte Robert zärtlich und streichelte ihr übers Haar. Leonie packte in der Zwischenzeit ein paar von Stellas Sachen zusammen, für den Fall, dass diese im Krankenhaus bleiben musste. Nina wartete währenddessen an der Eingangstür auf den Arzt.

Zwanzig Minuten später standen sie in der Notaufnahme der Uniklinik. Robert wich Stella nicht von der Seite und begleitete sie in den Untersuchungsraum. Nina und Leonie blieben in der Wartehalle und warteten angespannt auf Neuigkeiten.

Die diensthabende Ärztin verabreichte Stella eine hohe Magnesiumdosierung, um eine Fehlgeburt zu verhindern. Wie in Trance ließ sie die Prozedur über sich ergehen. Seltsam, nun, da sie ihr Kind zu verlieren schien, wollte sie alles tun, um es zu retten. Keinen Moment lang dachte Stella daran, dass sie in einer Woche zu einem Abtreibungstermin hatte gehen wollen.

»So, nun ruhen Sie sich erst mal aus. Wenn es Ihnen in ein paar Stunden bessergeht und keine weiteren Komplikationen eintreten, kann Ihr Mann Sie wieder mit nach Hause nehmen. Danach müssen Sie sich allerdings unbedingt ein paar Wochen schonen, denn noch ist Ihr Baby nicht außer Gefahr«, erklärte die Gynäkologin und ließ Robert und Stella mit einem aufmunternden »Das wird schon!« allein.

»Hmm«, war alles, was Robert sagte, und Stella wusste nicht, was sie dem hinzufügen sollte. Vielleicht wollte sie insgeheim doch ein Kind. Stella war verwirrt. Wieder einmal stand die ganze Welt kopf, und sie war froh, dass Robert einfach nur schweigend bei ihr saß und ihre Hand hielt. Er war ihr Fels in der Brandung, und es war ein schönes Gefühl, ihn in diesem Moment an ihrer Seite zu wissen. Und zu wissen, dass Leonie und Nina draußen auf sie warteten.

Kapitel 26

Als Leonie das Besprechungszimmer von Traumreisen betrat und Ingvar Svensson die Hand schüttelte, glaubte sie, sterben zu müssen. Seit einer Woche hatte sie sich seelisch auf diesen Moment vorbereitet, und trotzdem brach ihr beim Anblick der versammelten Runde sofort der Schweiß aus. Mit wackeligen Knien stellte sie sich vor ihre Kollegen und räusperte sich. Komm schon, du schaffst das, dachte sie und versuchte ein wenig ruhiger zu werden. In den letzten Tagen hatte Nina sie richtig gecoacht, und ihre Eltern hatten als Testhörer herhalten müssen und ihr viel Rückhalt gegeben.

Leonie straffte die Schultern und begann stockend, allmählich jedoch immer sicherer ihr neues Reisekonzept für Single-Frauen vorzutragen. Ihre Zuhörer sahen sie zustimmend an, und auch Thomas Regner lächelte anerkennend. Herr Svensson verzog unterdessen keine Miene, aber auf sein Urteil kam es Leonie nicht an. Im Augenblick zählte nur ihre Präsentation. Ihr Schlusswort wurde von anerkennendem Beifall begleitet, und Leonie war froh, die halbe Stunde so erfolgreich hinter sich gebracht zu haben.

»Ich glaube, ich hab mir jetzt einen Kaffee verdient«, hörte sie sich sagen, und ihre Kollegen lachten.

»Das haben Sie wirklich«, pflichtete Thomas Regner ihr bei, erhob sich und brachte ihr höchstpersönlich eine Tasse, die Leonie errötend entgegennahm. Sie hatte das Gefühl, auf einer Wolke zu schweben, und genoss ihr Glücksgefühl in vollen Zügen. Die folgende Diskussion bekam sie nur noch am Rande mit. Sollte sich das Team die Köpfe heißreden – ihre Aufgabe hatte sie mit Bravour bestanden, und für heute wollte sie einfach nur noch ihre Ruhe.

Doch Leonies Hoffnung wurde jäh zunichtegemacht, als Thomas Regner sie nach dem Meeting noch einmal ansprach.

»Herr Svensson und ich würden heute Nachmittag gern mit Ihnen noch einmal ausführlicher über das Konzept sprechen. Kommen Sie bitte um fünfzehn Uhr in mein Büro«, ordnete er an, worauf Leonie stumm nickte. Bis dahin würde sie hoffentlich wieder etwas in die Realität zurückgefunden haben.

Immer noch berauscht von ihrem Erfolg, rief sie bei Nina an und bedankte sich überschwänglich für deren Hilfe. Die freute sich riesig für Leonie, weil sie wusste, wie dringend ihre Freundin ein solches Erfolgserlebnis gebraucht hatte, insbesondere nach all dem Ärger mit Doris Möller.

Nina stand bei Koloniale Möbel, sah aus dem Fenster und dachte nach.

In kleinen Schritten, so, wie sich der Frühling gerade vorsichtig ankündigte, schien es auch in ihrer aller Leben langsam bergauf zu gehen, ausgenommen natürlich Stellas Zusammenbruch. Mit Schaudern erinnerte sich Nina an Stellas panisches Geschrei, an das blutige Nachthemd und ihr kalkweißes Gesicht. Aber der Zwischenfall hatte wirklich sein Gutes gehabt, und Nina fand es toll, dass sich Stella dazu entschlossen hatte, das Kind zu behalten. Das würde ihrem Leben einen neuen Sinn geben, und irgendwie hatte Nina das Gefühl, dass nun auch ihr Leben endgültig eine positive Wende nehmen würde. Außerdem freute sie sich auf den Zuwachs und ein wenig mehr Lebendigkeit in der Villa. Sie wusste schon, was sie Stella zur Geburt schenken würde: eine eigens für sie gezüchtete Rose.

Gutgelaunt dekorierte Nina sommerliche Wohnaccessoires im Eckfenster des Möbelladens. Spätestens Ende Februar hatten die meisten Menschen den langen Winter satt und sehnten sich nach Helligkeit und fröhlichen Farben. Ninas Laune stieg mit jedem bunten Kissen, jedem Windlicht und Tischset, das sie in die Hand nahm.

Bald würden die Vögel zwitschern und die Tage länger werden. In Kürze könnte sie endlich den Garten der Villa genießen und das fröhliche Zusammensein mit den Menschen, die ihr am Herzen lagen. Mit einem Mal wurde sie übermütig und bekam Lust, Asterdivaricatus um ein Treffen zu bitten. Bislang hatte sie sich nie zu diesem Schritt durchringen können.

»Ich will auch mal etwas Unvernünftiges tun!«, sagte sie zu der großen Holzgiraffe und war froh, dass nicht just in diesem Moment ein Kunde den Laden betrat.

Von: info@gruenzeug.net
An: Asterdivaricatus@t-online.de

Lieber Waldemar,
heute habe ich eine ganz besondere Frage an Sie, und ich mache es kurz, bevor ich es mir wieder anders überlege: Wollen wir uns nicht endlich einmal treffen?
Mit vorfrühlingshaften Grüßen,
Ihre Nina

Schnell drückte sie auf »Senden« und richtete sich einen SMS-Alarm ein, der sie über neu angekommene E-Mails informieren sollte. Den Kniff hatte Stella ihr gezeigt, doch Nina hätte nicht gedacht, dass sie ihn tatsächlich jemals anwenden würde. So würde sie nicht dauernd in ihren Posteingang gucken, sondern stattdessen alle paar Minuten auf das Handydisplay, dachte sie ein wenig amüsiert, während sie noch einmal die programmierte Lautstärke kontrollierte. Hatte sie den Klingelton überhaupt eingeschaltet? Warum rührte sich Waldemar nicht?

Zwei Stunden später hatte sie immer noch nichts von ihm gehört, und Nina bereute ihre Entscheidung bereits. Bestimmt hatte er nicht das geringste Interesse daran, sie zu treffen, und sie hatte sich vollkommen lächerlich gemacht.

Am späten Nachmittag war ihre Schicht zu Ende, und sie überließ den Laden einer Kollegin. Ihr Telefon blieb nach wie vor stumm, und Ninas gute Laune verschlechterte sich von Minute zu Minute.

Das mit den Männern war offenbar ein schwieriges Kapitel in ihrem Leben. Auch Alexander Wagenbach hatte sich nach seinem überstürzten Aufbruch vor über einer Woche nicht mehr bei ihr gemeldet. Dabei hatte er bislang so ausgeglichen und souverän auf sie gewirkt. Andererseits: Je mehr Nina mitbekam, was in ihrem Umfeld so vor sich ging, desto weniger wunderte sie sich. Die Menschen waren eben nicht immer logisch und konsequent.

»Herr Svensson und ich sind der Meinung, dass eine stärkere Fokussierung auf unsere weibliche Kundschaft eine wirklich gute Idee ist!«, eröffnete Thomas Regner das Gespräch, und

Leonies Herz tat einen Freudensprung. »Traumreisen ist es in diesem Bereich nie gelungen, sein Programm den aktuellen Trends und den Bedürfnissen des Marktes anzupassen. Und dies nicht zuletzt, weil in unserer Führungsetage in erster Linie Männer sitzen.«

Ingvar Svensson nickte zustimmend.

»Darum möchten wir Sie, liebe Frau Rohlfs, fragen, ob Sie sich vorstellen können, Ihr Konzept eigenverantwortlich auszubauen und in die Tat umzusetzen. Wir würden Ihnen einige Mitarbeiter an die Seiten stellen, und Sie könnten sich voll darauf konzentrieren, zielgruppenadäquate Reisemodelle zu entwickeln und sich entsprechende Vermarktungsstrategien zu überlegen.«

Leonie sah die beiden mit offenem Mund an. Das konnte doch alles nicht wahr sein. Sie sollte schon wieder befördert werden und ein eigenes Programmsegment aufbauen? War sie so einer Aufgabe überhaupt gewachsen?

»Ich weiß nicht so recht«, antwortete sie zögernd und sah ihren Vorgesetzten unsicher an. »Natürlich freue ich mich sehr, dass Ihnen meine Präsentation gefallen hat. Aber ich fürchte, dass ich bei der Konzeptumsetzung schnell an meine Grenzen stoßen würde. Ich habe kaum eigene Reiseerfahrung, was eminent wichtig wäre für eine stimmige Umsetzung des Konzepts. Sie wissen ja wahrscheinlich, was Doris Möller von meinen Voraussetzungen hält.«

Leonie konnte Ninas lautstarke Protestschreie regelrecht hören. Es stimmte, sie neigte dazu, ihr Licht unter den Scheffel zu stellen. Aber was nützte es, etwas vorzutäuschen, was man im Grunde gar nicht konnte.

»Ehrlich währt am längsten«, so war sie erzogen worden,

und daran hielt sie sich auch heute noch, Selbstmarketing und Karriere hin oder her. Die ganzen neunmalschlauen Ratgeber und Persönlichkeitscoachs, die Nina und Stella immer zitierten, konnten ihr gestohlen bleiben. Vielleicht war dies der Zeitpunkt, auf den sie so lange gewartet hatte. Der Zeitpunkt für eine echte Veränderung …

»Reisen Sie denn nicht gern?«, erkundigte sich Ingvar Svensson ungläubig.

»Nein«, antwortete Leonie leise und sah ihn herausfordernd an. Ihr war selbst nicht klar, woher sie auf einmal ihren Mut nahm. Es war, als hätte sich ein Schalter in ihrem Kopf umgelegt. Einen Moment war es still im Büro, dann begann Herr Svensson lauthals zu lachen. »Eine Reiseverkehrskauffrau, die nicht gerne reist, das habe ich ja noch nie gehört«, rief er aus und klatschte laut in die Hände. »Hat Ihre Antipathie gegen das Reisen einen Grund?«

»Ich bin eben ein ängstlicher Mensch«, sagte Leonie und hielt seinem Blick stand. Sie würde sich nie wieder für sich selbst schämen. Es war an der Zeit, endlich die Verantwortung für ihr Leben zu übernehmen und einzusehen, dass sie den falschen Beruf gewählt hatte.

»Eine Mitarbeiterin, die nicht gerne reist, ist mit Sicherheit nicht die Richtige für Ihr Unternehmen, und schon gar nicht, um ein neues Programmsegment aufzubauen. Aus diesem Grund möchte ich Sie bitten, meine Kündigung entgegenzunehmen.«

Thomas Regner sah aus, als hätte Leonie ihn geohrfeigt.

»Das ist nicht Ihr Ernst, oder, Frau Rohlfs?«, fragte er völlig perplex. Doch Leonie war es ernst, äußerst ernst sogar. Eigentlich hatte sie die ganze Zeit schon geahnt, dass dieser

Moment kommen musste. Aber immerhin war es nicht Doris Möller, die sie aus dem Reisebüro vertrieben hatte, sondern die Entscheidung lag ganz allein bei ihr.

»Es tut mir leid, Herr Regner, wenn ich Sie enttäuscht habe, aber ich bin überzeugt, dass es so am besten ist.«

Gespannt sah sie die beiden Männer an. Die Bombe war geplatzt, sie hatte gekündigt und sich von einer riesigen Last befreit. Nun mussten die Dinge nur noch ihren Lauf nehmen ...

Kapitel 27

Zur selben Zeit saß Stella in einem geräumigen Abteil der Nord-Ostsee-Bahn und dachte über ihre Zukunft nach. Nach ihrer Entlassung aus der Klinik hatte sie sich erstaunlich schnell erholt, und wenn alles gutging, würde sie im Herbst ihr Baby bekommen.

Heute Vormittag hatte sie beschlossen, sich etwas Gutes zu tun und ihren Geburtstagsgutschein im Husumer Wellness-Hotel Alte Schule einzulösen. Sie hatte ein Zimmer gebucht, ihre Termine für die kommenden Tage gecancelt und Nina und Leonie Bescheid gesagt.

Schön, dass ich das Abteil ganz für mich alleine habe, dachte sie, als sie aus dem Fenster blickte und die karge schleswig-holsteinische Landschaft an sich vorbeiziehen sah. Vorsichtig strich sie sich über den Bauch.

»Wenn du ein Mädchen wirst, nenne ich dich Emma«, sagte sie zärtlich und hoffte, dass ihre Stimme laut genug war, um zu dem kleinen Wesen durchzudringen, das da in ihrem Bauch heranwuchs. Eine starke Gefühlswelle durchflutete sie. Und das war schön. Sie war nicht mehr allein, sie musste Verantwortung für einen anderen Menschen übernehmen. Für jemanden, der vollkommen von ihr abhängig war. Sie würde versuchen, eine gute Mutter zu sein, ja, sie würde alles in ihrer Macht Stehende tun, um ihr Kind für das Leben zu rüsten.

Wie ihre Mutter wohl reagierte, wenn sie erfuhr, dass sie schon bald Oma werden würde? Ganz einfach, Stella würde es ihr erst nach der zwölften Schwangerschaftswoche sagen. Nun musste sie sich nur noch überlegen, wie sie Mutterschaft und Beruf unter einen Hut bringen würde. Robert hatte ihr seine Unterstützung zugesichert und angekündigt, sooft es ging, nach Hamburg zu kommen, um nach ihr zu sehen. Auch ihre Freundinnen hatten sich sehr über ihre Entscheidung gefreut und sich spontan als Babysitter angeboten. Stella war erleichtert, dass zwischen ihr und Leonie alles wieder in Ordnung war. Die beiden hatten sich ausgesprochen, und Leonie hatte Stella zum Schluss alles Gute gewünscht. Es war nach wie vor nicht leicht für sie, aber sie gönnte Stella ihr Glück von ganzem Herzen.

Im Grunde war alles wunderbar, und sie musste sich keine allzu großen Sorgen machen. Immerhin hatte sie noch genug Rücklagen aus der Erbschaft ihres Vaters. Und ihre Mutter würde sich bestimmt freuen, ab und zu auf das Kind aufzupassen. Und schließlich war da noch Robert.

Robert …

Stella wurde warm ums Herz. Obwohl sie es ihm mit ihren Macken und ihrer komplizierten Art weiß Gott nicht leicht gemacht hatte, hatte er stets Verständnis für sie aufgebracht. Und auch jetzt stand er ihr anstandslos zur Seite, ohne eine Gegenleistung zu erwarten oder etwas von ihr zu fordern.

»Ein toller Mann«, murmelte sie und wunderte sich im selben Moment über die Worte, die ihr so spontan entschlüpft waren. Sie war gespannt, ob sich Robert für Hamburg entscheiden würde. Natürlich hatten sich die Umstände geändert, jetzt, wo sie das Kind bekommen würde. Trotzdem war da nach wie vor das Problem mit Moritz, den man ja nicht so einfach aus seinem vertrauten Umfeld herausreißen konnte.

»Du hast gekündigt?«, fragte Nina entsetzt und schnappte nach Luft, als Leonie ihr im La Lune von den neuesten Ereignissen berichtete. Vor lauter Aufregung hatte sie zwei Scheiben Weißbrot auf der Tischdecke zerkrümelt und war gerade dabei, sich eine dritte zu schnappen, als Leonie ihr den Brotkorb wegnahm.

»Und wie fühlst du dich jetzt?«, wollte sie wissen und betrachtete ihre Freundin, die so gut aussah wie seit langem nicht mehr. Ihre Wangen waren gerötet, und ihre Augen blitzten, als wäre sie frisch verliebt.

»Super«, sagte Leonie, und Nina glaubte ihr aufs Wort. Das Reisebüro war vielleicht wirklich nicht der richtige Ort für sie gewesen.

»Und du hättest keine Lust gehabt, das neue Programm aufzubauen?«, fragte sie, immer noch etwas ungläubig. Auch sie hatte Leonies Konzept sehr stimmig und rund gefunden. »Immerhin hättest du einen eigenen Bereich gehabt und wahrscheinlich eine Gehaltserhöhung bekommen.«

»Ich weiß«, entgegnete Leonie strahlend, »genau das ist ja das Tolle. Ich gehe, aber mit dem guten Gefühl, dass ich bei Traumreisen Karriere gemacht hätte. Das ist eine super Motivation und genau der Schub, den mein Selbstbewusstsein gebraucht hat. Wann hätte ich einen solchen Schritt unternehmen sollen, wenn nicht jetzt? Mit fünfzig traue ich mich so etwas bestimmt nicht mehr. Außerdem sieht es langfristig nicht besonders gut für unsere Branche aus. Und überleg mal, wie viel Spaß dir die Arbeit im Möbelladen macht, obwohl du erst dachtest, die Welt ginge unter, als das Blumenmeer geschlossen wurde.«

Das stimmt, dachte Nina, die nun die Brotkrümel, die sie vorher auf der Tischdecke verteilt hatte, in sich hineinmampfte.

»Aber was hast du jetzt vor? Du bist beim Arbeitsamt erst mal für einige Zeit gesperrt, bevor du Geld bekommst.«

»Irgendwas wird mir schon einfallen«, entgegnete Leonie und schenkte Wein nach. »Ich habe ein paar Ersparnisse, und bis ich weiß, was ich wirklich will, werde ich mir einfach einen Übergangsjob suchen. Vielleicht in einer Boutique oder einem Café. Momentan werden wegen der erweiterten Ladenschlusszeiten überall Aushilfen gesucht. Ich schaffe das schon, da mache ich mir keine Sorgen.«

»Wie werden deine Eltern reagieren?«, gab Nina zu bedenken, die sich noch sehr genau daran erinnern konnte, wie entsetzt ihre Mutter gewesen war, als sie hörte, dass ihre Tochter bald arbeitslos werden würde.

»Die schlagen bestimmt vor, dass ich wieder zu ihnen zurückkommen soll, aber das ist keine Option für mich«, antwortete Leonie entschlossen.

In diesem Moment kam Alexander Wagenbach zur Tür herein, an der Leine seinen großen Hund. Als er Nina unter den Gästen erblickte, war er sichtlich verlegen und hätte am liebsten gleich wieder umgedreht. Auch Nina war das Zusammentreffen unangenehm.

»Hallo«, grüßte sie knapp und streichelte den Hund, der erfreut mit dem Schwanz wedelte. Nachdem Alexander Wagenbach ebenso knapp zurückgegrüßt hatte, ging er schnurstracks in die Küche. Er schien ziemlich angespannt zu sein, und so beschloss Nina, ihn bis auf Weiteres nicht auf seinen überstürzten Aufbruch neulich anzusprechen. Entweder würde er von selbst zu ihr kommen oder es eben bleiben lassen. Momentan beschäftigte es sie viel mehr, weshalb Asterdivaricatus nicht auf ihre E-Mail geantwortet hatte. Was sollte sie tun, wenn er sich gar nicht mehr meldete?

»Hey, Nina, hast du gehört, was ich gerade gesagt habe?«, fragte Leonie und sah ihre Freundin verwundert an. Nina zögerte nur kurz, dann brachen die Zweifel der letzten Tage aus ihr heraus, und sie erzählte Leonie alles.

Sie hat sich wirklich in diesen Unbekannten verliebt, stellte Leonie fest und wusste nicht, was sie davon halten sollte. Nach wie vor befürchtete sie, dass Nina einem Hochstapler aufgesessen war und eine große Enttäuschung erleben würde. Selbst wenn Asterdivaricatus sich auf ein Treffen einließ.

Als Nina und Leonie spätabends gutgelaunt nach Hause kamen, konnte Nina es kaum abwarten, ihren PC anzumachen. Der SMS-Alarm war zwar nicht ausgelöst worden, aber vielleicht hatte sie ja auch einen Fehler bei der Programmierung gemacht. Nicht einmal den Schlummertrunk, den Leonie ihr anbot, wollte sie annehmen, so versessen war sie darauf, endlich an ihren Computer zu kommen.

Mit klopfendem Herzen wartete Nina auf die Verbindung, doch anstelle der ersehnten E-Mail von Waldemar Achternbeck fand sie eine Nachricht von Alexander Wagenbach, die er vor ein paar Minuten aus dem Restaurant abgeschickt hatte. Nina war irritiert. Woher hatte er ihre E-Mail-Adresse? Dann fiel ihr wieder ein, dass sie ihm im Glanz & Gloria ihre Visitenkarte gegeben hatte.

Von: info@lalune.de
An: info@gruenzeug.net
Betreff: Entschuldigung

Liebe Nina,

bitte entschuldigen Sie mein unhöfliches Verhalten heute Abend und damals bei Ihnen im Laden. Auch wenn man es mir vorhin nicht angemerkt hat – ich habe mich gefreut, Sie zu sehen. Schade nur, dass Sie nicht alleine waren, ich hätte mich gerne ungestört mit Ihnen unterhalten.

Ich erlebe beruflich und privat momentan eine schwierige Zeit, und es vergeht kaum ein Tag, an dem ich nicht mit neuen Problemen zu kämpfen habe. Als ich Sie bei Koloniale Möbel besucht hatte, bekam ich die Nachricht, dass sich einer meiner wichtigsten Mitarbeiter entschieden hat, zu kündigen. Und so bin ich Hals über Kopf aufgebrochen, in der Hoffnung, das Schlimmste zu verhindern, doch leider vergebens. Bitte entschuldigen Sie, aber mir sind die Nerven durchgegangen. Seitdem habe ich mich nicht mehr getraut, mich bei Ihnen zu melden. Ich hatte wohl Angst, dass Sie böse auf mich sind. Ich würde mich jedoch sehr freuen, wenn wir uns bald unter entspannteren und erfreulicheren Bedingungen sehen könnten, und hoffe, dass es Ihnen gutgeht!

Alles Liebe,

Alexander

Nachdenklich saß Nina vor ihrem Computer und überlegte, was wohl die Probleme waren, mit denen Alexander Wagenbach sich tagtäglich herumschlug. Ein fehlender Mitarbeiter reichte ja schon. Wer es wohl war, der ihn so holterdiepolter im Stich gelassen hatte. Vielleicht Gaston, der Maître de Cuisine, ein etwas kapriziöser Koch aus Avignon, von dem Nina schon so viel gehört hatte? Sie konnte sich lebhaft vorstellen, wie schlimm es war, wenn der Chefkoch von heute auf morgen kündigte und im wahrsten Sinne des Wortes »den Löffel abgab«. Bei dem Gedanken musste Nina unwillkürlich kichern, wenngleich sie es dem armen Mann natürlich nicht wünschte, aus dem Leben zu scheiden. Jedenfalls war die Mail von Alexander wirklich sehr nett. Und sicher konnte er etwas Aufmunterung gebrauchen. Ohne lange zu überlegen, schrieb sie zurück:

Von: info@gruenzeug.net
An: info@lalune.de
Betreff: Schon okay

Lieber Alexander,
es tut mir leid, dass Sie sich mit solchen Sorgen herumschlagen müssen, aber zumindest in einem Punkt kann ich Sie beruhigen: Ich bin Ihnen nicht böse. Mit schweren Zeiten kenne ich mich aus, und wenn man mittendrin steckt, hat man immer das Gefühl, dass sich an diesem Zustand nie wieder etwas ändern wird. Aber glauben Sie mir (und ich hoffe, ich klinge nicht wie einer dieser esoterischen Jahreskalender), die Dinge werden sich mit der Zeit relativieren, und vielleicht können Sie sogar noch etwas Positives aus Ihrer Krise ziehen. Melden Sie sich einfach, wenn Sie jemanden zum Reden brauchen.
Kopf hoch!
Nina

Als sie die Nachricht abgeschickt hatte, überkam sie eine Welle der Traurigkeit. Warum meldete sich Asterdivaricatus nicht? Es war seltsam, dass er ausgerechnet jetzt nichts mehr von sich hören ließ, nachdem sie ihm ein Treffen vorgeschlagen hatte. Das konnte nur bedeuten, dass er kein Interesse daran hatte, sie kennenzulernen, oder dass er etwas zu verbergen hatte. Vielleicht war er liiert oder doch ein ganz anderer, als er vorgegeben hatte zu sein.

»Also zurück auf Anfang«, murmelte Nina seufzend, während sie sich das Gesicht eincremte. In letzter Zeit fand sie zunehmend Gefallen daran, ihren Körper mit duftenden Lotionen zu pflegen und zu verwöhnen.

»Du bist ein richtiges Mädchen geworden«, sagte sie zu ihrem Spiegelbild und streckte sich selbst die Zunge heraus.

Als Nina ein paar Minuten später im Bett lag, wälzte sie sich unruhig von einer Seite auf die andere. Immer wieder glitten ihre Gedanken zu Asterdivaricatus. Sie ärgerte sich, dass sie sein Schweigen so verletzte, doch sie konnte nichts dagegen zun. Erst gegen vier Uhr morgens fiel sie in einen tiefen, traumlosen Schlaf.

»Bleiben Sie bei Ihrem Entschluss?«, erkundigte sich Thomas Regner am darauffolgenden Tag und musterte Leonie streng. Vor diesem Augenblick hatte sich Leonie gefürchtet, aber sie war entschlossen, hart zu bleiben. Sie wusste, dass sie die richtige Entscheidung getroffen hatte. »Ja, ich denke, dass es am besten so ist«, antwortete sie bestimmt.

»Dann würde ich vorschlagen, dass Sie Ihre Sachen zusammenpacken und mir in einem Memo zusammenfassen, woran Sie gearbeitet haben. Sie bekommen noch bis Ende März

Gehalt, sind jedoch ab sofort freigestellt. Ich sehe keinen Sinn darin, Sie noch weiter an Projekten arbeiten zu lassen, die dann sowieso ihre Nachfolgerin übernehmen muss.«

Leonie war sofort einverstanden. Im Prinzip war sie froh, das Reisebüro und alles, was damit zusammenhing, so schnell wie möglich hinter sich lassen zu können. Durch das zusätzliche Gehalt hatte sie sogar etwas Luft, um sich zu überlegen, wie es weitergehen sollte.

»Ich danke Ihnen für die Fairness und die Chance, die Sie mir geben wollten«, sagte sie und ging daraufhin in ihr Büro, um ihre wenigen Habseligkeiten in eine Tüte zu packen.

Als sie am frühen Nachmittag schließlich aus der Tür trat und auf die Alster sah, die im frühlingshaften Sonnenlicht glitzerte, fühlte sie sich so befreit wie schon lange nicht mehr. Und was das Seltsamste war: Sie hatte keine Angst, nicht die geringste!

Ein paar Minuten später stand sie am Wasser, leckte an einer Kugel Mandeleis und sah den Schwänen zu, wie sie friedlich ihre Runden drehten. Es würde alles gut werden, das spürte sie!

Kapitel 28

An diesem Morgen erwachte Stella erholt und ausgeschlafen in ihrem breiten, kuscheligen Hotelbett. Sie betrachtete das helle, geräumige Zimmer mit den freundlichen Farben und den luftigen Gardinen. Die Alte Schule – ursprünglich tatsächlich ein Schulgebäude – war ein wahrer Wellness-Tempel mit luxuriös ausgestatteten Suiten und großem Sauna- und Badebereich. Der ideale Ort, um auszuspannen und es sich gutgehen zu lassen. Stella räkelte sich wohlig in ihrem Bett.

Nach einer ausgiebigen Dusche beschloss sie, den Tag mit einer Stadtbesichtigung zu beginnen und die verborgenen Schätze Husums zu erkunden. Robert hätte seine wahre Freude an mir, dachte sie lächelnd. Ihr Weg führte über den idyllischen kleinen Marktplatz geradewegs ins Storm-Café, wo sich Stella ein riesiges Stück Kuchen genehmigte – nur eines ihrer Gelüste, die sie in letzter Zeit häufig überkamen. Jeden Tag war sie aufs Neue fasziniert, wie sehr sich ihr Körper veränderte.

Zufrieden aß sie ihre Stormtorte und hoffte, dass Emma ihr den rumgetränkten Tortenboden verzeihen würde. Emma, dachte Stella versonnen und leckte über ihre Kuchengabel. Mittlerweile war sie überzeugt, ein Mädchen zu bekommen. Ob die Kleine auch so ein Leckermäulchen wird?, überlegte sie, während sie sich über die Marzipandecke hermachte. Die Leute behaupteten ja immer, dass Kinder später genau das mochten, was ihre Mutter während der Schwangerschaft gegessen hatte. Stella gönnte sich noch ein zweites Stück und betrachtete das gemütliche Café. Der altmodische Charme und das biedere Interieur mit seinen Häkeldecken, Kronleuchtern und dem Silberbesteck waren so ganz anders als das puristische Hamburger Design, aber trotzdem irgendwie anheimelnd.

Mit einem wohligen Seufzer lehnte sie sich gegen den samtbezogenen Stuhl. Hier also lebte Robert. In der »grauen Stadt am Meer«, wie Theodor Storm einmal gesagt hatte. Neugierig griff sie zu einer alten Ausgabe des »Kleinen Häwelmann« und blätterte darin. In dem Café waren fast alle Werke des berühmten Husumer Dichters zu finden, und Stella nahm sich viel Zeit zum Schmökern. Wie lange hatte sie das nicht mehr getan!

Als sie die Rechnung bezahlt hatte und in ihren Mantel schlüpfte, musste sie erneut an Robert denken. Ob sie ihm sagen sollte, dass sie für ein paar Tage hier war? Eigentlich war es albern, nur ein paar Straßen von ihm weg zu wohnen und sich nicht zu melden, oder? Nun, sie würde zunächst einmal abwarten und in aller Ruhe das kleine Städtchen erkunden, am Hafen Möwen beobachten und später auf dem Deich spazieren gehen.

Leonie blickte auf die Uhr und rieb sich ungläubig die Augen. Schon nach fünf. Anscheinend war sie nach ihrem Alsterspaziergang auf dem Sofa eingenickt. Paul strich um sie herum und maunzte vorwurfsvoll. Kein Wunder, es war Zeit für seine tägliche Schmusestunde.

»Tut mir leid, Süßer«, entschuldigte sie sich und berührte sein weiches Fell. Draußen schien die Sonne, ein gutes Omen für einen Neuanfang.

Leonie machte sich eine Tasse Tee und blätterte im *Hamburger Abendblatt*. Sie genoss die Stille und das gute Gefühl, einfach mal nichts zu tun. Nur bei der Agentur für Arbeit musste sie sich diese Woche noch melden, um Bescheid zu geben, dass sie gekündigt hatte. Ja, sie, Leonie Rohlfs, die ängstlichste Person auf Gottes Erdboden, hatte tatsächlich gekündigt und war endlich für sich selbst eingestanden. Und sie würde es allen zeigen!

Natürlich waren die Umstände nicht optimal, aber zumindest das hatte sie mit ihren Freundinnen gemeinsam. Stella würde als alleinerziehende Mutter nicht mehr so viel arbeiten können, und mit der Unabhängigkeit und dem Luxusleben war es ein für alle Mal vorbei. Bananenbrei statt Thunfisch-Carpaccio, Jeans statt Designer-Outfit, flache Schuhe statt High Heels, so wird Stellas Leben in Zukunft aussehen, dachte Leonie und zog die Stirn kraus. Nach wie vor hatte sie Schwierigkeiten, sich ihre Freundin als Mutter vorzustellen, aber sie würde sich mit der Zeit schon in ihre neue Rolle einfinden.

Stella hatte sich ja bereits sehr verändert. Und auch Nina war ein lebendes Beispiel dafür, dass es oft gar nicht schlecht war, neue Wege einzuschlagen. Wie traurig war sie gewesen, als Annette ihr die Schließung des Blumenmeers verkündet hatte! Und nun war sie drauf und dran, in ihrem neuen Beruf Karriere zu machen, und wurde mit jedem Tag offener und unverkrampfter.

Und hübscher, schoss es Leonie durch den Kopf. Sie lächelte. Als sie Nina das erste Mal in einem Rock gesehen hatte, war sie überrascht gewesen, wie gut ihre Freundin darin aussah. Mit Anfang vierzig war es eben noch nicht zu spät, feste Vorstellungen über Bord zu werfen.

»Schön, dass Sie kommen konnten«, sagte Alexander Wagenbach und gab Nina einen flüchtigen Kuss auf die Wange. Nina setzte sich hin und sah sich neugierig um. Es war immer wieder seltsam, Alexander Wagenbach in einem anderen Restaurant als im La Lune zu sehen. Doch das Friesinger gefiel ihr mindestens ebenso gut. In diesen Dingen hatte Alexander einfach einen sicheren Geschmack.

»Freut mich, dass es Ihnen bessergeht«, entgegnete Nina und lächelte. Heute war er wieder so souverän und charmant, wie sie ihn kannte. Sie wartete gespannt, ob er ihr seinen Kummer anvertrauen würde. Aber er schien das Thema bewusst zu umschiffen und erzählte stattdessen von seiner Tochter und anderen Unverfänglichkeiten. Darüber hinaus erkundigte er sich, wie es ihr heute bei ihrer Arbeit im Möbelladen ergangen war.

»Ich wünschte, mein Job würde mir so viel Spaß machen«, seufzte er, und Nina sah ihn forschend an.

»Gäbe es denn etwas, das Sie lieber täten?«, fragte sie.

»Ja, ich wäre gern mein Restaurant los und den ganzen Mist, der damit verbunden ist. So toll es auch ist, ein erfolgreiches Unternehmen zu führen, es vergeht kaum ein Tag ohne Ärger oder Probleme. Manchmal habe ich das Gefühl, dass mir das alles über den Kopf wächst, und dann packen mich Fluchtgedanken!«

»Das kenne ich«, seufzte Nina, froh, diese Phase ihres Lebens schließlich überwunden zu haben. Eigentlich war sie momentan ziemlich zufrieden mit sich und ihrem Schicksal. Wenn nur die Sache mit Asterdivaricatus nicht wäre …

»Möchten Sie nicht endlich Ihre Sorgen loswerden? Ich kann gut zuhören, müssen Sie wissen. Apropos, ich finde, es wird Zeit, dass wir uns duzen. Dann fällt einem auch das Reden viel leichter. Gestatten, ich bin Nina«, sagte sie und grinste.

»Alexander«, erwiderte er und lächelte ebenfalls. »Nach so einer charmanten Aufforderung kann ich ja gar nicht anders, als dir mein Herz auszuschütten. Und mit so einer gescheiten, verständnisvollen Zuhörerin fällt es mir gleich doppelt leicht.«

Das ging Nina runter wie Öl.

»Im Grunde ist es nichts wirklich Dramatisches, nichts, was anderen nicht auch täglich passiert. Meine Geschäftsführerin hat gekündigt, weil sie sich Knall auf Fall verliebt hat und mit ihrem neuen Freund ein eigenes Restaurant aufmachen will. Und das dummerweise auch noch genau gegenüber. Aller Wahrscheinlichkeit nach wird sie unsere Stammkunden mitnehmen, und ich muss mir jetzt schleunigst jemanden suchen, der ihren Job übernehmen kann. Aber in dieser Branche ist es gar nicht so einfach, zuverlässiges Personal zu finden.«

»Und schon gar nicht, wenn es die eigene Frau ist, die man verliert, und man glaubt, sie nicht ersetzen zu können, habe ich recht?«, sagte Nina und sah, wie Alexanders Augen sich mit Tränen füllten.

»Genau«, antwortete er und senkte den Blick.

»Was müsste man denn für Kompetenzen mitbringen?«, fragte Nina und blickte Alexander nachdenklich an.

Gerade war ihr eine Idee gekommen …

Als sie spätabends in die Villa zurückkehrte, wäre sie am liebsten gleich zu Leonie gestürmt. Aber die schlief sicher schon, und morgen war schließlich auch noch ein Tag. Auf Zehenspitzen schlich Nina durch den Flur und wollte gerade in ihre Wohnung, als sie einen Brief an der großen Pinnwand entdeckte, der an sie adressiert war.

Als sie die Handschrift erkannte, erstarrte sie vor Schreck. Gerald! Zitternd lehnte sie sich gegen die Wand. Das konnte doch nicht wahr sein! Was wollte er von ihr? Konnte er sie nicht endlich in Ruhe lassen und aus ihrem Leben verschwinden?

»Ich bin in Husum«, sagte Stella und schob sich ein Kissen in den Rücken. Sie war den ganzen Tag auf den Beinen gewesen und fühlte sich zerschlagen und müde, aber nicht zu müde, um kurz vor dem Schlafengehen noch schnell bei Robert anzurufen.

»Na, das ist eine Überraschung«, ertönte es am anderen Ende der Leitung, und Stellas Herz begann zu klopfen. »Was führt dich zu uns in die Provinz? Und wo genau bist du denn?«

»Ich bin in der Alten Schule, und nach dem, was ich bislang gesehen habe, muss ich meine Meinung etwas revidieren. Husum ist wesentlich charmanter und netter, als ich gedacht habe.«

»So, so«, antwortete Robert, und Stella hörte das Lächeln in seiner Stimme. »Es freut mich, dass du unserem kleinen Städtchen eine Chance gibst. Aber was machst du hier? Hast du einen Auftrag, oder bist du aus der Villa geflogen?« Da war sie wieder, Roberts schnodderige Art. Ob sie sich jemals daran gewöhnen würde?

»Ich bin hier, um meinen Geburtstagsgutschein von Leonie und Nina einzulösen. Der Tipp kam damals von dir, wenn ich mich recht entsinne.«

»Stimmt, ich erinnere mich dunkel. Ich hatte mir gedacht, dass es dir hier bestimmt gefallen würde. Lag ich da richtig?«

»Absolut«, bekräftigte Stella erneut, als sie eine Stunde später mit Robert in der Hotelbar saß und einen alkoholfreien Cocktail durch ihren Strohhalm schlürfte. »Es ist wirklich traumhaft schön hier!«

Verwirrt registrierte sie, dass seine Gegenwart sie nervös machte. Was war nur mit ihr los? Den ganzen Abend über hatte sie versucht, ihm klarzumachen, wie sehr ihr Husum gefiel. Die historische Altstadt mit den kopfsteingepflasterten Gassen, die liebevoll restaurierten Giebelhäuschen aus dem 16. Jahrhundert, die kleinen Lädchen – das alles war wirklich wunderschön, schöner, als sie es sich hätte vorstellen können. Auch die nordfriesische Art der Menschen hier hatte ihren ganz eigenen Charme.

»Und hast du schon einen waschechten Husumer kennengelernt?«, erkundigte sich Robert belustigt, als Stella einen Augenblick Luft holte. Ja, das hatte sie! Stella dachte an ihre Begegnung mit dem Besitzer eines Souvenirladens in der Nähe vom historischen Braukeller. Der bärtige Hüne hatte ihr einen Vortrag über Ladenschlusszeiten gehalten, die seiner Meinung nach völlig unnötig waren.

»Wozu brauchen die Bauern aus der Umgebung Geschäfte, die bis zweiundzwanzig Uhr geöffnet haben?«, hatte er sich ereifert. »Die melken um sechs Uhr, danach essen sie und sind froh, wenn sie ihre Ruhe haben. Die kommen nur aus ihren Löchern gekrochen, wenn es ein Dorffest gibt oder eine Versammlung beim Bürgermeister.«

Als sie Robert davon erzählte, lachte er und meinte:

»Ja, so sind sie, die Husumer!«

»Und weißt du schon, ob du den Job in der Uniklinik annimmst?«, fragte Stella, der einfiel, dass Robert eventuell gar nicht mehr lange hier wohnen würde.

»Nein, noch nicht. Aber ich habe nicht mehr viel Zeit. Die Stelle wird sonst neu ausgeschrieben.«

Stella seufzte. Es musste wirklich schwer sein, eine solche Entscheidung zu treffen.

»Aber sprechen wir jetzt nicht davon. Sag mir lieber, wie du dich fühlst. Wie geht's dem Baby?«

Am nächsten Morgen stand Leonie vor der Tür des La Lune und trat nervös von einem Bein auf das andere. In zehn Minuten war sie mit Alexander Wagenbach verabredet, um sich mit ihm über die Stelle als Geschäftsführerin zu unterhalten. Nina hatte heute früh bei ihr Sturm geklingelt und von ihrem gestrigen Gespräch berichtet. Leonie hatte sofort bei Alexander Wagenbach angerufen.

Und hier war sie nun und wusste noch immer nicht so recht, wie ihr geschah. Dass es mit ihrem ersten Vorstellungsgespräch so schnell gehen würde, hätte sie nicht gedacht. Und das Angebot klang wirklich verlockend!

»Das wäre genau der richtige Job für dich«, schossen ihr die Worte von Nina durch den Kopf, während sie vor dem Fenster stand und in das leere Lokal spähte. In zwei Stunden würde der Betrieb losgehen. Das heutige »Plat du jour« klang verlockend, und Leonie lief das Wasser im Mund zusammen. Das einfache, aber dennoch kreativ zusammengestellte Menü war ganz nach ihrem Geschmack, doch was in aller Welt würde sie für den Posten einer Geschäftsführerin qualifizieren? Dass sie ein bisschen kochen konnte und gerne Gäste bewirtete?

»Frau Rohlfs, schön, Sie zu sehen!«, grüßte Alexander Wagenbach und öffnete die Tür. »Lass die Dame in Ruhe«, ermahnte er seinen Hund, der an Leonie hochsprang und freudig mit dem Schwanz wedelte. »Möchten Sie einen Espresso?«, fragte er, wobei er ihr den Mantel abnahm und an die Garderobe hängte.

Leonie nickte und sah sich im Restaurant um. Konnte das ihr neuer Arbeitsplatz werden? Aufmerksam hörte sie zu, wie Alexander Wagenbach den Aufgabenbereich umriss, und leerte dabei ihren Espresso in einem Zug. Er war ausgezeichnet. Nicht zu stark und nicht zu bitter. »Würden Sie sich das zutrauen?«, wollte er wissen, und Leonie spürte, wie eine Woge der Freude sie durchflutete. Das war einfach zu schön, um wahr zu sein! Genau das, wovon sie immer geträumt hatte!

»Ich … Ich würde es sehr gerne versuchen. Ich werde mir die größte Mühe geben, das verspreche ich Ihnen.«

»Wunderbar, freut mich zu hören! Und sollten wir wider Erwarten feststellen, dass es mit uns beiden doch nicht klappt, können wir uns immer noch über eine andere Lösung Gedanken machen. Wir haben ja beide eigentlich nichts zu verlieren, oder?«

Genau! Im Augenblick sah es eher so aus, als stünde sie auf der Gewinnerseite. Als hätte sie endlich das große Los gezogen.

»Dann also auf gute Zusammenarbeit! Ich finde, wir sollten uns duzen, ich bin Alexander!«, sagte er strahlend und schenkte Leonie einen Pastis ein. »In Frankreich besiegelt man alle Geschäfte mit Pastis. Ich hoffe, das schmeckt dir.«

Leonie nahm einen zaghaften Schluck von dem anishaltigen Schnaps. Zehn Uhr morgens war ein wenig früh für einen so harten Drink, aber wenn man zu so einem Anlass nicht aus der Rolle fiel, wann dann?

»Auf gute Zusammenarbeit«, strahlte sie. »Kann ich noch ein Glas haben?«

»Und, erzähl schon, wie war's?«, fragte Nina aufgeregt, als Leonie bei ihr im Laden auftauchte und von einem Ohr zum anderen grinste, umweht von einem Hauch Pastis-Aroma.

»Ich hab den Job!«, rief Leonie mit geröteten Wangen und fiel ihrer Freundin um den Hals. Nina freute sich wie eine Schneekönigin. Sie hatte den richtigen Riecher gehabt und obendrein zwei Menschen helfen können, die ihr beide sehr am Herzen lagen. Wie lebendig Leonie plötzlich aussah! Kein Vergleich zu dem ängstlichen Mauerblümchen, das abends immer so geknickt aus dem Reisebüro gekommen war.

»Das müssen wir feiern«, rief sie fröhlich. »Sobald Stella aus Husum zurück ist, machen wir uns mal wieder einen richtig schönen Abend. Das hatten wir schon lange nicht mehr.«

»Und ich werde kochen«, antwortete Leonie und tanzte um Ninas Schreibtisch herum.

»Wenn wir schon bei unglaublichen Neuigkeiten sind: Guck mal, was ich hier habe«, sagte sie und drückte Leonie Geralds Brief in die Hand.

»Huch?«, murmelte Leonie mit einem verdutzten Blick auf den Absender. »Ich dachte, den seist du endlich los? Hast du eine Ahnung, was er von dir will?«

»Nein, aber könntest du das vielleicht für mich herausfinden? Ich hab den Brief seit gestern Abend, aber ich konnte mich bisher nicht dazu durchringen, ihn zu lesen. Und vor allem wollte ich dabei nicht allein sein.«

»Verstehe«, murmelte Leonie und riss den Umschlag auf. Für einen Mann hatte Gerald eine sehr schöne Handschrift. Erstaunlicherweise war nicht nur seine Schrift schön, sondern auch das, was er geschrieben hatte.

Liebe Nina,

ich hoffe sehr, dass dich diese Zeilen erreichen und du den Brief nicht ungelesen in den Papierkorb wirfst – was ich nach allem, was zwischen uns passiert ist, gut verstehen könnte. In den letzten Monaten hat sich einiges in meinem Leben geändert, und ich hatte viel Zeit zum Nachdenken. Ich habe eine Frau kennengelernt. Sie hat mir die Augen geöffnet und mir gezeigt, was wahre Liebe und Wertschätzung bedeutet. Ich bin zutiefst dankbar, dass ich dieses Glück erleben darf. Auch dir wünsche ich von ganzem Herzen alles Gute und einen Mann, der zu dir passt und dich auf Händen trägt. Du hast es verdient. Dank Carola weiß ich jetzt, wie egoistisch ich gewesen bin und wie sehr ich dich verletzt habe. Es tut mir schrecklich leid. Bitte verzeih mir, wenn du kannst. Ich wünschte, ich könnte es ungeschehen machen.

Gerald

Kapitel 29

Versunken in die Schönheit der Bilder, ging Stella durch den Ausstellungsraum des Husumer Schlosses. Da ihr in letzter Zeit schnell übel wurde, hatte sie nur den Rittersaal und die Kapelle des Barockbaus besichtigen wollen, dann jedoch war ihr Blick an einem Gemälde der Malerin Charlotte von Krogh hängen geblieben. Es trug den Titel »Mutter und Tochter« und strahlte eine solche Ruhe und Innigkeit aus, dass Stella wie gebannt davor stehenblieb.

Ein Sonnenstrahl fiel durch das Fenster, und Stella blickte auf die kleinen Staubkörner, die lustig durch den Raum tanzten. Es roch nach dem würzigen Holz des Dielenbodens. Unwillkürlich musste sie daran denken, wie sie früher mit ihrem Vater in den alten Speichern am Hafen herumgestromert war.

Die Mutter auf dem Ölgemälde – eine einfache Bäuerin – umschlang die Hüften ihrer etwa achtjährigen Tochter und blickte den Betrachter an. Fast war es, als würde sie sagen: »Seht her, das ist meine Tochter, mein Kleinod, mein Schatz. Ich liebe sie und werde sie immer beschützen, solange ich lebe!«

Stella strich sich mit der Hand über den Bauch. Genau das war es, was sie Emma in Zukunft bieten wollte. Ihre ganze Liebe und Fürsorge, ihre Zeit und ihre volle Aufmerksamkeit. Sie wollte endlich erwachsen werden und für jemanden da sein.

Als Stella wieder auf dem sonnenbeschienenen Parkplatz vor dem Schloss stand und in den Himmel blinzelte, durchströmte sie ein starkes Glücksgefühl. Robert und sie würden ein Kind bekommen! Beim Gedanken an ihren letzten gemeinsamen Abend lächelte sie. Sie war gespannt, wie sie beide sich arrangieren würden. Robert hatte klipp und klar gesagt, dass er sich ebenfalls um die Erziehung des Kindes bemühen wollte und alles tun würde, um Stella zu unterstützen.

»Moritz freut sich schon auf seine kleine Schwester«, hatte er gesagt. Stella hingegen hatte weder daran gedacht, dass Emma Moritz' Halbschwester wäre, noch, dass Rose zum zweiten Mal Großmutter werden würde. Ob sie wollte oder nicht – sie war bereits Teil der Familie Behrendsen.

»Eigentlich ein schöner Gedanke«, murmelte sie und ging ins Schlosscafé, um eine Tasse Tee zu trinken. Danach wollte sie in den Schlosspark, um sich die Krokusse anzusehen, die in Hülle und Fülle aus dem Boden geschossen waren, wie ein dichter, lilafarbener Teppich. In ihrem Stadtführer las sie, dass die Krokusse ursprünglich von Mönchen gepflanzt worden waren, die glaubten, Safran aus ihnen gewinnen zu können, um ihre liturgischen Gewänder zu färben, und aus Versehen die falsche Sorte erwischt hatten.

Wie viel Schönes manchmal durch einen Irrtum entstehen kann, dachte Stella kopfschüttelnd. Sie war traurig, wieder abreisen zu müssen. Drei Tage war sie nun schon hier, und sie genoss immer noch jede einzelne Minute. Tagsüber war sie viel an der frischen Luft und achtete darauf, sich gesund zu ernähren, was ihr nicht weiter schwerfiel, da es am Hafen viele ausgezeichnete Fischrestaurants gab. Abends lag sie erschöpft auf ihrem Bett und schmökerte in Storms »Schimmelreiter«. Die gruselige Geschichte um Hauke Haien und die Deichkatastrophe las sich so spannend wie ein Krimi, nur literarischer.

Wie Nina und Leonie per SMS angekündigt hatten, würde es nach ihrer Rückkehr eine kleine Feier in der Villa geben, auf die Stella sich sehr freute. Die beiden hatten ihr nicht verraten wollen, was der Anlass war, und sehr geheimnisvoll getan. Wie auch immer, es war schön, dann endlich mal wieder zu dritt beisammen zu sein.

Am ersten Samstag im März, einem ungewöhnlich lauen Vorfrühlingsabend, servierte Leonie mit feierlicher Miene die Vorspeise ihres mühevoll zusammengestellten Menüs – eine Suppe aus Karotten, Orange und Ingwer. Der Tisch im Wintergarten war festlich geschmückt, und Leonie hatte überall Windlichter aufgestellt.

Die Tage wurden allmählich länger, und endlich schien die Natur aus ihrem Winterschlaf zu erwachen. Stolz blickte sich Leonie um. Sie hatte den Raum mit einem wunderschönen Strauß königsblauer Hyazinthen dekoriert, die einen intensiven Duft verströmten.

»Was feiern wir eigentlich?«, erkundigte sich Stella neugierig und nippte an ihrem Wasserglas. »Deine Schwangerschaft, Ninas neues Lebensgefühl und meinen Traumjob«, entgegnete Leonie und strahlte über das ganze Gesicht. »Am Montag ist mein erster Arbeitstag als Restaurantchefin im La Lune, ich kann es kaum erwarten!«

»Du arbeitest im La Lune?«, wiederholte Stella staunend. »Donnerwetter! Kaum ist man ein paar Tage in Husum, schon bekommt man nichts mehr mit. Wie bist du denn darauf gekommen?«

Während Leonie wieder in der Küche verschwand, erzählte Nina von Alexanders Engpass im Restaurant und von ihrer Idee, die beiden einander vorzustellen. Stella war sofort begeistert. Man brauchte sich nur umzublicken: Alles war mit so viel Liebe und Hingabe dekoriert, das Essen war ein Gedicht und ihre Freundin der Prototyp der perfekten Gastgeberin. Stella beneidete Leonie. Wenn sie doch auch ein bisschen so sein könnte!

»Kannst du mir beibringen, wie man für Babys kocht?«, fragte sie, während sie sich ihren Spargel auf der Zunge zergehen ließ. Sie würde nicht eine dieser Mütter werden, die sich ausschließlich auf Hipp & Co. verließen, weil sie es nicht mal schafften, aus einer Banane einen Brei zu machen.

»Klar, mache ich gern. Und wenn du magst, kann ich dir Emma auch mal abnehmen«, entgegnete Leonie erfreut. »Ich fange meistens erst am späten Nachmittag an. Ich könnte auf die Kleine aufpassen und mit ihr spazieren gehen, während du deine Kunden besuchst.«

»Das wäre toll«, murmelte Stella, die nach wie vor nicht so recht wusste, wie sie Job und Kind vereinbaren sollte. Natürlich konnte sie sich ein halbes Jahr Auszeit nehmen, schließlich verfügte sie über ausreichende finanzielle Reserven. Aber sie wollte ihren Kundenkreis nicht an die Konkurrenz verlieren, die stets auf Gelegenheiten wie diese lauerte.

»Du bist so still, ist alles in Ordnung?«, fragte Leonie und sah Nina an, die die letzten Minuten stumm in ihrer Suppe herumgerührt hatte.

»Mit mir ist alles okay«, entgegnete sie, nicht ganz wahrheitsgemäß. Geralds Brief hatte sie ziemlich aus der Bahn geworfen. Sie hoffte bloß, dass sein plötzlicher Sinneswandel noch einige Zeit anhalten und Carola nicht bald ein ähnliches Schicksal ereilen würde wie sie selbst. Andererseits: Weshalb sollten sich Menschen nicht ändern? Und letztlich war sie froh, dass Gerald, wenn auch sehr spät, den richtigen Weg gefunden hatte. »Seid ihr eigentlich zufrieden mit eurem Leben?«, fragte sie und sah ihre Freundinnen an.

»Tja, bei uns ist irgendwie alles anders gelaufen, als wir geplant hatten«, antwortete Stella. »Aber es ist trotzdem gut so. Leonie macht Karriere im Gastronomiebereich und wird vielleicht irgendwann ihr eigenes Lokal eröffnen. Und ich bin schwanger und spiele in Zukunft mit Barbiepuppen und Bauklötzen, anstatt zu arbeiten. Wer hätte das gedacht! Ja, ich denke, ich bin zufrieden, so, wie es ist! Allerdings, fällt euch eines auf? Männer spielen bei uns überhaupt keine Rolle.«

»Umso besser«, antwortete Nina barsch. »Wir haben doch alles, was wir brauchen. Oder fehlt jemandem von euch etwas?« Fragend sah sie in die Runde.

Leonie schüttelte den Kopf.

»Eigentlich nicht. Ich bin vollkommen erfüllt von der Aussicht, endlich etwas tun zu können, woran ich wirklich Spaß habe. Außerdem habe ich euch und, wenn Emma erst einmal auf der Welt ist, auch noch ein kleines Baby, das ich ab und zu im Arm halten darf.«

An dieser Stelle durchbrach ein vorwurfsvolles Maunzen die Stille.

»Und natürlich habe ich Paul und dich«, ergänzte Leonie und kraulte Paula zärtlich unterm Kinn. »Keine Sorge, ich vergesse euch schon nicht!«

Paul und Paula gehören zu ihr, wie Emma bald zu Stella gehören wird, dachte Nina mit einem kleinen Anflug von Neid. Sogar Asterdivaricatus hatte einen Hund. Ob der wohl auch erfunden war? Ein Vegetarier-Hund, der Würstchen liebte und mit Begeisterung die Blätter von Weihnachtssternen fraß. Wer dachte sich so etwas aus? Und wozu? Nina schüttelte den Kopf und ärgerte sich, dass sie immer noch so viele Gedanken an Waldemar Achternbeck verschwendete.

»Wer kümmert sich eigentlich um Emma, wenn du arbeitest? Abgesehen von Leonie, meine ich. Und was sagt Robert zu der ganzen Sache?«, wollte Nina wissen, darum bemüht, das Thema zu wechseln. So, wie es aussah, war Stella die Einzige, die eine Chance auf die Liebe hatte, es sei denn, Leonie würde sich mit Alexander zusammentun. Schließlich war er jetzt ein trauriger, verlassener Single-Mann und Leonie eine warmherzige Frau, die gern für andere da war.

»Robert wird sich um Emma kümmern, soweit es ihm möglich ist. Aber das wird natürlich nicht reichen, um mir den Rücken freizuhalten, zumal er ja noch in Husum lebt. Ich denke, dass er ab und zu mal am Wochenende vorbeischauen wird. Alles andere wird sich zeigen. Aber was ist mit dir, Nina? Von dir weiß ich nur, dass du Ruth Gellersen vollkommen begeistert hast und sie dir vermutlich alle Filialen vermachen wird, wenn sie mal das Zeitliche segnet.«

Nina rang mit sich, ob sie Stella in die Sache mit Asterdivaricatus einweihen sollte. Aber wozu gab es Freundinnen? Was hatten sie nicht schon alles gemeinsam durchgestanden? Kündigungen, Einbrüche, Zusammenbrüche und Klinikaufenthalte ... Und es würde so guttun, sich alles von der Seele zu reden! Nina räusperte sich, und als hätte jemand den Wasserhahn aufgedreht, erzählte sie alles.

Stella lauschte mit großen Augen, und als Nina geendet hatte, war es für einen Moment still. »Das klingt ja abenteuerlich«, meinte Stella, die als Erste ihre Sprache wiedergefunden hatte. »Tut mir leid, wenn ich das jetzt sage, Nina, aber ich fürchte, du bist wirklich auf einen dieser Idioten hereingefallen, die sich einen Spaß daraus machen, Frauen übers Internet kennenzulernen und in andere Identitäten zu schlüpfen. Wie armselig! Und wie schade für dich, das tut mir wirklich leid!«

»Aber kann man sich das alles einfach so ausdenken, dass es dermaßen real klingt, wie Nina sagt?«, gab Leonie zu bedenken, deren romantische Ader bereits wieder die Oberhand gewann. Sie hätte Nina ihre kleine Romanze so sehr gegönnt. »Die Frage nach den Pflanzen für seinen Garten und die damit verbundenen Lieferungen, zumindest das ist doch real! Und war da nicht noch ein Hund, der etwas skurrile Eigenarten hatte?«

»Ja, Lulu, die Vegetarierin«, seufzte Nina, weil sie sich nicht nur in Asterdivaricatus selbst verliebt hatte, sondern auch gleich in seine Hündin, von der er immer so liebevoll schrieb.

»Lulu?«, wiederholte Leonie fragend und dachte nach. Irgendetwas an diesem Namen kam ihr bekannt vor. Wo hatte sie ihn schon einmal gehört?

»Ich denke nicht, dass er seinen Beruf erfunden hat«, erwiderte Stella. »Es kann ja sein, dass alles stimmt, was er geschrieben hat, bis auf seinen Namen. Dieser Mann hat offensichtlich Spaß an eurem E-Mail-Wechsel gehabt, weil das Ganze rein virtuell geblieben ist und nichts mit dem realen Leben zu tun hatte. Ein falscher Name ist der beste Garant, nicht enttarnt zu werden, gerade im Zeitalter von Google. Selbst wenn du dich noch so sehr bemühst, du wirst ihn nicht finden!«

»Vielleicht hast du recht. Aber genug davon. Danke, dass ich mich bei euch ausheulen durfte, ich habe viel zu viel Zeit mit Asterdivaricatus vertan. Und dies hier soll doch ein fröhliches Fest werden. Kommt, lasst uns tanzen!«

Ihr Vorschlag wurde begeistert aufgenommen, und so feierten die Freundinnen vergnügt und unbeschwert bis drei Uhr morgens. Auch Stella tobte ausgelassen durch Leonies Wohnzimmer. Sie war so zufrieden wie schon lange nicht mehr. Hier in dieser Villa hatte sie ihr Glück gefunden. Was konnte jetzt noch schiefgehen?

Kapitel 30

Leonie hörte Alexander aufmerksam zu und machte sich akribisch Notizen. Sie war überrascht, wie gut sie sich im La Lune bereits auskannte, obwohl sie noch nie in der Gastronomie gearbeitet hatte. Im Grunde genommen war alles ganz einfach: Man musste sich organisieren, gut mit Menschen umgehen und ein bisschen Geschick in der Küche an den Tag legen. Alles Weitere würde sich fügen. Schließlich gab es ja noch Gaston, den Chefkoch, der einen kompetenten Eindruck machte, obwohl er genauso eitel war, wie man es gemeinhin von einem Maître de Cuisine erwartete.

Ich muss ihm einfach das Gefühl geben, dass er der große Künstler ist und ich ihm nicht den Rang ablaufen werde, dachte Leonie. Gaston kam ursprünglich aus Avignon und lebte seit zehn Jahren in Hamburg. Sein Deutsch war manchmal etwas schwer zu verstehen, denn bei ihm zu Hause wurde ausschließlich Französisch gesprochen, aber Leonie war zuversichtlich, dass sie sich schon irgendwie verstehen würden. Das Wichtigste war zunächst einmal, sich den Respekt und das Vertrauen des Kochs zu verschaffen.

»Lulu, sitz!«, befahl Alexander seiner Hündin, die aufgeregt um ihn herumsprang. Lulu konnte nur schwer alleine sein. Wenn Alexander oder Dominique nicht in der Nähe waren, folgte er Leonie auf Schritt und Tritt, was sie jedoch nicht weiter störte, weil sie das von den Hunden ihrer Eltern kannte.

Schmunzelnd erinnerte sich Leonie daran, wie ihre Eltern auf die Neuigkeit reagiert hatten. Beide waren sprachlos gewesen. Als sie allerdings merkten, wie glücklich Leonie klang, hatten sie sich von ihrer Freude anstecken lassen. Sie konnte den nächsten Besuch ihrer Eltern kaum erwarten. Sie würde sie ins La Lune einladen und ihnen alles ganz genau zeigen.

Nach ihrer Einführung saß sie mit Alexander beim Kaffee und nutzte die Gelegenheit, ein wenig mehr über ihn in Erfahrung zu bringen.

»Was machst du eigentlich an den Tagen, an denen du nicht hier bist?«, erkundigte sie sich. Alexander arbeitete nur von Donnerstag bis Samstag im La Lune, und dann auch nur stundenweise. »Läuft der Laden so gut, dass du dich den Rest der Zeit auf die faule Haut legen kannst?«, fragte sie scherzhaft.

Alexander war deutlich anzumerken, dass er auf derartige Fragen keine Lust hatte. Also versuchte Leonie es mit einer anderen Taktik.

»Du könntest ja vielleicht mit Gaston ein Kochbuch herausbringen oder Artikel für Fachzeitschriften verfassen. Das Restaurant hat so einen tollen Ruf, daraus lässt sich bestimmt was machen«, meinte sie und sah, dass Alexander nervös wurde.

»Ach, Unsinn, wen sollte denn so etwas interessieren?«, versuchte er abzuwiegeln. In diesem Moment kam Dominique an den Tisch und hielt ihm das Telefon hin:

»Frau Koschwitz von ›Schlemmen und Speisen‹ für dich.«

Aha, dachte Leonie befriedigt. Da kommen wir der Sache doch schon ein wenig näher. Von wegen, wen sollte das interessieren …

Um ihren Vorgesetzten nicht zu brüskieren, erhob sie sich vom Tisch und ging Richtung Toilette. Aus ihrer Sicht sprach alles dafür, dass Alexander Wagenbach und Asterdivaricatus ein und dieselbe Person waren. Es konnte ja kein Zufall sein, dass beide einen Hund hatten, der Lulu hieß! Sie hätte gerne noch einen Augenblick darüber nachgedacht, was nun zu tun war, aber sie musste zurück an ihre Arbeit.

»Da bist du ja«, sagte Alexander und tat, als wäre nichts geschehen. »Wenn so weit alles klar ist, würde ich vorschlagen, dass du mit Gaston den Speiseplan für diese Woche besprichst. Ich muss jetzt leider los. Also, viel Glück für deinen ersten Arbeitstag und vor allem viel Spaß!« Mit diesen Worten verabschiedete er sich und pfiff nach Lulu, die gerade ein Schläfchen gehalten hatte und freudig bellend auf ihn zugelaufen kam.

Während Gaston sie mit seinem Assistenten Pierre bekannt machte und sie in die Geheimnisse seiner Küche einwies, fiel es Leonie schwer, sich zu konzentrieren. Was ihr vor allem zu schaffen machte, war die Frage nach Alexanders Motiv. Warum hatte er Nina nicht längst gesagt, wer er war? Wenn er sich in sie verliebt haben sollte, weshalb dann dieser komplizierte Umweg? Oder war er am Ende so gestört, dass er nur zu virtuellen Gefühlen in der Lage war? Leonie hätte gerne gewusst, aus welchem Grund seine Frau ihn verlassen hatte. War die Ehe bereits zerrüttet gewesen, oder war ihre neue Liebe der Grund für die Trennung? Vielleicht lag hier der Schlüssel für eine Erklärung. Leonie nahm sich vor, mit Stella über ihren Verdacht zu sprechen.

»Hörst du mir überhaupt zu?«, unterbrach Pierre ihre Gedanken. »Ich wollte dir zeigen, wie das Türschloss zum Kühlraum funktioniert.«

Leonie notierte sich die Zahlenkombination und versuchte, Asterdivaricatus aus ihren Gedanken zu verdrängen. Kommt Zeit, kommt Rat …

»Und an wen soll ich mich jetzt wenden, wenn die Umgestaltung meines Ferienhauses ansteht?«, klagte Ophelia Winter und sah mit vorwurfsvollem Blick auf Stellas Bauch, obwohl dort noch gar nichts zu sehen war. Kein Wunder, sie war ja auch erst am Beginn des dritten Monats.

»An mich natürlich«, erwiderte Stella und wünschte sich insgeheim, Frau Winter endlich los zu sein. Diese Frau hatte wirklich nichts anderes zu tun, als ihre Langeweile mit der Renovierung von Immobilien zu kompensieren. Und arme Innenarchitektinnen zu quälen, dachte Stella seufzend.

»Aber das geht doch erst, wenn Sie entbunden haben«, entgegnete Ophelia Winter mit einem Blick auf ihren Terminkalender. »Oder wollen Sie mir allen Ernstes weismachen, dass Sie mal eben ein Kind gebären und sich dann sofort wieder in den Beruf stürzen? Wie Sie wissen, bin ich sehr anspruchsvoll und möchte, dass Sie rund um die Uhr für mich erreichbar sind!«

Na wunderbar, Stella war genervt und seufzte. Was sollte sie tun? Ophelia Winter war tonangebend in einer Clique vermögender Elbvorortler, die eine nicht unerhebliche finanzielle Basis für Stellas Firma bildeten. Sie konnte es sich nicht leisten, sie zu verprellen. Andererseits konnte sie auch nicht versprechen, dass sie unmittelbar nach Emmas Geburt Gewehr bei Fuß stand, wegen einer Frau, die sie schon jetzt beinahe in den Wahnsinn trieb.

»Ich lasse mir etwas einfallen und melde mich morgen wieder bei Ihnen«, antwortete sie, bemüht, ihrer Stimme einen festen Ton zu geben. Als Frau Winter sie zur Tür begleitete, fiel Stellas Blick auf die wuchtige, chromglänzende neue Espressomaschine in der Küche. Aber Frau Winter trank doch überhaupt keinen Kaffee! Sie hatte sich tatsächlich eine Maschine im Wert eines halben Kleinwagens angeschafft, die sie vermutlich niemals benutzen würde, während es Menschen gab, die Monate von diesem Geld leben könnten.

Wie so oft in den letzten Monaten sehnte Stella sich nach Einfachheit. Nach einer Welt, in der Espresso in einer kleinen, silbernen Kanne auf der Herdplatte erhitzt wurde, nach einer Welt, in der Frauen wie Ophelia Winter keine solche Macht besaßen und es einen anderen Sinn im Leben gab, als sich irgendwann zu Tode zu shoppen.

»Da bin ich aber mal gespannt, meine Liebe«, war das Letzte, was Stella hörte, bevor sie die Tür hinter sich schloss und in ihren Z3 stieg. Ihr Auto würde sie verkaufen müssen, kein Kindersitz der Welt passte hier hinein. Das war jedoch nicht weiter schlimm. Der Wagen stand für eine Lebensphase, an die sie sich nicht mehr gern erinnerte.

Während Stella aus der Einfahrt fuhr, beschloss sie, Nina einen Besuch abzustatten. Sie hatte am vergangenen Abend einen ziemlich niedergeschlagenen Eindruck gemacht, und vielleicht konnte Stella sie mit Kaffee und einem Stück Kuchen aufheitern.

Eine halbe Stunde später betrat sie, bewaffnet mit Caffè Latte und Nusstorte, den Möbelladen. Nina hatte wieder einmal ein ausgezeichnetes Gespür für Dekoration bewiesen und die hinterste Ecke des Raumes in eine orientalische Oase verwandelt. Aus den Lautsprechern erklangen leise Klänge der »Buddha-Bar-Compilation«, und Stella bewunderte die gusseisernen Heiligenfiguren, die Nina zusammen mit liebevoll verpackten Duftölen und Räucherstäbchen dekoriert hatte.

»Hallo, schön, dich zu sehen!«, rief Nina, als sie Stella entdeckte. »Suchst du ein Geschenk?«

»Ich hatte gerade überlegt, einen dieser lächelnden Buddhas zu kaufen und in Emmas Kinderzimmer aufzustellen, damit er ihr Glück bringt«, entgegnete Stella und hielt Nina Kaffee und Kuchen hin.

»Oh danke, das ist wirklich nett von dir«, bedankte sie sich und lächelte. »Was verschafft mir die Ehre?«

»Ich dachte, ich schaue mal vorbei und bringe dir einen kleinen Seelentröster«, meinte Stella und trank einen Schluck aus der riesigen Kaffeetasse, die Nina ihr gegeben hatte.

»Lieb von dir! Aber wenn ich ehrlich bin, finde ich, dass du eher so aussiehst, als bräuchtest du ein wenig Trost. Du wirkst irgendwie niedergeschlagen. Oder fühlst du dich nicht wohl?«

Stella setzte sich auf ein breites Ledersofa und atmete tief durch. Seit sie von Ophelia Winter weggefahren war, kämpfte sie wieder mit Herzrasen und Atemnot.

Nina zog ihren Schreibtischstuhl an die Couch und sah ihre Freundin durchdringend an.

»Los, sag schon, was ist los?«

Stella berichtete von ihrem Termin bei Ophelia Winter, und mit einem Mal brach ihr gesamter Kummer aus ihr heraus. Sie beklagte sich über ihre verwöhnten, exzentrischen Kundinnen, über die beruflichen und privaten Verflechtungen, denen sie sich ausgeliefert fühlte, und über die bange Frage, was nach Emmas Geburt aus ihrer Firma werden sollte.

»Aber für dich ist das doch alles nichts Neues, worüber regst du dich denn so auf?«, fragte Nina, die sich keinen Reim auf Stellas Sinnkrise machen konnte. »Lass dich nicht von so einer Tussi ins Bockshorn jagen. Die lässt nur ihren Frust an dir aus. Haben sie dir in der Klinik nicht beigebracht, dass du dich ein bisschen abgrenzen musst?«

»Ja, schon«, murmelte Stella verlegen. »Das ist eben alles nicht so einfach, wenn man selbst drinsteckt. Ich weiß, dass du mit so was souveräner umgehen würdest, ich bin leider anders gestrickt als du …«

»Wenn du wie ich wärst, hättest du trotzdem Probleme«, erwiderte Nina, die plötzlich eine Idee hatte. »Was hältst du davon, wenn ich mir diesen Drachen mal vorknöpfe und mit ihr spreche? Vielleicht kann ich ja auch kurzfristig für dich einspringen? Die vier Tage hier im Laden lasten mich auf Dauer sowieso nicht aus. Und wenn ich dir helfen kann, mache ich das sehr gerne. Schließlich warst du diejenige, die mir den Job bei Ruth Gellersen vermittelt hat!«

Stella überlegte einen Augenblick. Vielleicht war das gar keine so schlechte Idee. Immerhin war Nina erfahren im Umgang mit kapriziösen Kunden, sie hatte ein Händchen für Dekoratives und mittlerweile viel Erfahrung mit Inneneinrichtung und Möbeln.

»Willst du das wirklich?«, fragte sie hoffnungsvoll. »Und wenn das so ist, hättest du dann nicht generell Lust, bei mir einzusteigen? Wir könnten uns die Aufträge teilen, und ich hätte Zeit für Emma. Ich würde mir für die Tage, an denen du hier arbeitest, eine Tagesmutter suchen oder Leonie um Hilfe bitten. Was meinst du?«

Nina überlegte einen Augenblick. Das Angebot kam recht überraschend.

»Grundsätzlich hätte ich schon Lust. Und ein kleines bisschen mehr Geld könnte ich auch ganz gut gebrauchen. Aber wollen wir nicht erst einmal schauen, wie Frau Winter und ich miteinander klarkommen? Ich bin ein ganz anderer Typ als du, und es könnte durchaus sein, dass deine Kundinnen mich gar nicht haben wollen. Zumal ich keine Qualifikation aufweisen kann, die vergleichbar wäre mit deiner.«

»Das deichseln wir schon«, grinste Stella und bastelte im Geist bereits an einer Vita für Nina. »Natürlich hast du Berufspraxis. Und wir besorgen dir ein paar eindrucksvolle Referenzen. Keine Sorge.«

Als Stella den Laden verließ, umspielte ein zufriedenes Lächeln ihre Lippen.

Zu Hause angekommen, griff sie zum Telefonhörer. Sie wollte wissen, ob sich Robert nun endlich entschieden hatte, wo er und Moritz künftig wohnen würden.

Gutgelaunt überlegte sich Nina eine Strategie für ihr Treffen mit Ophelia Winter, das sie für den nächsten Tag vereinbart hatte. Vermutlich würde es genügen, wenn sie ein ausgeprägtes Selbstbewusstsein demonstrierte und sich nicht einschüchtern ließ. Solche Frauen neigten dazu, Grenzen auszutesten, und die musste man ihnen aufzeigen. Das ist wie bei kleinen Kindern, schoss es ihr durch den Kopf, während sie per Mail ein Angebot an einen Kunden verschickte.

Diese neue Aufgabe würde ihr guttun und war genau das

Richtige, um sie von ihren trüben Gedanken an Asterdivaricatus abzulenken. Sie und die Männer, das sollte wohl einfach nicht sein. Dann musste sie ihre Energie eben in die Arbeit stecken. Es gab wirklich Schlimmeres. Nach wie vor spürte Nina einen kleinen Stich, wenn sie ihre Mails checkte und wieder keine Nachricht von Asterdivaricatus auf sie wartete. Die würde nicht mehr kommen, dessen war sie sich mittlerweile sicher. Wenn sie nur wüsste, wer er in Wirklichkeit war! Es war zermürbend, einfach nur hier zu sitzen und nichts tun zu können. Wenn sie gewusst hätte, wo sie Waldemar Achternbeck finden konnte, hätte sie ihn zur Rede gestellt und vielleicht endlich wieder ihren Frieden gehabt.

»Wahrscheinlich muss einfach ein bisschen Zeit vergehen, und dann habe ich ihn vergessen«, murmelte sie, während sie die Tagesabrechnung machte. Ruth Gellersen konnte zufrieden sein. Der Laden warf immer mehr Profit ab. Irgendetwas machte sie ja offensichtlich richtig.

Wenig später saß Nina auf ihrem Fahrrad und machte sich auf den Weg ins La Lune. Wie es Leonie wohl an ihrem ersten Arbeitstag ergangen war? Wir haben schon ein richtiges kleines Netzwerk gebildet, dachte sie stolz, während sie ihr Rad abschloss und durchs Fenster spähte. Leonie war gerade mit einem Gast in ein Gespräch vertieft.

»Das ist lieb von dir, dass du vorbeischaust«, sagte sie, als Nina plötzlich vor ihr stand, und umarmte ihre Freundin herzlich. »Magst du ein Glas Wein?«

»Gern«, antwortete Nina und setzte sich an die Bar, weil die Tische bereits belegt waren.

»Tja, du hättest vorher reservieren müssen, wir sind leider ausgebucht«, erklärte Leonie mit einem Anflug von Stolz in

der Stimme. Nina lächelte. Leonie war hier wirklich gold-
richtig. »Kommt Stella auch noch?«

»Ich denke nicht, sie wirkte vorhin ganz schön kaputt.
Aber ich werde ihr kurz simsen, dass ich hier bin. Vielleicht
kann sie sich doch noch aufraffen.«

Stella war zu sehr in ihr Telefonat vertieft, um Ninas Kurzmitteilung zu bemerken. Robert hatte ihr soeben mitgeteilt,
dass er sich nach langem Ringen tatsächlich dazu entschlossen hatte, nach Hamburg zu kommen.

»Und was sagt Moritz dazu?«, erkundigte sich Stella.

»Er nimmt das Ganze sehr tapfer, wie ich finde«, entgegnete Robert. »Er sagt, dass er sich auf seinen Freund Jan freut.
Das ist zumindest schon mal ein Anfang. Natürlich findet er
es nicht so toll, dass er die Schule wechseln muss und bald so
weit weg von seinen Großeltern wohnt.«

»Du klingst traurig«, konstatierte Stella und wünschte, sie
könnte Robert irgendwie helfen.

»Das bin ich auch. Ich frage mich die ganze Zeit, ob ich
die richtige Entscheidung getroffen habe. Andererseits blieb
mir fast keine andere Wahl. Wenn ich mir das letzte Monats-
ergebnis der Praxis ansehe, gibt es eigentlich keinen Grund,
noch in Husum zu bleiben. Der Job in der Klinik bietet mir
wirklich gute Möglichkeiten, und er sichert uns finanziell ab.
Außerdem kann ich mich dann besser um Emma kümmern.
Und Moritz sollte in der Nähe seiner kleinen Schwester wohnen. Nur so können die beiden eine Beziehung zueinander
aufbauen.«

»Könnt ihr die Husumer Wohnung nicht einfach für die
Wochenenden oder die Ferien behalten? Also das ganze

Konzept einfach umdrehen?«, fragte Stella, der der Gedanke, Robert bald häufiger um sich zu haben, immer mehr gefiel.

»Mal schauen. Für den Anfang auf jeden Fall. Ich muss ja auch erst einmal den Ausgang der Probezeit abwarten, und bis dahin möchte ich noch nicht alle Brücken abbrechen. Stell dich aber schon mal darauf ein, dass ich in den kommenden Wochen öfter in der Villa sein werde, um die Wohnung auf Vordermann zu bringen. Es gibt noch einiges zu tun, und ich will alles so machen, dass Moritz sich möglichst schnell zu Hause fühlt.«

»Ich helf dir gern, wenn ich kann. Mit solchen Themen kenne ich mich schließlich bestens aus«, bot Stella an.

»Stimmt, das hatte ich ganz vergessen«, lachte Robert. »Ich fürchte nur, ich kann mir dich nicht leisten.«

»Keine Sorge, für dich mache ich eine Ausnahme«, versicherte Stella und verabschiedete sich von ihm. Der Tag war anstrengend gewesen, und sie hatte viel nachzudenken. Morgen Abend würde Nina ihren Antrittsbesuch bei Ophelia Winter haben. Und dann musste sie sich an den Gedanken gewöhnen, dass der Vater ihres Kindes von nun an Tür an Tür mit ihr wohnen würde.

Kapitel 31

Asterdivaricatus und Alexander Wagenbach sind ein
und dieselbe Person?«, fragte Stella und starrte Leonie fassungslos an. Nina war gerade bei einem Termin mit Ophelia Winter. Die beiden Freundinnen saßen bei Stella in der Küche und diskutierten den Fall Schleieraster. Leonie fuchtelte mit einem Gemüsemesser herum und blickte Stella zweifelnd an.

»Ich habe solche Angst, dass Nina verletzt wird. Nach Gerald verkraftet sie keine weitere Enttäuschung.«

»Wer verkraftet schon Enttäuschungen?«, stellte Stella fest und strich sich mit der rechten Hand über den Bauch, der sich allmählich sanft zu wölben begann. Mittlerweile hatte sie nicht mehr so häufig mit Übelkeit zu kämpfen und aß mit gesundem Appetit. Gerade eben hatte sie unter Leonies Anleitung einen Gemüseauflauf zubereitet und wartete gespannt auf das Ergebnis ihres ersten Kochversuches.

»Und was machen wir jetzt?«, fragte Leonie ratlos. »Sollten wir es ihr nicht sagen? Oder sollen wir uns raushalten?«

»Hm, gute Frage.«

»Ich habe ehrlich gesagt überhaupt keine Ahnung ... Alles, was ich weiß, ist, dass Alexander ein toller Mann ist. Was kann Nina Besseres passieren, als dass sie herausfindet, dass er hinter der Schleieraster steckt? Ein so charmanter, gutaussehender und erfolgreicher Geschäftsmann! Und sie mag Alexander doch ganz gern, oder?«

Stella antwortete nicht, und für einen Moment hingen beide ihren Gedanken nach.

Als Leonie kurz ins Bad verschwand, hörte Stella plötzlich Stimmen auf dem Flur. Zuerst Roberts, dann die Kinderstimme von Moritz und zu guter Letzt – sie spitzte, so gut sie konnte, ihre Ohren – eine weibliche. Wer konnte das sein? Neugierig schlich Stella zur Eingangstür. Am liebsten hätte sie durch den Spion geschaut, doch sie hatte Angst, entdeckt zu werden.

»Wie lange bleibst du?«, hörte sie Moritz fragen und presste ihren Kopf ganz dicht an die Tür. »Mal sehen, wie lange dein Vater mich aushält«, kam als Antwort, und Stellas Herz begann so laut zu schlagen, dass sie fürchtete, man würde es bis nach draußen hören. In diesem Moment wurde Roberts Wohnungstür energisch geschlossen, und Stella ging mit zitternden Knien zurück in die Küche. Wer zum Teufel war da zusammen mit Robert und Moritz in die Villa gekommen?

»Und? Schon eine Idee, was wir Nina sagen sollen?«, erkundigte sich Leonie, als sie in die Küche zurückkam.

»Als Erstes muss ich herausfinden, wem diese Stimme gehört. Ich finde, sie klang irgendwie affektiert und arrogant, oder ach, was sage ich, naiv und ignorant! Momentan weiß ich gar nicht, was schlimmer ist.«

»Was ist los? Siehst du die Fragezeichen um mein Haupthaar kreisen?«, sagte Leonie und schüttelte verwirrt den Kopf. »Was für eine Stimme? Ist alles in Ordnung mit dir?«

Stella wurde rot.

»Tut mir leid, ich war eben nicht ganz bei der Sache. Robert scheint eine Frau zu Besuch zu haben und ...«

»... und das passt dir nicht in den Kram?«, fragte Leonie und sah Stella durchdringend an. »Kannst du mir mal verraten, weshalb dich das stört? Hast du mir nicht selbst gesagt, dass dir die Nacht mit ihm nichts bedeutet hat und dass du immer noch an Julian hängst?«

Stella spürte, wie ihr heiß wurde, und sie hatte das Gefühl, gleich in Flammen aufzugehen. War das auch eine Nebenwirkung ihrer Schwangerschaft?

»Mannomann, ihr beiden«, seufzte Leonie, schnappte sich zwei Topflappen und öffnete den Backofen. Der Duft von frischen Kräutern, reifen Tomaten und Greyerzer zog durch die Küche. »Wenn ich mir euer Männerchaos so ansehe, möchte ich wirklich nicht mit euch tauschen! Nina ist verliebt in meinen Chef und weiß es nicht einmal. Ständig grübelt sie über eine anonyme E-Mail-Bekanntschaft und ahnt nicht mal annähernd, dass die beiden ein und dieselbe Person sind. Und du? Du erwartest ein Kind von einem absoluten Traummann, hängst aber weiterhin an einem Typen, der es nicht verdient hat, dass du auch nur einen einzigen Gedanken an ihn verschwendest. Anstatt das Glück mit beiden Händen zu packen und dir den Vater deines Kindes zu schnappen, bevor es eine andere tut, sitzt du hier mit mir und übst dich im Kochen.«

»Aber ich will doch gar nichts von Robert«, protestierte Stella, hielt jedoch inne, als Leonie den Kopf zur Seite neigte und sie spöttisch anlächelte.

»Nein, natürlich nicht, ich denke auch, dass ich da etwas durcheinanderbringe. Du schimpfst ja nur deshalb über seine ominöse Begleiterin, weil dieser Mann dir vollkommen egal ist«, meinte sie, während sie den Auflauf auf zwei Tellern verteilte.

Stella knurrte unwirsch. Sie hatte keine Lust auf Leonies Standpauke. Außerdem brannte ihr schon seit langem eine Frage auf der Seele.

»Bist du eigentlich immer noch in Robert verliebt?«, rang sie sich schließlich durch und wagte nicht, von ihrem Teller hochzusehen. Leonie verschluckte sich fast an ihrem Mineralwasser. In letzter Zeit hatte sie jeden Gedanken an Robert verdrängt, natürlich erst recht, seit sie erfahren hatte, dass Stella ein Kind von ihm erwartete.

»Ich weiß nicht, ob ich je wirklich in ihn verliebt war«, begann sie zögerlich. »Eher total verknallt, das muss ich schon zugeben. Schließlich verkörpert er alles, was ich mir immer von einem Mann gewünscht habe. Nach unserem Opernbesuch bin ich wie auf Wolken geschwebt. Irgendwann musste ich mir dann eingestehen, dass es ihm nicht so geht; schließlich hat er sich danach nicht wieder bei mir gemeldet.«

Stella betrachtete Leonie und wurde ein wenig traurig. Wie schade, dass sich Leonies Wunsch nach einer eigenen Familie noch nicht erfüllt hatte. Sie war eine so liebenswerte Frau und hätte einen mindestens ebenso tollen Mann verdient.

»Genau genommen kann man gar nicht wirklich in jemanden verliebt sein, den man kaum kennt und mit dem man nur einen einzigen Abend verbracht hat. Was weiß man denn von seinem Gegenüber? Eigentlich nur, wie er aussieht und ob man gern mit ihm zusammen ist. Aber wie der andere denkt, wie er fühlt, wie er die Welt sieht – das alles erfährt man erst nach und nach. Vielleicht ist man verknallt, wirklich verliebt wäre jedoch ein bisschen zu viel gesagt ...«

»Und wann weiß man, dass es Liebe ist?«, wollte Stella wissen und dachte an Julian. Bis vor wenigen Wochen hatte sie geglaubt, ohne ihn nicht mehr atmen und leben zu können.

»Nun, das ist wohl die schwierigste aller Fragen«, entgegnete Leonie nachdenklich. »Ich glaube, ich bin nicht die Richtige, um sie dir zu beantworten. Es gab eine Zeit, da dachte ich, dass Henning die Liebe meines Lebens sei, dass wir füreinander bestimmt seien und zusammen eine Familie gründen würden. Irgendwann allerdings war dieses Gefühl verschwunden. Es hatte sich von einem Tag auf den anderen in Luft aufgelöst, ich habe mir verwundert die Augen gerieben und mich auf den Weg nach Hamburg gemacht.«

Stella überlegte. Wo waren ihre Gefühle für Julian geblieben? Es hatte unendlich viele Tage gegeben, an denen sie sich nichts sehnlicher gewünscht hätte, als dass diese quälende Sehnsucht, das ständige um ihn Kreisen, diese Fixierung auf ihn endlich aufhören würde. Wie bei Leonie – einfach so, über Nacht. Ohne dass sie selbst viel dazu tun musste.

»Denkst du gerade an Julian?«, fragte Leonie mitfühlend und streichelte Stella flüchtig übers Haar, als sie aufstand, um eine weitere Flasche Wasser zu holen. »Du hattest auch Pläne mit ihm, oder?«

Bevor Stella diese Frage beantworten konnte, vernahm sie im Flur erneut die Stimme der mysteriösen Frau:

»Bin gleich wieder da!«, rief sie und klackerte mit ihren Absätzen die knarrende Holztreppe hinunter.

»Seine Mutter ist das jedenfalls nicht«, bemerkte Leonie trocken. »Dazu klingt ihre Stimme eindeutig zu jung. Was meinst du? Wollen wir uns nachher einfach mal auf die Lauer legen und nachsehen, wer sich da bei Robert eingenistet hat?«, fragte sie verschmitzt.

»Und wie sollen wir das anstellen?«

»Ganz einfach, in dem Moment, wo wir sie die Treppe hinaufkommen hören, bringst du mich an die Tür und wir unterhalten uns noch einen Moment, als hätten wir irgendetwas Wichtiges vergessen. Und bei der Gelegenheit schauen wir sie uns an. Immerhin ist sie zu Gast in unserer Villa, also muss sie sich eigentlich vorstellen, wenn sie nicht unhöflich sein will.«

»Aber sie hat gesagt, dass sie gleich wieder zurück ist«, protestierte Stella, obwohl ihr Leonies Vorschlag gefiel. »Und ich habe keine Lust, dass du schon gehst, wo wir hier gerade so nett zusammensitzen!«

»Ich kann ja nachher wiederkommen«, grinste Leonie. »Heimlich! Ich schleiche mich auf Zehenspitzen wieder nach oben, und dann hecheln wir die Dame gründlich durch! Du wirst sehen, wir werden kein gutes Haar an ihr lassen …«

Eine halbe Stunde später saßen Leonie und Stella wieder am Esstisch, und es herrschte betretenes Schweigen.

»Sosehr ich mir auch Mühe gebe, ich kann leider überhaupt nichts Blödes an ihr finden«, sagte Stella schließlich.

Leonie nickte betrübt.

»Stimmt! Sie hat sich artig vorgestellt und uns sogar angeboten, zum Essen mit hinüberzukommen …«

»Und zu allem Überfluss sieht sie auch noch super aus!«, fügte Stella seufzend hinzu.

»Na ja, zumindest wenn man auf den Typ Angelina Jolie steht – und welcher Mann tut das schon?«, fragte Leonie ironisch und spielte mit ihrer Serviette.

»Tja, ich schätze, da hat Robert einen großen Fang gemacht. Diese Marina scheint wirklich nett zu sein und sorgt sich offensichtlich um sein leibliches Wohl!«

Misstrauisch hatte Stella den Inhalt der durchsichtigen Plastiktüten beäugt, mit denen Marina im Flur gestanden hatte, offensichtlich Ergebnis eines Beutezugs beim Türken um die Ecke. Die beiden Flaschen Rotwein, ihr erotischer Schmollmund und die endlos langen Beine hatten ihr endgültig den Rest gegeben.

In diesem Augenblick klingelte es an der Tür, und für einen kurzen Moment befürchtete Stella, es könnte Marina sein, die ein bestimmtes Gewürz für das geplante Zehn-Gänge-Candle-Light-Dinner mit Robert vergessen hatte. Doch es war Nina, die von ihrem Treffen mit Ophelia Winter zurückgekehrt und in Plauderstimmung war.

Während sie munter vor sich hin brabbelte, rang Leonie mit sich, ob sie ihr reinen Wein in Bezug auf Asterdivaricatus einschenken sollte. Es gelang ihr jedoch nicht, Nina in ihrem Redeschwall zu unterbrechen.

»Ihr glaubt nicht, was heute passiert ist«, strahlte sie und sah aus, als hätte sie das große Los gezogen.

»Ophelia Winter will dich heiraten?«, fragte Stella und freute sich, dass es Nina offensichtlich auf Anhieb gelungen war, ihre anstrengendste Kundin zu zähmen.

»Nein, viel besser! Tausendmal besser, um genau zu sein!«

Leonie schwante nichts Gutes …

»Asterdivaricatus ist wieder aus der Versenkung aufgetaucht und möchte sich tatsächlich mit mir treffen! Was sagt ihr dazu?«

Triumphierend blickte Nina in die Runde, Stella und Leonie wagten nicht, einander in die Augen zu sehen. Aber davon merkte Nina nichts, sie war zu begeistert von der E-Mail, die sie soeben in ihrem Posteingang vorgefunden hatte.

Von: Asterdivaricatus@t-online.de
An: info@gruenzeug.net
Betreff: Was soll ich sagen?

Liebe Nina,
ich weiß nicht, ob Sie überhaupt noch dazu bereit sind, diese
Zeilen zu lesen. Ich weiß, es ist unverzeihlich, dass ich mich
nach Ihrem netten Vorschlag einfach nicht mehr gemeldet habe.
Wenn Sie nichts mehr mit mir zu tun haben wollen, so kann ich
das gut verstehen.
Liebste Nina, lassen Sie mich alles erklären. Geben Sie mir eine
zweite Chance, bitte!
Sagen wir kommenden Samstag um 20.00 Uhr im Restaurant
Lilienreich?
Ihr Waldemar Achternbeck

»Und willst du?«, fragte Stella, die als Erste ihre Sprache wiedergefunden hatte. Zu dumm, dass sie sich nicht mit Leonie
beraten konnte. Sollte man Nina nicht sagen, dass im Lilienreich mit höchster Wahrscheinlichkeit Alexander Wagenbach
auf sie warten würde?

»Hast du schon geantwortet?«, wollte Leonie wissen.

»Nein, habe ich noch nicht«, entgegnete Nina und reckte
triumphierend das Kinn in die Höhe. »Diesmal werde ich
ihn etwas schmoren lassen. So einfach kommt der mir nicht
davon!«

»Und wie lange willst du ihn auf die Folter spannen?
Schließlich ist in drei Tagen Samstag?«, fragte Leonie mit
weit aufgerissenen Augen. Sie kämpfte weiterhin mit ihren
widerstreitenden Gefühlen. Sie wollte auf alle Fälle verhin-

dern, dass Nina eine böse Überraschung erlebte. Andererseits hatte sich Alexander Wagenbach alias Waldemar Achternbeck nun offensichtlich entschlossen, endlich reinen Tisch zu machen und seine wahre Identität preiszugeben. Und ob Nina es nun von ihr oder von ihm hörte, war dann auch egal. Alexander soll seine Chance bekommen, dachte Leonie entschlossen.

»Ich finde auch, dass er es verdient hat, ein wenig zu zappeln ...«, sagte Stella und war in Gedanken schon wieder bei Robert und Marina. Sie hätte für ihr Leben gern Mäuschen gespielt und gewusst, was sich in seiner Wohnung abspielte! Und weshalb war er heute eigentlich in Hamburg und hatte ihr nicht Bescheid gesagt? Es war mitten in der Woche, also musste er doch eigentlich in seiner Praxis sein und Moritz in der Schule.

»Ich denke, ich lasse das Date platzen und melde mich einfach am kommenden Montag. Das dürfte Strafe genug sein, findet ihr nicht?«

»Wenn du deine Neugier so lange bezähmen kannst ...«, meinte Leonie, an Ninas Stelle hätte sie es keine weitere Sekunde mehr ausgehalten. Aber Nina war um einiges abgeklärter und cooler.

Von: info@gruenzeug.net
An: Asterdivaricatus@t-online.de
Betreff:

Lieber geheimnisvoller Fremder,
Samstag passt mir gut. Da Sie wissen, wie ich aussehe, werden Sie kein Problem haben, mich zu erkennen. Sicherheitshalber

werde ich meine Gummistiefel anziehen und mir eine Hecken-
schere ins Haar stecken.
Schlafen Sie gut!
Nina Korte

Nina schüttelte über sich selbst den Kopf. Na prima, das mit
dem Zappelnlassen hatte ja wunderbar geklappt. Was war
nur los mit ihr? Da wartete sie wochenlang auf Waldemar
Achternbecks Antwort, und kaum hatte der sich zu einer
E-Mail bequemt, hatte sie nichts Besseres zu tun, als sich ihm
sofort in die Arme zu werfen. Sie lernte aber auch wirklich
nichts dazu! Sie sollte ein für alle Mal Abstand nehmen von
Männern, die sie nicht gut behandelten! Mit diesen Gedanken ging Nina ins Bett und ertappte sich dabei, wie sie wenig
später schon darüber nachdachte, was sie am Samstagabend
anziehen sollte.

Kapitel 32

Nachdem Nina und Leonie gegangen waren, geisterte Stella noch eine ganze Weile in ihrer Wohnung herum. Sie verputzte eine weitere Portion Auflauf (ihren unbändigen Appetit schob sie einfach auf Emma) und liebäugelte mit einem Glas Rotwein zur Beruhigung ihrer Nerven. Natürlich wusste sie, dass sie während der Schwangerschaft von Alkohol die Finger lassen sollte, aber war ein ganz kleines Schlückchen wirklich so gefährlich?

»Nein, Schluss jetzt!«, rief sie sich energisch zur Räson und legte den Korkenzieher zur Seite. »Du wirst deine Eifersucht doch nicht in Rotwein ertränken.«

Marina hatte Roberts Wohnung immer noch nicht verlassen, obwohl es mittlerweile ein Uhr morgens war. Stella hatte extra die Musik ausgestellt und ihre Zähne anstelle mit der elektrischen mit der Handzahnbürste geputzt, um ihre Verabschiedung ja nicht zu verpassen. Doch wie es aussah, konnte sie warten, bis sie schwarz wurde – ihre Konkurrentin würde da bleiben, wo sie war. Und zwar vermutlich in Roberts Armen.

Ihre Konkurrentin? Stella stutzte einen Moment. Die vielen Schwangerschaftshormone waren ihr anscheinend zu Kopf gestiegen. Sie empfand schließlich nichts weiter für Robert als große Sympathie. Außerdem war sie dankbar, dass er sich so fürsorglich und zuverlässig um sie kümmerte. Es konnte ihr genau genommen vollkommen egal sein, mit wem er seine Nächte verbrachte. Wenn ihm danach war, mit dieser Marina herumzuturteln, war es mit seinen Gefühlen für sie voraussichtlich nicht weit her. Was wusste sie schon, was wirklich in ihm vorging?

Natürlich hatte es an Weihnachten den Anschein gehabt, als wäre er verliebt in sie gewesen. Aber hatte man das wirklich ernst nehmen können? Oder handelte es sich, nach den vielen Gläsern Rotwein, nicht vielmehr um eine kleine emotionale Entgleisung am Fest der Liebe?

»So, jetzt reicht's! Ich gehe jetzt ins Bett!«, ermahnte sie sich mit energischer Stimme. »Zeit für die Gedankenpolizei!« Die Gedankenpolizei war eine imaginäre kleine Schutztruppe, die sie vor unnützen, quälenden und ausufernden Überlegungen bewahren sollte, das hatte sie in der Klinik gelernt.

Als sie sich dann allerdings endlich hingelegt hatte und fortwährend an Robert denken musste, war klar, dass die Gedankenpolizei heute Nacht Stella ihren Dienst versagte. Mit offenen Augen lag sie hellwach in ihrem Bett ...

Am darauffolgenden Tag stand Leonie im La Lune und schrieb die Gerichte, die sie zusammen mit Gaston Mercier kreiert hatte, an die Tafel. Heute Mittag wurde eine größere Gruppe zum Essen erwartet, also gab es noch einiges vorzubereiten und zu erledigen.

Als sie einen Blick in das schwarze, ledergebundene Reservierungsbuch warf, stutzte sie einen Moment. »Traumreisen, acht Personen« stand da.

Ach herrje, auch das noch, dachte Leonie. Was, wenn ausgerechnet Doris Möller hier aufkreuzte? Oder, schlimmer noch, Thomas Regner? Im Nachhinein war es ihr ein wenig unangenehm, dass sie sein Angebot so brüsk abgelehnt hatte. Doch zum Glück blieb ihr keine Zeit, länger darüber nachzudenken, denn die Tür ging auf, und Lulu kam freudig bellend auf sie zugerannt.

»Halt, stopp!«, rief Leonie und konnte nur mit Mühe das Gleichgewicht halten.

»Sie ist begeistert von dir, so wie ich. Nimm es einfach als Kompliment!«, lachte Alexander und versuchte seinen Hund von Leonie wegzuzerren, die alle Mühe hatte, ihre weiße Bluse in Sicherheit zu bringen.

»Du bist begeistert von mir?«, fragte sie überrascht und musste unwillkürlich an Nina denken. Morgen würde sie die Wahrheit erfahren.

»Ja, natürlich. Hatte ich dir das noch nicht gesagt? Seit du hier das Regiment übernommen hast, kann ich nachts endlich wieder ruhig schlafen. Glaub mir, das ist eine Menge wert!«

Leonie wurde rot und wandte sich verschämt ab. Alexander musste nicht unbedingt sehen, wie gut ihr seine Anerkennung tat. In solch einem Moment trat ihr erneut deutlich vor Augen, dass sie ihren Job bei Traumreisen viel eher hätte aufgeben sollen. Und ihr wurde klar, wie wichtig es war, hin und wieder ein positives Feedback zu bekommen, vor allem, wenn man so mit Leib und Seele bei der Sache war wie sie. Das Restaurant, die Mitarbeiter, ja sogar der grummelige Chefkoch waren ihr ans Herz gewachsen, und sie hatte zum ersten Mal in ihrem Leben das Gefühl, am richtigen Ort zu sein. Sie war Nina unendlich dankbar.

Es war bereits später Nachmittag, und Nina hatte ihren freien Tag genutzt, um ein wenig spazieren zu gehen. Ohne es zu merken, war sie in Richtung Blumenmeer, ihrer alten Arbeitsstätte, gelaufen und starrte nun in das Schaufenster von Dansk Dreams. Würde sie den Laden ohne Wehmut betreten können?

Wie ein Film liefen die Erinnerungen in Ninas Kopf ab, an den Eröffnungstag, als sie mit hochroten Wangen die Tür aufgeschlossen und die ersten Kunden empfangen hatten, an Willem, der zwischen Bergen von Kisten und Holzwolle nach den ultimativen Dekors für das Blumenmeer wühlte. Und sie erinnerte sich an den Tag, als die Homepage www.gruenzeug. net an den Start ging und Nina zum ersten Mal eine E-Mail von Asterdivaricatus bekommen hatte. Heute würde sich der Kreis schließen. Denn genau hier, bei Dansk Dreams, würde sie das Kleid erwerben, das sie zu ihrem ersten Rendezvous tragen würde.

Rendezvous?

Beim Gedanken, wie es sein würde, Waldemar Achternbeck endlich gegenüberzustehen, wusste Nina nicht, ob sie sich freuen oder Angst haben sollte. Natürlich war sie neugierig, aber gleichzeitig fürchtete sie sich davor, dass Asterdivaricatus der Wirklichkeit nicht standhalten und ihr Traum jäh wie eine Seifenblase zerplatzen würde.

»Wollen Sie nicht hereinkommen?«, fragte eine sympathisch wirkende Mittfünfzigerin und lächelte ihr aufmunternd zu. Nina nickte wortlos und folgte der Besitzerin in die Boutique. Es war ein seltsames Gefühl, wieder hier zu sein.

»Ich hatte mich schon gefragt, wann Sie kommen würden«, sagte Kirsten Thomasson. »Darf ich Ihnen vielleicht einen Espresso anbieten?«

Nina nickte erneut und dachte daran, wie viele Tassen Cappuccino, Latte macchiato und Espresso sie mit Annette getrunken hatte, um gegen die bleierne Müdigkeit anzukämpfen, die die frühmorgendlichen Besuche auf dem Blumengroßmarkt mit sich brachten.

»Sie haben sehr geschmackvolle Sachen«, bemerkte Nina, nachdem sie ihren Espresso ausgetrunken hatte.

»Danke, es freut mich, dass gerade Sie das sagen. Ich weiß von Ihrer ehemaligen Chefin, dass Sie einen guten Blick für Dekoration haben«, entgegnete Kirsten Thomasson. »Es ist nicht ganz leicht, den Geschmack der Eimsbüttler Kundschaft zu treffen, doch allmählich bekomme ich ein Gespür dafür. Aber trotz allem soll der Laden natürlich immer noch meine persönliche Handschrift tragen.«

Nina warf ihr einen anerkennenden Blick zu und ging zu dem Ständer mit Größe sechsunddreißig.

Während sie ein Kleidungsstück nach dem anderen in die Hand nahm und den Stoff befühlte, ging Kirsten Thomasson zu einer der Puppen im Fenster.

»Hier, dieses Kleid würde Ihnen besonders gut stehen, meinen Sie nicht?«

Wenige Augenblicke später stand Nina hinter einem Paravent aus Schilfgras und betrachtete kritisch ihr Spiegelbild. War das Kleid das richtige für Samstagabend? Sie wollte auf keinen Fall aufgetakelt wirken, sondern sich mit sich selbst wohl fühlen. Nervös würde sie sowieso sein, da wollte sie sich nicht auch noch über ein Kleid Gedanken machen müssen.

»Diese Farbe passt wunderbar zu ihrem Typ!«, meinte Kirsten Thomasson begeistert, als sich Nina endlich hinter dem Paravent hervorwagte. Sie konnte ihr nur zustimmen.

Das gerade geschnittene Kleid war mit rostrotem Baumwollstoff unterfüttert, und darüber befand sich eine Lage aus schwarzen Spitzen. Wunderschön, doch Nina war noch nicht restlos überzeugt.

»Ich habe einen Vorschlag«, sagte die Verkäuferin und überreichte ihr eine verwaschene Jeans, einen breiten Ledergürtel und ein Paar Cowboystiefel. »Hier, kombinieren Sie das und Sie werden sehen, dass Sie sich nicht mehr so verkleidet fühlen. Der Lagen-Look ist wie für Sie gemacht!«

»Frau Rohlfs, das gibt's doch gar nicht!«, rief Thomas Regner, als Leonie ihm, Ingvar Svensson und sechs weiteren Mitarbeitern von Traumreisen den reservierten Tisch zuwies. »Hier sind Sie also gelandet. Ich hatte mich bei Frau Möller nach Ihnen erkundigt, aber die konnte mir nichts sagen.«

»Ich freue mich ebenfalls, Sie alle zu sehen«, entgegnete Leonie höflich und hoffte, dass Herr Regner nicht bemerkte, wie unangenehm ihr die Begegnung war. Dominique eilte herbei, und Leonie überließ es ihr, sich um die Gäste zu kümmern. Während sie in der Küche nach dem Rechten sah, dachte sie darüber nach, wie Thomas Regner auf die Idee gekommen war, seine Geschäftspartner ausgerechnet ins La Lune einzuladen. Die Firmenzentrale von Traumreisen lag nicht gerade um die Ecke, und es gab eine Menge andere Lokale, die sehr viel bequemer zu erreichen gewesen wären. Andererseits hatte das La Lune einen exzellenten Ruf. Ja, Alexander, Gaston und sie waren eindeutig ein gutes Team geworden! Das sah man auch an den vielen Reservierungen.

Als Leonie sich ins Büro zurückzog, um den Dienstplan für die kommende Woche zu schreiben, stand auf einmal

Thomas Regner an der Tür. Überrascht erhob sie sich und ging auf ihren ehemaligen Chef zu.

»Ich weiß, dass es den Gästen nicht erlaubt ist, die heiligen Hallen zu betreten, aber ich hoffe, Sie machen für mich eine Ausnahme.«

Leonie sah ihn mit großen Augen an und wartete, was nun kommen würde.

»Da ich annehme, dass Sie wenig Zeit haben, falle ich einfach mit der Tür ins Haus, Frau Rohlfs. Ich bin außerordentlich froh, dass der Zufall uns erneut zusammengeführt hat. Ich wollte Sie nämlich fragen, ob Sie demnächst mal Zeit hätten, mit mir essen zu gehen. Das heißt, wenn Sie in Ihrer Freizeit überhaupt noch Lust auf Restaurants haben ...«

Leonie war sprachlos. Damit hatte sie wahrlich nicht gerechnet!

Stella hatte in der Nacht kaum ein Auge zugemacht und überlegte übellaunig, was sie mit dem vor ihr liegenden Tag anfangen sollte. Es war Mittagszeit, und von nebenan war kein Laut zu hören. Das konnte entweder bedeuten, dass Stella kurz geschlafen und Marinas Aufbruch verpasst hatte oder dass Marina nach wie vor bei Robert war.

Draußen herrschte herrliches Frühlingswetter, daher beschloss Stella, walken zu gehen. Sie hatte sich angewöhnt, um den Eimsbütteler Park, der an einem idyllischen Weiher gelegen war, ein paar Runden zu drehen und so etwas für ihre und Emmas Gesundheit zu tun. Rasch streifte sie ihren Trainingsanzug über und schlüpfte in ein Paar ausgetretener Sneakers. Als sie die Tür hinter sich zuzog, stand sie plötzlich

Robert gegenüber, der leise die Treppe heraufgekommen war. Vielleicht war sie aber auch nur zu sehr in Gedanken versunken gewesen, um ihn zu bemerken.

»Oh, mit dir habe ich überhaupt nicht gerechnet«, begrüßte sie ihn und biss sich auf die Lippen.

»Schön, dich zu sehen«, entgegnete Robert und küsste Stella flüchtig auf die Wange. »Sag bloß, du willst Sport machen?«, fragte er angesichts ihrer Aufmachung und hob spöttisch die linke Augenbraue.

Sofort fuhr Stella ihre Krallen aus. Weshalb nur endete jede Begegnung mit Robert in einem verbalen Schlagabtausch?

»Mir ist es vollkommen egal, was du von meinem Schneckentempo-Walking hältst. Mir jedenfalls macht es Spaß, denn es ist seit Jahren meine erste sportliche Betätigung. Du selbst scheinst ja in der Zwischenzeit andere Beschäftigungen gefunden zu haben«, giftete sie und versuchte, sich an ihm vorbeizudrängeln.

»Halt! Hiergeblieben!«, rief Robert aus, nahm sie sanft am Arm und zog Stella zurück auf den Flur. »Was wolltest du mit dieser kryptischen Bemerkung eben andeuten?«

»Lass mich los«, sagte Stella energisch, und Robert nahm seine Hand von ihrem Arm. »Ich habe gar nichts Kryptisches gesagt. Ich mag es nur nicht, wenn man sich über mich lustig macht!«

»Das mit dem Sport habe ich schon verstanden«, gab Robert zurück und musterte sie ernst. »Ich finde es gut, wenn du dich ein bisschen bewegst und an der frischen Luft bist. Mich interessiert momentan allerdings eher, was du mit andere Betätigungsfelder gemeint hast.«

Stella schoss die Schamesröte ins Gesicht.

»Schau mich an«, sagte Robert, und seine Stimme bekam einen energischen Unterton. Er nahm Stellas Kinn und drehte dabei ihr Gesicht zu sich.

»Hey, lass das, ich bin doch kein kleines Kind mehr«, fauchte sie wütend und stürmte an Robert vorbei die Treppe hinunter. Sollte er denken, was er wollte. Hauptsache, sie musste ihm jetzt nicht Rede und Antwort stehen. Sie hörte nur noch, wie Robert »Pass auf dich auf!« hinter ihr herrief, und bog, so schnell sie konnte, um die Ecke.

Kapitel 33

Samstagabend näherte sich Nina mit klopfendem Herzen dem Lilienreich. Es war zehn Minuten nach acht, die kleine Verspätung hatte sie bewusst eingeplant. Hoffentlich war Waldemar schon in heftige Zweifel ausgebrochen, ob sie überhaupt auftauchen würde.

Kaum hatte sie die Tür geöffnet, umfing sie der Zauber des romantischen Restaurants in der Nähe der Laeiszhalle. Dort dinierten Pärchen, bevor sie in ein Klassikkonzert gingen, oder sie nahmen einen Drink an der Bar.

»Ich bin mit Waldemar Achternbeck verabredet«, teilte sie der Kellnerin mit, die herbeigeeilt war, um Nina den Mantel abzunehmen und sie an ihren Tisch zu führen. Als sie Alexander an einem der Tische entdeckte, lächelte sie erfreut.

»Hallo, was machst du denn hier? Komisch, ich bin heute Abend auch hier verabredet. Als ob es keine anderen Restaurants in dieser Stadt gäbe ...«

Alexander begrüßte sie mit einem formvollendeten Handkuss und bat Nina, Platz zu nehmen. Verschämt entzog sie ihm ihre Hand und schüttelte den Kopf.

»Tut mir leid, ich bin wie gesagt verabredet und sowieso schon spät dran ...«

»Zehn Minuten zu spät«, ergänzte Alexander, und in diesem Moment bemerkte Nina eine Hundeschnauze, die vorwitzig unter dem weißen Leinentischtuch hervorlugte.

»Darf ich vorstellen, das ist Lulu, meine Labradorhündin. Lulu, das ist Nina Korte. Aber eigentlich kennt ihr beiden euch ja schon.«

»Ich verstehe nicht«, stammelte Nina leicht verwirrt, während die Kellnerin einen Martini-Cocktail servierte. Als sie dann von den Gläsern zu Lulu und erneut zu Alexander schaute, dämmerte es ihr auf einmal, und ihr wurden die Knie weich. Fassungslos ließ sie sich auf den Stuhl plumpsen, den Alexander ihr hingeschoben hatte.

»Prima, diesen Teil hätten wir also geschafft!«, seufzte er und beobachtete Nina, die ihr Glas Martini in einem Zug leerte.

»Du bist Asterdivaricatus«, sagte sie, als sie ihre Sprache wiedergefunden hatte. In ihrem Inneren tobte ein Orkan, und sie war unfähig, einen einzigen klaren Gedanken zu fassen.

»Ja, ich fürchte, das bin ich, ich bekenne mich schuldig im Sinne der Anklage«, entgegnete Alexander und lächelte unsicher. Immerhin schien ihm das Ganze auch peinlich zu sein. Nina bemühte sich, ihre Emotionen in den Griff zu kriegen. Sie wollte auf jeden Fall wissen, weshalb Alexander ihr über Monate diese Schmierenkomödie vorgespielt hatte – denn anders konnte man die Sache kaum bezeichnen –, und dann würde sie gehen. Der Appetit war ihr sowieso vergangen, und alles, was sie jetzt wollte, war, sich das rostrote Kleid vom Leib zu reißen, sich der Jeans und der unbequemen Stiefel zu entledigen und sich ins Bett zu verkriechen. Sie würde alle Decken über sich türmen, deren sie habhaft werden konnte, und für den Rest ihres Lebens dort bleiben.

»Es tut mir leid, dass ich dir nicht eher die Wahrheit gesagt habe …«, begann Alexander zaghaft.

»Das ist eine sehr milde Formulierung für das, was du mit mir getrieben hast«, fauchte Nina zurück und überlegte, ob sie noch einen Martini bestellen sollte. Wenn sie sich schon nicht in ihr Bett verkriechen konnte, brauchte sie zumindest Alkohol-Nachschub.

»Ich weiß, und es tut mir wirklich unendlich leid«, sagte Alexander zerknirscht. »Ich hätte dir schon viel früher sagen sollen, dass ich dir all diese Mails geschickt habe. Das Ganze hat als harmloser Spaß begonnen, und als es ernst wurde, wusste ich plötzlich nicht mehr, wie ich aus dieser Sache herauskommen sollte. Ich hatte Angst, dass du nichts mehr von mir wissen wolltest.«

Nina sah mit Genugtuung, wie sich Alexander vor Verlegenheit wand. Das geschieht dir recht, dachte sie grimmig. Sie war unglaublich wütend auf ihn. All die Monate hatte er sie zum Narren gehalten und schamlos mit ihren Gefühlen gespielt. Immerhin hatte sie ihm ihre intimen Sorgen und Nöte anvertraut! Andererseits jedoch berührte es sie, diesen sonst so souveränen Mann derart verunsichert zu sehen. Sie entschied sich, abzuwarten, was er noch zu seiner Verteidigung vorbringen würde.

»Deine Angst war ganz berechtigt. Kannst du mir mal bitte verraten, was du dir dabei gedacht hast, dir mit mir, wie hast du es so schön genannt, einen harmlosen Spaß zu erlauben?«, fragte Nina erbost.

»Okay, jetzt hör mir mal bitte zu!«, sagte Alexander nervös, und nun war es an ihm, seinen Cocktail in einem Zug auszutrinken.

»Eigentlich hat alles mit meiner Mutter Wilma angefangen. Sie lebte am Rande von Hamburg, hatte einen wunderschönen Garten, war aber irgendwann zu krank, um sich selbst um die Bepflanzung zu kümmern. Deshalb hatte ich euren Lieferservice ausfindig gemacht und unter ihrem Namen Blumen für sie bestellt.«

Aha, deshalb also das W auf der Lieferadresse, dachte Nina.

»Bald konnte meine Mutter gar nichts mehr im Garten erledigen, und ich war leider ebenfalls vollkommen überfordert. Bis dato hatte ich nie etwas mit Pflanzen zu tun gehabt. Das war der Moment, in dem ich dir zum ersten Mal geschrieben habe. Du warst immer so kompetent und hilfsbereit und hast mir in dieser Zeit sehr geholfen. Und obendrein bist du auch noch witzig und eloquent. Unser Mail-Kontakt hat mir großen Spaß gemacht. Ehrlich gesagt war es irgendwie aufregend, dich samstags in echt im Laden stehen zu sehen und den Rest der Zeit inkognito mit dir zu kommunizieren. Dann allerdings ...« Alexanders Augen wurden feucht, und seine Stimme zitterte.

Nina schluckte, denn sie wusste, was jetzt kommen würde.

Alexander räusperte sich.

»Dann ist meine Mutter gestorben.«

Nina schwieg. Sie konnte sich kaum vorstellen, was Alexander durchgemacht hatte. Es war schon schwer genug, die Trennung von der eigenen Frau zu überstehen. Aber dann auch noch die Mutter zu verlieren ...

»Das tut mir sehr leid«, entgegnete sie und beschloss, das Thema zu wechseln, um Alexander ein wenig von seinem Kummer abzulenken.

»Und wie kommst du zu dem Nachnamen Wagenbach?«

»Wagenbach ist der Name meiner Frau«, erwiderte Alexander knapp. »Bist du jetzt überrascht?«

Nina nickte.

»Es kommt nicht besonders häufig vor, dass Männer den Namen ihrer Frau annehmen. Weshalb eigentlich nicht? Ich persönlich würde meinen Namen zwar behalten wollen, aber das muss jeder für sich selbst entscheiden.«

»Ich mochte den Namen Wagenbach, und außerdem habe ich Isabelle geliebt, sehr sogar«, fuhr Alexander mit brüchiger Stimme fort. Zu ihrem großen Erstaunen wurde Nina bei diesen Worten ein klein wenig eifersüchtig.

»Ich wollte den Rest meines Lebens mit ihr verbringen und aller Welt zeigen, wie sehr ich sie liebte und wie viel sie mir bedeutete.«

Es gibt also tatsächlich noch Männer, die bereit sind, sich auf ein ewiges Bündnis einzulassen, dachte Nina. Sogar der treulose Gerald war zur Liebe bekehrt worden, und ihr Vater wollte ebenfalls erneut vor den Traualtar treten. Brauchten manche Menschen einfach länger, um den Partner fürs Leben zu finden? Alexander jedenfalls schien das Glück bisher nicht hold gewesen zu sein, was sie von sich allerdings auch nicht gerade behaupten konnte.

»Das alles entschuldigt aber noch lange nicht dein seltsames Spielchen, das du die ganze Zeit mit mir gespielt hast«, sagte Nina, die sich mit aller Macht gegen ihre aufkeimenden Gefühle wehrte. Alexander war wirklich ein faszinierender Mann. So stark und gleichzeitig so verletzlich …

Ninas Stimmungsumschwung schien ihn aus der Fassung zu bringen, denn er fuhr sich nervös durch die Haare.

»Ich erzähle dir das alles, weil es mit ein Grund dafür ist, weshalb ich lieber virtuell mit dir kommuniziert habe als in Wirklichkeit.«

»Ich verstehe nicht ganz …«

»Ich wollte sehen, ob ich wirklich etwas für dich empfinde oder einfach nur nach Trost und Anlehnung gesucht habe, so einsam und verzweifelt, wie ich war. Außerdem hatte ich wohl Angst, erneut verletzt zu werden. Das Internet bietet in solchen Momenten genügend Sicherheitsabstand.«

Nun war es an Nina, irritiert zu sein.

»Aber wir haben uns ja schon lange, bevor deine Frau dich verlassen hat, geschrieben«, entgegnete sie und dachte an Alexanders überstürzten Aufbruch aus dem Möbelladen, als er den alles entscheidenden Anruf von Isabelle erhalten hatte.

»Nein, das stimmt nicht. Wir haben uns bereits vor einem Jahr getrennt. Gekündigt hat sie erst, nachdem klar war, dass sie zusammen mit ihrem Freund das Restaurant gegenüber vom La Lune übernehmen will.«

»Oh«, meinte Nina verlegen und wusste nun wirklich nicht mehr, wie sie reagieren sollte. Alles, was Alexander sagte, war absolut nachvollziehbar, und sosehr sie sich auch bemühte, sie konnte keinen Grund mehr finden, um auf ihn böse zu sein.

Alexander räusperte sich:

»Okay, ich sage es dir jetzt ganz deutlich, um für die Zukunft – und ich hoffe sehr, dass wir eine solche haben – alle weiteren Missverständnisse zu vermeiden. Vom ersten Tag an, als ich dich im Blumenmeer gesehen habe, hast du mir gefallen. Meine Ehe war zu diesem Zeitpunkt längst kaputt, und ich wusste lange Zeit nicht, wie ich meine Gefühle zu dir einordnen sollte. Ich wollte einfach nicht riskieren, dass ich dich als eine Art Ersatz für Isabelle benutze. So etwas würde ich nicht wollen. Da wird man verlassen und sucht sich sofort die Nächstbeste, als wäre nichts weiter passiert. Natürlich ist Liebeskummer einfacher zu ertragen, wenn man sich mit einem neuen Partner ablenken kann. Aber die Gefahr, sich mehr in den Zustand des Verliebtseins zu verlieben als in den Menschen selbst, ist groß. Und ich wollte in aller Ruhe herausfinden, was ich für dich empfinde.«

Nina fühlte sich benommen.

»Ich wollte dich näher kennenlernen, mehr über dich erfahren. Doch im Blumenmeer warst du immer so verschlossen und reserviert. Beim E-Mail-Schreiben ging das viel leichter. Aber als du mich dann treffen wolltest ...«

»... hattest du natürlich ein Problem, verstehe!«, vervollständigte Nina den Satz. Und ich habe auch eins, dachte sie, wobei sie kaum fähig war, einen klaren Gedanken zu fassen. Wenn sie jetzt ihrem Gefühl folgte, konnte sie für nichts mehr garantieren.

Zur selben Zeit zappte sich Stella lustlos durch die Kanäle, während sie sich fragte, wie es Nina wohl gerade erging. Wie immer am Samstagabend gab es nur unsägliche Volksmusiksendungen, langweilige Krimis oder Quizshows, die sie nicht leiden konnte. Stella hoffte, dass Nina einen schöneren Abend als sie verbrachte.

Ihre Gedanken wanderten zu Robert, wie so oft in den letzten Tagen.

Nachdem sie ihn im Flur hatte stehen lassen, war sie wütend nach draußen gestürmt und hatte sich die Seele aus dem Leib gewalkt. Auf dem Rückweg war sie auf Moritz gestoßen und hatte ihn über Marina ausgefragt. Jetzt wünschte sie, sie hätte es nicht getan.

Marina war die jüngere Schwester von Roberts verstorbener Frau. Als Lehrerin konnte sie mit Kindern gut umgehen. Den kleinen Moritz liebte sie aufrichtig und war offensichtlich nicht mehr allzu weit davon entfernt, nicht nur seine neue Ersatzmama zu werden, sondern auch seine Klassenlehrerin. Im Prinzip war Stella froh, dass Moritz eine vertraute Person um sich haben würde. Ein Ortswechsel war eine schwierige Sache für ein Kind, das wusste sie aus eigener Erfahrung. Ihre Eltern hatten sie mehrfach auf eine andere Schule gegeben, wenn die alte ihren hohen Ansprüchen nicht mehr gerecht wurde. Stella war immer wieder gezwungen gewesen, sich ihren Platz im Klassenverbund neu zu erobern. Schön, wenn Moritz der Einstieg durch Marina ein wenig erleichtert wurde. Andererseits konnte Stella den Gedanken nicht ertragen, dass Robert und Marina sich von nun an ständig sehen würden …

Natürlich, etwas Besseres konnte Robert eigentlich nicht passieren. Er kannte Marina schon länger und wusste, was er an ihr hatte. Dass sie nebenbei noch sensationell aussah, war sicherlich kein Nachteil.

Aber Emma bekommt sie nicht in die Finger!, dachte Stella gereizt, als ihr einfiel, dass Marina eine Art Tante für ihre Tochter werden würde. Aber was konnte sie schon tun, wenn die Behrendsens, und vor allem Marina, erst mal mit Sack und Pack in der Villa eingezogen waren?

Je länger sie darüber nachdachte, dass eine völlig fremde Frau sich in die Erziehung ihrer Tochter einmischen würde, desto wütender wurde Stella. Was hatte sie letztendlich davon, dass Robert nach Hamburg gezogen war, um Emma mit ihr zusammen großzuziehen? Würde er überhaupt Zeit dafür finden, jetzt, wo er ganz offensichtlich frisch verliebt war? Oder wäre es womöglich sogar umgekehrt, und sie würde darum kämpfen müssen, ihre Tochter nicht mit Robert und Marina zu teilen, die anscheinend zusammen mit Moritz eine echte, intakte Familie bildeten?

Die einzige Möglichkeit, um diesem Problem zumindest räumlich zu entgehen, ist umzuziehen, schoss es Stella plötzlich durch den Kopf, und mit diesem Gedanken ging es ihr schlagartig besser. Ihre Freundinnen würden ihr zwar fehlen, aber der Kontakt müsste ja nicht abreißen, nur weil Stella nicht mehr in der Villa wohnte. Ja, vielleicht war ein Umzug gar keine so schlechte Idee. Sie würde sich mit Emma ein ruhiges Plätzchen vor den Toren Hamburgs suchen, vielleicht sogar nach Blankenese in die Nähe ihrer Mutter ziehen. Dann könnte diese vollkommen in ihrer neuen Rolle als Oma aufgehen, und Stella wäre dichter bei ihren Stammkunden.

Im La Lune herrschte an diesem Abend Hochbetrieb. Leonie, Gaston, Dominique und Pierre hatten alle Hände voll zu tun, um dem Gästeansturm Herr zu werden. Immer neue Gäste strömten in das Lokal und warteten darauf, endlich einen freien Tisch zu bekommen.

Heute Abend wäre es hilfreich gewesen, wenn Alexander da gewesen wäre. Leonie war etwas verärgert und wünschte, er hätte sich einen anderen Tag ausgesucht, um sich mit Nina auszusprechen.

Als sie gegen ein Uhr erschöpft ins Bett sank, dachte sie kurz an die Einladung von Thomas Regner. Der Zettel mit seiner Handynummer lag neben ihr auf dem Nachtkästchen. In den vergangenen Tagen hatte sie immer wieder mit sich gerungen und überlegt, ob sie wirklich mit ihm essen gehen sollte. Leonie wusste keinen Rat. Deswegen würde sie es wie ihre Lieblingsfilmheldin Scarlett O'Hara machen.

»Verschieben wir es auf morgen«, murmelte sie schläfrig und schob sich ihren Schlafbär unter den Kopf.

Während Leonie ins Reich der Träume glitt und auch Stella endlich eingeschlafen war, hatte die Nacht für Nina und Alexander erst begonnen …

Kapitel 34

Am darauffolgenden Morgen wurde Nina unsanft geweckt: Eine kalte Hundeschnauze stupste ihre Hand, die über dem Bettrand baumelte.

»Mhhhm, lass das!«, murmelte sie und legte sich das Kissen auf den Kopf. Nina träumte gelegentlich ziemlichen Unsinn, aber dass ein Hund an ihrem Bettrand saß, war in ihrem nächtlichen Repertoire bislang noch nicht vorgekommen.

»Meinst du, du könntest kurz das Kissen von deinem Kopf nehmen und mit mir reden?«, vernahm sie eine männliche Stimme dicht neben ihrem Ohr. »Ich habe dich schon dreimal gefragt, worauf du Appetit hast. Wie wär's zum Beispiel mit Croissants? In zehn Minuten schließt der Bäcker!«

Croissants, Bäcker? Irgendetwas stimmte hier nicht … Blinzelnd lugte Nina unter ihrem Kissen hervor. Nein, dies war eindeutig nicht ihr Schlafzimmer. Und wer war bloß der Hund, der sie so freudig anhechelte und mit dem Schwanz wedelte? Auch der gutgelaunte Mann mit dem Handtuch um die Hüften und dem strahlenden Lächeln im Gesicht passte irgendwie nicht ins Bild.

»Was, was ist passiert? Wo bin ich?«, murmelte Nina schlaftrunken und rieb sich die Augen, in der Hoffnung, das Trugbild von Mann und Hund zu verscheuchen. Doch sosehr sie auch rieb, beide blieben da, wo sie eben noch gestanden hatten. Mit dem Unterschied, dass der Mann sich nun – verführerisch duftend – über sie beugte und auf den Hals küsste.

Mit einem spitzen Schrei zog sich Nina die Decke über den Kopf und rollte sich zusammen. Momentan wollte sie gar nicht wissen, was um sie herum vor sich ging. Alles, was sie wollte, war schlafen.

Sie hatte allerdings die Rechnung ohne Alexander und Lulu gemacht.

»Okay, wir beide gehen jetzt los und bringen dir einfach irgendetwas mit. Wenn du es dann nicht magst, bist du selbst schuld!«

Nachdem die Tür ins Schloss gefallen war, schlug Nina stöhnend die Decke zurück und sah sich um. Alexanders Wohnung war freundlich und geschmackvoll eingerichtet und sah gar nicht nach Übergangs-Junggesellenbude aus.

Gegenüber dem breiten Futonbett, in dem sie ganz offensichtlich die Nacht verbracht hatte, stand eine antike Kommode, über der ein Akt von Rodin hing. Nina liebte Rodin, auch wenn sie ihm nicht verzeihen konnte, dass er die begnadete Bildhauerin Camille Claudel durch seine Egozentrik buchstäblich in den Wahnsinn getrieben hatte. Tja, die Liebe und ihre grausamen Folgen, dachte Nina, während sie nach ihrer Kleidung fahndete.

Zu ihrem Entsetzen hatte sie nämlich nichts an. Sie hatte noch nie nackt geschlafen. Und sie war noch nie zuvor mit einem völlig fremden Mann nach nur einem Rendezvous ins Bett gegangen. Na ja, nicht völlig fremd, aber immerhin.

»Seltsam, seltsam«, murmelte sie immer noch benommen vor sich hin, wobei sie sich einen Bademantel überwarf, den sie auf dem Sessel neben dem Bett fand. Danach machte sie sich auf die Suche nach dem Bad.

Zu dumm, dass sie keine Zahnbürste dabeihatte. Doch auch daran hatte Alexander gedacht. Eine in Plastik verschweißte Einwegbürste lehnte am Spiegel, und darauf prangte ein Post-it mit einem Herz darauf. Daneben lag eine rote Rose, offensichtlich ebenfalls für sie bestimmt.

»Hat der Mann gewusst, dass ich hier übernachten werde?«, fragte sie sich mit einer Mischung aus Misstrauen und Freude. Während sie die Zahnpasta aus der Tube quetschte, klingelte das Telefon. Nina hielt inne – sie war neugierig. Wer rief denn an einem Sonntagvormittag bei Alexander an?

Schnell zog sie sich den Bademantel enger um die Schultern und tapste barfuß in Richtung Telefon. Sie hörte, wie der Anrufbeantworter ansprang.

»Bist du zu Hause?«, ertönte eine weibliche Stimme, und für eine Sekunde gefror Nina das Blut in den Adern. »Komm schon, ich bin's, Isabelle! Geh ran – ich muss dringend mit dir sprechen! Ich habe einen großen Fehler gemacht. Ruf mich bitte, so schnell es geht, zurück!«

Das war zu viel für Nina. Hastig schlüpfte sie in das rostrote Kleid und die Stiefel, stopfte Jeans und Gürtel in ihre Tasche und floh aus Alexanders Wohnung. Sie konnte es nicht fassen. Anscheinend bereute Isabelle ihren Entschluss, ihren Mann verlassen zu haben, und wollte wieder zu ihm zurück. Und so sehr, wie er an seiner Frau hing, war es sicherlich nur eine Frage von Stunden, bis die beiden sich wieder in den Armen lagen. Aber sie würde nicht tatenlos abwarten, wie Alexander sie wegen einer Frau, die immer wieder ihre Meinung änderte, abservierte. Da ging sie doch lieber gleich selbst. Für einen Mann wie Alexander war in ihrem Leben kein Platz, und das war auch nicht weiter schlimm. Sie war bislang eine alleinstehende, selbständige Frau gewesen und hatte nicht vor, an diesem Zustand auch nur das Geringste zu ändern!

Unterdessen saß Leonie am Küchentisch und genoss ihr Frühstück. Es war seit langem der erste freie Sonntag, an dem sie endlich mal wieder ausgeschlafen hatte. Neben ihrem frisch gepressten Orangensaft lagen ihr schnurloses Telefon und der Zettel mit Thomas Regners Telefonnummer. Sie würde es jetzt hinter sich bringen, das war sie ihrem ehemaligen Chef einfach schuldig.

»Leonie Rohlfs« sagte sie, als sich Thomas Regner nach dem ersten Klingeln meldete. »Es tut mir sehr leid, aber ich wollte Ihnen sagen, dass ich Ihre Einladung nicht annehmen kann. Ich bin bereits liiert und würde meinen Freund ungern vor den Kopf stoßen.«

Nach einem kurzen Geplänkel legte sie auf, stellte das Telefon zurück in die Ladestation und warf den Zettel in den Papierkorb. Vielleicht würde sie es eines Tages bedauern, sich nicht mit diesem sympathischen Mann verabredet zu haben, der bislang immer so nett und hilfsbereit ihr gegenüber gewesen war.

Doch im Moment war sie mit ihrem Leben so zufrieden wie nie zuvor. Sie war unendlich froh, dass die Sehnsucht nach einer Beziehung nicht mehr ihr gesamtes Leben dominierte. Ihre Familie – das waren Nina und Stella und das Team im La Lune. Das war alles, was sie im Augenblick brauchte, um sich ausgefüllt und glücklich zu fühlen.

Nach dem Frühstück beschloss sie, einen Blick auf den Garten zu werfen. Wann auch immer es ihre knappe freie

Zeit zugelassen hatte, waren sie und Nina darin herumgewirbelt und hatten Unkraut gezupft, den Rasen gemäht und neu eingesät, Blumenzwiebeln gepflanzt und Hecken zurückgeschnitten. Demnächst wollten sie einen kleinen Gartenteich und eine Spielecke für Moritz und Emma anlegen, in der die beiden nach Herzenslust herumtoben konnten.

Die Villa und ihre Bewohner bereiteten sich allmählich darauf vor, dass bald ein Baby und ein achtjähriger Junge hier wohnen würden. Als eine der ersten Amtshandlungen hatte Robert für Moritz einen Basketballkorb in der Auffahrt aufgehängt und nach einem geeigneten Platz für ein Fußballtor gesucht. Nächstes Wochenende ziehen sie ein, dachte Leonie, als sie im Boden die Markierung für das Tor entdeckte. Moritz hatte seine Lieblingsstelle mit kleinen farbigen Hölzern abgesteckt.

Plötzlich öffnete sich das Fenster im ersten Stock, und Stella rief hinunter, dass sie sich nur eben einen Tee kochen und dann damit herunterkommen würde.

»Magst du Lemongrass?«, wollte sie wissen, wobei ihre Stimme vom lauen Frühlingswind bis zum Nachbargrundstück getragen wurde.

»Ja«, antwortete Leonie und wandte ihr Gesicht der Sonne zu, die von Tag zu Tag mehr an Kraft gewann und den Garten in ein helles Licht tauchte. In der Ferne hörte man Vogelgezwitscher, und Leonie fühlte sich vollkommen glücklich. Ein unendliches Gefühl von Freiheit, innerer Ruhe und Dankbarkeit durchflutete sie. Es würde nicht mehr lange dauern, bis der Sommer und irgendwann der Herbst kommen würde, und Emmas Babygeschrei würde durch die Wände dringen und die Villa mit noch mehr Leben füllen. Dann würde sie endlich von der Großfamilie umgeben sein, von der sie so lange geträumt hatte.

»Hier«, sagte Stella und drückte Leonie einen großen Becher Tee in die Hand.

»Wie geht es dir?«, erkundigte diese sich besorgt. »Hast du das mit Marina mittlerweile verkraftet?«

Natürlich hatte ihr Stella umgehend von ihrem Gespräch mit Moritz erzählt.

»Geht so«, antwortete Stella und setzte sich auf einen der wackeligen Klappstühle, die Nina in einem Verschlag im Garten entdeckt hatte und die dringend lackiert werden mussten.

»Momentan fühle ich mich ehrlich gesagt etwas überfordert. Ich finde, es reicht schon, dass Robert und Moritz hier einziehen und unser Idyll stören. Aber die Vorstellung, dass demnächst auch noch diese Marina hier herumgeistert, macht mich nicht gerade glücklich. Deshalb überlege ich, wieder auszuziehen.«

»Das ist nicht dein Ernst!«, rief Leonie erschrocken aus und kippte vor Schreck fast ihren Tee über Stellas Hose. »Das kannst du nicht machen. Wir haben es doch wunderschön hier, und ich freue mich so auf Emma!«

»Ich weiß«, seufzte Stella. »Aber bitte versteh mich. Ich möchte mein eigenes Leben und nicht dieses seltsame Patchwork-Ding mit Robert und Marina. In Blankenese könnte meine Mutter sich um Emma kümmern, und ich wäre in ihrer Nähe. Schließlich lebt sie allein und ist nicht mehr die Allerjüngste.«

»Das kann ich absolut nachvollziehen. Was ich aber nicht verstehe, ist, weshalb diese Frau dich so aus der Bahn wirft.

Momentan weißt du nur, dass sie Moritz' Tante ist und ihn bald auch unterrichtet. Aber das heißt doch noch gar nichts! Meinst du nicht, dass du zuerst einmal mit Robert sprechen solltest, bevor du dich vertreiben lässt?«

»Und was soll ich ihm deiner Meinung nach sagen? Dass ich die Vorstellung nicht ertrage, Marina und ihn glücklich vereint Tür an Tür mit mir zu wissen und womöglich damit konfrontiert zu werden, dass die beiden sich in Emmas Erziehung einmischen? Nein, ganz ehrlich, das kann ich nicht. Lieber packe ich meine Siebensachen und gehe, sosehr ich Nina und dich auch vermissen werde. Und dich natürlich!«, sagte Stella, als Paul maunzend um ihre Knöchel strich.

Leonie war fassungslos.

Eben hatte sie sich noch so gefreut und nun das …

»Hast du zufällig was von Nina gehört?«, erkundigte sich Stella. »An einem Sonnentag wie diesem würde sie normalerweise längst in der Erde buddeln.«

»Sieht so aus, als hätte sie eine lange Nacht gehabt. Wahrscheinlich schläft sie noch tief und fest …«

»Oder sie ist gar nicht erst nach Hause gekommen«, fügte Stella hinzu und hoffte, dass sie mit ihrer Vermutung recht hatte. Sie würde Nina einen Mann wie Alexander von Herzen gönnen. Sie hatte ihn ein paar Mal im La Lune gesehen und gedacht, dass die beiden gut zusammenpassen würden.

Wie aufs Stichwort öffnete sich Ninas Tür, und Stella und Leonie mussten sehr an sich halten, um ihre Freundin nicht sofort mit Fragen zu bestürmen.

»Ihr scheint euch in unserem neu bepflanzten Garten ja sehr wohl zu fühlen«, sagte Nina und bedachte ihre Mitbewohnerinnen mit einem schrägen Lächeln.

Oh, oh, dachte Leonie. Das ist irgendetwas schiefgelaufen. Stella merkte ebenfalls sofort, dass mit Nina etwas nicht stimmte.

»Da ich weiß, dass es euch gleich vor Neugier zerreißt, werde ich euch kurz von meinem Treffen mit Asterdivaricatus erzählen, und dann möchte ich nie wieder ein Wort davon hören. Das müsst ihr mir versprechen! Keinen weiteren Kommentar und auch keine Fragen, okay?«, bat Nina, und die Freundinnen nickten.

Gespannt lauschten sie Ninas Schilderungen und konnten sich trotz ihres Versprechens kaum zurückhalten.

»Aber …«, begann Leonie zaghaft und wurde sofort durch ein barsches »Nein« von Nina unterbrochen. Leonie verstand die Welt nicht mehr. Alexander war ganz offensichtlich bis über beide Ohren in Nina verliebt. Die bloße Tatsache, dass seine Frau eine Nachricht auf seinem Anrufbeantworter hinterlassen hatte, besagte doch weiter gar nichts.

Wer wusste schon, was Isabelle mit »Fehler« gemeint hatte. Vielleicht hatte ihre Freundin sich da etwas zurechtkonstruiert, das nur in ihrer Phantasie existierte. Um das allerdings zu klären, hätte Nina sich mit Alexander auseinandersetzen müssen, anstatt einfach Hals über Kopf die Wohnung zu verlassen.

»Ja, schon gut. Wir sagen nichts dazu und warten einfach ab, bis du selbst darüber sprechen möchtest. Und wenn nicht, auch gut. Aber wenn du darüber reden willst oder einen Rat brauchst, weißt du ja, dass wir immer für dich da sind«, bot Stella an und merkte, dass Leonie sie missbilligend ansah.

»Du meinst, solange du noch da bist«, ergänzte sie bissig, und Nina horchte auf:

»Gibt es etwas, das ich wissen sollte?«

»Stella hat vor, uns zu verlassen und nach Blankenese zu ziehen«, platzte es aus Leonie heraus, worauf Nina Stella fassungslos ansah.

Montagnachmittag. Leonie und Gaston tranken gerade einen Espresso und diskutierten das Für und Wider einer feststehenden Wochenkarte, als Alexander das Restaurant betrat. Blass und fahl und mit dunklen Schatten unter den Augen.

Leonie war etwas mulmig, denn sie wollte auf keinen Fall irgendwelche Fragen zu Nina beantworten oder auch nur für irgendjemanden Partei ergreifen. Das hier war allein Alexanders und Ninas Sache, die beiden sollten das selbst klären. Andererseits tat er ihr leid, erst recht, als sie sah, wie schwer ihm Ninas Abfuhr offensichtlich zu schaffen machte.

»Hallo«, grüßte er knapp, und auch Lulu war heute ruhiger als sonst. Brav trottete sie hinter ihrem Herrchen her, ohne sich wie sonst laut bellend auf Leonie und Gaston zu stürzen. Na toll, dachte Leonie, nun ist hier miese Stimmung. Sonntagmorgen ging ich noch davon aus, dass alles in bester Ordnung ist, und nun aus der Zauber.

Missmutig holte sie sich einen zweiten Espresso und hatte auf einmal keine Energie mehr, noch länger mit Gaston zu diskutieren. Wenn er sich gegen eine Wochenkarte sträubte, dann bitte sehr! Sie hatte ihm ja nur den Einkauf erleichtern wollen.

Als sie eine halbe Stunde später das Büro betrat, traf sie auf einen geknickten Alexander, der mit einem Kugelschreiber Kreise auf seine Schreibtischunterlage malte.

»Hey, ist alles in Ordnung? Soll ich einen Kaffee holen?«, fragte Leonie freundlich, aber Alexander schüttelte den Kopf.

»Danke nein, ist lieb von dir.«

Eine ganze Weile saßen die beiden schweigend zusammen, während Alexander weiterhin Kreise malte und Leonie den Monatsabschluss überprüfte. Bald musste sie die Unterlagen an den Steuerberater weiterleiten. In den vergangenen Wochen hatte sie einiges dazugelernt und war stolz auf das, was sie mittlerweile im La Lune leistete.

»Nimm einfach mal eine andere Farbe, dann sieht das Ganze nicht so langweilig aus«, neckte sie ihren Chef und schob ihm ein paar Marker über den Tisch, mit denen sie sonst ihre langen To-do-Listen schrieb. Alexander sah sie verwundert an, dann lächelte er verschmitzt.

»Na endlich!«, sagte Leonie erleichtert.

»Darf ich dir eine Frage stellen?«, kam es zaghaft von Alexander, und Leonie wand sich innerlich, in der Hoffnung, dass es nicht um Nina ging.

»Schieß los«, antwortete sie stattdessen tapfer. »Ich hoffe nur, dass ich sie auch beantworten kann.«

»Weshalb seid ihr Frauen eigentlich so kompliziert?«, wollte Alexander wissen und malte weiter seine Kreise. Diesmal mit einem grünen Marker. Grün, die Farbe der Hoffnung.

»Weshalb seid ihr Männer so kompliziert?«, entgegnete Leonie.

»Warum muss das überhaupt alles so kompliziert zwischen Männern und Frauen sein?«

Das Einzige, was Leonie dazu einfiel, war ein wenig intelligentes »Hmmm!«, woraufhin beide wieder in Schweigen verfielen.

»Dann frage ich mal anders: Was ist falsch daran, der Frau, die man liebt, auch zu zeigen, dass man es tut. Sie zu verwöhnen und ihr klarzumachen, dass es einem ernst ist?«

Leonie runzelte die Stirn. Was um Himmels willen sollte sie darauf antworten? Alexander machte nichts falsch, im Gegenteil! Millionen Frauen wünschten sich genau so einen Mann, Nina vermutlich auch. Aber natürlich wollte sich keine Frau der Welt durch die Ex-Frau bedroht fühlen müssen.

»Vielleicht hast du ein wenig zu viel Tempo vorgelegt und damit, ohne es zu wollen, Druck ausgeübt?«, sagte sie vorsichtig und hoffte, dass sie Alexander damit weiterhelfen konnte. »Jeder Mensch hat seine individuelle Geschwindigkeit, gerade in Gefühlsdingen. Der eine ist emotionaler und möchte am liebsten die ganze Welt wissen lassen, wie glücklich er ist. Andere wiederum schalten lieber einen Gang zurück und lassen es langsam angehen.«

»Klingt irgendwie logisch«, stimmte Alexander zu und legte den Stift beiseite. »Wahrscheinlich hast du recht.«

Leonie antwortete mit einem Kopfnicken, fühlte sich jedoch unwohl in ihrer Situation. Am liebsten hätte sie ihn auf den Anruf von Isabelle angesprochen und geklärt, was es mit der ominösen Nachricht seiner Frau auf sich hatte. Das hieße allerdings, sich in Dinge einzumischen, die sie wahrhaftig nichts angingen. So blieb ihr zu ihrem Leidwesen nichts anderes übrig, als abzuwarten, wie sich die Situation zwischen den beiden entwickelte.

Kapitel 35

Eine knappe Woche später, mittlerweile war es fast Ende März, stand ein Umzugswagen in der Einfahrt der Villa. Robert Behrendsen und sein Sohn trugen besonders zerbrechliche und kostbare Gegenstände persönlich ins Haus. Vorsichtig balancierte Moritz ein Goldfischglas und machte dabei den Eindruck, als freue er sich auf sein neues Zuhause. In den vergangenen Tagen waren Handwerker ein und aus gegangen und hatten emsig an der Wohnung gearbeitet. Die Wände waren in einem mittleren Blau gestrichen und der Boden mit kuscheligem Schaffellteppich ausgelegt.

Zur Feier des Tages hatte Stella die Holzgiraffe aus Koloniale Möbel erstanden und ihr ein Schild um den Hals gehängt. »Herzlich willkommen« stand darauf.

Die Woche über hatte sie die Handwerker beaufsichtigt und versucht, ihre Eifersucht für einen Moment zu vergessen. Sie wollte die beiden so nett wie möglich empfangen und sich nützlich machen, wo es nur ging. Schließlich hatte Robert sie auch die ganze Zeit über großartig unterstützt.

Die Tatsache, dass ihre Mutter bereits mehrere Objekte für ihre Tochter gefunden hatte und sich sehr auf den anstehenden Umzug freute, half Stella dabei, sich besser mit den neuen Umständen zu arrangieren. Sie musste nur noch entscheiden, welches der Häuser für sie in Frage kam, und den geeigneten Zeitpunkt abwarten, um Robert die Kündigung auf den Tisch zu legen.

»Danke, du hast mir wirklich sehr geholfen!«, rief er, den Kopf hinter einer großen Holzkiste versteckt, die er schwer keuchend nach oben schleppte. »Ohne dich wäre das alles hier nicht pünktlich fertig geworden!«

»Ach was«, wiegelte Stella verlegen ab und versuchte ihr Herzklopfen zu ignorieren, als ihr sein Aftershave in die Nase zog.

»Magst du heute Abend vorbeikommen, wenn Moritz im Bett ist?«, wollte Robert wissen, doch Stella lehnte ab. Solange sie hier noch wohnte, wollte sie lieber auf Abstand gehen.

Nina stand im Möbelladen und starrte trübsinnig aus dem Schaufenster. Eigentlich arbeitete sie ganz gerne an den Samstagen, weil das Publikum meist entspannter und konsumfreudiger war. Doch heute stand es mit ihrer Laune nicht zum Besten, weil sich die vergangene Woche schier endlos dahingeschleppt hatte und sie immer noch mit den Bildern kämpfte, die sie von dem Abend und der Nacht mit Alexander im Kopf hatte: das romantische Essen im Lilienreich, wo sie zu später Stunde von den Martinis zu delikatem Fisch und Meeresfrüchten übergegangen waren, begleitet von Champagner, den Alexander zur Feier des Tages bestellt hatte. Zu Ninas Verwunderung war ihre Verärgerung ziemlich rasch verpufft, was mit Sicherheit daran lag, dass sie sowohl in die Schleieraster als auch in Alexander verliebt gewesen war. Das musste sie sich eingestehen, ob sie wollte oder nicht. Hätte Asterdivaricatus ihr auch in der Realität gefallen und wäre er nicht Alexander gewesen, hätte sie definitiv ein Problem gehabt!

Und so hatte sie sich einfach fallen lassen und sich dem Zauber des Moments hingegeben. Alexander hatte sie mit Ciabattabrot und Krebsschwänzen gefüttert, und Nina war wie auf Wolken geschwebt. Ein Zustand, den sie schon lange nicht mehr erlebt hatte.

Deshalb ließ sie sich darauf ein, mit Alexander in seine Wohnung zu gehen, in deren Türrahmen sie sich schließlich küssten.

In jenem Augenblick war es Nina wie eine Ewigkeit vorgekommen, dass ihre Lippen etwas anderes berührt hatten als die Wangen ihrer Freundinnen oder Familie.

»Ob ich das überhaupt noch kann?«, hatte sie sich in einem kurzen, bangen Moment gefragt, nur um sich von Alexander sanft vom Gegenteil überzeugen zu lassen. Schließlich waren sie wie verliebte Teenager heftig knutschend in die Wohnung gestolpert, mit Lulu im Schlepptau, der es offensichtlich gefiel, dass ihr Herrchen eine Spielkameradin gefunden hatte. Als Alexander sie wie selbstverständlich zum Bett geführt hatte, hatte sich alles richtig angefühlt.

Mit einem Kopfschütteln versuchte sie, sich von dieser Erinnerung zu befreien und sich stattdessen auf die Wirklichkeit zu konzentrieren.

Gerade überlegte sie in einem Anflug von Traurigkeit, ob Isabelle schon in den Genuss seiner Umarmung gekommen war oder Alexander ihr womöglich die Rose geschenkt hatte, die für sie gedacht war, als auf einmal die Tür aufging und zu ihrem großen Entsetzen Alexander vor ihr stand.

Nina wich unwillkürlich einen Schritt zurück und wäre beinahe über eine Bodenvase gestolpert, wenn er sie nicht rechtzeitig am Handgelenk gepackt und damit den Sturz verhindert hätte.

»Was machst du denn hier?«, fragte sie verwirrt und versuchte sich wieder zu fangen.

»Ich bin hier, um dich zu fragen, ob wir noch einmal von vorne anfangen können.«

»Wie meinst du das?«, entgegnete Nina verdutzt und ärgerte sich darüber, dass sie weiche Knie hatte und zu zittern begann. Hoffentlich merkte Alexander nichts.

»Ich würde gern einfach so tun, als hätten wir uns gerade eben erst kennengelernt. Wir lassen es langsam angehen. Zunächst bitte ich dich um deine Handynummer, und in ein paar Wochen lade ich dich mal zu einem Kaffee ein. Und wenn du möchtest, gibst du mir dann deine Festnetznummer, und ich frage dich, ob du Lust hast, einen Film mit mir zu sehen. Kann ja sein, dass du dich irgendwann bei mir meldest und den Wunsch hast, ein wenig Zeit mit mir zu verbringen.«

Nina war sprachlos und wusste nicht, wie sie reagieren sollte. Was war das nun wieder für eine Taktik? Sie fühlte sich komplett überrumpelt.

»Das klingt ja alles schön und gut«, sagte sie leise und vermied jeglichen Blickkontakt mit Alexander. »Aber vielleicht solltest du besser erst einmal für dich klären, was zwischen dir und deiner Frau läuft.«

Bevor sie es verhindern konnte, waren ihr genau die Worte entschlüpft, die sie niemals hatte sagen wollen. Er sollte auf keinen Fall erfahren, dass sie eifersüchtig war.

»Mit meiner Frau?«, fragte Alexander und sah Nina entgeistert an. »Ich verstehe nicht ganz …«

»Na, dann denk mal scharf nach!«, erwiderte Nina barsch und wandte sich ab. Sie wollte alleine sein.

»Aber das kannst du nicht machen«, sagte Robert eine Woche nach dem Einzug und zerknüllte Stellas Kündigung. »Du kannst hier nicht einfach so mir nichts, dir nichts ausziehen!«

Stella blieb hart, auf diesen Moment war sie vorbereitet gewesen.

»Natürlich zahle ich, bis du einen Nachmieter gefunden hast. Ich will auf keinen Fall, dass dir finanzielle Einbußen entstehen«, antwortete sie, den Blick fest auf Robert gerichtet.

»Und was wird aus unserem Plan, Emma gemeinsam großzuziehen?«, fragte Robert und fuhr sich durch die Haare. »Ich dachte, wir hätten eine Abmachung.«

»Daran ändert sich auch nichts«, entgegnete Stella, die mit diesem Einwand gerechnet hatte. »Blankenese ist nicht das Ende der Welt, und wir werden uns schon irgendwie einig werden.«

In diesem Moment klingelte es an der Tür, und Robert sah genervt auf die Uhr.

»Mist, auch das noch«, sagte er und drückte auf den Summer. Stella war überhaupt nicht erstaunt, dass eine knappe Minute später Marina Hand in Hand mit Moritz im Raum stand und verwundert von Robert zu Stella blickte.

»Störe ich?«, fragte sie unsicher.

»Nein, ich wollte sowieso gerade los«, erwiderte Stella und wandte sich zum Gehen. »Hallo, Moritz!«

Bevor der Junge die Begrüßung erwidern konnte, war Stella auch schon verschwunden und setzte sich in ihren

Wagen, um nach Blankenese zu fahren. Sie hatte noch einige Änderungswünsche bezüglich ihres neuen Mietvertrags für das Haus, für das sie sich nach langem Zögern entschieden hatte, und wollte diese mit dem Makler besprechen.

»Hast du heute Abend mal kurz für mich Zeit?«, fragte Nina, als sie Leonie im La Lune anrief. »Klar, ein paar Minuten habe ich sicher, wenn du vorbeikommst. Heute scheint es relativ ruhig zu sein. Und wir haben ein himmlisches Soufflé auf der Karte, das du unbedingt probieren musst!«

»Alexander ist heute Abend nicht da, oder?«, erkundigte Nina sich misstrauisch. »Wenn doch, würde ich mich lieber in der Villa mit dir treffen.«

»Keine Sorge, er ist heute Abend zu Hause, weil er dringend eine Kolumne schreiben muss, mit der er im Hintertreffen ist«, beruhigte Leonie ihre Freundin. »Bis nachher, ich freu mich!«

Als Nina gegen zweiundzwanzig Uhr das Restaurant betrat, war es tatsächlich einigermaßen leer, und Leonie plazierte sie an einen ruhigen Seitentisch. »Also, erzähl, was hast du auf dem Herzen?«

Nina spielte nervös mit dem Serviettenring und erzählte von Alexanders Besuch bei Koloniale Möbel.

Leonie hatte Mühe, ihren aufkeimenden Ärger zu unterdrücken. In ihren Augen übertrieb es Nina mittlerweile wirklich mit ihrem Misstrauen.

»Ich finde, das klingt alles ziemlich vielversprechend. Mir kommt es so vor, als hätte er sich wirklich Gedanken über deinen überstürzten Aufbruch gemacht und sich nicht einfach auf die Position des beleidigten Liebhabers zurückgezogen. Ich glaube, es gibt nicht viele Männer, die in der Lage sind, derart zu reflektieren und ihr Verhalten zu ändern.«

»Und was ist mit Isabelle?«, gab Nina zu bedenken. »Schließlich hat er mir die Frage nicht beantwortet.«

»Kunststück, wie sollte er auch? Er gibt sich Mühe, umwirbt dich, gesteht dir seine Liebe, und du stürmst als Dank dafür aus seiner Wohnung und gibst ihm keinerlei Erklärung für dein Verhalten. Er wirft seinen Stolz über Bord, besucht dich im Laden, bietet dir an, es langsam angehen zu lassen. Und alles, was du machst, ist, die Zicke zu spielen und ihm die kalte Schulter zu zeigen. Ich an seiner Stelle hätte auch keine Lust mehr gehabt, dir irgendetwas zu erklären.«

»Wow, so kenne ich dich ja gar nicht«, antwortete Nina. »Du bist mittlerweile eine echte Kämpfernatur geworden!«

»Ja, in diesem Fall muss ich dir echt mal den Kopf waschen. Du bist gerade dabei, dir eine riesengroße Chance durch die Lappen gehen zu lassen, nur weil es für dich offensichtlich bequemer ist, immer gleich das Schlimmste anzunehmen. Weißt du eigentlich, wie destruktiv dieses Verhalten ist?«

Nina schwieg und dachte nach. Natürlich hatte Leonie recht.

»Was soll schon passieren, wenn du Alexander eine zweite Chance gibst? Er wäre doch nicht zu dir in den Laden gekommen, wenn er wieder mit Isabelle zusammen wäre, das ist ja total unlogisch!«, fuhr Leonie heftig fort.

Plötzlich und völlig unerwartet öffnete sich die Tür, und herein kamen – zum großen Erstaunen der Freundinnen – Alexander und Isabelle Wagenbach!

Nina verschluckte sich beinahe an ihrem Kaffee, den sie sich nach dem Soufflé gegönnt hatte, und überlegte fieberhaft, wohin sie flüchten konnte, ohne entdeckt zu werden. Isabelle hatte ihre Hand besitzergreifend auf Alexanders Arm gelegt, während sie sich mit Dominique unterhielt.

»Ich muss sofort hier weg!«, zischte Nina ihrer Freundin zu. »Ich will nicht, dass er mich hier sieht. Ich geb dir das Geld später, okay?«

Mit diesen Worten nahm sie ihre Jacke und war wie der Blitz aus dem Restaurant verschwunden.

Alexander hatte von Ninas überstürztem Aufbruch nichts mitbekommen, zu sehr war er in das Gespräch mit seiner Frau und Dominique vertieft, die wild gestikulierend auf ihren Chef einredete. Leonie war selbst verdutzt und hätte das Paar gern im Auge behalten, sie musste sich jedoch um die Gäste kümmern, die schließlich nicht darauf warten konnten, dass Dominique ihre Plauderstunde beendete.

Hoffentlich bedeutet das nicht, dass Nina recht hatte und die beiden wieder vereint sind, dachte sie, während sie eine Bestellung aufnahm.

Vielleicht war sie zu naiv oder optimistisch gewesen?

Von: info@gruenzeug.net
An: Asterdivaricatus@t-online.de
Betreff: Tut mir leid

Alexander, Asterdivaricatus oder wie auch immer du gern heißen magst,
ich habe noch mal über deinen Vorschlag nachgedacht. Sei mir nicht böse, aber ich habe bei alldem kein gutes Gefühl, egal, was zwischen dir und Isabelle ist oder auch nicht. Lassen wir es

dabei bewenden. Ich habe mein Leben – und du hast deins. Ich
wünsche dir alles Gute,
Nina

Als sie die Nachricht abgeschickt hatte, machte sich ein
Gefühl der Erleichterung in ihr breit. Ob ihre Reaktion
richtig war oder nicht, konnte sie nicht sagen. Was sie aber
definitiv wusste, war, dass sie niemals wieder verletzt werden
wollte. Das Letzte, was sie brauchen konnte, war ein Mann,
der erst unter einer falschen Identität ihre Nähe suchte und
dann so tat, als wäre es seine Absicht, eine Beziehung zu ihr
aufzubauen, während er weiterhin mit der Frau in Verbindung stand, die die große Liebe seines Lebens gewesen war.

Nein, momentan hatte Nina alles, was sie brauchte: ein
schönes Zuhause, den Traumgarten, den sie sich immer
gewünscht hatte, sogar zwei tolle Jobs und ihre Freundinnen.
Sie wäre verrückt, wenn sie sich auf eine solche wackelige
Geschichte einlassen würde.

Als sie später im Bett lag, fiel ihr wieder das Post-it mit
dem Herz ein. Nein, sie würde sich ihres nicht wieder in Stücke reißen lassen …

Kapitel 36

In den Nachmittagsstunden machte Stella sich daran, die ersten Kisten zu packen. Sie hatte sie wohlweislich aufgehoben und war gerade im Begriff, sie vom Dachboden zu holen, als sie im Flur plötzlich auf Marina traf.

»Du ziehst also wirklich aus, oder ist das ein Aprilscherz?«, fragte sie und nahm Stella einen Stapel Kartons aus der Hand. »Halt, lass mich das machen. In deinem Zustand solltest du nicht so schwer tragen! Du bist ja schon am Anfang des vierten Monats, wenn ich richtig informiert bin.«

In meinem Zustand?, wunderte sich Stella und wusste zunächst nicht, wie sie auf diese Geste reagieren sollte. War sie nett und fürsorglich gemeint oder eher herablassend? Wollte Marina sich großzügig zeigen, jetzt, wo Stella das Feld räumte? Und weshalb musste Robert ihr eigentlich so intime Details wie das genaue Stadium ihrer Schwangerschaft anvertrauen?

»Danke, geht schon«, entgegnete sie kurz und schob die Pappkisten mit den Füßen in den Flur ihrer Wohnung. »Ja, ich ziehe aus. Nächsten Samstag, um genau zu sein.«

»Oh«, erwiderte Marina. »Robert hatte angenommen, dass du es dir noch anders überlegen würdest.«

»Tja, da hat Robert eben falsch gedacht«, antwortete Stella und hörte selbst, wie unangemessen zickig sie klang. »Und jetzt entschuldige mich bitte, ich muss packen.«

Mit diesen Worten schloss sie energisch die Tür und überließ Marina ihrem Schicksal. Was machte diese Frau um die

Uhrzeit überhaupt hier? Musste sie nicht in der Schule beim Unterricht sein?

Kurze Zeit später jedoch hatte sie die Begegnung vergessen, so sehr war sie damit beschäftigt, alles auszusortieren, was sie nicht mit nach Blankenese nehmen wollte. Einen großen Teil ihrer »Schickimicki-Kleidung«, wie Nina Stellas zahllose Kaschmir-Twinsets und Ähnliches nannte, wollte sie verschenken und gegen praktischere Kleidung tauschen, die dazu geeignet war, mit einem Kleinkind über den Boden zu robben.

Stella war erstaunt, wie sich mit einem Mal ihr gesamtes vorheriges Leben vor ihr türmte: teure High Heels, auf denen sie sich immer unwohl gefühlt hatte, weil es ihr damit an Bodenhaftung fehlte, Seidenkleider, die ihr halbes Leben in der Reinigung zugebracht hatten, graziöse Handtaschen, in die kein normaler Mensch Dinge packen konnte, die man als Mutter so brauchte, und schließlich jede Menge riesiger Designersonnenbrillen, hinter denen sie lange Zeit ihre Unsicherheit versteckt hatte.

Nachdem sie einen letzten Blick auf ihre Schätze geworfen hatte, legte sie alles, fein säuberlich gefaltet, in die Kartons und fühlte sich unendlich erleichtert, als sie diese mit Klebeband verschlossen hatte. Morgen würde die örtliche Diakonie sie abholen und dann alles auf dem Kirchenflohmarkt verkaufen. Der Erlös kam alleinerziehenden Müttern zugute, die sich kaum etwas für ihre Kinder leisten konnten.

Wer hätte gedacht, dass ich mal Kombi fahren und meine Jimmy Choos der Wohlfahrt spenden würde?, sinnierte Stella und schob die Kartons beiseite. Ihre Wehmut hielt sich erstaunlicherweise ziemlich in Grenzen.

Danach nahm sie sich unzählige kleine Erinnerungsstücke vor, die sie in der Zeit mit Julian angesammelt hatte: gepresste rote Rosen, ein Armband, Bücher, Briefe, Kinokarten und einige wenige Fotos. All dies wanderte in eine kleine Kiste, in die sie auch das Tagebuch steckte, in dem sie all seine SMS-Nachrichten notiert hatte, als diese drohten, den Speicher ihres Handys zu sprengen.

»Ich träume von dir«, lautete die eine, eine andere: »Ich vermisse dich!«

Alles banale Plattitüden, dachte Stella verächtlich und verschnürte die kleine Pappkiste mit dem Geschenkband, in dem er ihre Kette hatte verpacken lassen, die sie als einzige noch behalten und tragen wollte. Ihr wurde deutlich, was aus dieser angeblich so großen Sehnsucht geworden war – nämlich nichts!

In dem Moment, als sie überlegte, was sie als Nächstes in Angriff nehmen sollte, erhielt sie eine SMS. Dieses Geräusch hatte sie nicht mehr vernommen, seit Julian in ihrem Leben keine Rolle mehr spielte. Mit den Menschen, die ihr wichtig waren, kommunizierte sie am Telefon oder noch lieber persönlich, auch dies eine Erkenntnis aus der Klinik. Stella versteckte sich nicht mehr hinter einem Mobiltelefon, sondern gewann immer mehr Spaß daran, direkte Kommunikation mit anderen nicht mehr in erster Linie als zusätzlichen Störfaktor in ihrem Leben zu empfinden.

Marina hat mir erzählt, dass du dabei bist, zu packen.
Wie kann ich dich umstimmen?

Die Nachricht war von Robert, und Stella konnte sich keinen rechten Reim darauf machen. Weshalb war es ihm so wichtig, dass sie in der Villa wohnen blieb, jetzt, wo Marina hier ständig ein und aus ging? Kopfschüttelnd schrieb sie zurück:

Mein Entschluss steht fest. Emma braucht keine zwei Mütter und du keine zwei Frauen!

Danach schaltete sie ihr Handy aus. Denn sie wollte in aller Ruhe weiter packen.

Als Leonie vom Einkaufen kam, traf sie im Flur auf Robert.

»Wie läuft es mit deinem neuen Job?«, erkundigte sie sich und hielt Ausschau nach Moritz. Sie hatte in den vergangenen Tagen gelegentlich Basketball mit ihm gespielt und den aufgeweckten kleinen Jungen richtig ins Herz geschlossen. Auch mit Robert hatte sie jetzt engeren Kontakt, weshalb die beiden nach dem Einzug auch zum Du übergegangen waren.

»So weit okay, danke der Nachfrage. Ist natürlich eine ziemliche Umstellung nach der Selbständigkeit, aber ich denke, dass ich mich bald daran gewöhnen werde.«

»Und wie geht's Moritz?«, fragte Leonie weiter.

»Auch ganz gut, momentan ist er beim Fußballtraining mit seinem besten Freund Jan.«

»Schön.« Leonie nickte. »Es ist wichtig, dass er möglichst schnell neue Spielkameraden findet. Paul und Paula scheinen übrigens ganz froh zu sein, dass er sie ab und zu durch den Garten scheucht und mit ihnen Gummimäusefangen übt. Und ich kann das ebenfalls nur unterstützen, denn in letzter Zeit haben die beiden für meinen Geschmack wieder etwas zu sehr zugelegt.«

Robert lachte.

»Kein Wunder, wenn du sie so verwöhnst und nicht nur mit Sheba, sondern auch mit Delikatessen aus dem Restaurant fütterst! Hast du Lust, kurz einen Sprung mit raufzukommen? Dann zeige ich dir, was aus der Wohnung geworden ist. Ich muss Moritz zwar in einer Stunde vom Training abholen, aber bis dahin hätte ich Zeit für einen Tee.«

»Gern«, antwortete Leonie. »Ich verstaue nur schnell meine Einkäufe, dann komme ich rauf!«

Zehn Minuten später stand sie bewaffnet mit selbstgebackenen Keksen vor Roberts Tür. Sollte sie die Gunst der Stunde nutzen, um herauszufinden, was zwischen Marina und ihm lief? Leonie hatte es nämlich nach wie vor nicht verwunden, dass Stella ihretwegen aus der Villa ausziehen wollte.

»Wow, das ist ja toll geworden!«, rief sie begeistert aus, nachdem Robert die Führung beendet hatte. »Moritz gefällt es doch sicher auch hier, oder?«

Ihr Gastgeber nickte, während er Assamtee zubereitete und die Kekse in eine antike Silberschale füllte.

»Wie machst du das jetzt eigentlich mit seiner Betreuung?«, fragte Leonie, während sie am gemütlichen Holztisch Platz nahm, dessen eine Hälfte offensichtlich Moritz' Domäne war. Dort lagen Bücher, ein Schaf mit abgekautem Ohr, ein Ball, haufenweise selbstgemalte Bilder und Wachsmalstifte.

»Bitte entschuldige, du hast ja kaum Platz«, sagte Robert und verfrachtete hastig die Spielsachen in eine bunt bemalte Kiste, die unter dem Tisch stand. »Ich rede mir den Mund fusselig und bitte meinen Sohn inständig, seinen ganzen Kram nicht überall in der Wohnung zu verteilen, aber natürlich stoße ich damit auf taube Ohren.«

Leonie lachte.

»Aber um deine Frage zu beantworten: Ich habe zum einen an der Klinik keine volle Stelle, damit ich wenigstens ein bisschen Zeit mit Moritz habe und ihn nicht nur sehe, kurz bevor er ins Bett geht. Es war zwar nicht ganz einfach, sich mit der Klinikleitung zu einigen, aber ich habe nicht den ganzen Stress des Ortswechsels auf mich genommen, um die Bedingungen für ihn zu verschlechtern. Für den Übergang habe ich Marina, die du ja kennengelernt hast, engagiert. Sie hat an der Schule momentan auch nur eine Teilzeitstelle und ist ganz froh, sich auf diese Weise etwas dazuverdienen zu können. Sie passt nicht nur auf Moritz auf, sondern kümmert sich darüber hinaus um unseren verlotterten Männerhaushalt. Allerdings plant sie, ein Jahr auf Weltreise zu gehen, sobald sie das Geld dafür zusammenhat, dann muss ich mir eine andere Lösung einfallen lassen. Eine Au-pair vielleicht. Oder ich vermiete Stellas Wohnung an eine Mutter mit Kind, mit der ich mich arrangieren kann, indem sie, anstatt Miete zu zahlen, auf Moritz aufpasst.«

Leonie lauschte aufmerksam und war voller Bewunderung für diesen Mann, der offensichtlich aus Liebe zu seinem Sohn über so viel Mut und Tatkraft verfügte. Die meisten Männer hätten an seiner Stelle einfach eine Tagesmutter engagiert und sich voll auf ihren Fulltime-Job konzentriert, aus lauter Angst, sonst beruflich aufs Abstellgleis befördert zu werden. Schließlich war es im Berufsleben trotz der Vaterzeit alles andere als gang und gäbe, dass Väter für ihre Familie da sein wollten.

Aber es gab noch einen anderen Punkt, der Leonies Aufmerksamkeit erregte: Roberts Beschreibung klang überhaupt nicht so, als hätten Marina und er ein Verhältnis, das in irgendeiner Weise etwas mit einer Liebesbeziehung zu tun hatte.

»Was sagst du denn dazu, dass Stella auszieht?«, pirschte sie sich vorsichtig an das heikle Thema heran. Robert stellte den Tee auf das Stövchen und nahm Leonie gegenüber Platz.

»Ich finde das sehr, sehr schade«, meinte er nach einer kleinen Pause und schob ihr goldbraunen Kandis hin. »Ich hätte es gern gesehen, wenn Moritz die Möglichkeit gehabt hätte, zusammen mit seiner Schwester aufzuwachsen, auch wenn sie um vieles jünger und nur seine Halbschwester ist. Außerdem wäre ich selbst gern mehr an Emmas Entwicklung beteiligt.«

Erfreut registrierte Leonie, dass sich der Name Emma in Roberts Vorstellung bereits festgesetzt hatte.

»Aus irgendeinem Grund ist Stella nun der Meinung, dass sie mehr in die Nähe ihrer Mutter ziehen muss, und dafür habe ich natürlich Verständnis, oder vielmehr, ich muss es haben«, fuhr Robert seufzend fort. »Dennoch finde ich es schade, wenn wir alle so über Hamburg verstreut wohnen. Das ist der Vorteil an einer Kleinstadt wie Husum, da ist einfach alles dichter beieinander als hier.«

Unwillkürlich musste Leonie an das Alte Land denken.

»Was aber manchmal nervig sein kann«, erklärte sie, und Robert nickte:

»Du hast recht. Dass jeder jeden kennt, kann einem natürlich auch auf die Nerven gehen. Man fühlt sich ständig beobachtet. Erst recht, wenn du als Kinderarzt kaum einen Fuß auf die Straße setzen kannst, ohne dass du irgendwelchen Müttern in die Arme läufst, deren Kinder bei dir in Behandlung sind.«

Nachdem sie noch ein Weilchen geplaudert hatten, musste Robert los, um wie angekündigt seinen Sohn vom Fußballtraining abzuholen.

Leonie ging nachdenklich zurück in ihre Wohnung und überlegte, wie sie es anstellen konnte, dass Stella und Robert doch noch zueinanderfanden. Es schien beinahe so, als sei ausgerechnet ihr, die sich so lange nach einer Beziehung gesehnt hatte, die Rolle zuteilgeworden, die Liebesgöttin zu spielen.

Und zwar nicht nur in diesem Falle: Leonie hatte darüber hinaus die Hoffnung nicht aufgegeben, dass sich Nina und Alexander ebenfalls wieder versöhnen würden, obgleich sie nach Isabelles Auftritt im La Lune selbst ein wenig verunsichert war ...

Nach einem anstrengenden Termin bei Ophelia Winter kehrte Nina schlecht gelaunt und genervt in die Villa zurück.

»Blöder Mist«, grummelte sie und ließ sich erschöpft in ihren Sessel fallen. Frauen wie Ophelia Winter waren ihrer Meinung nach nur auf die Welt gekommen, um Scharen von Innenarchitekten, Designern und sonstigen dienstbaren Geistern zwar gute Honorare zu zahlen, aber sie dafür gleichzeitig in den Wahnsinn zu treiben. Dabei hatte Nina vorgehabt, ihre Zeit im Möbelladen zu reduzieren und dauerhaft bei Stella einzusteigen, mit der sie die genauen Modalitäten in nächster Zeit hatte besprechen wollen.

Um sich nicht völlig ihrer negativen Stimmung hinzugeben und unter Umständen deshalb ihre Pläne über den Haufen zu werfen, beschloss Nina, laufen zu gehen. Dadurch konnte sie am besten ihre Aggressionen abbauen und tat ganz nebenbei noch etwas für ihre Gesundheit. Außerdem hatte sie Bodo, den Dichter, lange nicht mehr gesehen und konnte ihm bei dieser Gelegenheit einen Besuch abstatten.

Meter für Meter fiel die schlechte Laune von Nina ab, und sie genoss es, am Kanal entlangzulaufen. Seitdem sie ihr Training intensiviert hatte, fiel es ihr nicht mehr so schwer, richtig zu atmen und auch längere Strecken durchzuhalten.

Als sie sich der Hoheluftbrücke näherte, sah sie schon von Weitem, wie Bodo sich mit einem Mann unterhielt und wild mit einem Stück Papier wedelte.

Hoffentlich schafft er es, ein Gedicht zu verkaufen, dachte Nina und verlangsamte ihr Tempo. Dann kniff sie die Augen zusammen und erkannte, dass es Alexander war, der dort neben Bodo stand und dessen Schäferhund Max streichelte.

Was sollte sie jetzt tun? Nina wurde mit einem Schlag unsicher. Sich vor der Begegnung drücken und im wahrsten Sinne des Wortes den Rückzug antreten oder sich der Situation mutig stellen? Die Entscheidung wurde ihr abgenommen, als Lulu sich von Alexander losriss und in ihre Richtung stürmte. Anscheinend war die Labradorhündin eifersüchtig darauf, die Aufmerksamkeit ihres Herrchens mit einem Schäferhund teilen zu müssen, und so kam Nina ihr gerade recht. Das läuft bei Hunden genauso wie bei Menschen, schmunzelte sie in sich hinein und versuchte, sich nicht von Lulu umwerfen zu lassen, die ziemlich groß war, wenn sie sich auf ihre Hinterpfoten stellte.

Nun hatte auch Alexander Nina entdeckt und winkte ihr zaghaft zu. Offensichtlich war er ebenfalls gerade beim Joggen gewesen, denn er trug einen Trainingsanzug und eine alberne Wollmütze auf dem Kopf.

»Ja, Mama, mach dir keine Sorgen, ich trage nichts selbst. Wozu habe ich schließlich die Jungs vom Umzugsunternehmen?«, sagte Stella. »Ja, ich freu mich auch«, fügte sie hinzu, als ihre Türglocke läutete.

In der Annahme, dass es Nina oder Leonie sein würden, die auf einen Sprung vorbeikamen, öffnete Stella die Tür, ohne aufzublicken, ging zum Fenster, während sie zum x-ten Mal wiederholte, dass sie in drei Tagen in Blankenese sein würde und dann unendlich Zeit hätte, mit ihrer Mutter über die Babyausstattung für Emma zu sprechen.

Sie konnte das Telefonat gerade noch rechtzeitig beenden, als sie auf einmal fühlte, wie starke Arme sie von hinten umschlangen. Vor Schreck ließ sie beinahe das Telefon fallen. Gut, dass sie bereits die Beenden-Taste gedrückt hatte! Sie drehte sich nicht um, sondern genoss die unerwartete zärtliche Geste, während ihr das Herz bis zum Hals schlug.

»Ich lasse dich nicht gehen, Stella«, murmelte Robert, seine Lippen an ihrem Ohr, während er mit beiden Händen ihren Bauch umfing. »Ich liebe dich und möchte, dass wir vier eine Familie werden.«

Diese großen Worte ließen Stellas Knie weich werden. Die Liebeserklärung klang so echt und so leidenschaftlich, dass es ihr schier den Atem nahm. Julians »Ich liebe dich« erschien ihr dagegen wie eine leb- und lieblose Worthülse, der Stella sowieso nie vertraut hatte.

Das hier klang anders – es klang echt.

»Was kann ich tun, damit du mir vertraust?«, fragte Alexander und sah Nina liebevoll an. Die beiden boten einen etwas seltsamen Anblick, wie sie da in ihrer Sportkleidung auf der

Parkbank am Ufer des Kanals saßen. Ein Schwarm Wildgänse flog mit lautem Geschnatter über ihre Köpfe hinweg, und Nina sah ihnen sehnsüchtig nach. Fliegen müsste man können, um die Dinge gelegentlich aus einer anderen Perspektive zu betrachten.

»Ich weiß es nicht«, antwortete sie und seufzte. Sosehr sie sich auch bemühte, sie schaffte es nicht, über ihren Schatten zu springen. Natürlich hörte sich das, was Alexander gesagt hatte, plausibel an. Isabelle hatte zwar wie vermutet versucht, ihren Mann zurückzugewinnen, aber offensichtlich war es ihr nicht gelungen.

»Ich habe keinerlei Gefühle mehr für sie. Du bist diejenige, mit der ich zusammen sein will«, hatte Alexander vor ein paar Minuten erklärt und nach ihrer Hand gegriffen.

»Hey, komm her. Du bist so weit weg«, sagte er mit dem charmanten Lächeln, das Nina so an ihm liebte. »Du fällst gleich von der Bank, wenn du noch mehr auf Abstand gehst.«

Darauf konnte sich Nina ein Grinsen nicht verkneifen.

»Gib mir einfach ein bisschen Zeit«, bat sie und rückte tatsächlich ein kleines Stück näher. »Jemandem rückhaltlos zu vertrauen ist nicht einfach für mich.« Und dann erzählte sie Alexander von ihrem Vater und Gerald.

»Verstehe«, antwortete dieser nachdenklich und strich Nina sanft übers Haar. »Nimm dir so viel Zeit, wie du brauchst! Ich kann warten.«

Epilog

Genau das habe ich mir immer gewünscht, dachte Leonie beseelt, als sie auf die kleine Gruppe blickte, die sich anlässlich ihrer Sommerparty Ende August im Garten der Villa eingefunden hatte. Stella sah mittlerweile aus, als hätte sie einen Hüpfball verschluckt, aber schließlich war sie ja schon im achten Monat. In ihrem karierten Hängerkleidchen wirkte sie wie das blühende Leben. Schön, dass sie und Robert alle Missverständnisse beseitigen konnten, dachte Leonie glücklich. Sie geben wirklich ein tolles Paar ab!

Mit seiner Hartnäckigkeit, seinem Charme und einer guten Portion Bestimmtheit hatte es Robert geschafft, Stella klarzumachen, dass er – und kein anderer – der Richtige für sie war. Lächelnd erinnerte sich Leonie an den Abend Ende April, als Stella zu einem konspirativen Treffen eingeladen hatte, bei dem sie zur Verwunderung aller sogar selbst gekocht hatte.

»Und was haben wir diesmal zu feiern?«, hatte Nina gefragt und sich nach dem letzten Bissen genüsslich die Lippen geleckt. Die Pasta mit Meeresfrüchten hatte wirklich hervorragend geschmeckt. Fast genauso gut wie die Nudeln von Leonie.

Stella war kurz rot geworden und hatte feierlich das Glas erhoben.

»Dem Anlass entsprechend genehmige ich mir einen kleinen Schluck Champagner. Ich denke, dass Emma nichts dagegen hat. Schließlich will ich mit euch darauf anstoßen, dass ihr Vater und ich bald heiraten werden.«

Für einen Moment war es mucksmäuschenstill in der Küche gewesen.

»Das ist ja unglaublich. Herzlichen Glückwunsch!«, hatte Nina ausgerufen und war Stella um den Hals gefallen.

»Ich will Details hören! Wann hat Robert dir den Antrag gemacht?«

Leonie hatte gelacht und Nina in die Seite geknufft.

»Mann, das wäre doch meine Frage gewesen. Schließlich bin ich die Romantikerin in unserem Kleeblatt.«

»Na ja, du hast mittlerweile Konkurrenz bekommen«, hatte Nina protestiert und sich wieder Stella zugewandt. »Also, schieß los. Und enttäusche uns nicht.«

»Das glaube ich kaum. Auch wenn ich mit keiner dieser Storys aufwarten kann, wo der Ring im Dessert versteckt war. Aber ich fand es trotzdem sehr romantisch ...«

»Na, nun sag schon«, hatte Leonie ungeduldig gedrängelt, in Gedanken schon ganz bei den gefühlvollen Happy Ends ihrer Liebesromane.

»Vorgestern während meiner Ultraschalluntersuchung hat Robert die ganze Zeit meine Hand gehalten, und wir haben beide total verliebt die Aufnahmen von Emma betrachtet. Und während ich noch so dalag, mit dem kalten Glibbergel auf dem Bauch, ging Robert plötzlich vor meiner Liege auf die Knie und fragte, ob ich seine Frau werden möchte. Zum Glück war die Ärztin gerade nicht da, sonst wäre das Ganze wahrscheinlich ziemlich peinlich gewesen.«

»Oh, wie romantisch«, hatte Nina trocken bemerkt, wobei sie sich ein Lachen kaum verkneifen konnte. Wer hätte gedacht, dass ausgerechnet Stella an einem so profanen Ort wie einer Arztpraxis einen Antrag bekommen würde? Die Frau, deren Auserwählter früher einen Lear-Jet hätte chartern müssen, mit einem Banner, auf dem stand: »Willst du meine Frau werden?« Und anschließend hätte es Tausende von roten Rosen auf die Villa geregnet.

»Und der Ring?«, hatte Leonie atemlos gefragt. Wie sie solche Geschichten liebte!

»Den hat Robert spontan aus einer roten Büroklammer geformt, die er auf dem Tisch von Dr. Karstensen gefunden hat. Den richtigen bekomme ich natürlich noch.«

»Und wenn ihr heiratet, dürfen wir dann davon ausgehen, dass du hierbleibst?«, hatten Nina und Leonie wie aus einem Munde gerufen.

»Ja, klar. Emma und ich möchten zusammen mit Robert und euch hier leben.«

Für einen kurzen Moment war Leonie sprachlos gewesen.

»Aber was ist mit deinem neuen Mietvertrag? Und mit Marina? Und natürlich am allerwichtigsten: Wann heiratet ihr, und wer wird deine Trauzeugin?«

Stella hatte gelacht.

»Zu deiner Beruhigung, liebste Leonie, kann ich nur sagen, dass ich den Vertrag zum Glück noch nicht unterschrieben hatte. Marina, die wahrlich alles andere als Roberts neue Freundin ist, bleibt uns als Moritz' Betreuerin erhalten, bis sie ihre Weltreise antritt. Und geheiratet wird, sobald Emma sich ein bisschen auf den Beinen halten kann. Und so kugelig, wie ich jetzt schon bin, passe ich sowieso in kein Brautkleid. Ihr wisst ja, die Eitelkeit …«

Ihre Freundinnen nickten einhellig.

»Als Trauzeugin hätte ich gerne dich, Nina. Und du, liebe Leonie, wärst unsere Wunschkandidatin als Patentante.«

Leonies Blick schweifte über den Garten.

Robert stand zusammen mit Nina am Grill und diskutierte, was in welcher Reihenfolge gegrillt werden sollte. Moritz hatte alle Hände voll zu tun, Lulu davon abzuhalten, Hühnerschenkel vom Beistelltisch zu stibitzen. Alexander schenkte Bowle in kugelige Gläser und verteilte sie an die Gäste. Rose Behrendsen saß in eine kuschelige Fleece-Decke gehüllt auf einer weißen Bank unter dem Apfelbaum, den Leonies Eltern auf einem Hänger mitgebracht und unter großem Beifall eingepflanzt hatten. Paul und Paula hatten sich bis auf Weiteres hinterm Schuppen verkrochen. Die fröhlich bellende Labradorhündin war ihnen nach wie vor nicht ganz geheuer, obgleich sie in den vergangenen Wochen mit ihrem Herrchen häufiger zu Gast in der Villa gewesen war.

Nina und Alexander – das war bis zuletzt eine spannende Angelegenheit gewesen. Leonie musste schmunzeln. Es war Nina sehr schwergefallen, ihre Ängste zu überwinden. Nach dem Gespräch auf der Bank hatte sich Nina in Klausur begeben und lange nachgedacht. Schließlich hatte sie zu einem bewährten Mittel gegriffen – der E-Mail:

Von: Nina.Korte@gmx.de
An: Asterdivaricatus@t-online.de
Betreff: Kurzer Gruß

Lieber Alexander,
ich habe lange nachgedacht, und ich weiß jetzt, dass du mir
mehr bedeutest, als ich mir eingestehen wollte. Ich habe ganze
Nächte damit verbracht, mir auszumalen, was das Schlimmste
wäre, das mir passieren könnte. Und weißt du was? Das
Schlimmste wäre wahrscheinlich, dieses Geschenk nicht anzunehmen, das das Schicksal uns beiden offensichtlich zugedacht
hat. Vertrauen aufzubauen ist schwer. Aber ich hoffe, dass ich
noch nicht zu alt bin, um mich zu ändern und schlechte Verhal-
tensmuster über Bord zu werfen. Was meinst du?
Deine Nina

Gespannt hatte sie auf Alexanders Antwort gewartet. Sie
hatte keine Ahnung, wie häufig er seine Mails momentan abrief, nachdem sie sich nun schon seit längerem nicht
mehr geschrieben hatten. Immerhin hatte sie fast eine Woche
gebraucht, um sich bei ihm zu melden. Doch sie hatte Glück –
der Mann ihres Herzens war ebenfalls online gewesen.

Von: Asterdivaricatus@t-online.de
An: Nina.Korte@gmx.de

Liebste Nina,
ich habe mich sehr über deine Zeilen gefreut und wünschte, ich
könnte jetzt bei dir sein und dich im Arm halten. Wenn es noch

irgendetwas gibt, das ich tun kann, um dich nachhaltig zu über-
zeugen, dass es mir ernst ist, lass es mich wissen.
In Liebe,
Dein Alexander

Von: Nina.Korte@gmx.de
An: Asterdivaricatus@t-online.de

... begleite mich zur Hochzeit meines Vaters ...

Leonie und Stella waren unendlich erleichtert gewesen, dass
Nina endlich einen Schritt auf Alexander zugegangen war.
Und dass dieser so lange und beharrlich um seine Liebste
gekämpft hatte – durchaus keine Selbstverständlichkeit in
den Augen der Freundinnen!

Nach zahllosen Rendezvous, bei denen sie es langsam hatten angehen lassen, waren sie schließlich Ende Mai zusammen zur Hochzeit von Ninas Vater gefahren, und dort war
der Stein endgültig ins Rollen gekommen. Alexander und
Nina waren ganz offensichtlich füreinander bestimmt – das
konnte jeder sehen.

Leonies Blick wanderte zärtlich an der Fassade der Villa entlang. Wie wundervoll die Kletterhortensien und der Blauregen blühten! Und wie schön das alles war, obgleich es immer
noch kleine Mängel gab. Zum Beispiel die Fensterläden, die
im Wind klapperten – was Leonies verträumt-romantischem
Gemüt sehr entgegenkam.

Es schien, als hätte dieses alte Haus seinen Bewohnern
Glück gebracht, auch wenn es zu Anfang nicht so ausgese-

hen hatte. Doch die Villa hatte allen Krisen getrotzt, ihnen Geborgenheit gegeben und Nina, Stella und Leonie zu etwas gemacht, das man gar nicht hoch genug schätzen konnte: zu echten Freundinnen.

Und wenn Leonie ganz genau hinsah, hatte sie das Gefühl, dass die Villa ein Gesicht hatte. Ein lächelndes Gesicht. Und Augen, die ihr zublinzelten. Das Haus war eben im wahrsten Sinne des Wortes eine Villa zum Verlieben.